Für Don.

Ching Ching.

LUZIFER
VERLAG

Deutsche Erstausgabe
Originaltitel: WALL

www.luzifer.press

Umschlag: Michael Schubert | Luzifer-Verlag
Übersetzung: Raimund Gerstäcker
Lektorat: Astrid Pfister

Dieses Buch wurde nach Dudenempfehlung (Stand 2020) lektoriert.

ISBN: 978-3-95835-478-4
Printed in Germany

Bibliografische Information der Deutschen Nationalbibliothek:
Die Deutsche Nationalbibliothek verzeichnet diese Publikation in der
Deutschen Nationalbibliografie; detaillierte bibliografische Daten sind im
Internet über http://dnb.d-nb.de abrufbar.

»Aus dem Herzen des Leidens selbst werden wir die Mittel der Inspiration und des Überlebens schöpfen.«

–

Winston Churchill

KAPITEL 1

25. Oktober 2037, 2:00 Uhr
Jahr fünf nach dem Ausbruch
Palo Duro Canyon, Texas

Eine noch warme Leiche über den Boden des Canyons zu schleifen, war nicht Teil des Plans gewesen. Überhaupt war in der Woche seit seiner Ankunft kaum etwas so gelaufen, wie Charlie Pierce es erwartet hatte. Aber es gab nun mal einen Job zu erledigen.

Egal welche Hindernisse oder unvorhergesehene Umstände auftauchen würden: Pierce musste liefern, denn General Roof war für den bevorstehenden Angriff auf die Ergebnisse seiner Aufklärungsmission angewiesen.

Pierce schlurfte tief nach vorne gebeugt rückwärts und zog dabei die Leiche durch Gestrüpp, über Felsgestein und durch ausgetrocknete Flussläufe. Er wusste nicht, wie weit er noch gehen musste, bis er am richtigen Ort war. An dem Ort, an dem er die Leiche des Mannes entsorgen würde, den er hatte töten müssen. Er würde es wissen, wenn er ihn erreicht hatte.

Ein Blitz zuckte über den Himmel und erleuchtete die steilen, schroffen Wände des Canyons. Donner folgte kurz darauf und hallte durch das weite Tal von Palo Duro. Pierce blieb kurz stehen und ließ die Leiche zu Boden sinken. Er stellte sich aufrecht hin und stemmte die Hände in die Hüften. Er war außer Atem und schwitzte trotz der fast eisigen Temperaturen so sehr, dass sein Hemd bereits nass war. Er spürte die Verdunstungskälte, als ihm der Schweiß vom Nacken aus über den Rücken lief.

Eine weitere gezackte Gabel aus Licht stieß in den schwarzen Himmel und pulsierte. Donner krachte und hallte von den

Felswänden wider, bevor das Nachglühen des Blitzes erloschen war. Der Sturm rückte offenbar immer näher.

Pierce überlegte kurz, ob das aufziehende Unwetter nicht vielleicht auch seine guten Seiten hatte, denn ein ordentlicher Regen würde die Spuren wegwaschen, die er zwangsläufig hinterlassen hatte.

Er hatte dem Mann während eines kurzen Handgemenges das Genick gebrochen. Es war ein Wachposten der Dweller, denen es noch immer gelang, sich dem Zugriff des Kartells zu entziehen, und er hatte einfach zu viele Fragen gestellt und sich zu sehr dafür interessiert, wer Pierce war und was er hier suchte. Pierce hatte versucht, sich aus der Zwickmühle herauszureden, aber ohne Erfolg.

Ganz unten im Canyon hatte Pierce nämlich einen Kommunikationsbunker entdeckt, zwei Meilen vom großen Lager der Dweller entfernt.

Der Bunker war nicht viel mehr als eine Höhle gewesen, die die Natur in die Felswände geschnitten hatte. Es gab mehrere Funkstationen, deren orangefarbene Displays ein warmes, an Feuer erinnerndes Leuchten an die blassen Wände geworfen hatte. Das Rumpeln und Summen eines Generators hatte Pierce letzten Endes dorthin geführt. Die Wüstennacht trug jegliche Geräusche nämlich über weite Entfernungen und das Poltern war noch aus einer halben Meile Entfernung deutlich zu hören gewesen.

Ein dünner, getarnter Draht, der als Verlängerung der Antenne diente, verlief die steile Wand hinauf, soweit Pierce das im Dunkeln hatte erkennen können. Über das Kommunikationssystem der Dweller zu stolpern war für den Spion ein glücklicher und entscheidender Fund gewesen. Selbst, wenn es ihm nicht gelang, das komplette Funksystem während des Angriffs zu deaktivieren, konnte er doch zumindest die Frequenzen an das Kartell weiterleiten, damit diese ab sofort über die taktischen Entscheidungen der Dweller im Bilde waren. Der

Wachposten hatte ihn überrascht, als er gerade die Frequenzen überprüft hatte.

»Hey«, hatte der Mann gerufen, der plötzlich aus dem Dunkel des Eingangs aufgetaucht war. Seine Stimme war durch die kleine Höhle gehallt. »Was machen Sie hier? Hier ist absolutes Sperrgebiet.«

»Ich bin nur durch Zufall hier reingestolpert«, hatte Pierce gelogen. »Ich wollte nur eine kleine Abendrunde drehen …«

Der Wachposten hatte daraufhin die Höhle betreten und eine Taschenlampe genau in Pierces Gesicht gerichtet. Denn abgesehen von den Displays der Funkgeräte war es absolut dunkel gewesen. »Es ist zwei Uhr nachts.«

»Das ist mir klar.« Pierce hatte lapidar mit den Schultern gezuckt, bevor er seinen tödlichen Zug gemacht hatte. Dafür durfte er jetzt eine Leiche über den Felsboden des Canyons schleppen.

Dieser war absolut riesig, siebzig Meilen lang und an seiner weitesten Stelle zwanzig Meilen breit. Seine Wände ragten fast neunhundert Fuß in den Himmel hinauf. Bei seinem kurzen Aufenthalt hier, hatte Pierce erfahren, dass die Dweller Experten darin waren, im Canyon zu navigieren und ihn zu schützen. Pierce hatte alles darangesetzt, so viele Informationen wie nur möglich aufzusaugen. Er hatte ihren Gesprächen zugehört, ihre Bewegungs- und Verhaltensmuster beobachtet und die bizarre philosophische Verdrehung dieser kriegerischen Pazifisten bestaunt, die sich in einem durchgeknallten Ritual Hindi-Namen gaben, das nach Pierces begrenzter theologischer Bildung keinerlei Ähnlichkeit mit dem Hinduismus aufwies.

Pierce hatte seine Arbeit absolut unsichtbar erledigt … solange, bis er auf den Wachposten gestoßen war. Daraufhin hatte er genau das getan, was der General ihm befohlen hatte.

»Sie sind die Fliege an der Wand«, hatte General Roof in der Nacht vor dem Beginn seiner Mission zu ihm gesagt. »Lernen Sie so viel wie möglich darüber, wie die Dweller arbeiten, und dann, wenn wir sie schließlich angreifen, sabotieren Sie so viele ihrer Verteidigungssysteme wie nur möglich und verschwinden.«

Es waren Befehle mit einer geringen Überlebenswahrscheinlichkeit gewesen, doch Pierce hatte die Herausforderung dennoch gern angenommen, denn er hatte keine Familie und war seines monotonen und bitteren Lebens überdrüssig geworden, das er nach dem Ausbruch der Seuche zu führen gezwungen war. Dies hier sollte ein letztes Abenteuer werden. Ein Abenteuer, das zugleich ein Versprechen auf Größeres barg, sollte er Erfolg haben und wider Erwarten überleben. Pierce kniff wegen eines weiteren grellen Blitzes die Augen zusammen und zitterte aufgrund der ersten eisigen Regentropfen, die seinen Kopf und seine Schultern trafen. Der Sturm kam immer näher.

Die Zeit war zu knapp, um die Leiche so zu entsorgen, dass der Tod des Wachmanns wie ein Unfall aussah. Er musste sie schnell loswerden und ins Lager zurückkehren, bevor er selbst vermisst wurde.

Pierce sah sich aufmerksam in seiner Umgebung um. In der Dunkelheit konnte er nur wenige Fuß weit sehen, abgesehen von den kurzen Momenten, in denen ein Blitz die Umgebung erhellte. Er entschied schließlich, dass dieser Ort so gut wie jeder andere war. Der Schmerz in seinem unteren Rücken hatte an der Entscheidung allerdings ebenso großen Anteil wie sein Gehirn.

Er zog sein Hemd hoch und griff in seine schweiß- und schmutzbefleckte Hose. An seinem Bein festgeschnallt war das Geschenk, das General Roof ihm in besagter Nacht gegeben hatte. Er klappte es auf und drückte nun eine Reihe von Tasten, bevor er das Satellitentelefon an sein Ohr hob. Es dauerte einige Minuten, bis der Satellit sein Signal empfangen hatte. Als die Verbindung stand, hörte er eine Reihe verzerrter Klingeltöne.

Der General antwortete mit einer Stimme, die noch finsterer klang als gewöhnlich. »Es ist zwei Uhr nachts«, waren seine ersten Worte.

Der Regen nahm noch weiter zu. Die Tropfen waren jetzt schwerer und fühlten sich noch eisiger an. Pierce wischte sich das Wasser aus den Augen. »Ich habe ihre Kommunikationszentrale gefunden. Sie arbeiten mit klassischen Funkgeräten. Ich habe die Frequenzen.«

»Her damit«, sagte der General schon deutlich wacher. »Geben Sie sie mir.«

»Vier siebenundsechzig Punkt achtundfünfzig fünfundsiebzig«, antwortete Pierce. »Vier zweiundsechzig achtundfünfzig fünfundsiebzig. Vier vier sechs null null vier sechsundvierzig fünf.«

»Nur so wenige Frequenzen?«

»Soweit ich das mitbekommen habe, ja.«

»Sie müssen also eine Reichweite von ungefähr zwei Meilen haben.«

»Das weiß ich nicht.«

»Und die Geräte funktionieren?«

Pierce hockte sich hin und verlagerte sein Gewicht auf seine Fersen. Er hielt sich eine Hand vor sein Gesicht, um es etwas vor dem Regen zu schützen und versuchte mit der anderen Hand, das Telefon fester an sein Ohr zu pressen. Die Regengeräusche übertönten das Gespräch beinahe.

»Wie bitte?«

»Die Geräte funktionieren?«

»Sieht ganz so aus«, sagte Pierce. »Sie haben einen Generator, der die Batterien auflädt.«

Das Signal begann bereits, schwächer zu werden. »Sind Sie schon aufgeflogen?«

Pierce wandte den Windböen, die durch den Canyon fegten, den Rücken zu. »Nein.«

»Sind Sie sicher?«

»Ich musste einen Mann töten«, gab Pierce daraufhin zu. Sein Körper zitterte unwillkürlich vor Kälte.

»Das ändert die Lage.«

»Ich kriege das schon hin«, stammelte Pierce. Seine Zähne klapperten jetzt so heftig, dass sein Kiefer anfing zu schmerzen. Innerhalb von wenigen Sekunden war die Temperatur um gefühlt fünfzehn Grad gefallen. Der Regen prasselte hinab und traf Pierces Hals und Arme mit kalten Stichen.

Die Stimme des Generals hallte ihm digital verzerrt entgegen. »Hallo? Sind Sie noch dran?«

Pierce nahm das Telefon von seinem Ohr und sah auf das Display, doch es zeigte kein Signal mehr an. Er schaltete das Gerät aus, trocknete den Bildschirm mit einem Hemdzipfel und stand dann auf, um es wieder in seine Hose zu stopfen.

»Pierce?«, rief plötzlich eine Stimme hinter ihm.

Pierce fuhr erschrocken herum und gleichzeitig durchfuhr der Hall des in diesem Moment losbrechenden Donners seinen zitternden Körper. Ein Blitz offenbarte ihm eine dunkle Gestalt, die ein paar Fuß von ihm entfernt stand. Pierce konnte die Gesichtszüge des Mannes nicht erkennen, aber er wusste dennoch, wen er vor sich hatte … und er sah auch die Waffe in dessen Hand.

»Was machen Sie hier, Pierce?« Marcus Battle stellte diese Frage, als ob er die Antwort bereits wüsste.

Pierce ballte die Hände zu Fäusten. Er stellte seine Füße schulterbreit auseinander und machte sich bereit für die bevorstehende Konfrontation. »Was denken Sie denn, was ich hier mache?«, fragte er. Der Regen lief ihm in die Augen, während er versuchte, die rechte Hand von Battle im Blick behalten.

»Für das Kartell arbeiten.«

Pierce lachte. »Sie haben die Neuigkeit ja schnell mitbekommen«, sagte er. »Ich arbeite bereits für das Kartell, seit Sie so gnädig waren, mich aus dem Jones-Stadium mitzunehmen. Sie sind also bei Weitem nicht so schlau, wie Sie denken.«

»Sie waren also das Kuckucksei.«

»So in der Art.«

Battle deutete mit seiner Waffe auf den leblosen Körper am Boden. »Haben Sie diesen Dweller hier getötet?«

Pierce nahm den Blick nicht von der Waffe. »So in der Art.«
»Ohne Grund? Einfach so?«
Pierce schauderte vor Kälte. Regenwasser sprühte von seinen Lippen, als er ausspuckte: »Wer zum Teufel sind Sie denn, dass Sie darüber urteilen, welche Seite die richtige und welche die falsche ist? Sie sind doch nicht mehr als ein obdachloser schießwütiger Einzelgänger. Sie …«
Das kehlige Dröhnen des Donners, der durch die Wände aus Gips, Schiefer und Sandstein hallte, verbarg den Schuss aus Battles Neunmillimeter, aber die Patrone drang direkt in Pierces offenen Mund ein und tötete ihn so unmittelbar, dass er sofort zu Boden sackte.
»Ein obdachloser schießwütiger Einzelgänger?«, fragte Battle. Er machte einen Schritt auf die beiden Leichen zu, die auf dem überfluteten Boden des Canyons lagen, und ging in die Hocke. Er sah Pierce intensiv in die Augen. »So in der Art.«

KAPITEL 2

25. Oktober 2037, 3:00 Uhr
Jahr fünf nach dem Ausbruch
Palo Duro Canyon, Texas

Battle warf das Satellitentelefon auf den mit Holz beschlagenen Tisch, der vor Juliana Paagal stand. Es rutschte bis knapp vor die Kante und blieb dann zwischen ihren Ellenbogen liegen. Paagal saß nach vorn gebeugt da, ihr Kinn ruhte auf den Knöcheln ihrer ineinander gefalteten Hände.

Sie war eine Frau mit königlicher Ausstrahlung, die sich ruhig und würdevoll zu bewegen wusste. Ihre tintenschwarzen kurzen Haare verliehen ihr ein jugendliches Aussehen, das über ihr tatsächliches Alter hinwegtäuschte. Ihre kaffeefarbene Haut verschmolz fast mit dem hellbraunen ärmellosen Oberteil, das über ihre schmalen Schultern drapiert war.

Paagal, die Battle gebeten hatte, sie nur mit ihrem Nachnamen anzusprechen, hatte die abgekämpften Reisenden, ohne nachzufragen willkommen geheißen. Sie vertraute dem Urteil von Baadal, der ebenfalls zu den Dwellern gehörte, wie ihrem eigenen.

Sie und Battle waren gerade allein in ihrem großen Zehn-Personen-Zelt. Der Regen trommelte unablässig und ohrenbetäubend gegen die roten Nylonwände. In der Mitte des großen Raums, den Paagal ihr Zuhause nannte, hing eine einsame Lampe. In der Ecke stand ein Bettgestell mit einer unbezogenen Matratze und einem klumpigen Federkissen darauf, in einer anderen ein fadenscheiniges Sofa. Ein orangefarbenes Verlängerungskabel schlängelte sich über den nackten Erdboden und lieferte gerade genug Strom, um die Lampe und eine Kochplatte, die am Rand des Tisches stand, mit Strom zu versorgen.

»Sie hatten also recht«, sagte sie, und ihre eisblauen Augen starrten Battle, ohne zu blinzeln, und ohne den Blick auf das Satellitentelefon zu senken, an. »Er war tatsächlich ein Spion.«

»Ich bitte um Entschuldigung dafür, dass ich ihn hierher gebracht habe«, sagte Battle. »Es ist meine Schuld.«

Paagal schüttelte den Kopf und lächelte. Ihre Augen wurden schmal, als sie weitersprach. »Es war nicht Ihre Schuld, Marcus. Ich bin diejenige, die euch gestattet hat, zu bleiben. Die Schuld liegt also ganz bei mir.«

»Er hat eine Ihrer Wachen getötet«, erklärte Battle jetzt. »Ein paar Meilen von hier entfernt in einem Kommunikationsbunker. Ich bin ihm leider nicht nahe genug auf den Fersen gewesen, um ihn daran zu hindern.«

»Ah«, sagte sie, senkte die Arme und nickte. »Das muss Sahaayak gewesen sein. Er war ein guter Helfer. Wir werden seine Güte und seine Seele vermissen.«

Battle nickte in Richtung des Telefons. »Sehen Sie sich das genau an«, sagte er. »Pierce hat es benutzt, um das Kartell anzurufen. Ich vermute mal, er hat ihnen Informationen über euer Funksystem gegeben.«

Das Lächeln verschwand daraufhin aus Paagals Gesicht. »Wo ist Pierce jetzt?«, fragte sie. »Ich kann ihn selbst fragen, was er getan hat. Ich möchte lieber keine Vermutungen anstellen.«

Battle zögerte und biss sich auf die Innenseite seiner Wange. »Er ist tot.«

Paagal hielt sich eine Hand hinter das Ohr und brachte damit unwillkürlich den großen Holzring zum Schwingen, der an ihrem Ohrläppchen hing. »Er ist *was*?«

Das Geräusch des auf Nylon prasselnden Regens machte es schwierig, das Gespräch fortzusetzen, besonders angesichts der Tatsache, dass Battle gut darauf verzichten konnte.

»Ich habe ihn getötet«, sagte er laut, um das Umgebungsgeräusch zu übertönen.

Paagal nickte. »Ich verstehe.«

»Ich habe ihn erschossen. Er liegt neben Saya…«

Paagal sprach langsam, eine Silbe nach der anderen betonend. »Sa-ha-a-yak.«

»Sahaayak«, wiederholte Battle. »Sie sind vielleicht eine Viertelmeile vom Bunker entfernt.«

»Nun …« Paagal seufzte, »dann spreche ich jetzt mal eine Vermutung aus: Ich gehe davon aus, dass Ihr Leben in Gefahr war und Sie keine andere Wahl hatten, als sich zu verteidigen, denn andernfalls wäre Pierce zu töten eine rücksichtslose und grausame Tat gewesen, die einem Mann, den ich bis jetzt sehr respektiert habe, nicht gut zu Gesicht stehen würde. Sie waren schließlich beim Militär. Sie kennen daher den Wert eines Gefangenen, der Informationen hat, die er freiwillig weitergeben kann … oder auch unfreiwillig. Vor allem angesichts der zusätzlichen Patrouillen des Kartells, die sich in letzter Zeit immer wieder dem Rand des Canyons nähern.«

Battle zog nun einen Stuhl hervor und setzte sich Paagal gegenüber an den Tisch. Er beugte sich vor, seine Unterarme ruhten auf dem rauen Holz. »Mein Leben war nicht in Gefahr. Ich wünschte, ich könnte sagen, es wäre Selbstverteidigung gewesen. Ich glaube, ich habe diesen Mechanismus, meine Impulse zu kontrollieren, einfach schon vor langer Zeit verloren.«

Paagal lehnte sich in ihrem Stuhl zurück und verschränkte die langen schlanken Arme vor der Brust. Ihr Bizeps bewegte sich, als sie ihre Position änderte. »Ich sollte nicht auf die gleiche Weise über Sie urteilen, wie Sie über Pierce geurteilt haben«, sagte sie mit nur einem Hauch Ironie. »Wir alle lernen zu funktionieren und auf unterschiedliche Art und Weise damit umzugehen. Ihre ist es anscheinend, schon der kleinsten Bedrohung mit einem Angriff zu begegnen. Ich sehe hier einen Mann, der mit seiner eigenen Dunkelheit kämpft. Sie sehen das Licht, sie wollen im Licht leben, aber die Dunkelheit ist angenehmer für Sie, also schlüpfen Sie bei jeder Gelegenheit in ihre Umarmung.«

Battle lachte. »Sie waren in Ihrem früheren Leben bestimmt eine Seelenklempnerin, oder?«

Paagal nickte. Ein Lächeln breitete sich auf ihrem Gesicht aus. »Man könnte sagen, dass ich das immer noch bin«, sagte sie. »Eine Anführerin zu sein erfordert nun mal den effektiven Einsatz von Psychologie.«

Battle runzelte die Stirn. »Und jetzt?«

»Ich denke, diese Frage sollte ich Ihnen stellen«, sagte Paagal. »Sie sind vor einer Woche hier angekommen, Sie haben sich von Ihren Verletzungen erholt und Ihre Frau Lola ist …«

»Sie ist nicht meine Frau«, sagte Battle nachdrücklich.

Paagal zog zweifelnd die Augenbrauen in die Höhe. Sie hob in einer abwehrenden Geste die Hände. »Was auch immer Sie meinen, Ihre Freundin Lola läuft wieder, ohne zu hinken, und auch ihr Sohn scheint wieder gesund zu sein.«

»Was wollen Sie damit sagen?«

»Wir haben noch nicht über Ihre Pläne gesprochen«, antwortete sie. »Sie sind so lange unser Gast, wie Sie wollen«, sagte sie jetzt mit leiser werdender Stimme.

»Aber …?«

»Aber«, fuhr sie fort, »uns steht ein Krieg bevor und Sie sind nun mal Soldat.«

»Ich *war* Soldat.«

»Bloße Semantik, Mr. Battle«, antwortete sie. »Werden Sie uns helfen? Immerhin klopft unser gemeinsamer Feind an unsere Tür.«

Battle kniff die Augen zusammen und rieb sich mit Daumen und Zeigefinger die Nasenwurzel. »Ich will ehrlich zu Ihnen sein«, sagte er. »Ich muss auf die andere Seite des Walls.«

»Der Wall.«

»Der Wall«, wiederholte er. »Lola und Sawyer brauchen einen Neuanfang, so neu wie man ihn in dieser Einöde eben bekommen kann.«

»Und Sie?«

Battle zuckte mit den Schultern. »Ich habe keine Ahnung, was aus mir wird, aber ich muss sie dorthin bringen.«

»Für mich klingt das so, als suchten Sie nach einer Allianz auf Gegenseitigkeit«, sagte Paagal. »Sie helfen uns, wir helfen Ihnen. Ich weiß, dass Baadal mit Ihnen über den Wall und das, was dahinter liegt, gesprochen hat.«

»Er hat mir nicht gesagt, was auf der anderen Seite ist«, erwiderte Battle. »Ich weiß nur, dass das Kartell weder nördlich, östlich noch westlich dieses Walls existiert.«

Juliana Paagal starrte Battle einige Minuten lang an, ohne etwas zu sagen. Battle hatte das Gefühl, als würde sie eine Art psychisches Inventar erstellen und sich ohne Erlaubnis geistige Notizen machen. Er saß da, starrte zurück und versuchte nicht die kleinste Kleinigkeit preiszugeben.

»Hören Sie zu, Marcus Battle«, sagte sie schließlich. »Sie helfen uns, das Kartell zu besiegen oder sie wenigstens so zu schwächen, dass sie es nicht wagen, uns erneut anzugreifen, dann werden wir Ihnen helfen, Ihren Weg zum Wall und darüber hinaus zu finden.«

Battle schüttelte den Kopf. »Sie können sie nicht besiegen«, sagte er. »Sie sind nicht nur hier aktiv, sie sind überall. In Abilene, Houston, Dallas, San Antonio, Austin und Galveston. Das wissen Sie besser als ich.«

»Dieser Mann, Pierce, der, den Sie hierher gebracht haben, ist nicht der einzige Spion«, erklärte sie. »Auch wir sind in der Lage, den Feind zu infiltrieren.«

»Tatsächlich?«

Es war weniger eine Frage als vielmehr ein ironischer Ausdruck seines Zweifels.

»Seit dem Waffenstillstand haben wir Widerstandszellen gebildet«, erklärte sie. »Sie haben inmitten des Kartells gelebt und gearbeitet – in allen von den von Ihnen aufgezählten Städten. Sie haben sorgfältig weitere Verbündete rekrutiert, und sie alle sind bereit, aktiv zu werden, wenn wir ihnen ein Zeichen geben. Wir können das Kartell vernichten! Sie sind genau zur richtigen Zeit gekommen.«

»Oder zur falschen Zeit.« Er seufzte. »Sie sprechen da von einem Krieg.«

Paagal presste die Lippen aufeinander, kratzte sich am linken Bizeps und nickte. »Ich nenne es allerdings lieber einen Aufstand oder eine Revolution.«

»Bloße Semantik«, sagte er.

»Touché.«

»Also sind Sie überzeugt davon, dass Sie das Kartell vernichten können?«

»Wir glauben fest daran«, sagte sie. »Die Zeit dafür ist reif.«

»Nun ja, wenn das Kartell vernichtet ist«, meinte Battle und beugte sich vor, »werde ich Ihre Hilfe nicht mehr brauchen.«

»Doch, das werden Sie«, antwortete sie. »Denn das Kartell ist die größte und niederträchtigste aller organisierten Gruppen, die nach dem Ausbruch der Krankheit aufgetaucht ist. Aber sie ist nicht die einzige. Es gibt Dutzende Banden von Dieben und Mördern, die entlang des Walls leben, sich wie Parasiten von einer Seite zur anderen fressen und sich von denen ernähren, die passieren wollen. Sie werden also unsere Hilfe brauchen.«

Battle lehnte sich zurück und nickte. Er wusste, dass er keine andere Wahl hatte. »Dafür, dass Sie immer betonen, Pazifistin zu sein, sind Sie aber ganz schön begierig darauf, in den Kampf zu ziehen«, stellte Battle fest. »Das macht irgendwie einen scheinheiligen Eindruck auf mich.«

»Ist das so?«, fragte Paagal mit unverändertem Gesichtsausdruck.

»Gewalt ist mein Instrument, weil ich Gewalt mag«, erklärte er. »Auch wenn es mir nicht gefällt, das zuzugeben. Doch dieses Kreuz muss ich nun mal tragen.« Battle wurde bewusst, dass er, schon seit Tagen nicht mehr gebetet hatte. Er war dabei, seine Religion in der Wildnis der ungezähmten Landschaft, die ihn umgab, zu verlieren. Es war nicht so, dass er vergessen hatte, wie es war, zu beten, er hatte nur kein Bedürfnis mehr danach.

»Interessante Selbsterkenntnis«, antwortete Paagal. »Ich würde entgegnen, dass ich Gewalt nur anzuwenden bereit bin, wenn Gewaltlosigkeit bedeutet, die Lösung eines Problems weiter aufzuschieben.«

»Sie zitieren gerade Malcolm X, oder?«, fragte Battle.

Ein Grinsen huschte über Paagals Gesicht, wobei ihre wundersam weißen Zähne im rötlichen Licht des Zeltinneren förmlich leuchteten. »Sei friedlich, sei höflich, befolge das Gesetz, respektiere alle; aber wenn jemand Hand an dich legt, dann schicke ihn auf den Friedhof«, sagte sie. »Und zwar mit allen Mitteln.«

KAPITEL 3

25. Oktober 2037, 7:49 Uhr
Jahr fünf nach dem Ausbruch
Houston, Texas

Ana Montes war spät dran.

Sie eilte die kaputte Rolltreppe hinunter und glitt mit der rechten Hand über das Gummigeländer, während sie in die Dunkelheit hinabstieg. Ihre Schuhe klapperten über die Aluminiumstufen. Selbst in der Dunkelheit des unterirdischen Tunnels wusste sie genau, wo sie war und wo sich ihr Ziel befand. Zwanzig Fuß unterhalb der Überreste der Innenstadt von Houston, Texas, stieg Ana von der Rolltreppe und ging fünfzehn Schritte geradeaus, bevor sie sich um neunzig Grad drehte und nach rechts abbog. Ihre Schritte hallten an den Wänden des sechs Meilen langen Tunnelsystems wider. Ein weiteres Mal bog sie neunzig Grad nach rechts ab.

Sie konnte jetzt die gedämpften Stimmen der anderen hören. Sie hatten also offensichtlich ohne sie angefangen. Sie holte tief Luft und betrat den Raum. Im Licht der LED-Taschenlampen waren die Gesichter von einem Dutzend Männer und Frauen zu sehen, die sich um eine Karte auf einem Tisch drängten. Alle sahen zu ihr auf, als sie den Raum betrat.

»Du bist zu spät«, knurrte der Mann in der Mitte der Gruppe. »Wir mussten deshalb ohne dich anfangen.«

»Ich habe es leider nicht eher geschafft, mich loszueisen«, erwiderte sie außer Atem und nahm ihren Platz am Tisch ein. Von ihrem Blickwinkel aus lag die Karte auf dem Kopf. Sie stand also gegenüber von dem Mann, der hier das Sagen hatte.

Er hieß Sidney Reilly.

Aber alle nannten ihn Sid. Er war derjenige, der die meisten von ihnen rekrutiert und dazu gebracht hatte, sich dem Widerstand der Dweller anzuschließen.

Sein Blick blieb auf Ana gerichtet, als er weitersprach. »Wie ich schon sagte«, schnaubte er, »wir sind kurz davor. In ein oder zwei Tagen ist es soweit. Unsere Aufgabe ist es …«

»So bald schon?«, unterbrach ihn Ana. »In ein oder zwei Tagen bereits? Ich denke nicht …«

Sid kniff die Augen zusammen. Die Schatten, die das Licht der Taschenlampen warfen, vertieften seine gerunzelte Stirn. »Ich habe nicht danach gefragt, was du denkst. Wir beginnen, wenn wir beginnen. Entweder du bist dabei, oder du bist es nicht, Ana.«

Ana wich vom Tisch zurück und versuchte das brennende Gefühl zu lindern, das zwei Dutzend sie wütend anstarrende Augen in ihr auslösten. Sie nickte und biss sich auf die Unterlippe. »Ich bin dabei.«

Sid nickte und setzte das Briefing fort, doch Ana hörte nicht mehr zu. Sie sah die Männer und Frauen an, die sie umgaben. Einen nach dem anderen hatte Sid davon überzeugt, dass die Herrschaft des Kartells sich dem Ende zuneigte. Alles, was es brauchte, waren genügend Menschen, die den Aufstand wagten. Diejenigen, die jetzt um den Tisch herumstanden, hatten ihm seine Version der Zukunft abgekauft.

Jeder von ihnen hatte anschließend eine eigene Gruppe rekrutiert. Diejenigen wiederum rekrutierten nun ihrerseits neue Gruppen. Es war eine schnell wachsende Revolution, die wie das Schneeballsystem eines Multilevel-Marketing-Unternehmens organisiert war. Das System vieler kleiner Zellen bot außerdem eine gewisse Chance, dass sich der Schaden begrenzen ließ, sollte eine einzelne Zelle tatsächlich vom Kartell entdeckt werden.

Sid schätzte, dass ihnen insgesamt bis zu fünftausend Menschen angehörten. Sie alle wussten, dass das verdammt wenig war im Vergleich zu den Anhängern des Kartells, aber unter den richtigen Umständen waren sie dennoch stark genug, um den Despoten, die momentan über ihre Städte herrschten, verheerende Schläge zu versetzen.

Neben Sid stand Nancy Wake. Sie arbeitete als Buchhalterin für das Kartell. Damit hatte sie Zugang zu all ihren Depots und wusste genau, wie es um ihre Vorräte bestellt war und über welche Bestände von illegalen Drogen, Waffen und Transportmitteln sie verfügten. Ihr Ehemann Wendell war der desillusionierte Kartell-Boss einer kleineren Gruppe. Nancy und Wendell waren am tiefsten von allen in die Struktur des Kartells in Houston eingedrungen.

Die anderen an dem Tisch waren eine Mischung aus Arbeitern, urbanen Farmern und Geschäftsleuten. Sie vereinten daher eine Vielzahl von Fähigkeiten und Kenntnissen, die die Revolutionäre benötigen würden, um überhaupt eine Chance auf Erfolg zu haben, wenn die Zeit reif war. Die Zeit reifte allerdings gerade schneller, als Ana Montes lieb war.

Ana sah auf die Karte von Texas. Sie war mit sich kreuzenden blauen und roten Linien überzogen. Pfeile kennzeichneten die Richtung von geplanten Vorstößen. Große und kleine Kreise zeigten die zahlenmäßige Stärke der Revolutionäre an den verschiedenen Orten an. Unmittelbar vor Ana, in einem Gebiet in der Nähe von Amarillo, war der Palo Duro Canyon mit fluoreszierendem Gelb hervorgehoben worden.

Das alles wurde ihr viel zu viel. Sie hatte sich der Bewegung ursprünglich mit der Überzeugung angeschlossen, dass der Aufstand gegen das Kartell ein nebulöser Wunschtraum war, der wahrscheinlich niemals Wirklichkeit werden würde. Sie hatte damals eingewilligt, Dinge zu tun, von denen sie nie gedacht hätte, dass sie diese tatsächlich einmal würde tun müssen. Doch jetzt hatte sie die brutale Realität der bevorstehenden Aktionen vor Augen. Ihr Puls beschleunigte sich, ihre Knie fühlten sich wie aus Gummi an, und Schweißperlen bildeten sich auf ihrer Stirn und ihrer Oberlippe.

»Alles okay bei dir, Ana?«, fragte Nancy Wake und unterbrach damit Sids Ausführungen. »Du siehst gar nicht gut aus.«

Ana lehnte sich an den Tisch, stützte sich mit den Ellenbogen ab und nickte. Sie spürte, wie sich alle Blicke erneut auf sie richteten. »Mir geht es gut«, sagte sie. »Ich …«

Nancys Augen wurden schmal. »Was ist los?«

Ana atmete tief ein und aus und wischte sich mit dem Handrücken über die Oberlippe. »Ich … das ist doch reiner Selbstmord, oder nicht? Ich verstehe nicht, wie wir sie schlagen könnten. Es sind einfach zu viele, und sie haben viel zu viele Waffen.«

»Was willst du damit sagen?«, fragte Sid und legte den Kopf schief. Einige murmelten besorgt. Sie teilten Anas Zweifel offenbar. Sid hob energisch die Hand, um sie zum Schweigen zu bringen.

»Ich fürchte, sie werden uns abschlachten«, gab sie zu. »Ich möchte nicht sterben oder als Sklave enden.«

Sid lachte herablassend. »Sklaven sind wir doch schon längst, Ana. Das Kartell bestimmt bereits die meisten Aspekte unseres Lebens. Wir haben uns diese Menschen schließlich nicht als unsere Herrscher ausgesucht.«

»Sie haben uns unsere Freiheit genommen«, ergänzte Nancy. »Sie haben uns belogen. Wir haben geglaubt, sie würden für Sicherheit und die notwendigen Strukturen sorgen, die wir zum Überleben brauchen, doch dann haben sie uns unsere Rechte genommen, eins nach dem anderen. Sie herrschen nun über uns, als wären wir ihre Knechte. Ich kann so nicht mehr leben. Lieber sterbe ich im Kampf!«

Viele der Umstehenden nickten zustimmend. Einige bezweifelten sogar Anas Loyalität und stellten die Frage, ob man ihr überhaupt noch vertrauen könnte. Sid brachte sie alle erneut zum Schweigen.

»Du kanntest die Gefahren, als ich dich für unsere Sache gewonnen habe«, sagte er. »Du wusstest, dass das Endspiel irgendwann kommen würde. Du hast deiner Aufgabe zugestimmt … deiner für uns überlebenswichtigen Aufgabe. Nichts davon kam überraschend.«

»Ja, du hast recht.« Sie blickte auf die Karte hinab und verfolgte ausdruckslos die farbigen Linien. »Ich bin auch nicht überrascht. Ich habe einfach nur Angst.« Sie blickte auf und Tränen rannen ihr über das Gesicht.

Als Ana sich bereit erklärt hatte mitzumachen, hatte sie noch keinen Grund gehabt, den Tod zu fürchten, denn da war sie noch keine Mutter gewesen. Doch jetzt hatte sie eine neun Monate alte Tochter. *Was würde aus ihrem Kind werden, wenn sie starb? Wer würde sie großziehen? Was für eine Frau würde aus ihrer Tochter werden, falls sie überhaupt überlebte?*

Nancy sprach leise. »Wir alle haben Angst, Ana, aber ich habe mehr Angst davor, was mit uns passieren wird, wenn wir nichts tun. Unsere Zukunft ist vielleicht ungewiss, wenn wir handeln, aber unsere Zukunft ist sehr düster, wenn wir es nicht tun.«

Ana schluckte und spürte einen dicken Knoten in ihrem Hals. Nancy hatte recht und auch Sid hatte recht. Sie mussten handeln. Sie mussten kämpfen. Sie mussten das Kartell besiegen.

KAPITEL 4

25. Oktober 2037, 8:02 Uhr
Jahr fünf nach dem Ausbruch
Lubbock, Texas

General Roof saß auf der Bettkante und starrte aus dem großen Panoramafenster seines derzeitigen Zuhauses. Es zeigte nach Osten und jeden Morgen, wenn die Sonne aufging, riss ihn das hellorange Licht, das sein Zimmer erfüllte, aus dem Schlaf.

Heute Morgen jedoch hatte er auf die Sonne gewartet, denn seit seinem Telefonat mit Pierce hatte er nicht mehr schlafen können. Der Spion hatte ihm wertvolle Informationen geliefert, die er seitdem immer wieder in seinem Kopf abspielte, als würde er Schafe zählen, die über einen Zaun springen. Es hätte ihm helfen sollen, sich zu entspannen und die dringend benötigte Ruhe zu finden.

Doch stattdessen musste er an den Mann denken, den Pierce getötet hatte. Es war ein bedauerlicher Fehler gewesen, der Pierces Untergang bedeuten würde. Der Anruf über Satellit war wahrscheinlich sein letztes Lebenszeichen gewesen. Die Dweller waren nicht dumm. Sie würden eins und eins zusammenzählen und Pierce anschließend auf die eine oder andere Weise ein ungemütliches Ende bereiten.

Roof rieb sich die Augen und setzte die Füße langsam auf den kalten Betonboden. Vorsichtig belastete er sein krankes Bein und spürte sofort den dumpfen, vertrauten Schmerz, der ihn so ungelenk hinken ließ. Aufmerksam verglich er seine beiden Beine. Das eine war muskulös und gesund. Es war behaart, so wie es das Bein eines Mannes sein sollte, und die Haut war von gleichmäßiger Farbe. Das andere war deutlich dünner und sah schon äußerlich krank aus. Unterhalb des Knies waren große rosafarbene Flecken, so leuchtend und unbehaart wie die Füße eines Neugeborenen. Die Flecken transplantierter Haut, die nun für immer sein Bein schmückten, sahen aus wie eine Ansammlung ehemaliger Sowjetstaaten.

Es verging kein Tag, an dem Roof nicht daran zurückdachte, wie sein Bein verstümmelt worden war. Wie in Technicolor hatte es sein Gedächtnis für immer gespeichert. Jener Tag hatte sich als der Tag herausgestellt, der sein Leben am nachhaltigsten bestimmen sollte. Einer seiner Kameraden hatte sich geopfert und sein eigenes Leben für ihn riskiert. Die Selbstlosigkeit dieses Handelns hätte Roof nach seiner Rückkehr aus Syrien eigentlich auf einen anderen Weg bringen müssen. Er hätte seine Schulden gegenüber dem Schicksal zurückzahlen und anderen dabei helfen sollen, zu überleben. Doch stattdessen hatte ihn das Schuldgefühl verzehrt. Er konnte es an keiner passenden Stelle in sein Leben einsortieren, dass ausgerechnet er die selbst gebaute Bombe und den Hinterhalt, in dem vier Männer getötet worden waren, überlebt hatte. Roof, der schon zuvor über weite Strecken seines Erwachsenenlebens Drogen und Alkohol konsumiert hatte, war daraufhin kopfüber in die Sucht getaucht. Immer wieder war er in Veteranen-Krankenhäusern und Obdachlosenunterkünften gewesen, und immer wieder war er aus ihnen geflohen.

Letzten Endes war er in Houston gelandet und hatte dort Hilfe in einem Heim gefunden, in dem sie Existenzen wie ihn wieder zu normalen Menschen machen wollten. Sie hatten ihm geholfen, von den Drogen und dem Alkohol loszukommen, ihm kaufmännische Fähigkeiten beigebracht und ihn mit neuem Selbstvertrauen auf den Weg geschickt.

Leider hatte sich herausgestellt, dass ein humpelnder, abstinenter Drogen- und Alkoholabhängiger nicht sonderlich weit oben auf der Wunschliste personalsuchender Arbeitgeber stand. Also hatte Roof dort gearbeitet, wo er Arbeit gefunden hatte, und war so irgendwann in die kriminelle Unterwelt von Bayou City abgerutscht. Er hatte mit Drogen und Frauen gehandelt und sich schnell einen Namen als skrupelloser Lieferant von illegalen Waren und minderjährigem Fleisch gemacht. Rasch war er in der Stadt, die als Highway für den illegalen Handel von Lateinamerika in die Vereinigten Staaten bekannt war, an die Spitze aufgestiegen.

Seine Hundemarke vom Militär hatte er stets gut sichtbar über seinen hautengen T-Shirts getragen, was ihm schließlich den Kampfnamen *General* eingebracht hatte. Seine Vorliebe, ahnungslose Frauen unter Drogen zu setzen, und sein wirklicher Vorname Rufus hatten einige dazu gebracht, ihn schließlich *Roofie* zu nennen. Er hatte den Namen gekürzt, die beiden Spitznamen kombiniert und schließlich bestimmt, dass er von nun an mit *General Roof* anzureden war. Seine Lebenskraft wuchs und der sich um ihn herum entwickelnde Personenkult zog ihn unwiderstehlich in seinen Bann.

Der Ausbruch der Seuche war schließlich seine Befreiung gewesen. Er war aus den Schatten aufgetaucht, hatte sich mit früheren Konkurrenten zusammengetan und nach monatelanger Arbeit unterschiedliche Banden zu einem Kartell geformt. Er hatte zugestimmt, die Macht mit zwei anderen Männern zu teilen, aber sie wussten genau, dass er der Mächtigste des Triumvirats war. Er war so furchtlos wie Pablo Emilio Escobar Gaviria und Jorge Luis Ochoa Vásquez, die beiden Männer, die ein halbes Jahrhundert zuvor das Medellín-Kartell gegründet hatten, und er hatte sich schnell den Ruf erarbeitet, ebenso rücksichtslos zu sein wie die aus El Salvador stammende Mara-Salvatrucha-Bande, die in den frühen Jahren des einundzwanzigsten Jahrhunderts Mittelamerika verwüstet und sich bis in den Südwesten der Vereinigten Staaten verbreitet hatte.

Durch rohe Gewalt und schieren Willen hatte sich General Roof bei einem Treffen mit den Bossen der Sureños, dem Sinaloa-Kartell, dem Golfkartell, der Familia Michoacana, der mexikanischen Mafia, der Yakuza und Los Zetas durchgesetzt. Es hatte dabei nicht geschadet, dass seine Mutter aus Panama stammte und Spanisch daher seine zweite Muttersprache war.

So mächtig sie auch geworden waren, so sehr sie die überlebende Bevölkerung durch Angst und Terror beherrschten, und trotz der Tatsache, dass sie die Regierung aus ihrem neuen Territorium vertrieben hatten – Roof beschlich immer wieder das eigenartige Gefühl, minderwertig zu sein. Vielleicht lag es an der ständigen Mahnung, die ihm seine äußeren Wunden jeden Morgen bescherten. Vielleicht waren es auch eher die inneren Verletzungen, allen voran die Wahrheit, dass ein besserer Mann als er sein Leben gerettet und er dennoch beschlossen hatte, dieses Geschenk auf dem einfacheren, dunkleren Weg zu verschwenden.

Er rieb sich mit den Handflächen die Oberschenkel und zwang sich, aufzustehen. Roof balancierte einen Moment auf den Fersen, bevor er sein Gewicht komplett auf die Zehenspitzen verlagerte. Er trat ans Fenster. Über dem flachen Horizont des südlichen Endes des Llano Estacado ging gerade die Sonne auf. Er biss sich auf die Unterlippe und dachte darüber nach, ob es die richtige Entscheidung gewesen war, Marcus Battle am Leben zu lassen. Gegenüber dem Kobold auf seiner Schulter konnte er es ja ruhig zugeben. Er hatte es in einem Moment der Schwäche getan. Er hatte es als eine Art Ausgleich betrachtet. Er verschonte ein Leben, weil ein anderes gerettet worden war. Aber darüber hinaus war es wahrscheinlich ein fataler Fehler gewesen.

Denn so herzlos er auch geworden war, seit er den Drogen und dem Alkohol abgeschworen hatte, war er doch nie so unnachgiebig und unerbittlich gewesen wie Marcus Battle. In diesem Augenblick wurde ihm das schmerzlich bewusst. Ein Schauer lief ihm über den Nacken und er zitterte. Er nahm ein Gummiband von seinem Handgelenk und fixierte damit sein Haar zu einem drahtigen, schulterlangen Pferdeschwanz.

Dann kratzte Roof sich an seinem dichten Bart und wandte sich vom Fenster ab. Seine Füße schlurften über den Betonboden, als er sich zu seiner Kleidung bewegte, die über der Rückenlehne des Schreibtischstuhls hing. Er hatte gerade Hose und Unterhemd angezogen, als es laut an der Tür klopfte.

»Einen Moment noch«, rief er und schob einen Arm in das langärmelige karierte Baumwollhemd. Er ging zur Tür und spähte durch das Guckloch. Es war Cyrus Skinner.

Roof schloss die letzten Perlmuttknöpfe an seinem Hemd und öffnete die Tür. Skinner nahm seinen weißen Hut ab und hielt ihn vor seine Brust.

»Es tut mir leid, dass ich Sie so früh stören muss, General«, sagte er und betrat den Raum. »Aber ich wollte Ihnen nur kurz ein taktisches Update geben.«

»Kein Problem«, sagte Roof. »Ich war ohnehin schon wach. Ich habe heute Nacht um zwei Uhr einen Anruf von Pierce erhalten.« Er sah auf die Uhr neben seinem Bett. Sie blinkte. Der Strom war also zwischendurch ausgefallen und inzwischen wieder da.

»Der Spion?«

Roof humpelte zu seinem Stuhl zurück, um seine Stiefel zu holen. »Ja.«

»Und was wollte er?«

»Er hatte nützliche Informationen für uns«, sagte Roof. »Er hat ihren Kommunikationsbunker gefunden und mir ihre Frequenzen übermittelt.«

»Und wir wissen schon jede Menge über ihre Sicherheitsvorkehrungen, ihre Waffen und die Positionen der Männer am Rand des Canyons«, sagte Skinner. Eine noch nicht angezündete Zigarette hüpfte zwischen seinen Lippen auf und ab, während er sprach. »Sie waren ein Genie, das so einzufädeln. Ich muss sagen, General, ich hatte ja zuerst meine Zweifel, aber Sie hatten recht.«

Roof ließ sich auf den Stuhl fallen und zuckte zusammen, als er den schlimmen Fuß in einen der Stiefel schob. »Vielleicht.«

»Was meinen Sie damit?«

Roof holte tief Luft, bevor er den anderen Stiefel anzog. »Er hat dabei einen Dweller getötet.«

Skinner zuckte mit den Schultern. »Na und?«, fragte er und verschränkte die Arme vor der Brust. »Seit wann ist es denn ein Problem, jemanden umzubringen?«

Roof lachte. »Damit habe ich in der Tat kein Problem«, erwiderte er. »Ich wäre bestimmt nicht da, wo ich jetzt bin, wenn das der Fall wäre. In den meisten Fällen halte ich eine schöne spontane Hinrichtung sogar für den besten Weg, Ordnung und Kontrolle aufrechtzuerhalten. Aber nicht dieses Mal. Mit dem Tod dieses Dwellers hat sich Pierce selbst enttarnt. Er ist nun erledigt dort.«

»Damit verlieren wir also unsere Augen und Ohren im Canyon«, begriff Skinner.

»Ja, die Sache beschleunigt unseren Zeitplan«, erwiderte Roof und stand auf. »Seine Informationen werden in Kürze wertlos sein. Wie schnell können wir zuschlagen?«

Skinner nahm die Zigarette zwischen zwei Finger und zupfte sie von seinen trockenen Lippen. Er benutzte sie als Zeigestock, während er sprach. »Deshalb habe ich so früh an Ihre Tür geklopft«, erklärte er. »Ich wollte Sie wissen lassen, dass wir früher fertig geworden sind als geplant. Ich habe Soldaten und Bosse, die sich momentan von überall her dem Canyon nähern. Die Männer aus San Antonio sind auch schon unterwegs. Wir können in anderthalb Tagen angreifen, maximal in zwei. Wir werden die Dweller ein für alle Mal fertigmachen.«

»Sehr gut«, sagte General Roof, »sorgen Sie dafür.«

KAPITEL 5

25. Oktober 2037, 11:45 Uhr
Jahr fünf nach dem Ausbruch
Palo Duro Canyon, Texas

Kurz bevor er den Garten erreichte, hielt Battle inne und lehnte sich gegen eine Schwarzpappel. Lola pflückte gerade Gurken von großgewachsenen Ranken und ließ sie in einen Korb fallen, den sie in der Armbeuge trug.

Der nächtliche Sturm war vorbei und hatte einen klaren Himmel und frische Windböen hinterlassen, die sich durch das Tal kräuselten. Battle zitterte vor Kälte und steckte die Hände tief in die Hosentaschen. Der Garten beeindruckte ihn immer noch. Er maß ungefähr einen viertel Acre und wurde mit großzügig verlegten PVC-Rohren und Tropfschläuchen bewässert, die von einer Metallzisterne am Rand des Grundstücks gespeist wurden. Der Regen aus der Nacht zuvor war ein Geschenk Gottes.

Die Herbstfrüchte waren reif und bereit, geerntet zu werden, und Lola hatte sich freiwillig gemeldet, um zu helfen. Sie arbeitete mit drei Dwellern zusammen. Konzentriert durchkämmten sie die Ranken und Stiele. Sawyer folgte ihnen und hielt nach Gurken Ausschau, die sie möglicherweise übersehen hatten.

In Lolas Augen strahlte eine Helligkeit, die Battle noch nie zuvor gesehen hatte. Sie schien glücklich zu sein. Ihr Hinken war verschwunden und das helle Sonnenlicht brachte ihr rotes Haar zum Leuchten. Battles Blick wurde geradezu magnetisch von ihr angezogen.

Du solltest ihr sagen, was du denkst, flüsterte Sylvias Stimme. *Es wäre bestimmt gut für dich.*

Battle schloss die Augen und atmete tief ein und aus. *Ich sage ihr gar nichts*, antwortete er der Stimme in seinem Kopf. Er schob die Kieferknochen nach vorn, seine Schultern spannten sich.

Doch Sylvia gab nicht nach. *Ich habe es dir gesagt*, flüsterte sie, und ihre Stimme erfüllte seinen Kopf. *Du brauchst jemanden. Sonst verlierst du dich.*

Ich habe mich schon längst verloren. Letzte Nacht habe ich einen unbewaffneten Mann ohne guten Grund getötet. Ich bete nicht mehr, nicht um mich, nicht um irgendjemanden. Mein Glaube …

Mein Glaube an dich ist so stark wie immer, sagte Sylvia, und eine weitere Stimme mischte sich in das Gespräch ein.

Meiner auch. Das war Wesson. *Dad*, sagte er, *sie hat einen Sohn. Er braucht einen Mann wie dich, der ihm hilft. Er hat doch sonst keinen Vater, der ihm etwas beibringen könnte.*

Battle zitterte erneut. Dieses Mal war nicht die kalte Brise, die durch das Tal wehte, dafür verantwortlich, es war die Stimme seines Sohnes, die er so klar hörte, als würde Wes genau vor ihm stehen und mit seinen winzigen Armen seine Beine umschlingen. Battle konnte sogar das Baby-Shampoo im Wind riechen.

Seine Lippen formten ein unerwartetes Schmunzeln, als er daran zurückdachte, wie Sylvia immer darauf bestanden hatte, dass Wes das Baby-Shampoo nahm, obwohl er stets lautstark dagegen protestierte. Doch sie hatte ihm erklärt, es sei viel gesünder als die anderen, mit Chemikalien überladenen Shampoos. Wes und Marcus hatten gewusst, dass es einfach nur ihre Art und Weise gewesen war, die Kindheit ihres einzigen Sohnes noch ein wenig zu verlängern.

Battle kicherte leise und lehnte sich mit der Schulter gegen den Stamm der Schwarzpappel. Seine Augen waren in die neblige Ferne gerichtet. *Du hast das Shampoo zwar gehasst*, sagte er, *aber der Geruch war wirklich toll.*

Eine dritte Stimme mischte sich jetzt in das Gespräch in seinem Kopf ein. »Marcus?« Es war eine Frauenstimme. »Marcus Battle? Geht es dir gut?«

Battle schüttelte sich kurz, die Erinnerungen verstoben und machten wieder dem Hier und Jetzt Platz. Lola stand direkt vor ihm und kniff besorgt die Augen zusammen.

Er räusperte sich. »Äh, na klar«, sagte er und blinzelte, bis er Lola scharf sehen konnte. »Alles prima. Wieso?« Er stellte sich aufrecht hin und verschränkte die Arme vor der Brust.

Lola machte einen halben Schritt auf ihn zu und wechselte dabei den Korb auf den anderen Arm. »Du hast schon wieder diese merkwürdige Sache gemacht«, sagte sie leise. »Du warst in einer vollkommen anderen Welt.«

Battle schaute auf seine Stiefel, die von dem roten Schlamm des Canyons verkrustet waren. Sein Gesicht rötete sich. Er zuckte zusammen, als sie ihre Hand auf seinen Arm legte und ihn sanft drückte. »Es ist schon okay«, sagte sie. »Mich stört es nicht, aber die anderen haben dich komisch angesehen, und ich möchte nicht, dass sie dich komisch ansehen.«

Battle blickte über Lolas Schulter nach vorn. Die anderen hatten sich nun wieder ihren Aufgaben zugewandt. Nur Sawyer starrte ihn an. Battle lächelte den Jungen vorsichtig an und bemerkte dann, wie Lola ihn aufmerksam musterte.

»Es ist mir egal, was sie denken«, sagte er. »Wir werden sowieso nicht mehr lange hier sein.«

Lola trat zurück und verlagerte das Gewicht des Korbs, den sie nun auf ihre Hüfte gestützt trug. »Werden wir nicht? Was weißt du? Was hast du uns noch nicht gesagt?« Sie blickte über ihre Schulter hinweg zu den Dwellern und wieder zurück zu Battle.

»Der Krieg steht jetzt unmittelbar bevor«, entgegnete er leise. »Die Dweller sind bereit, zu kämpfen, und ich bin mir sehr sicher, dass das auch für das Kartell gilt.«

Lola blickte ihn durchdringend an. »Woher weißt du das?«

»Es gibt deutliche Anzeichen«, erklärte Battle. »Paagal ist bereit, Himmel und Hölle in Bewegung zu setzen, um das Kartell zu vernichten. Sie hat in jeder größeren Stadt Spione, die jeden Moment angreifen könnten.«

»Und was ist mit dem Kartell?«, fragte sie und suchte in seinem Gesicht nach einer Antwort. »Woher willst du wissen, wie ihre Pläne aussehen?«

Battle kratzte sich an der Stirn. »Charlie Pierce war einer von ihnen«, sagte er. »Er hat ihnen die ganze Zeit über Informationen geliefert. Letzte Nacht hat er einen Dweller getötet, woraufhin ich ihn ebenfalls umgebracht habe.«

Lolas Mund klappte auf, ihre Arme fielen herunter und der Korb stürzte zu Boden. Die Gurken rollten durch den roten Staub. »Pierce?« Tränen sammelten sich in ihren Augen. Ihre Lippen zitterten. »Wir können nicht entkommen. Egal wohin wir auch gehen. Wir können niemals entkommen.«

Battle wollte seine Arme um sie legen. Er wollte sie trösten und ihr versprechen, dass eine Flucht möglich war … dass sie einen Ort außerhalb der Reichweite des Kartells finden würden … einen Ort, zu dem das Böse keinen Zutritt hatte, das die Welt in seinen Fängen hielt. Er bemühte sich, auf Sylvia und Wesson zu hören und seinem immer stärker wachsenden Bedürfnis nach menschlichem Kontakt und nach einer emotionalen Verbindung, nachzugeben.

Doch stattdessen rückte er jetzt die SIG Sauer in seinem Hosenbund zurecht. »Wir haben zwei Optionen«, erklärte er und kniete sich hin, um die Gurken wieder in den Korb zu legen.

Lola biss sich auf die Unterlippe, während sie sich bückte, um ihm zu helfen. Sie zog den Korb zu sich.

Er warf drei Gurken auf einmal in den Korb und hob dann den Zeigefinger. »Wir können jetzt sofort aufbrechen«, sagte er. »Du, Sawyer und ich. Wir finden schon einen Weg zum Wall und auf die andere Seite.«

»Oder?«

Er hielt Zeige- und Mittelfinger nach oben. »Wir bleiben hier und kämpfen. Wir schlagen das Kartell zurück, und danach hilft Paagal uns, auf die andere Seite zu gelangen.«

Sie standen nun beide auf. Lola wischte sich mit dem Handrücken über die Augen und verschränkte die Arme vor der Brust. Dabei hielt sie den Mund fest geschlossen und kaute auf der Innenseite ihrer Unterlippe.

»Paagal sagt, dass gerade Plünderer das Gebiet am Wall unsicher machen«, fügte Battle hinzu. »Wir könnten ihre Hilfe wahrscheinlich gut gebrauchen.«

Lola holte tief Luft und presste sie dann mit aufgeblasenen Wangen wieder heraus. Es schien so, als wolle sie die Luft aus ihrem ganzen Körper ablassen. »Wir müssen kämpfen«, sagte sie. »Diese Menschen haben uns geholfen. Wir kämpfen, dann gehen wir.«

Battle neigte überrascht den Kopf zur Seite, zog seine Schultern nach hinten und richtete sich auf. Ihre Entschlossenheit gefiel ihm. Sie war nicht mehr länger die besiegte Frau, die er vor dreizehn Tagen kennengelernt hatte.

»Einverstanden«, antwortete Battle. »Wir kämpfen, und dann machen wir uns auf den Weg zum Wall.«

»Was ist denn auf der anderen Seite des Walls?« Sawyer hatte sich unbemerkt an sie herangeschlichen.

»Das ist eine wirklich gute Frage«, erwiderte Battle. »Ganz ehrlich … ich weiß es nicht.«

Sawyer nahm seiner Mutter den Korb ab. »Was, wenn es dort schlimmer ist als auf dieser Seite des Walls?«, fragte er. »Was, wenn wir es hier besser hätten als dort?«

Lola schnaubte. »Ich weiß nicht, was noch schlimmer sein könnte, als unter der Knute des Kartells dahinzuvegetieren«, stieß sie bitter hervor. Ihre Augen blitzten vor Wut, bevor sie sich mit Traurigkeit füllten. »Du weißt, was ich tun musste, damit wir am Leben bleiben.«

Sawyer zuckte zusammen und machte unwillkürlich einen Schritt zurück. Offenbar war er überrascht von ihrer heftigen Reaktion. »Ich habe doch nur gesagt …«

»Wir wissen, was du meinst«, sagte Battle leise.

»Deine Frage ist auch durchaus berechtigt, Sawyer. Wir könnten vom sprichwörtlichen Regen in die Traufe kommen. Aber hier können wir auch kein gutes Leben führen.«

Sawyers Blick wanderte zwischen seiner Mutter und Battle hin und her. »Warum nicht?«

Battle hatte keine Antwort darauf. Er hatte keine Ahnung, wie er einem Dreizehnjährigen erklären sollte, warum sie nicht bei den Dwellern im Canyon bleiben konnten. Aber er wusste instinktiv, dass dies nicht der richtige Ort für sie war.

Battle hatte schon oft in ähnlichen Umgebungen gelebt … in Widerstandsnestern, die versuchten, mächtige Despoten zu stürzen. Wenn der Aufstand scheiterte, starben sie alle oder sie vegetierten in Todesangst vor sich hin, und das unter Bedingungen, die tausendmal schlechter waren als die, unter denen sie zuvor gelebt hatten. In den Fällen, in denen sie den meist knappen Sieg davontrugen, mussten die Aufständischen anschließend einen vollkommen kaputten Staat regieren. Bestenfalls gelang es ihnen, eine dünne Decke der Zivilisation und Ordnung über ein gesetzloses Land zu legen. Im schlimmsten Fall brachte das durch den Aufstand entstandene Machtvakuum neue, noch gewalttätigere Fraktionen hervor, die daraufhin erneut bis aufs Blut um die Herrschaft kämpften. Am besten befanden sie sich daher nicht auf der Südseite des Walls, wenn einiges davon oder all das hier eintrat.

Battle trat zu Sawyer und legte dem Jungen die Hände auf die Schultern. »Wir können hier nicht leben«, sagte er. »Wir können es einfach nicht.«

KAPITEL 6

25. Oktober 2037, 13:45 Uhr
Jahr fünf nach dem Ausbruch
Houston, Texas

Ana wiegte ihre Tochter tröstend auf dem Schaukelstuhl vor und zurück und ihre Zehen rollten auf dem kalten Holzboden auf und ab. Anas Bluse war aufgeknöpft. Sie war gerade fertig geworden mit dem Stillen und das Baby griff jetzt nach ihrem offenstehenden Kragen. Das kleine Mädchen gab leise gurrende Laute von sich und machte ein Bäuerchen in den Nacken ihrer Mutter.

Ana schloss die Augen, während sie ihr Kind schaukelte. Vor und zurück. Vor und zurück. Die Bewegung beruhigte das Baby. Für die Mutter fühlte es sich eher wie ein Äquivalent der Unruhe an, so als liefe sie ängstlich auf und ab. Erneut flutete Bedauern ihre Gedanken.

Sie hätte sich niemals den Dwellern anschließen dürfen. Sie hätte niemals zustimmen sollen, das zu tun, was jetzt von ihr verlangt wurde. Sie hätte dieses Kind niemals bekommen dürfen.

Eine Welle von Schuldgefühlen überschwemmte sie, als dieser letzte Gedanke sich immer tiefer in ihrem Kopf festsetzte. Sie nahm ihre Hand vom Rücken des Babys und streichelte sanft das kleine Köpfchen. Ihr schwarzes Haar war so unglaublich weich. Es war lockig und wuchs schon über ihren gesamten Kopf. Ana kuschelte mit ihrem Mädchen und inhalierte tief ihren Duft, bevor sie ihr einen Kuss direkt hinter das Ohr gab.

Das Kind hieß Penny. Sie begann bereits Beziehungen zu Personen aufzubauen, Wörter und Sätze zu verstehen und sie nachzuplappern. Ana wusste, dass es nur noch ein paar Wochen dauern würde, bis Penny die ersten Laufversuche starten würde. Sie zog sich bereits von Tisch zu Tisch, von Stuhl zu Stuhl.

Sie schlug die anderen Menschen genauso schnell in ihren Bann wie ihre Mutter. Sie hatte große, einladende braune Augen und hellbraune Haut. Jeder, der sie sah, fühlte sich sofort zu ihr hingezogen, als würde ihre Aura sie einladen.

Ana war mit der gleichen Gabe gesegnet – oder vielleicht auch verflucht. Denn diese Gabe war der Grund, weshalb die Dweller sie überhaupt angeworben hatten. Sie wussten, dass sie für die Aufgabe, die sie ihr gegeben hatten, wie geschaffen war. Sie würde Erfolg haben, hatten sie ihr gesagt.

Bisher war das schon mehr der Fall, als ihr lieb war.

Sie hob Penny von einer Schulter zur anderen und streichelte ihr sanft über den Rücken, bis sie spürte, dass ihre Tochter eingeschlafen war. Pennys Kopf ruhte nun an ihrer Schulter und mit einem leisen Schnarchen kitzelte ihr Atem ihre Mutter jedes Mal, wenn sie ausatmete.

Ana hörte auf, sie zu wiegen, und versuchte mit einer Hand ihre Bluse zuzuknöpfen, ohne Penny dabei zu wecken. Sie hatte drei Knöpfe geschafft, als eine Stimme in der Tür sie erschreckte.

»Meinetwegen musst du dir die Bluse nicht zuknöpfen«, sagte der große, wettergegerbte Mann, der im Türrahmen lehnte. Ein Grinsen breitete sich auf seinem Gesicht aus und er zwinkerte ihr anzüglich zu.

Beim Klang seiner Stimme zuckte Ana unwillkürlich zusammen und schaffte es gerade noch, das Baby nicht zu wecken. Sie hielt einen Zeigefinger an die Lippen. »Wann bist du nach Hause gekommen?«, flüsterte sie.

Der Mann betrat das Kinderzimmer, als ob es ihm gehörte. Was ja eigentlich tatsächlich der Fall war. Seine Stiefel stampften über den Boden, als er auf Ana und Penny zuging. Er erreichte den Schaukelstuhl und streichelte dem Baby über den Kopf.

»Sie schläft«, sagte Ana. »Es kommt nicht mehr oft vor, dass sie ein Mittagsschläfchen hält. Sie wird langsam zu groß dafür.«

Die Hand des Mannes wanderte zu Anas Gesicht und er berührte ihre Wange. Er ragte hoch über ihr auf, das Kinn auf seine Brust gepresst. Wortlos blickte er auf sie herab. Er schob seine Hand in ihre offene Bluse und fuhr mit seinen Fingern über ihren Körper. Seine regungslosen Augen fixierten die ihren.

»Warum bist du schon zu Hause?«, drängte ihn Ana. Sie wagte es nicht, seine Hand zu entfernen.

Der Mann nahm seine Finger aber jetzt zu Glück von ihrer Haut und hob einen an seine Lippen. Er deutete auf das Kinderbettchen, bevor er nach dem Mädchen griff. Er nahm Penny, wiegte sie kurz, küsste sie auf die Stirn und ließ sie dann langsam in ihr Bett sinken. Anschließend sah er zurück zu Ana und nickte in Richtung Tür.

Ana stand vom Schaukelstuhl auf und knöpfte ihre Bluse zu. Auf Zehenspitzen verließ sie den Raum und begab sich zu ihrem Mann in das Zimmer, das er gern *den Entspannungsraum* nannte. Er lag bereits in seinem abgenutzten Sessel und hatte seine Füße auf den gepolsterten Hocker gelegt. Seine Arme ruhten auf den breiten Lehnen des Sessels. Sie setzte sich ihm gegenüber auf das kleine Sofa.

In das ausgesprochen maskuline Dekor des Raumes, das von einem Hirschgeweih über dem Gaskamin komplettiert wurde, hatte er sich schon verliebt, als sie das erste Mal die große Stadtvilla betreten hatten. Das Haus gehörte zu den am besten erhaltenen Gebäuden, die noch in der Nähe der ehemaligen Innenstadt von Houston standen. Es lag nördlich des zentralen Geschäftsviertels, das sie Midtown nannten.

Er hatte das Haus ausgewählt und sogar eine andere Familie daraus verjagt, als Ana eingewilligt hatte, bei ihm einzuziehen. Sie hatte keine Wahl gehabt, denn sie hatte bereits sein Kind in sich getragen, und dass sie zusammenzogen, war Teil des Plans gewesen.

»Was gibt es zu Mittag?«, fragte er. »Machst du mir etwas Feines in der Mikrowelle?«

»Der Strom ist leider wieder ausgefallen«, sagte sie. »Wann bist du nach Hause gekommen?«

»Das Gas sollte aber funktionieren«, sagte er. »Du könntest mir ja eine Maissuppe kochen.«

Ana fuhr sich mit den Fingern durch ihr welliges schwarzes Haar. »Ich habe schon etwas Eintopf im Kühlschrank«, sagte sie. »Den sollte ich wahrscheinlich erst einmal warm machen, denn sonst wird er schlecht, wenn wir ihn jetzt nicht essen.«

Er runzelte die Stirn. »Na gut.« Mit einem Wink scheuchte er sie in die Küche.

Ana zwang sich, aufzustehen. »Wann bist du nach Hause gekommen? Ich habe dich schon mehrmals …«

»Wann bist *du* denn nach Hause gekommen?«, rief er ihr von seinem Sessel aus hinterher. Seine Worte folgten ihr durch den kurzen Flur bis in die Küche. »Antworte mir.«

Ana tat so, als hätte sie seine Frage gar nicht gehört, und öffnete den Kühlschrank. Die Luft in Inneren hatte schon beinahe Raumtemperatur erreicht. »Was hast du gesagt?«, rief sie. »Ich habe dich nicht verstanden.«

»Wann bist du nach Hause gekommen?«

Ana drehte ein Kochfeld auf und entzündete das ausströmende Gas mit einem Feuerzeug. Die blaue Flamme schoss nach oben und sie drehte das Gas rasch herunter. »Ist schon eine Weile her«, sagte sie. »Vielleicht um elf.«

Er erschien nun in der Tür zur Küche. »Wo warst du denn?« Er nahm sich einen Apfel aus der Obstschale, die auf der Granitplatte stand, und gönnte sich einen großen Bissen. Er kaute laut schmatzend und wischte sich mit dem Ärmel den herunterlaufenden Saft vom Kinn.

»Downtown«, sagte sie. Ana konnte ihn nicht anlügen, denn sie wusste genau, dass er sie soweit wie möglich überwachen ließ. Sie wusste, dass die Nanny, die eigentlich eine Bardame war, ihm genau sagen würde, wann sie gegangen und wann sie zurückgekommen war.

»Wozu?«, fragte er zwischen zwei Bissen Red Delicious.

»Ich wollte frisches Obst kaufen«, sagte sie und rührte die Suppe um. »Aber der Markt war zu.«

»Heute ist ja auch Sonntag«, sagte er und riss einen weiteren großen Bissen aus der Frucht. »Der Markt ist sonntags immer zu.«

»Ich hatte gedacht, heute wäre Sonnabend«, sagte sie. »Normalerweise bist du sonntags nämlich nicht unterwegs. Als ich heute Morgen aufgewacht bin und du weg warst, dachte ich, es sei Sonnabend.«

»Hm.« Er warf das Kerngehäuse quer durch die Küche in den Mülleimer und drehte sich um. »Wie lange dauert es denn noch?«, rief er im Gehen. »Ich habe Hunger.«

»Nur noch ein paar Minuten«, rief sie zurück und spähte den Flur hinunter. Er war zu seinem Sessel im Wohnzimmer zurückgekehrt. Sie konnte seine Stiefel auf dem Hocker sehen.

Ana schöpfte für sich eine Kelle Suppe in eine Schüssel und öffnete dann den Gefrierschrank. Hinter einigen leeren Eiswürfelformen hatte sie das besondere Geschenk versteckt, das Sidney Reilly ihr am Ende ihres Treffens gegeben hatte.

Sie öffnete die Flasche und sofort traf sie der Geruch von bitteren Mandeln. Sie hielt die Flasche auf Armeslänge von ihrem Gesicht weg und schüttete den Inhalt in den Suppentopf. Die weißen Kristalle, die wie Zucker aussahen, lösten sich sofort in der Flüssigkeit auf.

Sie rührte die Suppe mit einem Holzlöffel um, bis die Flüssigkeit wie von selbst im Topf umherwirbelte, dann verschloss sie die leere Flasche und versteckte sie wieder im Gefrierschrank.

»Ein halbes Gramm Kaliumcyanid wird ihn innerhalb weniger Tage töten«, hatte Sid ihr erklärt. »Hier sind zwei Gramm. Gib ihm alles.«

Um den sauren Geschmack des Giftes zu überdecken, fügte Ana der Suppe eine ordentliche Dosis Chilipulver hinzu und wartete, bis das Gebräu köchelte. Sie wusch sich in der Spüle die Hände, bis das kalte Wasser ihre Finger steif werden ließ, dann trocknete sie ihre Hände mit dem Geschirrtuch ab, das auf der Arbeitsplatte lag. Sie passte auf, dass sie den Dampf nicht einatmete, der aus dem Topf emporstieg. Sidney hatte ihr nämlich erklärt, dass beim Erhitzen des Cyanids ein gefährliches Gas entstehen würde.

»Das Essen ist fast fertig!«, rief sie laut. »Möchtest du auch ein Bier?«

»Das wäre grandios«, kam es aus dem Wohnzimmer zurück. »Etwas Bier, ein wenig Suppe und dann eine ganze Menge dich.«

Ana schluckte die aufstoßende Galle herunter. Die Vorstellung, sich ihm wieder hingeben zu müssen, war ekelerregend. Ein saurer Geschmack blieb in ihrem Mund zurück. Für eine Weile war es ihr gelungen, sich ihm zu entziehen. Aber als das Baby dann da war, der Plan sich verdichtete und der Aufstand näher rückte, war es immer schwieriger geworden, mitzuspielen. Sie hatte schon befürchtet, er hätte etwas bemerkt. Um jeglichen Verdacht im Keim zu ersticken, hatte sie ihren Einsatz auf eine Weise erhöht, die alles andere als ein Genuss für sie gewesen war.

Sie fand ein Tablett in der großzügigen Speisekammer und platzierte darauf seine Suppe, eine Flasche Bier mit Raumtemperatur, einen Löffel und einen Flaschenöffner. Ana holte tief Luft, hielt das Tablett auf Armeslänge von sich und trug sein Mittagessen ins Wohnzimmer.

General Harvey Logan rieb sich die Hände und setzte sich aufrecht hin, als er sie kommen sah. Er strich sich über den kahlen Kopf und leckte sich die Lippen.

»Lass es dir schmecken«, sagte Ana so überzeugend, wie sie konnte. Sie reichte ihm das Tablett, das er auf den Hocker stellte. »Es ist ein bisschen scharf«, fügte sie hinzu. »Wenn du noch ein Bier dazu willst, hole ich dir eins.«

Er sah sie misstrauisch an. »Isst du nichts? Ich mag es, wenn du mit mir zusammen isst.«

Ana nickte und machte auf dem Absatz kehrt, um wieder die Küche anzusteuern. »Natürlich«, sagte sie. »Ich habe mir auch eine Kelle genommen. Ich hole mein Essen, bin gleich wieder da.«

»Ich warte«, sagte er und ließ den Kronkorken von seiner Bierflasche ploppen. Er zeigte mit der Flasche auf sie und machte eine unwirsche Bewegung. »Beeil dich.«

Anas Herz pochte. Sie spürte kalte Feuchtigkeit unter den Armen und unter den Nackenhaaren. Sie nahm ihre Schüssel und einen Löffel. Mit zitternden Händen trug sie beides ins Wohnzimmer und nahm auf dem Sofa Platz.

Er nahm einen Schluck Bier und rülpste. »Du zitterst«, sagte er.

»Mir ist auch kalt.«

»Iss einen Löffel heiße Suppe«, befahl er. »Ich warte auf dich. Ich bin schließlich ein Gentleman.« Er zwinkerte ihr zu und leerte die Flasche in einem Zug.

Ana nahm den Löffel an die Lippen und nippte an der warmen, salzigen Suppe. Sie nahm einen weiteren Schluck und dann noch einen. »Das tut gut«, sagte sie und sah auf seine Schüssel.

General Logan stellte die leere Flasche vor sich auf das Tablett und umfasste seine Schüssel mit beiden Händen. Er hob sie an die Lippen, kippte die Schüssel und trank sie in einem Zug aus. Die heiße Flüssigkeit lief ihm zu beiden Seiten über das Gesicht.

»Ahhh«, sagte er schließlich. Er ließ die leere Schüssel auf das Tablett knallen und leckte sich über die Lippen. »Puh«, sagte er. »Das Zeug gibt einem aber einen ordentlichen Kick, nicht wahr?« Er schüttelte den Kopf wie ein nasser Hund und atmete laut aus, wobei er seine Lippen flattern ließ.

Ana aß einen weiteren Löffel. »Zu viel Chilipulver?«

»Puh«, sagte er noch einmal und schlug sich mit der Faust gegen die Brust. »Ich denke schon. Wie viel hast du denn da reingeschüttet?« Auf seinem kahlen Kopf standen die Schweißperlen und der Schmerz zwang ihn aus seinem Sessel.

Ana nahm noch einen Löffel Suppe. »Nicht mehr als sonst auch«, sagte sie gleichmütig, scheinbar ohne zu bemerken, mit welcher Geschwindigkeit es mit dem Vater ihres Kindes zu Ende ging. »Möchtest du noch ein Bier?«

Harvey Logan, einer von den drei Generälen des Kartells, stolperte vorwärts. Seine Augen weiteten sich und er schnappte nach Luft. Er fiel nach vorn und prallte gegen den Holztisch, der seinen Stuhl vom Sofa trennte. Ana kreischte auf und ließ ihre Suppe fallen, die sich daraufhin über ihren Schoß ergoss. Sie zog ihre Beine an und kroch so weit nach hinten auf dem Sofa wie nur möglich.

General Logan fiel auf die Seite und starrte nach oben zu Ana. Er fasste sich an die Kehle, sein ganzer Körper zuckte. Seine Arme und Beine verkrampften sich. Er knurrte etwas und weißer Schaum quoll aus seinem offenen Mund.

Das Gift in Logans Körper blockierte die Fähigkeit, Sauerstoff aufzunehmen. Sein Zentralnervensystem, sein Herz, seine Blutgefäße und seine Lunge verweigerten den Dienst, als hätte jemand den Schalter des elektrischen Generators umgelegt, der sie antrieb. Eine Zelle nach der anderen erstarb und er erstickte von innen nach außen.

Ana schrie ihren Horror laut heraus. Ihre Brust hob und senkte sich hektisch und sie schluchzte hemmungslos angesichts der Realität dessen, was sie gerade getan hatte. Harvey Logan war ein verabscheuungswürdiger, gewalttätiger Mann. Er war für das Elend von Tausenden verantwortlich. Aber er war auch ein Mensch. Seine hervorquellenden Augen und seine bläuliche Haut brannten sich in ihre Erinnerung ein … ewige, unauslöschliche Bilder ihres Verrats.

Ana hatte oft Verwerfliches getan, um nach dem Ausbruch der Seuche zu überleben. Das traf auf die meisten zu. Aber sie hatte noch nie jemanden getötet. Bis jetzt zumindest.

Logan bekam ihre Schreie und ihr Weinen nicht mehr mit, da er schmerzerfüllt ins Koma fiel und dann starb. Ihr Weinen galt ihrer eigenen Seele. Sie war jetzt eine Mörderin.

Aus dem Kinderzimmer hörte sie Penny. Das Schreien des Babys klang durchdringend und wütend. Ana bedeckte ihre Ohren mit den Handflächen und drückte fest zu. Sie zog die Knie an die Brust und schloss die Augen. Tränen liefen ihr über die Wangen. Sie vergrub den Kopf zwischen den Knien und wiegte sich.

KAPITEL 7

25. Oktober 2037, 14:51 Uhr
Jahr fünf nach dem Ausbruch
Lubbock, Texas

Cyrus Skinner klopfte die letzte Zigarette aus der Packung und schob sie zwischen seine Lippen. Er zerknüllte die mit Zellophan umwickelte Packung in seiner Hand und warf sie dann vor dem Jones Stadium in den Staub.

»Die Dinger werden Sie noch umbringen«, sagte General Roof. Er lehnte an einem Humvee.

»Wenn mich schon etwas umbringt«, erwiderte Skinner, »dann darf es auch etwas sein, das ich liebe.«

Skinner setzte seinen weißen Hut wieder auf und sah den General an. Roof war heute nicht er selbst. Er wirkte abgelenkt und unkonzentriert.

Sie standen kurz vor einem sehr entscheidenden Moment für das Kartell, aber Roof schien kein Interesse daran aufbringen zu können. Skinner zündete die Zigarette an und sog den bitteren Tabakrauch ein, während das Papier leise knisterte und verbrannte.

Er blies den Rauch aus seinem Mundwinkel und achtete darauf, dass Roof nichts abbekam. »Was ist mit Ihnen los, wenn ich fragen darf?«, sagte Skinner.

Roof sah Skinner von der Seite an und kämmte sich dann mit den Fingern durch seinen Bart. »Sie dürfen fragen.«

Skinner sog seine Wangen ein, hielt die Zigarette zwischen Daumen und Zeigefinger und schnippte die Asche auf den Boden. Er atmete wieder aus. »Also, was ist los?«

»Ich kenne Marcus Battle.«

»Mad Max?«

»Genau.«

»Ich auch«, sagte Skinner. »Er ist ein störrischer Esel. Es stimmt, er ist ein durchgeknallter Typ, und er weiß einfach nicht, wann er verloren hat.«

Roof kniff die Augen zusammen. Er spitzte den Mund und schüttelte den Kopf. »Nein«, sagte er. »Ich kenne ihn schon seit langer Zeit. Oder besser gesagt, ich *kannte* ihn, das trifft es wohl besser.«

Skinner versuchte das in seinem Kopf zusammenzubekommen, denn es ergab keinen Sinn. Er ließ die Zigarette zu Boden fallen und trat sie mit der Schuhspitze in den staubigen Boden. »Ich verstehe nicht.«

Roof richtete seinen Hemdkragen und zog ihn an seinem Nacken hoch. »Was gibt es denn daran nicht zu verstehen, Cyrus?«, fragte er und sah in die Ferne. »Ich kannte Marcus Battle. Wir haben zusammen in Syrien gedient. Er …«

Roof verlor sich daraufhin in seinen Erinnerungen und Skinner fragte sich, wohin die Gedanken des Generals wohl gerade wanderten. Er wusste, dass Roof in Syrien gedient hatte. Jeder wusste das. Jeder wusste, dass er dort seinen ersten Mann getötet hatte, seine erste Frau, sein erstes Kind. Sie wussten auch, dass Roof in Syrien fast gestorben wäre. Doch niemand wusste, wie.

Alles, was es dazu zu erzählen gab, war nicht mehr als Lagerfeuertratsch auf langen Erkundungstouren.

»Er hat *was*?«, fragte Skinner und holte Roof damit wieder abrupt in die Gegenwart zurück.

Roof blinzelte ein paar Mal schnell hintereinander und sah dann Skinner an. »Er hat mein Leben gerettet.«

Skinners Gesichtsausdruck musste seine absolute Überraschung widerspiegeln, denn Roof trat unwillkürlich einen Schritt zurück und sah zu Boden, als schäme er sich für das, was er gerade enthüllt hatte.

Skinner deutete mit dem Kopf zum Stadion hinüber. »Deshalb haben Sie ihn nach dem Jones am Leben gelassen?«

»Zum Teil«, sagte er. »Ich habe aber außerdem eine gute Möglichkeit gesehen, Zugang zum Canyon zu bekommen.«

»Und er hat Sie nicht erkannt?«, fragte Skinner. »Obwohl er Ihnen damals das Leben gerettet hat?«

»Sieht ganz so aus«, sagte Roof. »Vielleicht sind es die Haare oder der Bart. Außerdem habe ich zugenommen und bin älter geworden. Wer weiß das schon?«

Ein Grinsen breitete sich auf Skinners Gesicht aus. »Jetzt verstehe ich«, sagte er zähnefletschend und die Worte kamen abschätzig von seinen trockenen, rissigen Lippen. »Deshalb wollten Sie nicht, dass ich ihn töte. Deshalb wollten Sie, dass er direkt zu Ihnen gebracht wird.« Skinner schüttelte angewidert den Kopf. Er zog heftig die Luft durch die Nase ein und spie dann einen dicken Batzen Rotze auf den Boden. »Ich frage mich, was die anderen Generäle wohl dazu sagen würden.«

Roof schob sein Kinn nach vorn und machte mit breiten Schultern einen schnellen Schritt auf Skinner zu. Er stieß seinen Finger in die Brust des Captains. »Passen Sie auf, was Sie sagen, Cyrus.« Er stieß noch einmal mit seinem Finger zu. »Vergessen Sie nicht, wo Ihr Platz ist.«

Skinner hielt dagegen, sodass sich Roofs Finger unter dem Druck bog. »Ich habe überhaupt nichts vergessen, General. Ich werde auch in Zukunft nichts vergessen.« Seine Augen tauchten tief in die Augen von Roof ein und er starrte ihn an, bis es unangenehm wurde. »Sie haben eine Schwäche für *Mad Max*. Das wird noch viele Menschen das Leben kosten.«

Mit einer blitzschnellen Bewegung, die Skinner nicht kommen sah, ergriff Roof sein Handgelenk, riss es nach oben und schlang seine dicken, muskulösen Finger um Skinners Hals. Er presste die Überraschung in das purpurrote Gesicht des Captains. Skinner versuchte erfolglos Roofs Handgelenk und Unterarm zu ergreifen, um den Griff zu lockern.

Obwohl Skinner seinen General an Muskelmasse locker übertraf und versuchte seine außergewöhnliche Kraft zu nutzen, war Rufus Buck überraschend stark in seiner adrenalingetriebenen Wut. Skinner war gerade dabei, diesen Kampf zu verlieren. Das schwindelerregende Brummen in seinem Kopf, das durch die zusammengebissenen Zähne von Roof, die er nur noch verschwommen wahrnahm, noch zunahm, machte es nur noch schlimmer. Roof trieb ihn rückwärts vor sich her, bis er den Halt verlor und zu Boden ging.

Skinners Hut flog weg, als sein Kopf zuerst nach hinten gerissen wurde und dann mit einem widerlichen, dumpfen Geräusch auf den Boden knallte. Beim Aufprall biss er sich in die Zunge und hatte sofort den warmen, metallischen Geschmack seines eigenen Blutes im Mund.

Roof war jetzt über ihm und fixierte ihn mit seinem ganzen Gewicht auf dem Boden. Mit aller Kraft drückte er Skinners Hals nach unten. Mit seiner freien Hand griff er nach Skinners Gesicht und presste es seitlich auf den harten, schmutzigen Boden.

Skinner war jetzt kurz davor, das Bewusstsein zu verlieren. Doch bevor er ohnmächtig wurde, lockerte Roof den Griff an seinem Hals. Skinner japste nach Luft und verschluckte sich an dem Blut, das in seinen Rachen rann. Er rollte sich auf die Seite und hustete hektisch, bis seine Brust brannte. Als er die Augen öffnete, kehrte seine Sicht allmählich zurück, und er sah dunkelrote Spritzer vor sich auf dem Boden.

Seine Zunge war geschwollen und pochte vor Schmerz. Er zog die Knie an die Brust und griff nach seinem verwundbaren Nacken. Sein Körper konnte sich offenbar nicht entscheiden, auf welchen Schmerz er sich konzentrieren sollte. Alles tat weh.

»Sie Made haben überhaupt keine Ahnung«, knurrte Roof mit einer finsteren Stimme, die Skinner noch nie zuvor von ihm gehört hatte. »Also haben Sie sich auch kein Urteil zu erlauben.

Machen Sie das nie wieder, Cyrus. Nehmen Sie sich noch einen einzigen falschen Ton heraus, versuchen Sie mich zu bedrohen und ich mache Sie ein für alle Mal fertig.«

Roof bekräftigte seine Worte mit einem wuchtigen Tritt in Skinners Rücken. Skinner stieß einen Schrei aus, der sich anhörte wie ein Frosch, der im Maul einer Mokassinschlange stirbt. Er nahm die Lautäußerung nicht als seine eigene Stimme wahr, wusste aber, dass der schrille Schrei von ihm stammen musste. Der verlässlich pulsierende Schmerz in seinem Rücken versicherte ihm, dass dies der Fall war.

Skinner hatte weder die Kraft noch genug Luft, geschweige denn eine funktionierende Zunge, um noch etwas zu ihrer Auseinandersetzung beizutragen. Er konnte fühlen, wie das Gewicht seines Körpers auf der Suche nach etwas Komfort in den Boden sank. Durch den Nebel des Schmerzes dachte Skinner bei sich: *Das ist der Roof, den ich kenne.*

***

General Roof marschierte zum Stadion zurück. Er ballte seine Hände immer wieder zu Fäusten, bevor er sie erneut öffnete und dabei seine Finger so weit streckte, wie es möglich war.

Er stürmte durch den Eingang und ging zurück in den Besprechungsraum, der neben dem Zimmer lag, in dem er, seit letzter Woche geschlafen hatte. Sein Bein schmerzte, als zöge ein Sturm auf. Seine Zähne waren fest zusammengebissen, bis er sprach.

»Computer an«, befahl er. Das Trio der Breitbildschirme flackerte auf. »Konferenz mit den Generälen. Live-Chat.«

Eine Reihe von Zahlen und Buchstaben bewegte sich daraufhin über den mittleren Bildschirm. Er wurde schwarz und startete neu, bevor Roofs Gesicht auf dem fünfzig Zoll großen Screen erschien. Die Monitore zu beiden Seiten klickten und summten.

Auf dem linken Bildschirm, der General Harvey Logan zugewiesen war, blinkte die Meldung »Verbindung offline«. Rechts tauchte das noch verpixelte Gesicht von General Parrott Manuse auf, das sich allmählich scharf stellte.

»Was ist los, Roof?«, fragte Manuse und rieb sich das Kinn, das aussah wie aus Play-Doh-Knete modelliert. Er kaute auf etwas herum. »Ich esse gerade zu Mittag«, schmatzte er. Hinter ihm stand ein Mann mit roten Stiefeln. Es war Manuses Sicherheitschef.

»Ich will sichergehen, dass alle an Bord sind, soweit es den Plan betrifft«, sagte Roof.

Manuses Gesicht auf dem Monitor wurde größer. Seine ohnehin mandelförmigen Augen verengten sich weiter. »Dein Gesicht ist rot«, sagte er. »Und du schwitzt. Was ist los?«

»Wir warten noch auf Harvey«, sagte Roof. »Er ist noch nicht online.«

Manuse spießte mit seiner Gabel etwas auf und schaufelte es sich zwischen die Zähne. Seine Augen bewegten sich nach rechts, während er mit offenem Mund kaute. »Ich sehe ihn auch nicht. Wo steckt er denn?« Der Mann mit den roten Stiefeln brachte ihm eine Flasche Bier und zog sich dann in den hinteren Bereich des Raumes zurück.

»Woher soll ich das wissen?«, entgegnete Roof. »Es ist Sonntag. Normalerweise bleibt er da im Haus.«

»Hm.« Manuse setzte die Flasche an die Lippen und stürzte den Inhalt hörbar hinunter. Sein ausgeprägter Adamsapfel hob und senkte sich, während er so lange trank, bis die Flasche leer war. Er ließ die Lippen erneut aufeinanderschmatzen und leckte die schaumige Flüssigkeit ab.

»Du kannst mir genauso gut gleich sagen, was los ist, und der Kollege Logan wird es dann eben später herausfinden«, sagte Manuse. »Vielleicht spielt er ja mit seinem Baby. Oder er macht mit seiner jungen Mieze rum. Auf jeden Fall habe ich keine Lust, zu warten.«

»Gut«, schnaubte Roof. »Doch es betrifft ihn eigentlich mehr als dich. Einer seiner Captains, Charlie Pierce, ist entweder tot oder wird es bald sein.«

Manuse leckte sich über die Zähne. »Der, den du in den Canyon geschickt hast? Der Spion?«

»Genau«, antwortete Roof. »Er hatte einige gute Informationen für uns, aber er ist offenbar aufgeflogen. Inzwischen haben sie ihn wahrscheinlich gefangen genommen.«

»Das ist alles?«

»Nein«, sagte Roof. »Ich habe noch ein paar Dinge zu besprechen. Als Erstes; hast du deine Trupps aus Dallas losgeschickt?«

»Sie brechen morgen früh auf«, erwiderte Manuse. »Sie werden aber nur langsam vorankommen. Wahrscheinlich brauchen sie einen Tag, bevor sie am Ziel sind. Sie nehmen sich den nördlichen Rand des Canyons vor, wie wir es geplant haben. Als ich zuletzt mit Logan gesprochen habe, hatte er vor, seine Männer nach Nordwesten schwenken zu lassen, damit sie von der Westseite des Canyons aus angreifen können. Sie sollten heute Nacht nach Einbruch der Dunkelheit aufbrechen.«

Roof nickte. »Gut. Die Männer aus San Antonio sind ebenfalls unterwegs. Sie rücken durch Skinners Territorium vor und passieren Abilene auf dem Weg nach Norden. Sie werden den südlichen Rand angreifen. Ich habe außerdem einen Voraustrupp aus Wichita Falls, der schon heute Abend eintreffen könnte. Alles gute Männer, allesamt Bosse mit eigenen Trupps. Sie kommen den Highway 287 entlang und nähern sich dann von Südosten. Sie werden die Lage weiter aufklären und zusammen mit den Informationen von Pierce erhalten wir ein gutes Gesamtbild.«

Manuse steckte einen Finger in ein Nasenloch und popelte ungerührt darin herum, während er sprach. »Und deine Männer in Lubbock dringen von Amarillo aus zum westlichen Rand vor?«

»So ist es.«

»Wir werden uns in einiger Entfernung aufstellen und sie dann in Wellen angreifen«, erklärte Manuse. »Dieser Canyon ist nämlich ein zweischneidiges Schwert.«

»Warum?«

»In den steilen Felswänden können sie sich gut verschanzen«, sagte Manuse. Er redete lebhaft mit seinen Händen. »Sie können es sich dort richtig nett und gemütlich machen, aber es ist für sie unmöglich, uns aus allen Richtungen kommen zu sehen. Sie sind einfach zu wenige, um den ganzen Canyon abzudecken. Wenn wir sie angreifen, werden wir sie umzingeln. Leichte Beute.«

»Vielleicht«, sagte Roof. »In der Vergangenheit mussten sie immer nur einen Teil des Randes bewachen. Sie haben nur die direkten Wege hinunter in den Canyon bewacht und sich sonst auf die Unwegsamkeit des Geländes verlassen.«

»Wir sind auch noch nie mit derart geballter Kraft vorgegangen wie jetzt«, wandte Manuse ein. »Wir haben sie stets glauben lassen, sie könnten sich behaupten und uns in Schach halten. Doch damit ist jetzt Schluss.«

Roof verschränkte die Arme vor der Brust. Er starrte auf den linken Bildschirm, der immer noch schwarz war und erinnerte sich daran, was er mit Skinner gemacht hatte. Eine Welle von Übelkeit überkam ihn, als er darüber nachdachte, wie Marcus Battle die Verteidigung des Canyons koordinieren würde. Er hatte einen Fehler gemacht, als er Battle am Leben gelassen hatte. Trotz der Informationen von Pierce war es das nicht wert gewesen.

Battle mochte einen taktischen Fehler begangen haben und sich auf einem einsamen Abstieg in den Wahnsinn befinden, aber er war ein Glückskind, ein Mann, der einen Schatz am Ende des Regenbogens fand, wo es nicht einmal einen Regenbogen gab. Und in einer Sache hatte Skinner recht: Battle wusste einfach nicht, wann er verloren hatte.

Roof hatte vor nichts und niemandem Angst gehabt, seit er das kleine Feuerwerk in Aleppo überlebt hatte. Er hatte danach beschlossen, furchtlos und rücksichtslos und unmoralisch zu sein. Er verlor sich in der Schwärze des leeren Bildschirms und dachte an die Angst, die unter den unruhigen Stromschnellen durch seinen Darm rauschte.

Marcus Battle machte ihm Angst! Jetzt war es raus. Der Mann, der so lange vor sich hin gelogen hatte, schaffte es schließlich doch, sich die Wahrheit einzugestehen. Deshalb hatte er ihn nicht getötet oder von Skinner erledigen lassen. Er hatte schlichtweg Angst.

Manuse tippte an seine Kamera, um Roofs Aufmerksamkeit auf sich zu lenken. »Was gibt es sonst noch?«, fragte er. »Du sagtest, es gäbe ein paar Dinge zu besprechen.«

»Sonst ist nichts«, sagte er schnell. »Lass mich wissen, wenn du Harvey erreichst.«

»Yep.« Manuse beendete die Verbindung. Sein Bildschirm wurde dunkel.

Es klopfte an der Tür. Roof drehte sich um und fand einen dicklichen Befehlsempfänger vor, der die Lücke zwischen der halbgeöffneten Tür und dem Türrahmen mit Leichtigkeit ausfüllte. Seine Augen waren groß und sein eng anliegendes T-Shirt mit Blutflecken übersät. Er zog sich die Hose an den leeren Gürtelschlaufen hoch.

Roof zuckte ungeduldig mit den Schultern. »Was ist los?«

»Jemand hat Captain Skinner ziemlich übel zugerichtet«, sagte der Mann. »Ich weiß nicht, wer es war. Ich dachte, ich sollte …«

Roof hob die Hand, damit der Mund des Soldaten aufhörte, sich zu bewegen. »Wer sind Sie?«

Der Mann senkte den Blick. »Sie nennen mich Porky.«

»Ich habe ihn so fertig gemacht, wie ich nur konnte, Porky«, erklärte Roof. »Wird er es trotzdem überleben?«

Porkys Augen weiteten sich einmal mehr und wurden dann schmal vor Verwirrung. Er hob und senkte den Kopf dann wieder. »Ja. Ich glaube schon. Seine Zunge allerdings …«

»Was ist damit?« Roof ging drohend auf den Mann zu, während er sprach.

»Sie sieht ziemlich mitgenommen aus«, sagte Porky. »Es ist … er kann nicht reden.«

»Holen Sie ihm etwas Eis aus der Kantine«, befahl Roof. »Bis wir morgen losziehen, ist er wieder fit.«

»Sir, General, Sir, ich weiß nicht, ob …«

»Er ist wieder fit«, wiederholte Roof. »Wir brauchen jeden Mann. Er ist bis morgen also besser wieder in der Spur. Wenn nicht …« Roof näherte sich dem Soldaten bis an die Nasenspitze und beugte sich dann nach vorn. »… mache ich Sie dafür verantwortlich.«

KAPITEL 8

25. Oktober 2037, 15:43 Uhr
Jahr fünf nach dem Ausbruch
Palo Duro Canyon, Texas

Felipe Baadal stand vor dem Eingang zu Juliana Paagals Zelt. Er schaute nach oben in die Sonne und bemerkte, dass sie ungefähr um fünfzehn Grad gesunken war, seit er hier wartete. Inzwischen musste also locker eine Stunde vergangen sein. Als er gegangen war, hatte sie über ein Satellitentelefon mit jemandem in Houston gesprochen. Sie hatte ihn dabei höflich gebeten, ihr etwas Privatsphäre zu geben. Es war *ein Gespräch auf höchster Ebene*, hatte sie gesagt.

In der kühlen, trockenen Oktoberluft war das Warten allerdings gut auszuhalten. Jedenfalls fühlte es sich deutlich besser an als eine Patrouille in der Wüste Mitte Juli. Baadal stemmte die Hände in die Hüften, drehte sich hin und her und streckte dann seinen Rücken. Er fasste mit einer Hand an seinen gegenüberliegenden Ellenbogen und zog daran. Er schnurrte fast vor Behagen und Erleichterung.

»Eine Zerrung?« Paagal trat aus dem Zelt ins Sonnenlicht, während sie mit der Hand den roten Stoff des Zelteingangs hielt.

Baadal hielt mitten in der Bewegung inne und drehte sich mit einem Lächeln um. Ein Wärmestrom durchflutete seinen Körper und seine Wangen röteten sich. »Es ist die Matratze.«

»Ah«, sagte Paagal. »Die Matratze.«

Baadals Augen weiteten sich, als er sich daran erinnerte, wie seine Finger über ihre Arme gestrichen hatten. Seine olivfarbene Haut hatte ihren glatten braunen Teint wundervoll ergänzt.

Sein Puls beschleunigte sich, als sich in seinem Kopf die Szenen abspielten, die geschehen waren, bevor er auf der klumpigen Matratze eingeschlafen war. Bevor er das Zelt hatte verlassen müssen, weil Battle mitten in der Nacht mit dringenden Neuigkeiten aufgetaucht war.

»Weißt du«, sagte sie und trat näher, »du bist der erste Mann seit langer Zeit, der …« Sie lächelte. Ihre Augenbrauen kräuselten sich zu einem Bogen und beendeten so den Satz an ihrer Stelle.

Baadal wollte sie am liebsten sofort zurück ins Zelt schieben, aber er wusste, dass das warten musste. Es gab schließlich etwas zu erledigen.

»Und du bist die erste Frau in ich weiß nicht wie langer Zeit.«

Sie berührte seine Brust mit ihrer flachen Hand. Ihre Augen verrieten ihm, dass sie genauso begierig darauf war wie er, sich im anderen zu verlieren.

Das Lächeln verschwand aus Baadals Gesicht. »Ich muss dich daran erinnern«, sagte er ernst, »dass ich kein guter Mann bin.«

Juliana Paagal nahm ihre Hand von seiner Brust und berührte Baadals glatte Wange. »Und ich bin keine gute Frau«, gab sie zurück. »Aber wir sind beide Überlebende. Das ist der Punkt, von dem aus wir neu anfangen können. Ich wünschte, ich hätte dich schon früher besser kennengelernt.«

Ihre Augen wandten sich von seinen ab und sie blickte über seine Schulter. Baadal drehte sich um und sah, was ihre Aufmerksamkeit auf sich gezogen hatte.

»Ich muss leider schon wieder stören«, sagte Marcus Battle mit Lola und Sawyer im Schlepptau. »Es tut mir leid. Ich will kein Spielverderber sein.«

Paagal ließ die Hand sinken und schüttelte den Kopf. »Ist schon okay.«

»Ist es offenbar nicht«, sagte Battle. »Sie haben nämlich Ihren Kopf geschüttelt, als Sie gesagt haben, es sei okay. Unterbewusst wäre es Ihnen also lieber, wenn ich Sie nicht gestört hätte.«

Paagal verzog den Mund zu einem Schmunzeln. »Sie verabreichen mir gerade sozusagen eine Dosis meiner eigenen Medizin?«

Battle zuckte mit den Schultern. »Vielleicht. Doch ich glaube, Sie werden hören wollen, was wir zu sagen haben.«

Lola stellte sich neben Battle. Sie nahm Sawyers Hand und hielt sie fest. Ihre Finger und die ihres Sohnes griffen ineinander. Paagal verschränkte die Arme vor der Brust.

»Was ist los?«, fragte Baadal, als niemand etwas sagte. Er spürte, dass Battle, Lola und Sawyer ihnen etwas Wichtiges und Dringendes mitzuteilen hatten. Er konnte es an ihren Gesichtern ablesen.

Battle, so hatte er festgestellt, trug einen wirklich treffenden Namen. Das lag nicht nur an seinen Überlebensfähigkeiten oder seinem Kampfeswillen, es lag auch daran, dass der Mann immer so aussah, als hätte er Schmerzen und als würden große Konflikte in ihm brodeln. Marcus Battle wirkte auf ihn wie ein Vulkan, der bis zum Bersten unter Spannung stand und stets bereit war, unter den richtigen – oder falschen – Bedingungen auszubrechen.

Was Lola anbetraf … obwohl Baadal sie erst kurze Zeit kannte, war er zu dem Schluss gekommen, dass ihre Emotionen wie ein offenes Buch waren … und zwar ein Buch mit großer, fett gedruckter Schrift. Was sie empfand, breitete sich unmittelbar auf ihrem Gesicht aus und spiegelte sich in ihren Bewegungen ebenso wie im Tonfall ihrer Stimme wider.

Lola drückte die Hand ihres Sohnes und räusperte sich. »Battle hat uns erzählt, dass Sie gegen das Kartell in den Krieg ziehen. Sie planen das schon lange, hat er gesagt.«

Paagal nickte. Ihre Augen wanderten zwischen Lola und Battle hin und her. »Ja, das ist richtig.«

»Er sagte, Sie würden uns helfen, den Wall zu überwinden, wenn wir jetzt erst einmal hierbleiben und mit ihnen kämpfen«, sagte Lola.

»Ja, auch das ist richtig.«

»Sind Sie wirklich in der Lage, uns auf die andere Seite zu bringen?«

»So ist es.«

Lola machte zusammen mit Sawyer, einen Schritt auf Paagal zu, und hielt der Anführerin der Dweller ihre freie Hand hin. Paagal nahm das Angebot an und schüttelte fest Lolas Hand.

»Wir werden kämpfen«, sagte Lola entschlossen. »Was auch immer wir tun müssen, um sie zu besiegen, wir werden es tun.«

Paagal ließ Lolas Hand wieder los und nickte. »Gut«, sagte sie. »Wir werden heute Abend zusammenkommen, um zu besprechen, wie wir vorgehen werden. Der Plan selbst ist bereits in vollem Gange.«

Battles Augen bekamen einen harten Glanz und er straffte die Schultern. »Was meinen Sie mit: *in vollem Gange*?«

Baadal hatte schon vermutet, dass es bei dem Gespräch, wegen dem er das Zelt hatte verlassen müssen, um den Plan ging, den Paagal initiiert hatte. Er beobachtete, wie sie ihre Lippen aufeinanderpresste. Vermutlich wog sie gerade die Vor- und Nachteile ab, zu viele Informationen an vergleichsweise Außenstehende weiterzugeben.

»Kommen Sie schon«, drängte sie Battle. »Wir werden für Sie kämpfen und unser Leben für Ihre Sache aufs Spiel setzen, da können Sie uns ruhig sagen, was gerade geschieht.«

Paagal verschränkte die Arme und lächelte herablassend. »Wir sollten unsere für beide Seiten vorteilhafte Vereinbarung nicht mit Selbstlosigkeit verwechseln.«

»Was soll das heißen?«, fragte Lola.

Paagal öffnete den Mund, um zu antworten, hielt dann aber inne. Sie holte tief Luft und blies sie durch ihre zusammengepressten Lippen wieder aus. »Es bedeutet«, sagte sie, »dass wir hier eine Vereinbarung auf Gegenseitigkeit haben. Ihr helft uns, wir helfen euch. Das meinte ich auch, als wir heute Morgen miteinander gesprochen haben. Ihr helft uns schließlich nicht aus purer Herzensgüte, Lola, und wir bringen euch nicht zum Wall, weil wir einen kostenlosen Taxiservice anbieten.«

Battle sah zuerst Lola und dann wieder Paagal an. Er zeigte mit dem Finger auf sie und sprach in gemessenem, aber kraftvollen Ton. »Niemand außer Ihnen hat etwas von Selbstlosigkeit oder Geschenken gesagt. Ich meinte damit nur, dass Sie uns genug vertrauen müssen, um uns die Informationen zu geben, die wir für den Kampf brauchen. Egal, was die Motivation für unsere Unterstützung sein mag, soviel schulden Sie uns auf jeden Fall.«

»Ich schulde Ihnen gar nichts«, entgegnete Paagal knapp. »Sie sind als Gäste hierhergekommen. Sie können uns verlassen, wann immer Sie wollen.« Sie hob nun ihrerseits den Finger und zeigte auf Battle, Lola und Sawyer.

Paagal trat näher an Battle heran, die Arme an ihre Seiten gepresst. Ihre Hände waren zu Fäusten geballt. Jeder Anflug eines Lächelns war jetzt aus ihrem wütenden Blick verschwunden. »Das ganze Geheimnis besteht darin, den Feind zu verwirren, damit er unsere wirklichen Absichten nicht ergründen kann«, zischte sie. »Derjenige, der zuerst auf dem Schlachtfeld erscheint und den Feind erwartet, wird in aller Frische den Kampf führen.«

»Sie können Sun Tzu zitieren«, sagte Battle trocken, und sein Blick hielt dem ihrem stand. »Doch das macht Sie noch lange nicht zu einem General.«

»Soldat sein auch nicht«, polterte sie zurück und ihre muskulösen Arme spannten sich mit der Intensität ihrer Worte an. »Ein Mann am Rande des Wahnsinns ist mit Sicherheit kein guter militärischer Führer. Sie sprechen von Vertrauen? Vertrauen Sie mir denn, wenn ich Ihnen sage, dass wir bereits dabei sind, den Krieg zu gewinnen? Entweder kommen Sie heute Abend zu unserer Zusammenkunft dazu und hören still zu, welche Schritte als Nächstes geplant sind, oder Sie lassen es bleiben.«

Paagal machte auf dem Absatz kehrt und wandte sich wieder ihrem Zelt zu. Sie schob die Zeltplane zur Seite, bückte sich unter den niedrigen Eingang und verschwand. Baadal sah Battle entschuldigend an und folgte seiner Geliebten ins Zelt.

»Was zur Hölle war das denn?«, fragte Lola.

»Sie hat mich gerade wissen lassen, wer hier das Sagen hat«, erklärte er, »und wir sind es nicht.«

***

Battle bedeutete Lola und Sawyer, ihm zurück zu ihren Zelten zu folgen. Sie befanden sich ungefähr hundert Fuß von Paagals Kommandozentrale entfernt inmitten eines Dutzends langer Reihen ähnlicher Vier-Personen-Zelte. Lola hatte angeboten, ihr Zelt mit Battle zu teilen, schließlich wären sie mit ihm nur zu dritt. Ein Zelt für vier Personen müsste für sie drei doch locker ausreichen, hatte sie argumentiert. Doch Battle hatte mit der Ausrede abgelehnt, dass üblicherweise nur die Hälfte der vom Hersteller angegebenen Personen bequem Platz in so einem Zelt fanden. Er hatte gemeint, sie solle sich glücklich schätzen, ein wenig mehr Luft für sich und ihren Sohn zu haben.

Als sie ihre Zeltreihe erreichten – ihre Zelte lagen direkt nebeneinander – schlug Battle vor, die Chance auf Ruhe zu nutzen, denn wenn die Kämpfe erst einmal begonnen hatten, konnte es Tage dauern, bis sie wieder Schlaf bekamen.

Sawyer schob die Eingangsluke auf und verschwand. Lola und Battle blieben allein in der Gasse zwischen den Zelten zurück. Es war still, nur das leise Flattern gespannten Nylonstoffs im Wind und das Rascheln durstiger, sterbender Blätter der Seifenbäume auf dem nahe gelegenen Felsvorsprung war zu hören.

»Ich glaube, du hast vorhin bei ihr eine Grenze überschritten«, sagte Lola sanft.

Battle legte den Kopf schief. »Wie denn das?«

»Die Sache mit dem Vertrauen«, sagte sie. »Jeder hat ein Recht darauf skeptisch zu sein, ohne dafür verurteilt zu werden, Marcus.«

Battle lachte. »Einige vielleicht«, sagte er, »aber bestimmt nicht alle.«

Lola schaute zu Boden. »Masochismus ist nicht gerade anziehend«, erwiderte sie und trat einen Schritt näher an Battle heran. Sie stellte sich auf die Zehenspitzen, zog ihn an den Schultern nach vorne und küsste ihn auf die Wange. Dabei errötete sie.

»Ich mache jetzt ein Nickerchen, so wie du vorgeschlagen hast«, sagte sie und begab sich in ihr Zelt, ohne darauf zu warten, dass ihr sprachloses Gegenüber reagierte.

Battle stand einen Moment lang vollkommen regungslos da. Es war so schnell passiert und er hatte sich der Situation einfach hingegeben, ohne sich ihr zu entziehen. *Was bedeutete das?*

»Es bedeutet, dass du auch nur ein Mensch bist.« Sylvias Stimme war zurück. »Es bedeutet, dass du nicht ganz verloren hast, wer du bist.«

Hastig öffnete Battle sein Zelt und kroch hinein. Obwohl ihn der beruhigende, sanfte Blauton des Innenraums umgab, legte sich seine Aufregung kein bisschen. Er zog seine Stiefel aus und warf sie achtlos in die Ecke. Sie wirbelten Staub auf, als sie erst auf den Boden und dann auf die straffe blaue Nylonwand trafen.

»Du hörst mir nicht zu«, meldete sich Sylvia erneut zu Wort. »Sie sagt dir, was sie empfindet, sie möchte offenbar eine emotionale Verbindung mit dir, Marcus. Daran ist nichts auszusetzen.«

Marcus versuchte Sylvia zu ignorieren und konzentrierte sich stattdessen auf das, was Paagal zu ihm gesagt hatte, bevor sie wütend verschwunden war. Sie hatte Sun Tzu mit Bedacht zitiert. Sie musste diese Passage aus einem ganz bestimmten Grund gewählt haben. Das war kein Zufall gewesen.

Sie hatte gewollt, dass er im Groben wusste, was ihr Plan war, ohne dass es so aussah, als würde sie seinen Forderungen nachgegeben. Sie wollte nach außen hin stark und entschlossen wirken. Das war eine kluge Herangehensweise, musste Battle sich eingestehen. Baadal und die anderen konnten nur eine starke Führung respektieren, die sich stets weigerte nachzugeben.

Hätte sie ihm ihre Pläne direkt nach seiner Beschwerde geschildert, hätte es für die anderen so ausgesehen, als hätte sie wider besseres Wissen nachgegeben. In Nullkommanichts hätte es sich daraufhin im Lager verbreitet, dass Battle Paagal dazu gebracht hatte, sensible Informationen preiszugeben.

Sie hätte dadurch schwach und machtlos gewirkt, er dagegen stark und mächtig. Die Dweller hätten sich daraufhin gegen sie wenden können, um stattdessen ihm zu folgen, sich ihm zu unterwerfen und für ihn zu sterben.

Battle saß auf der schwammigen Matratze, die den größten Teil seines Zeltes füllte, und zog die Knie an die Brust. Er saß im Schneidersitz, schlang die Arme um seine Beine und hielt sie mit verschränkten Händen fest. Er wiegte sich langsam vor und zurück und dachte an die Unterhaltung in Paagals Zelt an diesem Morgen.

Er erinnerte sich wieder an das hypnotische Geräusch des Regens auf dem Zeltstoff, an das atmosphärisch rote Leuchten, das den Raum erfüllt hatte und auch an Paagals ruhige Bestimmtheit. Sie hatte ihm schon zu diesem Zeitpunkt zu verstehen gegeben, dass der Krieg zu ihren Bedingungen beginnen würde.

»Die ganze Zeit seit dem Waffenstillstand«, hatte sie gesagt, »haben wir Undercover-Zellen aufgebaut. Sie haben unter dem Kartell in den von Ihnen genannten Städten gelebt und gearbeitet. Jede dieser Zellen hat wiederum sehr sorgfältig Verbündete rekrutiert, und alle sind bereit, loszulegen, sobald wir ihnen ein Zeichen geben. Wir können das Kartell besiegen. Sie sind genau zur richtigen Zeit hierhergekommen.«

Sie hatte ihnen das Zeichen gegeben. Die Viruszellen, die sie in das Kartell implantiert hatte, waren zum Leben erwacht. Sie breiteten sich aus. Sie taten, was das Kartell am wenigsten erwartete, und griffen sie ohne Vorwarnung auf ihrem eigenen Territorium an.

Paagal war schlau. Battle hörte auf, sich vor und zurück zu wiegen, lockerte den Griff um seine Beine und fiel zurück auf die Matratze, die nach Schimmel und Schweiß roch und nur mäßig angenehmer war als der schmutzige Felsboden. Aber sie würde ihren Zweck erfüllen, und er hatte schon an schlimmeren Orten geschlafen.

Er drehte sich auf die Seite und schloss die Augen. Battle versuchte sich das Chaos in den großen Städten des Kartells auszumalen. Er lächelte bei der Vorstellung und dachte weiter darüber nach.

Irgendwann fiel er in einen leichten Schlaf und wog ab, wie wahrscheinlich es war, dass sie tatsächlich gewannen. Sie hatten eine gute Chance auf den Sieg, zumindest aber darauf, das Kartell so weit zu schwächen, dass sie es auf die andere Seite des Walls schaffen konnten.

***

Felipe Baadal saß Paagal nun in ihrem Zelt gegenüber. Sie biss die Zähne aufeinander und klopfte mit den Fingerknöcheln ungeduldig auf den Schreibtisch. In der halben Stunde, seit Battle sie beinahe zum Explodieren gebracht hatte, hatte sie kein Wort zu ihm gesagt. Aber Baadal war insgeheim genauso begierig darauf, ihre Pläne zu erfahren wie Battle.

»Was liegt überhaupt jenseits des Walls?«, fragte er. Er versuchte sich über einen Umweg dem eigentlichen Punkt zu nähern. Das Klopfen von Paagals Knöcheln auf dem Tisch verstummte.

»Warum willst du das wissen?«

»Ich bin halt neugierig«, gab er zu. »Ich habe niemals darüber nachgedacht, doch jetzt will Battle auf einmal auf die andere Seite. Ich frage mich, was er dort vorfinden wird.«

Paagal stützte sich auf ihre Ellenbogen auf und seufzte. »Was er dort vorfinden wird, kann ich dir nicht sagen«, erklärte sie. »Es kommt nämlich darauf an, wo genau er den Wall überquert, und es hängt auch von der Tageszeit ab. So viele verschiedene Faktoren spielen dabei eine Rolle.«

»Du warst schon drüben?«, fragte Baadal. Wie es aussah, hatte er das Gespräch ins Laufen gebracht. »Du warst also auf der anderen Seite?«

»Zweimal«, sagte sie. »Und das war mehr als genug.«

Baadal runzelte die Stirn. »Was willst du damit sagen?«

»Du hast den Wall also noch nie überquert?«, fragte Paagal zurück. »Ich hätte gedacht, dass du als Scout auch nördlich davon unterwegs gewesen bist.«

Baadal senkte den Blick und schüttelte den Kopf.

»Battle wird nicht das dort finden, was er sich vorstellt«, erwiderte sie, und ihr Blick ging über Baadals Schulter hinweg in die Ferne. »Es ist …«

»Es ist *wie*?«

Paagal wirkte plötzlich abwesend. Vielleicht war sie in Gedanken gerade jenseits des Walls und betrachtete dort Dinge, die sie so schnell nicht wiedersehen würde. Vielleicht dachte sie aber auch an den bevorstehenden Krieg. Baadal fuchtelte mit der Hand vor ihrem Gesicht herum. Sie blinzelte träge und zwang sich in die Gegenwart zurück; in die Enge ihres Kommandozeltes.

»Entschuldige bitte«, sagte sie. »Es ist nicht leicht, darüber zu sprechen.«

In ihrer Stimme lag ein leichtes Zittern und ihre Augen waren plötzlich starr und glänzten feucht.

»Ich bin derjenige, der sich entschuldigen sollte«, meinte Baadal. »Ich wusste nicht, dass dich die Frage so berührt.«

»Das konntest du auch nicht wissen«, sagte sie und wischte sich mit den Fingern die Augenwinkel. »Niemand kann es verstehen, es sei denn, er war selbst dort.«

Baadal zuckte mit den Schultern. »Warum will überhaupt jemand auf die andere Seite?«

»Die Menschen wollen immer das, was sie glauben, zu brauchen«, sagte sie. »Und nur selten sind sie mit dem zufrieden, was sie haben. Es liegt einfach in der menschlichen Natur. Es ist die Idee, dass da draußen etwas ist, das sie glücklich, ihr Leben besser machen und die Lücken in ihrem Wesen füllen kann.«

Baadal lehnte sich in seinem Stuhl zurück. »Nennt man das nicht Hoffnung?«

»Wie meinst du das?«

»Ich meine …« Baadal suchte nach den richtigen Worten. »Ich habe kein sehr anständiges Leben geführt. Ich habe gesündigt. Ich war Täter, aber ich war auch Opfer. Doch im Hinterkopf hatte ich immer diese Vorstellung, dass ich ein besserer Mensch sein könnte. Ich dachte, ich könnte mich verändern. Ich wollte glauben, dass mein Leben …« Er suchte nach den richtigen Worten.

»Glücklicher sein könnte?«, schlug Paagal vor.

Baadal nickte. »Ja«, antwortete er. »Das ist das richtige Wort. Glück. Ein glücklicheres Leben. Es ist nicht so, dass ich undankbar bin, ich habe immerhin die Seuche überlebt, in den meisten Nächten ein Dach über dem Kopf und an den meisten Tagen genug zu essen, trotzdem hoffe ich immer noch auf … mehr.«

Paagal saß schweigend da. Sie rückte ihre Ellenbogen auf dem Tisch ein Stückchen zur Seite, erwiderte aber nichts.

»Vielleicht ist das ja alles, was Battle will«, fuhr er fort. »Vielleicht hofft er einfach nur auf ein besseres Leben.«

»Auf der anderen Seite des Walls wird er das aber nicht finden«, sagte sie nachdrücklich.

Baadal beugte sich vor und legte seine Hände flach auf den Tisch. »Warum sagst du ihm das dann nicht?«

»Weil er es selbst herausfinden muss«, erklärte sie.

»Das ist aber nicht sehr …«

»Nett?«

Baadal zuckte mit den Schultern.

»Wie ich dir schon gesagt habe, Felipe«, antwortete sie. »Ich bin kein guter Mensch. Eine Anführerin muss nicht gut sein, sie muss stark sein. Sie muss das tun, was für ihr Überleben notwendig ist.«

Baadal nickte. Er verstand, wie stark die Versuchung war, Selbsterhaltung vor Moral zu setzen. Er entschied sich dagegen, nach den Details der bereits laufenden Planungen zu fragen. Er würde es zusammen mit den anderen erfahren. Vielleicht war es sogar besser, nicht zu viel zu wissen.

KAPITEL 9

25. Oktober 2037, 17:35 Uhr
Jahr fünf nach dem Ausbruch
Houston, Texas

Dass einem jemand zur Last fällt, war ein umgangssprachlicher Ausdruck, der für Ana Montes erst dann seine komplette Bedeutung erlangte, als sie dabei war, eine solche buchstäblich zu tragen. General Harvey Logan war alles andere als ein kleiner Mann, und seine Leiche zu entsorgen, war alles andere als eine leichte Aufgabe.

»Nur noch ein paar Fuß«, sagte Sidney Reilly und stöhnte, während er rückwärts ging und Mühe hatte, Logan an den Armen hinter sich herzuziehen. »Nur. Noch. Ein. Stück.«

»Du wiederholst dich«, stöhnte Ana. Logans Fersen rutschten ihr immer wieder aus der Hand, als sie den schmalen Flur entlanggingen, der das Wohnzimmer von den Schlafzimmern trennte.

Immer wieder stießen sie mit ihrer schweren Last gegen die Wände. Irgendwann erreichten sie jedoch ihr Ziel und kämpften sich durch die Tür ins größere der Schlafzimmer.

Als Ana die Schwelle überquert hatte, ließ sie Logans Füße fallen. »Warte.« Sie hob die Hand und beugte sich nach unten. »Ich muss nur kurz Luft holen. Er ist so verdammt schwer. Warum konnten wir ihn nicht einfach im Wohnzimmer zurücklassen? Wir verschwinden doch sowieso von hier.«

»Es könnte noch ein paar Tage dauern«, sagte Sidney, der immer noch Logans Handgelenke umklammerte. Der Kopf des Generals war nach hinten geneigt, sein Adamsapfel lag bloß. »Du willst auf keinen Fall die Leiche einfach so auf dem Boden liegen lassen.«

»Mag sein«, sagte sie und wischte sich den Schweiß aus dem Nacken.

»Die Badewanne ist schon mit Eis gefüllt, oder?«, fragte er.

»So voll, wie es eben ging«, antwortete sie.

»Ich dachte, ihr hättet eine Gefriertruhe voller Eis in der Garage«, sagte er. »Er ist immerhin General. Eis gehört doch zu den standesgemäßen Annehmlichkeiten, oder etwa nicht?«

»Wir hatten Eis in einer Gefriertruhe, das auf jeden Fall«, stellte sie klar. »Aber sie war nicht voll. Sie war noch nie voll.«

Sidney verdrehte verärgert die Augen und ließ Logans Handgelenke los. Er drehte sich zum Bad um und der Kopf des Toten knallte mit einem dumpfen Schlag auf den Boden. Obwohl er tot war, tat Ana das Geräusch fast selbst weh.

Sidneys Stimme kam jetzt aus dem Badezimmer. »Das reicht!«, rief er. »Das hält die Leiche problemlos ein oder zwei Tage kühl.« Er erschien wieder am Kopfende von General Logan und bückte sich, um dessen Arme aufzuheben. »Lass uns die Sache hinter uns bringen, Ana.«

Sie ging in die Knie, packte Logans Knöchel und stemmte sich wieder nach oben. Ein paar anstrengende, stolpernde letzte Schritte und sie hatten den Rest der Strecke geschafft. Sie rollten Logans nackten Körper in die Wanne und auf sein letztes Bett aus Eis.

Ana starrte die Leiche für einen Moment an und erinnerte sich an die grauenvolle Art und Weise, auf die der Vater ihres Kindes gestorben war. Es war schwer zu ertragen, was sie getan hatte, obwohl sie wusste, dass es letzten Endes zum Wohle vieler war.

Sidney legte seinen Arm um ihre Schulter und führte sie aus dem Badezimmer. »Das hast du gut gemacht«, sagte er. »Das war der erste Schritt. Der *wichtigste* Schritt.«

»Ich weiß nicht«, sagte Ana zögernd, blieb an ihrem Bett stehen und ließ sich kraftlos nach unten sinken, um sich auf die Kante zu setzen. »Ich bin auch nicht besser als sie.«

Sidney kniete sich vor sie hin, als wolle er ihr einen Heiratsantrag machen. Er nahm ihre Hände. »Was du getan hast, war reine Selbstverteidigung. Wir alle schützen doch nur uns selbst. Unsere Taten werden letzten Endes dafür sorgen, dass das Kartell nicht länger die Kontrolle über uns hat. Eine neue Zeit bricht an, und das Leben wird besser werden als in den langen Jahren davor.«

»Ich wünschte, ich könnte das glauben«, sagte Ana leise. »Ich wünschte, ich wäre sicher, dass das, was wir getan haben, das Richtige ist.«

Sidney drückte ihre Hände. »Komm schon, lass uns gehen.« Er stand auf, zog sie vom Bett hoch und stand dann mit weit geöffneten Armen da. Sie nahm seine tröstende Umarmung an und vergrub ihr Gesicht an seiner Brust, dann schloss sie die Augen und schlang die Arme um seinen Rücken. Sie bemerkte nicht, wie er das Messer zog, aber sie öffnete noch rechtzeitig die Augen, um das Schimmern der Klinge in dem an der Wand hängenden Spiegel zu sehen.

Sie riss sich sofort aus seiner Umarmung los, während er das Messer um sie herum schwang. Ana lenkte den Angriff mit ihrem Unterarm ab und stieß instinktiv ihr Knie mit so viel Kraft, wie sie aufbringen konnte, nach oben.

Ihr Knie traf in dem Moment seinen Schritt, als er seinen Arm nach unten bewegte. Die Klinge schnitt daraufhin in Anas Unterarm, doch sie wiederholte die Aufwärtsbewegung ihres Knies und rammte es ein zweites Mal in seinen Unterleib.

Sidney ließ das Messer unwillkürlich fallen und hielt sich die Hände vor das Gravitationszentrum allen Schmerzes. Zusammengekrümmt und stöhnend sackte er zu Boden. Aus seinem Mund lief Speichel, der sich auf dem Boden zu einer Pfütze sammelte. Wegen des Adrenalins verspürte Ana trotz des Schnittes keinen Schmerz. Blitzschnell rutschte sie zurück auf das Bett, weg von Sidney. Sie rollte sich auf die andere Seite und ergriff einen großen Kerzenhalter aus Bleiglas vom Nachttisch.

Sidney versuchte verzweifelt wieder auf die Beine zu kommen. Mit dem Blick eines Betrunkenen sah er zu Ana. Sein Mund stand offen und seine Augen waren offensichtlich nicht in der Lage, etwas zu fokussieren. Er stammelte etwas Unverständliches und Speichelfäden hingen aus seinen Mundwinkeln.

Ana umklammerte den großen Kerzenhalter fester und sprang damit auf Sidney zu. Sie holte weit aus und schwang den Kerzenhalter wie einen Hammer auf seinen Hinterkopf. Das Glas vibrierte in ihrer Hand, als es seinen Schädel traf, barst aber nicht.

Sidney schlug bewusstlos auf den Boden auf. Ein dunkler Blutfleck breitete sich unter seinem Hinterkopf aus.

Ana ließ den Kerzenhalter zu Boden fallen. Ihr Herz schlug heftig in ihrer Brust und sie konnte ihren Puls im Nacken schlagen fühlen. Nur mit Mühe gelang es ihr, sich zu tiefen Atemzügen zu zwingen.

Sie konzentrierte sich mit aller Kraft, um der Panik keinen Raum zu geben, die sie nun zu überfluten drohte. Sie formte die Lippen zu einem kleinen Kreis, holte dann langsam tief Luft und stieß sie dann wieder aus. Ein und aus. Ein und aus.

Ana ging einen Schritt zurück, nahm das Messer vom Boden und hockte sich in sicherer Entfernung hin. Sie konnte nicht erkennen, ob er noch atmete oder nicht.

Ana starrte das kleine Blutrinnsal an, das seinen Ursprung an seinem Hinterkopf hatte und über sein Hemd auf den Boden tropfte. Mit dem doppelten Treffer in seinem Schritt und dem heftigen Schlag auf den Kopf würde er wahrscheinlich eine ganze Weile außer Gefecht sein, selbst wenn er noch am Leben sein sollte.

Sie hätte Sidney gern gefragt, warum er sie umbringen wollte. Sie hatte doch alles getan, worum sie gebeten worden war. Sie hatte sich dem Widerstand angeschlossen, sie hatte sogar das Kind eines Mannes geboren, den sie verabscheute und hatte schließlich bei ihm gelebt. Sie hatte sich dem größeren Ganzen untergeordnet.

Sie fragte sich, ob Sidney von Anfang an geplant hatte, sie umzubringen. *War das schon immer Teil des Plans gewesen?*

Ana hatte schon seit einiger Zeit Zweifel an der Stärke und dem Motiv des Widerstands geäußert. Sidney, Nancy Wake und Nancys Ehemann Wendell hatten ihre Ängste wiederholt wegdiskutiert, aber sie waren trotz allem immer wieder an die Oberfläche gesprudelt. Von allen Widerständlern ging sie hier immerhin das größte Risiko ein, und das Tag für Tag. Sie lebte schließlich mit dem Feind unter einem Dach.

Sie hatten sie gelobt für ihr Engagement und ihre Opferbereitschaft. Sie hatten ihr versprochen, dass sich die Anstrengung lohnen würde, wenn das Kartell fiel. Doch jetzt hockte sie hier und war nur knapp einem Attentat entkommen, und das in der Stunde, in der sie ihr zentrales Versprechen erfüllt hatte. Sie fragte sich, ob die Plackerei mit Logans Leiche nur ein Vorwand gewesen war, um sie zu ermüden, sodass sie ein leichteres Ziel abgab.

Das leichte Stechen in ihrem Arm schwoll nun zu einem dumpfen Pochen an, als die Aufregung nachließ. Ana betrachtete ihre Wunde. Sie war nicht tief und musste wahrscheinlich nicht genäht werden. Sie hatte Glück gehabt. Trotzdem schmerzte sie höllisch.

Ana entschied, dass es egal war, ob Sidney tot oder lebendig war. Sie würde nicht lange genug hierbleiben, um es herauszufinden. Sie stand auf und trat ihm in den Rücken. Er rührte sich nicht.

Sie klappte das Messer zusammen und steckte es in ihre Tasche. Gut möglich, dass sie es noch brauchen würde.

Sie machte einen Schritt über Sidneys Körper hinweg und öffnete den Kleiderschrank. Im obersten Fach befand sich ein Rucksack, in dem sie normalerweise ihre Babyutensilien verstaute. Sie zog ein paar Hemden von den Kleiderbügeln und stopfte sie in den leeren Rucksack. Dann eilte sie ins Bad und packte alles aus dem Medikamentenschrank ein. Medikamente jeglicher Art waren heutzutage viel wert. Sie konnte sie selbst nutzen, sie konnte damit handeln. Es war immer gut, welche zu besitzen.

Entschlossen ging Ana von ihrem Zimmer in das von Penny. Sie nahm eine Packung Windeln, ein paar Strampler und etwas Vaseline vom Regal über dem Wickeltisch, und stopfte alles in den jetzt prall gefüllten Rucksack. Anschließend zog sie den Reißverschluss am vordersten Fach des Rucksacks auf, woraufhin es ihr gelang, immerhin noch eine Trinkflasche hineinzuquetschen.

Schon unter normalen Umständen wäre es ein schwieriges Unterfangen, mit einem Baby durch die ungezähmte Wildnis des riesigen Territoriums des Kartells zu reisen, und Ana stand dieses Unterfangen noch dazu inmitten eines aufziehenden Krieges bevor. Ein Krieg, in dem jetzt beide Seiten ihre Feinde waren. Sie warf den Rucksack über die Schultern, faltete den zusammenklappbaren Kinderwagen aus der Ecke des Kinderzimmers auseinander und hob ihr schlafendes Kind hoch.

Pennys Augen öffneten sich, als ihre Mutter sie in den Kinderwagen legte und sie mit dem Dreipunktgurt anschnallte. Ana gab Penny ihren Schnuller und drehte den Kinderwagen mit einem geübten Griff auf zwei Rädern. Penny nuckelte, bis sie wieder einschlief. Ihr Kopf fiel mit der Bewegung des Kinderwagens von einer Seite zur anderen. Ana ging rasch nach Norden, in Richtung Innenstadt. Sie schob den Kinderwagen dabei mit einer Hand und tastete mit der anderen nach der harten Ausbuchtung in ihrer rechten Hosentasche. Die Schlüssel waren da. Noch drei Häuserblocks, dann waren sie auf dem Weg von Houston zu welchem Ort auch immer.

Ana hätte früher erkennen müssen, dass es dem Widerstand nicht um Freiheit an sich ging. Es ging nicht darum, das Leben aller Menschen besser zu machen. Sie glaubte mittlerweile, dass es nicht immer gut endete, eine Macht gegen eine andere auszutauschen. Sie hatte es selbst erlebt: einem bösen Mann die

Macht zu nehmen und sie einem anderen zu geben. Ihr Leben war nicht besser geworden.

Stattdessen war ihr klar geworden, dass ein neuer Herrscher oft zu genauso einem Unterdrücker wurde, wenn er die Macht übernommen hatte. Zu einem Unterdrücker, der schlimmer war als der Entthronte. Die neu an die Macht Gekommenen hatten eine solche Angst davor, die Kontrolle zu verlieren, um die sie so hart gerungen hatten, dass sie genau zu dem wurden, was sie so lange bekämpft hatten.

Ana wusste plötzlich, wohin sie gehen musste. Sie musste den Canyon und die Anführerin namens Paagal erreichen, bevor es zu spät war. Sie hatte gehört, dass Paagal über einen Zugang zum Wall und einen Weg zur Nordseite verfügte. Sie würde Paagal finden, ihr erklären, was sie für den Widerstand getan hatte, und dann auf die andere Seite des Walls reisen.

KAPITEL 10

25. Oktober 2037, 18:15 Uhr
Jahr fünf nach dem Ausbruch
Lubbock, Texas

Die Sonne hing schon tief am Himmel. In fünfundvierzig Minuten würde sie hinter dem staubigen Horizont verschwinden. General Roof fragte sich, wie viele Sonnenuntergänge er wohl noch sehen würde. Denn es gab keinerlei Garantie, auch nur den nächsten zu erleben. Hatte es nie gegeben. Er war sich darüber vollkommen im Klaren. Diesen Sonnenuntergang jedoch nahm er bewusster wahr als gewöhnlich. Er fühlte sich so einzigartig an wie der, den er in der Nacht vor achtzehn Jahren bestaunt hatte, bevor seine Einheit das erste Mal nach Syrien beordert worden war.

Ein Sonnenuntergang war etwas Einfaches, das dennoch eine komplexe Kombination aus Gefühlen hervorrufen konnte. Es konnte die Freude darüber sein, einen weiteren Tag überstanden zu haben, gemischt mit der Ungewissheit, was der nächste Sonnenaufgang wohl bringen mochte. Es konnte die Angst vor der bevorstehenden dunklen Nacht sein. Oft genug vermischte sich beides.

Roof war niemand, der sich selbst zu analysieren versuchte. Er hatte kein Interesse daran, sich bewusst zu machen, wer er war und was er tat. Sein Inneres zu ignorieren empfand er sogar als Segen. Trotzdem griff er in sein Hemd, zog seine Erkennungsmarke hervor und spielte damit. Melancholie legte sich über das nachlassende Sonnenlicht.

Trotz seiner Stimmung genoss er die Einsamkeit. Alle Soldaten, Bosse und Captains hatten ihre Vorbereitungen abgeschlossen und sich auf den Weg gemacht. Nur er war zurückgeblieben und widmete sich seiner Arbeit in der relativen Ruhe des Augenblicks. Zuvor hatte er seine Männer mit einer mitreißenden Rede in die Schlacht geschickt.

Roof hatte seine Männer, die ihn zu Dutzenden umringt hatten, für ihre Professionalität gelobt. Er hatte ihnen gesagt, dass sie für die bevorstehenden Herausforderungen bereit waren. Er hatte ihnen versichert, dass sie gewinnen und ihren gemeinsamen Weg nach Hause finden würden, wo auch immer dieses Zuhause sein würde.

Sie hatten ihm zugejubelt, und er hatte sich an den Hut getippt und sie mit der Warnung wegtreten lassen, am nächsten Morgen keinesfalls zu spät zu kommen. Sie waren gegangen, um zu essen, zu schlafen und zu tun, was auch immer moralisch verdorbene Männer taten, bevor sie in einen Krieg zogen.

Er saß auf dem hinteren, offenen Teil seines Humvee und überprüfte seine Waffen. Die Browning, eine Wahl, die er schon immer für einen taktischen Fehler gehalten hatte, lag auf seinem Schoß. Obwohl er nie gewollt hatte, dass das Kartell mit Schrotflinten kämpfte, war er überstimmt worden. Sie hatten nämlich Zugang zu einer unglaublichen Anzahl von Brownings und einem schier grenzenlosen Vorrat an Munition.

Angesichts der Tatsache, dass viele der einfachen Männer fürchterliche Schützen waren, hatten die Generäle Logan und Manuse schließlich beschlossen, die Browning zur Standardwaffe zu machen.

Roof hatte ihren Forderungen irgendwann nachgegeben und lange versucht sich einzureden, dass die bloße Masse ihrer Infanterie die Mängel einer Schrotflinte mehr als genug ausgleichen würde. Doch es war ein Fehler gewesen.

Er hatte es immer geahnt. Schmerzlich bewusst wurde es ihm allerdings jetzt wieder, als er das Trijicon-Visier seines FN SCAR-17-Sturmgewehrs betrachtete. Er zog das 20-Schuss-Magazin heraus, überprüfte es und schob es wieder hinein. Es war mit den schweren Militärkalibern .308 / 7.62x51 geladen. Eine Stimme hinter ihm unterbrach seine Konzentration abrupt.

»General?«

Roof schwang die Waffe mit den Schultern herum und richtete sie auf denjenigen, dessen Stimme ihn gerade gestört hatte. Der junge Mann machte mit großen Augen einen Schritt zurück und hob die Hände. »General? Es tut mir leid. Ich wollte Sie nicht stören.«

Roof behielt ihn im Visier. »Was wollen Sie?«

Der Mann schluckte. »Mein Name ist Grat Dalton. Ich bin derjenige, den Sie und Captain Skinner als Späher ausgeschickt haben.«

Roof starrte ihn über das Visier hinweg an. »Ich weiß nicht, wovon Sie reden.«

»Als Sie die Männer aus dem Jones Stadium verbannt haben«, erklärte Grat, »haben Sie Captain Skinner beauftragt, ihre Überwachung zu organisieren. Am Ende ging der Befehl an mich, meinen Bruder Emmett und Jack Vermillion.«

Roof hielt die Waffe noch einen Moment länger auf sein Ziel gerichtet und nahm die SCAR-17 dann herunter. Seine Augen verengten sich und er winkte den Mann an die Seite des Humvee.

»Jetzt weiß ich wieder, wer Sie sind«, sagte Roof. »Sie haben Ihren Bruder bei Abernathy verloren. Richtig?«

Der junge Soldat senkte den Kopf. »Ja, Sir.«

»Sie haben auch meine Pferde und Waffen verloren«, sagte Roof. »Richtig?«

»Nun ja«, sagte Grat, »ich denke, wir …«

»Sie denken?«

»Ich will nur …«

»Sie wollen nur was?«

Grat zuckte mit den Schultern.

»Heraus damit, was wollen Sie, Mann?«

»Ich will es wiedergutmachen, General«, erwiderte er. »Ich weiß, dass Sie in Kürze nach Norden aufbrechen werden, um zu kämpfen. Ich gehöre noch keinem Trupp an. Ich möchte deshalb gern für Sie kämpfen.«

Roof legte die SCAR-17 beiseite und sprang vom Humvee herunter. Er baute sich vor Grat auf. »Sie wollen es wiedergutmachen? Ist es das? Oder wollen Sie einfach nur Rache für den Tod Ihres Bruders? Was ist es?«

Grat zögerte. Er verzog den Mund und kaute an seiner Unterlippe.

»Beantworten Sie mir die Frage richtig, nehme ich Sie mit«, erklärte Roof. »Geben Sie mir die falsche Antwort, bleiben Sie hier bei den Frauen und Kindern. Seien Sie also ehrlich. Ich weiß nämlich, wenn ich belogen werde.«

Grat Dalton verschränkte die Arme vor der Brust. Er sah Roof in die Augen und nickte. »Ich will Rache. Ich will *Mad Max* sterben sehen. Ich will seine Frau und diesen Jungen töten.«

Roof starrte eine Weile in Grats Augen, nachdem der Mann aufgehört hatte zu reden, und sagte nichts. Er inspizierte das Gesicht seines Gegenübers und beurteilte dessen Körperhaltung.

»Gute Antwort«, sagte Roof schließlich. »Wir fahren morgen in aller Frühe los. Seien Sie bei Sonnenaufgang vor dem Jones.«

Grat atmete zitternd aus, spürte so etwas wie nervöse Vorfreude und wollte sich am liebsten überschwänglich bei Roof bedanken. Er streckte dem General die Hand entgegen.

Roof sah auf die Hand und ignorierte sie. »Ihr Freund Vermillion ist allerdings nicht eingeladen«, sagte er und griff nach der Seite des Humvee. Er sprang zurück auf sein Fahrzeug und nahm ein weiteres Gewehr in die Hand. Er war schon eine Minute mit seiner Aufgabe beschäftigt, als er spürte, dass er noch immer beobachtet wurde. Er winkte ungeduldig mit der Hand, um die Gestalt zu vertreiben. »Wir sehen uns dann morgen, Grat Dalton«, sagte er, ohne aufzusehen.

»Hier ist nicht Grat Dalton«, sagte Porky. »Ich bin es, Porky. Ich muss mit Ihnen über Skinner reden.«

Roof stieß erst einen Fluch und dann einen genervten Seufzer aus. »Kann man hier denn nicht einmal in Ruhe seine Arbeit erledigen?« Er hob den Kopf und sah zu Porky. »Wir ziehen in den verdammten Krieg!«

Porkys Finger nestelten an seinen leeren Gürtelschlaufen. »Jawohl, Sir.«

»Warum kann Skinner nicht herkommen und für sich selbst sprechen?«

»Er kann gar nicht mehr sprechen, General«, erklärte Porky. »Ich hatte es Ihnen ja gesagt ...«

»Ja und?«, brüllte Roof. Er verdrehte die Augen. »Seine Zunge. Ich weiß. Warum sind Sie dann hier?«

»Er will morgen mit Ihnen gemeinsam aufbrechen«, sagte Porky. »Er hat mich hierher geschickt, um Sie zu fragen, ob das in Ordnung wäre.«

Roof fuhr sich mit der Zunge über die Vorderzähne. »Ich denke schon«, antwortete er. »Falls er dafür wirklich bereit ist.«

»Danke, General«, sagte Porky und eilte zurück zum Jones.

Roof sah sich um. Ein Dutzend Fahrzeuge standen da, bereit zum Aufbruch. Er wusste, dass die Straße hinunter Männer mit Pferden standen, bereit, loszureiten. Die Sonne ging gerade unter und färbte den Himmel altrosa. Er blinzelte und kniff die Augen zusammen, als er in die untergehende Sonne blickte und seinen Hut tiefer in die Stirn zog. Er ließ das Licht auf sich wirken, schloss dann die Augen und ließ das Nachbild in seine Gedanken einbrennen.

Dies war der letzte Tag des Friedens. Ein großer Krieg zog herauf. Blut würde fließen. Der Krieg würde das Land innerhalb des Walls mit einer vollkommen anderen Art von Seuche überziehen.

KAPITEL 11

25. Oktober 2037, 18:01 Uhr
Jahr fünf nach dem Ausbruch
Palo Duro Canyon, Texas

Der brennende Aufprall der Kugel Kaliber .22, die sich in Battles Schulter bohrte, ließ ihn sich unweigerlich in Richtung des Schusses drehen. Er spähte angestrengt in die Ferne, konnte aber nicht erkennen, von welcher Stelle aus das Projektil abgefeuert worden war. Er befand sich in einem tiefen Abgrund und stand allein in einer endlosen Leere.

Ein zweiter Schuss durchbohrte seine Brust, und Battle hielt sich die Wunde, als könne seine Berührung das augenblicklich einsetzende, schmerzhafte Pochen lindern.

Battle griff nach seinem Hosenbund und suchte dort nach der McDunnough. Doch er konnte sie nicht finden. Sie war nicht da. Die Waffe, die er nach der Figur von Nicolas Cage im Filmklassiker *Raising Arizona* von den Coen Brothers benannt hatte, fehlte.

Er hatte sich immer mit McDunnough identifiziert. Ein Mann, dessen gute Absichten ihn mit jedem Schritt tiefer in den sprichwörtlichen Kaninchenbau aus *Alice im Wunderland* führten. Je öfter er sich den Film nach dem Ausbruch der Seuche auf seinem Computer angesehen hatte, auf dessen Festplatte zwei Dutzend Filme gespeichert waren, die er immer wieder anschaute, desto näher fühlte er sich dem hektischen, seltsam intelligentem Sträfling.

Battle suchte an seiner Hüfte nach der Waffe. Nichts.

Eine weitere Kugel sirrte durch die Nacht, traf ihn im Oberschenkel und ließ ihn auf die Knie fallen.

Er schrie in die Dunkelheit hinein.

»Was willst du?«, brüllte er.

Aus der Finsternis antwortete ein Heulen. Es klang animalisch, war aber definitiv menschlich. Das Heulen wurde schließlich zu einem Refrain, der geisterhaft von den Felswänden widerhallte.

»Ich bin allein«, rief Battle. Er kniff die Augen zusammen und versuchte etwas zu erkennen. Doch er hatte keine Chance. Aus der Dunkelheit kam ein Nebel auf ihn zu. Dem Nebel folgte eine Salve von Schüssen. Jeder fand sein Ziel, und Battles Körper, getroffen aus zu vielen Richtungen, um sie zählen zu können, zuckte und verrenkte sich bei jedem Einschlag. Battle spürte, wie das Leben ihn verließ, aus Dutzenden Wunden strömte und in die Dunkelheit floss.

»Du warst immer allein …«, rief eine hohle Stimme. Ein Echo wiederholte das letzte Wort immer wieder. »Allein. Allein. Allein.«

***

Battle schreckte aus dem Schlaf hoch und setzte sich sofort kerzengerade auf. Panik durchströmte ihn. Der Traum war immer noch greifbar, und er hatte keine Ahnung, wo er sich befand. Es war dunkel. Er wusste nicht, wie spät es war. Seine Haut war nass vom Schweiß, eine Flüssigkeit, von der er zuerst befürchtet hatte, es handele sich um Blut. Er fuhr mit seinen Händen über die Schultern, die Brust und die Beine, bis er sich sicher war, dass er unverletzt war.

Er blinzelte, bis der Schlaf aus seinen Augen wich und er seine Umgebung erkennen konnte. Er war in seinem Zelt. Er atmete mehrmals tief ein und aus, bis sein Herz langsamer schlug.

Battle schob die Beine aus dem Bett und zog seine Stiefel an, dann verließ er sein Zelt. Er überflog die Zeltreihen und hielt nach einem Lebenszeichen entlang der scheinbar endlosen Reihen von Stellplätzen Ausschau, doch niemand war zu sehen.

»Lola«, rief er und ging auf ihr Zelt zu.

Keine Antwort. »Lola«, sagte er, »ich komme herein.« Er schob den Zelteingang auf und steckte den Kopf durch die Öffnung. Doch das Innere war leer, abgesehen von zwei Feldbetten und einem Stapel Bekleidung in der Ecke.

Battle zog seinen Kopf wieder aus dem Zelt und blickte sich erneut in alle Richtungen um. Es rührte sich nichts. Der Mond erhellte die Umgebung etwas, aber Details ließen sich nicht ausmachen. Er stemmte die Hände in die Hüften.

Wo waren denn alle?

Er war immer noch benommen und seine Gedanken kreisten um die Überreste des gewalttätigen Traums. Er ging ein Stück, drehte sich um und wandte sich dann wieder der Mitte des Lagers zu. Reihe um Reihe – doch niemand war anwesend. Schließlich hörte er in der Ferne das leise Murmeln einer Unterhaltung. Gelegentlich gab es auch einen Applaus oder einen kollektiven Ruf.

Er ging auf das Geräusch zu. Als er näherkam, konnte er das bernsteinfarbene Leuchten eines Feuers auf dem Gesicht der Menschen sehen, die sich darum versammelt hatten. Die Stimme einer Frau war lauter als alle anderen.

»... die Sklaven des Kartells zu sein ...«

Battle beschleunigte sein Tempo und marschierte auf die Versammlung zu. Seine Stiefel knirschten auf dem Boden des Canyons. Er schaute nach oben und sah, wie sich eine dicke Wolke vor den Mond schob. Mit dem Mond verschwand auch das Umgebungslicht, aber er war jetzt nahe genug, sodass der Feuerschein seinen Weg erhellte.

»... unser Schicksal in unsere eigenen Hände nehmen ...«

Die letzten Schritte näherte er sich langsam. Die Menge um das Feuer war größer, als er gedacht hatte. Es sah so aus, als wäre jeder einzelne Dweller anwesend.

»… unsere Zukunft besser sichern als unsere Vergangenheit …«

Neben dem Feuer stand eine Frau und sprach langsam und mit Nachdruck. Es war Juliana Paagal. Sie hielt inne, als sie Battle am Rand der Versammlung auftauchen sah. Sie sah ihn an und lächelte. Er konnte fast körperlich fühlen, wie sich die Augen aller Versammelten auf ihn richteten.

»Für jemanden, der sich so sehr für unsere Pläne interessiert«, sagte sie, »sind Sie aber bemerkenswert spät dran.«

Die Zusammenkunft!

Er hatte sie verschlafen, und während seiner hastigen Suche durch das leere Camp hatte er es vollkommen vergessen. Die Einschussstellen der Kugeln aus seinem Traum kribbelten immer noch, als ob diese Stellen seines Körpers von der Blutzufuhr abgeschnitten wären.

»Ich bitte um Entschuldigung«, sagte er und stellte sich an einen freien Platz am äußeren Rand des Kreises. Er suchte die Menge nach Lola und Sawyer ab, sah aber keinen von beiden.

Baadal saß Paagal am nächsten. Er widmete Battle ein unangenehm wirkendes Lächeln. Battle nickte zurück.

»Also …« Paagal seufzte und lenkte ihre Aufmerksamkeit wieder auf die eigentliche Aufgabe. »Wie ich bereits sagte, haben wir in einigen größeren Städten kritische Gefahrenpotenziale beseitigt. Unsere Frauen und Männer vor Ort haben uns von einem General, sechs Captains und zwei Dutzend Bossen befreit. Damit fehlt den einfachen Soldaten die entscheidende Führung, wenn sie ihren Angriff auf uns starten.«

Es gab einen leisen Applaus, der kurz darauf in einen stürmischen Beifall und schließlich in Jubelgeschrei mündete. Battle beobachtete die freudige Reaktion der Menschen in seiner Umgebung. Zunächst blieb er still und beobachtete die Menge. Sie bestand aus einer Mischung aus Männern und Frauen, Jungen und Alten. Einige Kinder waren darunter, aber auch einige ältere Menschen.

»Wir sind mehr, als sie denken«, sagte Paagal.

»Wir haben uns verborgen, doch jetzt ist die Zeit gekommen.«

Die Dweller waren weiß, schwarz, mit spanischen Wurzeln und mit asiatischen.

Sie standen repräsentativ für die Unterdrückten, dachte Battle. Was ihnen an Kraft und List fehlte, machten sie mit Einsatzbereitschaft und Ausdauer wieder wett. Sie kämpften für ihre Lebensweise, für ihre Freiheit und ihre Zukunft, und sie folgten gebannt ihrer Anführerin, die das Feuer umkreiste, während sie sprach und ihnen etwas bot, das zum Teil eine Lagebesprechung und zum Teil ein fast schon religiöser Moment war.

»Unser Augenblick ist nun gekommen«, rief sie. »Wir sind endlich am Zug.« Ihre Worte hallten von den Wänden des Canyons wider. Die Versammlung tat lautstark ihre Zustimmung kund. Je länger Paagal sprach, desto mehr interessierte sich Battle für das, was sie sagte und für die Art und Weise, auf die sie ihre Botschaft verkündete.

Er hörte ihr zu, als wären ihre Worte und ihre Inhalte gar nicht für ihn bestimmt. Er nahm die Position einer Fliege an der Wand ein und achtete darauf, die Dweller ganz neutral zu beobachten, ohne sich etwas anmerken zu lassen. In diesem Moment waren sie für ihn alle Fanatiker.

»Wir haben der Schlange den Kopf abgeschnitten«, dröhnte sie mit einem tief aus ihrem Inneren heraufsteigenden, dunklen Schrei. »Das heißt, jedoch nicht, dass sie ungefährlich ist. Ihr Gift ist immer noch tödlich. Ihr Schwanz wird instinktiv um sich peitschen und angreifen.«

Battle kam sich vor wie ein Jünger in der Kirche. Er hörte einer Predigt zu, die ihm einmal mehr bewusst machte, wie sehr sein eigener Glauben gescheitert war. Er hatte seit Tagen nicht mehr gebetet. Schlimmer noch, er hatte das Ritual nicht einmal vermisst. Ohne die Gräber seiner Frau und seines Sohnes in der Nähe, die ihn daran erinnerten, dass er um Vergebung bitten und beten musste, war er vom rechten Weg abgekommen. Battle erwartete fast, dass Sylvias Stimme jeden Augenblick wieder seinen Kopf erfüllte. Aber sie schwieg, ebenso wie Wesson. Er blickte sich um und sah den tiefen Glauben in den Gesichtern der versammelten Dweller.

Die Menge war unruhig und angespannt. Sie waren bereit, ihre Seelen zu geben und zu glauben. Sie waren begierig danach, ihre Köpfe in das Wasser der Erlösung zu tauchen und sauber und rein wieder zum Vorschein zu kommen.

Paagal war der Weg zur Übernahme der Macht. Sie war der Weg zu dem, was sie alle suchten.

Ein Finger an ihren Lippen genügte und die Menge wurde sofort still. Ihr Gesicht leuchtete im Feuerschein. »Diese kleinen Siege am Vorabend des Kommenden sind äußerst wertvoll«, sagte sie. »Aber sie garantieren noch lange nicht den Sieg.«

Ihre Stimme war stark und klar. Battle spürte, wie sie sie verehrten und wie ihre Aura ihre Anhänger einhüllte. Auf dieser Bühne war sie auf eine Weise anziehend und elektrisierend, die er aus der Nähe nie gespürt hatte.

»Eure Opfer werden uns den Sieg bringen«, sagte sie und breitete ihre Arme aus. Ihre Augen waren nun weit aufgerissen vor Begeisterung.

»Euer Geschick, eure Klugheit, eure Kraft und ein gutes Maß eurer Geduld werden uns den Sieg bringen!«

Ihre Stimme schwoll an, wurde lauter und intensiver. Battle konnte sich nicht länger entziehen, auch in ihm wuchs das rauschhafte Gefühl. Die rhythmische Kadenz ihrer Rede wirkte wie eine Droge auf ihn.

»Wir werden den Kampf zu ihnen tragen«, versprach sie. »Wir werden sie dort schlagen, wo sie leben. Wir werden sie dort bekämpfen, wo wir leben. Wir werden siegen … und wenn der Sieg unser ist …«

Battle beugte sich unwillkürlich vor, so gespannt wie alle anderen, was als Nächstes kommen würde. Seine Augen fixierten Paagal. Alle Augen fixierten Paagal.

Sie hatte die Menge komplett im Griff und senkte ihre Stimme nun zu einem Flüstern. »Und wenn der Sieg unser ist …«, wiederholte sie.

»Und wenn der Sieg unser ist!«, schrie ein Mann in der Menge plötzlich.

»Und wenn der Sieg unser ist!«, wiederholte eine junge Frau, und weitere folgten. Die Rufe aus der Menge schwollen zu einem Tumult an, bis Paagal ihre Hände hob, um sie zum Schweigen zu bringen.

»Und wenn der Sieg unser ist«, sagte sie, hob ihre Fäuste in die Luft und schrie: »Werden sie sterben, wo sie leben! Sie werden sterben, wo wir leben! Es gibt keinen anderen Weg. *Es gibt keinen anderen Weg!*«

Hunderte, vielleicht Tausende, die sich um das Feuer versammelt hatten, standen auf und jubelten. Sie gaben sich ein High Five, stießen die Fäuste gegeneinander und umarmten sich. Sie schrien und tobten.

Battle tat es ihnen gleich, ohne es bewusst zu bemerken, aufgeladen von der Energie, die Paagal den Versammelten gegeben hatte. Er war nun bereit, durch eine Mauer zu stürmen.

Paagal umrundete das Feuer und stieß immer wieder ihre Fäuste in die Luft. Sie biss sich auf die Unterlippe und stolzierte umher wie ein Boxchampion. Sie hatte die vollkommene Kontrolle. Immer wieder lief sie in einem großen Kreis um das Feuer herum und zeigte auf die Dweller in der Menge. Vielleicht zehn Minuten lang wiederholte sie ihre Siegesrunden.

Als die Energie der Menge schließlich nachließ, deutete Paagal mit den flachen Händen nach unten, um sie zum Schweigen zu bringen. »Psst!«

Die Versammlung verstummte. Diejenigen, die noch redeten, wurden von ihren Nachbarn angestoßen. Stille legte sich über den Platz.

»Nun seid ihr bereit«, sagte sie und zeigte zum Himmel. »Ihr kennt euren Job, ihr kennt eure Aufgabe. Bei Fragen wendet ihr euch an euren Koordinator. Bei Sonnenaufgang legen wir los. Jetzt geht schlafen.«

Auf das letzte Stichwort hin zog sich die Menge der Dweller in Richtung des Zeltlagers zurück. Dutzende drängten sich an Battle vorbei. Er stellte sich auf die Zehenspitzen, um über die Flut hinwegsehen zu können, die an ihm vorbeizog und ihn immer wieder anrempelte. Er versuchte Paagal zu entdecken. Sie war immer noch am Feuer, schüttelte Hände und umarmte die Menschen.

Battle kämpfte sich stromaufwärts und schlängelte sich durch die ihm entgegenkommenden Massen. Auf dem Weg zum Feuer suchte er nach Lola und Sawyer, doch er sah keinen der beiden, bis die Menge sich allmählich zerstreute und er sich der pulsierenden Hitze der Flammen näherte.

Sie standen bei Paagal. Die Anführerin hatte ihre Hände auf Lolas Schultern gelegt. Lola nickte wiederholt. Paagals Augen wanderten zu Sawyer und dann zurück zu Lola, während sie sprach. Es schien, als bemerke keiner von ihnen Battle, bis er nur noch ein paar Fuß entfernt war. Jetzt waren beinahe alle Dweller verschwunden. Zum ersten Mal bemerkte Battle Paagals Sicherheitsleute. Etwa zwanzig Fuß um Paagal herum befand sich an vier gleich weit entfernten Punkten ein Quartett großer bewaffneter Männer mit dem Körperbau von Sträflingen. Das orangefarbene Licht des Feuers tanzte auf den Läufen ihrer Gewehre.

»Battle«, sagte Lola, »du hast es geschafft.«

»Gerade noch so eben«, sagte er. »Warum hast du mich nicht geweckt?«

»Sawyer hat gesagt, du schläfst«, antwortete sie. »Ich weiß ja, dass du seit Tagen nicht mehr gut geschlafen hast.«

Battle blickte sie skeptisch an. »Tatsächlich?«

»Also …«, stotterte sie, »ich … ich …«

Paagal hob die Hand und unterbrach sie. »Ich habe ihr gesagt, sie soll Sie schlafen lassen. Ich hätte Ihnen nach dem Treffen davon berichtet.«

Battle verschränkte die Arme vor der Brust, wobei er seine sich ballenden Fäuste zu verbergen versuchte. »Warum?«

Paagal nickte in Lolas Richtung. »Sie hatte recht. Sie brauchten dringend Schlaf. Heute Abend ist hier nichts passiert, wovon ich Ihnen nicht später hätte erzählen können.«

Battle lachte und ballte die Fäuste noch fester zusammen. »Später? Wir ziehen morgen in den Kampf«, sagte er. »Was für ein Später?«

»Ich hatte vor, Sie vor Sonnenaufgang zu wecken. Ich habe nichts gesagt, außer dass wir erfolgreich mehrere Kartellhochburgen infiltriert haben, was Sie hätten wissen müssen. Dies war schließlich eine …«

»Motivationsrede?«

Paagal lächelte. »Ja, eine Motivationsrede.«

»Sie glauben an Sie«, sagte Battle.

»Das tun sie«, stimmte Paagal zu. »Aber das Wichtigste ist«, sagte sie und ging einen Schritt vom Feuer zurück und auf Battle zu, »dass sie an sich selbst glauben. Sie sind überzeugt, einen Feind besiegen zu können, der stärker ist als sie. Der Glaube an sich selbst ist eine mächtige Waffe.«

»Es ist fast wie ein Kult«, sagte Battle. »Sie haben mich für einen Moment ebenso gefesselt wie alle anderen.«

Lola schnellte zu Battle herum und starrte ihn mit weit aufgerissenen Augen an, die eine seltsame Verlegenheit ausstrahlten. »Marcus!«, sagte sie. »Das ist nicht fair.«

Paagal winkte ab. »Ich verstehe das schon, Battle. Wirklich«, sagte sie. »Für einen Außenstehenden mag jedes verschworene Kollektiv, jeder fanatische Glaube krankhaft erscheinen. Ich versichere Ihnen, das ist hier kein Thema. Jeder Dweller ist nicht nur aus freiem Willen hier, sondern es ist auch der freie Wille oder besser gesagt, die Freiheit an sich, für die er kämpft.«

Je mehr Battle hörte, desto misstrauischer wurde er. Trotz seines vorübergehenden Aussetzers vorhin nahm er an Paagal etwas Manisches wahr. Es war nicht so offenkundig, wie er es bei einigen Führern des Kartells gesehen hatte, trotzdem war es da.

Alles in ihm sträubte sich gegen die Idee, hierzubleiben und für die Dweller zu kämpfen. Sein Bauchgefühl sagte ihm, dass es die bessere Option wäre, das Risiko einzugehen und den Wall auf eigene Faust zu überwinden. Er sah Lola an. Ihre Augen flehten ihn an nachzugeben und sich zurückzuhalten. Also tat er es.

»Es tut mir leid«, sagte er. »Das hätte ich nicht sagen sollen. Es war nicht fair. Sie sind schließlich sehr freundlich zu uns.«

Paagal nickte. »Entschuldigung angenommen. Es ist am besten, wir sind uns einig, wenn unser Kampf beginnt. Ich mag den Gedanken nicht, wir könnten uns auf entgegengesetzten ideologischen Seiten wiederfinden.«

Battle ignorierte die kaum verhohlene Drohung. »Wir sollten jetzt die Taktik besprechen«, sagte er. »Die zeitliche Koordinierung, Platzierung, Attacke, Verteidigung und auch den Rückzug.«

Paagal lachte laut. »Es wird keinen Rückzug geben, Battle«, sagte sie und verschränkte die Hände hinter dem Rücken. Sie setzte sich in Richtung des Lagers in Bewegung. »Das kann ich Ihnen versprechen.« Sie warf einen Blick auf einen ihrer Bodyguards, und die vier Männer bewegten sich mit ihr, wobei sie stets den gleichen Abstand hielten.

Battle verstand den Hinweis und folgte Paagal. Lola und Sawyer gingen einige Schritt hinter ihnen. Battle bedeutete ihnen, zu ihm zu kommen.

»Lassen Sie uns doch zu meinem Zelt gehen«, sagte sie und marschierte auf das Lager zu. »Wir werden die Einzelheiten dort besprechen. Lola und Sawyer sind herzlich eingeladen, mitzukommen. Da Sie jetzt hier sind, brauchen wir nicht bis zum Morgen zu warten.«

KAPITEL 12

25. Oktober 2037, 18:40 Uhr
Jahr fünf nach dem Ausbruch
Houston, Texas

Ana stocherte mit dem Schlüssel herum und bemühte sich, ihn in den Schlitz an der Seite der Tür zu schieben. Sie hatte es zuerst mit der Fernsteuerung versucht und den Entriegelungsknopf wiederholt gedrückt, aber kein Glück gehabt. Entweder war die Batterie leer, die Fernsteuerung defekt oder es lag am Schloss in der Tür.

Was auch immer das Problem war – sie war gezwungen, den Schlüssel mit zitternden Händen auf klassische Weise zu benutzen. Immer wieder sah sie über ihre Schulter und öffnete schließlich die Autotür mit einem beruhigenden Klickgeräusch. Ana zog am Griff und die Tür schwang endlich auf. Das knackende Geräusch der trockenen Scharniere hallte von den Betonwänden des Parkhauses wider.

Es war dunkel, nur eine flackernde Straßenlaterne vor dem Gebäude erhellte die Umgebung. Die Straßenlaterne leuchtete auf Höhe des dritten Stocks und bot Ana gerade genug Licht, um zurechtzukommen.

Das Auto, ein 2028er Lexus, war ein Hybrid. Das Ladekabel steckte in einer von drei Ladestationen in der dritten Ebene. Ana konnte nicht erkennen, ob die Autobatterie noch geladen war. Auch wenn Houston eine bessere Stromversorgung hatte als die meisten Städte auf dem zweihundertsiebzigtausend Quadratmeilen großen Gebiet des Kartells, brach sie zeitweise trotzdem zusammen. Wenn man die täglichen Stromstöße über das unzuverlässige Netz hinzufügte, funktionierten die

Ladestationen möglicherweise nicht einmal unter den besten verfügbaren Bedingungen.

Ana setzte sich auf den Fahrersitz, steckte den Schlüssel in die Konsole zu ihrer Rechten und wollte gerade den Startknopf drücken, um das Fahrzeug zu testen, als sie es sich anders überlegte. Das Geräusch des startenden Motors, so leise es auch sein mochte, würde jeden in der Nähe auf sie aufmerksam machen. Sie würde in der Lage sein müssen, zu reagieren, falls das passierte.

Deshalb stieg sie aus und ging auf die Beifahrerseite. Sie zog an der Tür. Sie rührte sich nicht. Ana schlug sich mit der Handfläche gegen die Stirn, stöhnte leise und ging zurück zur Fahrerseite, um den Entriegelungsknopf in der Türverkleidung zu drücken. Sie hörte, wie alle vier Türen gleichzeitig entriegelten, und ging dann ein weiteres Mal auf die andere Seite.

Dieses Mal ließ sich die Beifahrertür öffnen. Ana ließ sie offenstehen, ging zum Heck des Wagens und holte Penny aus ihrem Kinderwagen. Das neun Monate alte Mädchen schlief noch immer und der Schnuller bewegte sich mit einem deutlich hörbaren Nuckelgeräusch in ihrem Mund.

Ana setzte ihr Kind auf den Beifahrersitz und versuchte es mit dem automatischen Einstellhebel an der Seite, doch er funktionierte nicht. Sie öffnete die hintere Beifahrertür, faltete den Kinderwagen zusammen und legte ihn über den Rücksitz.

Behutsam schloss sie die hintere und die vordere Beifahrertür, zog das Ladekabel heraus und setzte sich wieder auf den Fahrersitz. Dann schaute sie zurück zur Ladestation und bemerkte ein rotes, blinkendes Licht. Es war vorher noch nicht da gewesen. Ana ignorierte es. Ihr Finger schwebte einen Augenblick über dem Startknopf. Sie schloss die Augen, dann drückte sie den Knopf, und der Motor wurde lebendig und surrte leise.

Ana ballte die Fäuste. »Yes!«, presste sie zwischen zusammengebissenen Zähnen hervor und beugte sich nach vorn, um Pennys Sitz zu verstellen. Sie senkte die Rückenlehne so weit wie möglich nach hinten und zog dann den Sicherheitsgurt über den Oberkörper ihres schlafenden Kindes. Sie ruckelte daran, bis der Gürtel richtig einrastete. Es war kein Kindersitz, aber es musste reichen.

Sie stellte ihren Sitz etwas höher und schob ihn näher an das Lenkrad heran, bevor sie die Seiten- und Rückspiegel einstellte. In den letzten fünf Jahren hatte Ana nur zwei Mal in einem Auto gesessen, und seit dem Ausbruch der Krankheit war sie gar nicht mehr gefahren.

Der Lexus, der General Harvey Logan gehört hatte, war für sein Alter in einem überraschend guten Zustand. Der Tank war voll und der Elektromotor funktionierte noch. Ana erinnerte sich, dass Logan einem Captain erzählt hatte, das Auto habe fast siebenhundert Meilen Reichweite.

Palo Duro Canyon war sechshundert Meilen entfernt. Es war machbar, würde aber verdammt knapp werden.

Sie ging eine mentale Checkliste durch, als würde sie ein Flugzeug starten wollen. Sie überprüfte die Blinker, das Licht, den Abstand zwischen Gaspedal und Bremse. Dann schaltete sie den Rückwärtsgang ein, gab zu viel Gas und musste sofort auf die Bremse treten. Instinktiv flog ihr rechter Arm zum Beifahrersitz, um Penny festzuhalten.

Das Kind hörte für einen Moment auf, an seinem Schnuller zu nuckeln, schlief dann aber weiter. Ana schaltete in den Fahrmodus und drückte sanft auf das Gaspedal. Die Frontscheinwerfer mit ihrem grellen Licht bewegten sich mit, als sie das Lenkrad drehte, und erhellten ihren Weg zum Ausgang.

Sie steuerte nach links und manövrierte um die beiden anderen Hybridautos herum, die an ihre Ladestationen angeschlossen waren. Dann drehte sie das Lenkrad nach rechts, um auf die kreisförmige Ausfahrt zu gelangen. Ana saß nach vorn gebeugt auf ihrem Sitz, sodass sich der Schultergurt spannte. Ihre Hände umklammerten das Lederlenkrad. Langsam fuhr sie die Rampe hinunter, wobei ihr Fuß sanft die Bremse betätigte, und ließ das Auto im Leerlauf rollen.

Sie fuhr hinunter in den zweiten Stock und dann in den ersten, bis sie die Schranke am Ausgang zur Straße erreichte. Anschließend kurbelte sie das Fenster herunter und suchte nach einem Mechanismus, mit dem sich die Schranke anheben ließ, konnte aber nichts finden. Sie setzte den Wagen zurück, entschlossen, die geschlossene orange-weiße Schranke notfalls zu durchbrechen, als sie einen Mann bemerkte, der ihr im Weg stand.

Ana zuckte überrascht zusammen und stieß ein Quietschen aus, bevor sie merkte, dass es Wendell Wake war, Nancys Ehemann und Boss einer der Truppen. Er stand mit den Händen in den Hosentaschen auf der anderen Seite der Schranke. Seinen braunen Hut trug er weit nach vorne geschoben, wodurch ein Großteil seines Gesichts im Schatten lag. Er fuhr sich mit der flachen Hand in einer schnellen Bewegung über die Kehle, womit er ihr zu verstehen gab, den Motor abzustellen. Doch das tat sie nicht.

Ana ließ das Fenster herunter, steckte den Kopf heraus, zwang sich zu einem Lächeln und rief ihm laut zu, um den Nachhall des Motors zu übertönen: »Wendell, bin ich froh, dass du hier bist. Bist du so gut und hilfst mir bitte, die Schranke zu öffnen?«

Wendell fuhr sich erneut mit der Hand über die Kehle und deutete dann auf die Scheinwerfer. »Du hast den Alarm ausgelöst«, sagte er. »Wo ist Sidney?«

»Ich bin gerade dabei, Sidney zu helfen«, erklärte sie. »Wir brauchen das Auto. Hilfst du mir bitte?« Sie zog sich ins Innere zurück und sah Wendell über die Motorhaube hinweg an.

»Mach den Motor aus«, rief er. »Ich kann dich nicht verstehen.«

Ana verstand ihn gut genug. Sie missachtete seine Anweisung.

»Ana«, sagte er und ging einen Schritt nach vorn, »wenn du meine Hilfe willst, musst du das Auto ausmachen. Was hast du mit Sidney gemacht?«

Mit Sidney gemacht? Wie könnte er davon wissen?

»Er hat mich umzubringen versucht, Wendell«, sagte Ana nun gespielt aufgeregt. »Ich habe mich nur verteidigt.«

»Du hast dich verteidigt? Ich habe immer an deiner Entschlossenheit gezweifelt«, sagte Wendell. »Ich habe mich gefragt, ob du durchhalten würdest. Sidney glaubte es, stimmte uns jedoch zu, dass du ein zu großes Risiko auf dem weiteren Weg sein würdest. Die Dweller haben uns gebeten, das zu tun, was wir für das große Ganze für richtig halten.«

Ana konnte kaum glauben, was sie da hörte. Sie hatten tatsächlich geplant, sie umzubringen. Der Widerstand war also auch nicht besser als das Kartell. Sie ergriff das Lenkrad und wartete, ob Wendell noch mehr von ihren Plänen preisgab.

Doch das tat er nicht. Dann griff er plötzlich hinter seinen Rücken. Als seine Hand wieder auftauchte, hielt er etwas darin.

Bis Ana erkannte, dass Wendell eine Waffe auf sie richtete, hatte er bereits zwei Schüsse abgefeuert. Die laut knallenden Explosionen zerstörten den linken der beiden Scheinwerfer und schreckten Penny auf, die augenblicklich laut zu weinen anfing. Jetzt war es vollkommen dunkel um sie herum. Ergebnislos betätigte Ana die Taste in der Tür, die das Fenster steuerte, dann legte sie den Rückwärtsgang ein und trat auf das Gaspedal, als Wendell plötzlich eine Taschenlampe in ihre Augen richtete. Für einen Moment sah sie nur grelle Helligkeit. Der Motor heulte, aber das Auto blieb an Ort und Stelle. Ana trat erneut auf das Gaspedal. Der Motor reagierte, aber das Auto bewegte sich nicht.

Ana suchte nach der Ganganzeige. Sie zeigte leuchtend N für Neutral. Sie trat auf die Bremse und versuchte in den Rückwärtsgang zu schalten. Ein durchdringendes grelles Licht, gefolgt von einer Wolke stechender kleiner Scherben, stoppte sie.

Wendells kraftvollen, rauen Hände griffen nach Ana und tasteten nach dem Lenkrad. Er versuchte die Tür zu öffnen.

Eine Hand ergriff ihr Kinn und drehte ihren Kopf gewaltsam zum offenen Fenster, wobei ein Finger ihre Lippen streifte. Sie öffnete den Mund und biss so fest zu, wie sie nur konnte. Es knirschte zwischen ihren Zähnen.

Wendell schrie vor Schmerz auf und verfluchte Ana, schaffte es aber dennoch, die Tür zu öffnen. Ana verlagerte ihr Gewicht und packte den Griff mit beiden Händen. Dann schob sie die Tür zuerst ein wenig auf und ließ Wendell damit genug Platz, um seinen Arm ins Auto zu stecken, wobei er ihre Schulter zu ergreifen versuchte. Zu guter Letzt warf sie sich mit aller Kraft zurück und schlug die Tür mit seinem Ellenbogen dazwischen zu.

Er schrie erneut auf und zog seine Arme zurück, was Ana genug Zeit gab, den Schalthebel zu finden und den Rückwärtsgang einzulegen. Der abrupte Schaltvorgang ließ das Auto erzittern, aber dann begann es rückwärts zu rollen, bis Ana auf die Bremse trat.

»Shhh«, sagte Ana zu Penny, um sie zu beruhigen. Sie tastete mit der Hand nach der Stirn ihres Kindes und streichelte sie sanft. Penny war kurz vor einem Schreikrampf und bäumte sich gegen den Sicherheitsgurt auf.

Die Taschenlampe, mit der Wendell Ana geblendet und die Seitenscheibe eingeschlagen hatte, lag auf dem Boden. Ihr schmaler Lichtstrahl breitete sich auf dem Boden in der Nähe des Trupp-Bosses aus.

Ana konnte ihn schreien hören, also wusste sie ungefähr, wo er sich befand, aber sie konnte ihn nicht sehen – bis er plötzlich vor dem Auto auftauchte und die Pistole auf sie richtete.

Sie schlug gegen den Ganghebel, bis dieser wieder auf D für Drive stand und trat dann mit voller Kraft auf das Gaspedal. Gleichzeitig duckte sie sich zur Beifahrerseite weg und hielt ihren Körper schützend vor Penny. Sie hörte eine Salve aus drei schnell hintereinander abgefeuerten Schüssen. Eine weitere Wolke stechender kleiner Scherben stob ins Innere, dieses Mal über ihren Rücken. Dann fuhr das Auto über ein Hindernis und wurde nach oben geschleudert. Anas Fuß drückte das Gaspedal noch immer auf den Boden. Das Auto nahm Beschleunigung auf, durchbrach die Schranke und raste auf die dahinterliegende Straße. Sie trat mit dem Fuß auf die Bremse, setzte sich wieder gerade hin und griff nach dem Lenkrad, um die Kontrolle zu übernehmen.

Die Reifen quietschten und das Auto machte eine leichte Drehung. Die oberste Gummischicht der Reifen blieb auf dem Asphalt zurück. Ihre Hände umklammerten das Lenkrad so fest, dass ihre Knöchel weiß hervortraten. Ana rümpfte die Nase, als der scharfe Rauch seinen Weg in die Luft um den Lexus herum und in das Fahrzeug hineinfand.

Penny schrie immer noch und schlug mit ihren Armen wild um sich. Ana beugte sich vor und öffnete den Gurt. Sie zog ihre Tochter vom Beifahrersitz, drückte ihren kleinen Körper flach an ihre Brust und streichelte ihr immer wieder über den Hinterkopf. Pennys Lungen füllten sich mit Luft und sie weinte abgehackt, als sie ausatmete.

»Shhh«, flüsterte Ana. »Es ist okay, mein Kleines. Alles ist gut. Shhh.«

Penny drückte sich von ihrer Mutter ab, um sie anzusehen. Sogar in der fast vollkommenen Dunkelheit konnte Ana den Schnodder schimmern sehen, der die untere Hälfte ihres Gesichts bedeckte. Ihre Augen waren verquollen.

»Mamamama«, rief Penny. »Mamamama.« Ihre winzige, feuchte Hand berührte Ana an der Wange. »Mamamama.«

Ana lächelte und wischte ihrer Tochter die Tränen aus den Augen. Für den Bruchteil einer Sekunde vergaß sie die Notsituation, in der sie sich gerade befanden. Doch die Realität flutete augenblicklich zurück, als sie eine Gestalt sah, die auf ihr Auto zu rannte. Es war eine Frau, vielleicht noch fünfzig Fuß von ihr entfernt, nur unscharf beleuchtet vom Umgebungslicht einer Straßenlaterne in der Ferne.

»Halt durch, Kleines«, sagte Ana und schob Penny auf ihren Sitz zurück. Penny protestierte, hatte aber keine Wahl.

Ana warf einen prüfenden Blick auf die Ganganzeige und trat dann mit dem Fuß das Gaspedal durch. Die Reifen drehten sich mit wildem Quietschen, und sie hatte Mühe, das Lenkrad festzuhalten. Die Windschutzscheibe war weg und einzelne Glasscherben rutschten vom Armaturenbrett herunter, als das Auto immer mehr Fahrt aufnahm.

Ana nahm die Frau ins Visier. Sie beugte sich auf ihrem Sitz nach vorn und fuhr direkt auf sie zu. Die fehlende Windschutzscheibe und das Risiko, dass der Aufprall den Körper der Frau ins Innere des Autos schleudern könnte, waren ihr egal. Sie klemmte sich hinter das Steuer und ihr einziges Ziel war es, einen direkten Treffer zu landen.

Im letzten Moment erkannte sie, dass die Frau niemand anderes war als Nancy Wake. Sie war mit einer Schrotflinte oder einem Gewehr bewaffnet, genau war das im Dunkeln unmöglich zu erkennen.

Nancy schrie und versuchte zur Seite zu springen, sobald ihr klar wurde, dass Ana nicht ausweichen würde, doch es war bereits zu spät. Das Auto traf Nancy frontal und wirbelte sie wie den Rotor eines Hubschraubers in die Luft, bevor sie mit dem Gesicht nach unten auf die Straße knallte.

Ana schaute in ihren Seitenspiegel und sah den dunklen Haufen auf der Straße liegen. Die lange Waffe lag einige Fuß entfernt auf der Straße. Sie trat auf die Bremse und hielt dabei Penny mit einem Arm in ihrem Sitz fest.

»Mama ist gleich wieder da«, sagte sie und hob einen Finger vor Pennys Gesicht. Sie beugte sich nach unten und tastete den Boden ab, bis sie den Schnuller fand. »Hier«, sagte sie und steckte ihn ihr wie einen Korken in den Mund. Penny blinzelte überrascht, schien sonst aber kein Problem damit zu haben.

Bei laufendem Motor sprang Ana aus dem Lexus und lief zurück zu Nancy. Innerhalb weniger Stunden hatte sie drei, vielleicht sogar vier Menschen getötet. Diese Tatsache realisierte sie allerdings erst, als sie über Nancys sterbendem Körper stand.

Die Arme und Beine der Frau sahen aus wie die einer zerbrochenen Marionette. Sie lag auf dem Rücken und starrte ausdruckslos in den Himmel. Ana trat näher und hockte sich neben Nancys Kopf. Sie hörte ein Röcheln, mit der die feuchte Luft aus Nancys Lunge strömte.

Der Kloß in Anas Hals wurde immer dicker, während sie ihr Werk betrachtete. Sie schluckte schwer. »Warum?«, flüsterte sie.

Nancy drehte ihren Kopf leicht und leckte sich über die blutige Unterlippe. Ihre Augen richteten sich direkt auf Ana und wurden schmal.

»Warum, Nancy?«, wiederholte Ana lauter. »Ich habe doch immer getan, was von mir verlangt wurde.«

Nancy schnaubte spöttisch, schloss die Augen, sagte aber nichts. Ihr Atem ging jetzt langsamer.

»Sag es mir, Nancy«, wiederholte sie. »Du schuldest mir eine Erklärung.«

Nancy lachte und hustete dann mit schmerzverzerrtem Gesicht. Sie zuckte zusammen, Ana vermutete, dass ihre Schmerzen unerträglich waren. Die Arme und Beine schienen mehrfach gebrochen zu sein. Noch schlimmer waren aber vermutlich die inneren Verletzungen.

»Ich schulde dir gar nichts, du weinerliches Stück Scheiße ...« Nancy musste erneut husten. Ihre Lunge pfiff, als sie einzuatmen versuchte.

Eine Welle von Wut durchströmte Anas Körper. Sie stand auf und trat auf Nancys deformierten linken Arm, als wäre er das Gaspedal im Lexus. Der Druck löste ein quietschendes Geräusch aus, das sich anhörte wie Luft, die aus einem Ballon austritt. Nancys Augen weiteten sich.

»Ich habe übrigens auch deinen Mann getötet«, sagte Ana. Sie spuckte Nancy ins Gesicht und drehte sich suchend nach der Waffe um. Sie hob sie mit beiden Händen auf und trug sie zum Lexus, ohne sich noch einmal nach Nancy umzudrehen, die gerade ihre letzten Atemzüge tat.

Ana stand jetzt neben der Autotür und sah sich die Waffe genauer an. Es war ein böse aussehendes Gerät. Der Schaft bestand aus lackiertem, fein gemasertem Holz, ebenso wie der Griff. Unter dem Lauf des Gewehrs befand sich eine runde Trommel, von der Ana vermutete, dass es das Magazin war. Es war zur Vorderseite der Waffe hin geneigt.

Sie hob die Waffe an die Schulter und zielte mit Kimme und Korn in die Ferne. Das Gewehr lag schwer in ihren Armen. Es würde nicht leicht sein, damit zu feuern, aber sie wusste genug über Waffen, um damit zurechtzukommen. Ana senkte das Gewehr, fand den Sicherheitshebel auf der rechten Seite, sicherte die Waffe und legte sie vor dem Rücksitz auf den Boden des Wagens.

Penny war wieder eingeschlafen. Der Schnuller hing reglos in ihrem kleinen Mund. Ihre Brust bewegte sich in einem schnellen, gleichmäßigen Rhythmus auf und ab, während sie atmete.

Ana berührte Pennys Bein und rieb sanft mit dem Daumen darüber, bevor sie sich anschnallte. Sie blickte auf den elektronischen Kompass im Display des Autos. Er zeigte Nordwesten an.

»Perfekt«, sagte sie zu sich selbst und fuhr los. »Nur noch sechshundert Meilen.«

KAPITEL 13

25. Oktober 2037, 19:10 Uhr
Jahr fünf nach dem Ausbruch
Palo Duro Canyon, Texas

Aus der Ferne war das Leuchten des großen Feuers ein pulsierendes, orangefarbenes Licht. Felipe Baadal bewunderte es von seiner Stellung aus, die am südlichen Rand des Canyons lag. Gleich nach dem Treffen war er hierher geeilt und hatte nur einmal kurz angehalten, um unterwegs einen Schluck Wasser zu trinken. Paagal, seine neue Liebhaberin, hatte ihm anvertraut, dass dies wahrscheinlich die vorderste Frontlinie ihrer Verteidigung sein würde.

Baadal wandte sich vom Canyon ab und drehte das Gesicht in den Wind, der nach Norden wehte. Es war eine kalte, gleichmäßige Brise, die ihn frösteln ließ. Er nahm seinen Rucksack von den Schultern und zog einen dünnen Strickpullover hervor. Er war voller Löcher und loser Fäden, reichte aber aus, um sich von der fallenden Temperatur abzulenken und sich auf die anstehende Aufgabe zu konzentrieren.

Seine Stellung bewachte er zusammen mit einem halben Dutzend anderer Männer. Sie waren einer der vielen Trupps, aus denen sich das Platoon zusammensetzte, das für den südlichen Rand zuständig war. Sie waren bewaffnet und sie waren bereit.

Er zog das Funkgerät von seinem zu engen Gürtel und drückte den Sendeknopf. »Hier Einheit Rot Eins«, sagte er und hielt das Mikrofon direkt an seinen Mund. »Erbitte Statusmeldung. Over.« Er ließ den Knopf los und hielt das Funkgerät an sein Ohr.

Zuerst knackte es nur, dann war eine Stimme zu hören. *»Hier Einheit Rot Zwei. Status normal. Over.«*

»Hier Einheit Rot Drei«, kam eine andere Stimme knarzend durch das Funkgerät. *»Status normal. Over.«*

Sieben weitere Trupps antworteten nun nach und nach. Alles war okay mit seinen zehn Einheiten. In einer halben Stunde würde sich Baadal wieder bei ihnen melden. Gegen Mitternacht würde er das Intervall verkürzen, denn Paagal hatte ihn vorgewarnt, dass der wahrscheinlichste Zeitpunkt für einen Angriff in den Stunden vor Tagesanbruch lag. In diesem Zeitraum galt es also, so wachsam zu sein wie nur irgend möglich, hatte sie ihm gesagt. Obwohl sie nicht vorhatte, den größten Teil ihrer Ressourcen schon vor Sonnenaufgang einzusetzen, hatte sie ihm gesagt, er solle dennoch vorbereitet sein. Möglicherweise blieben ihnen nur wenige Minuten, nachdem die Einheiten jenseits des Randes sie gewarnt hatten.

Baadal wusste auch, dass viele der im Kartell verdeckt operierenden Spione am nächsten Tag angreifen würden. Ihnen war die Aufgabe zugedacht, die vorrückenden Kartelltruppen unter Druck zu setzen und ihnen keine Möglichkeit zu geben, sich zurückzuziehen. Der Feind wäre auf diese Weise zwischen zwei Fronten gefangen. Ganz im Vertrauen hatte Paagal ihm versichert, dass er nach dem Sieg an ihrer Seite herrschen würde. Sie würde ihm ihren Schutz gewähren und sie würden die Kräfte anführen, die ein neues Zeitalter auf dem ehemaligen Territorium des Kartells begründen würden. Trotz seiner mangelnden militärischen Erfahrung und seines tiefen Wunsches nach Frieden hatte er sich geschmeichelt gefühlt und zugestimmt, als Beschützer und Vertrauter an ihrer Seite zu bleiben. Sie hatte ihn erwählt, weil er das Jones überlebt hatte, hatte sie ihm erklärt. Das war genug für ihn.

Baadal atmete tief ein, und die kalte Luft stach in seine Nase. Er steckte das Funkgerät zurück an den Gürtel und drehte sich zu den anderen um.

»Weißt du«, sagte einer der Männer zu Baadal, »das ist nicht der erste Krieg, der in diesem Canyon stattfindet.«

Baadal sah zu dem Mann hinüber. Er kannte ihn, wusste aber nichts Näheres über ihn. Sein Name war Itihaas. Die anderen Dweller nannten ihn einfach kurzerhand It.

Der Mann war schon älter und sein kantiges Gesicht trug eine lange Narbe vom linken Auge bis zum Mundwinkel. Die Narbe ließ das Gewebe um sein Auge herum permanent herunterhängen und sein Mund war stets zu einem schlauen Grinsen verzogen. An seiner linken Hand fehlte ihm der kleine Finger, außerdem hinkte er, wenn auch beinahe unmerklich. Baadal wusste nicht, woher seine Wunden stammten. In der Welt nach dem Ausbruch der Seuche hatten viele Menschen Narben davongetragen. Einige davon waren sichtbar, andere waren es nicht. Baadal betrachtete Itihaas und nahm an, dass seine eigentlichen Narben wesentlich tiefer und breiter waren als die, die er sehen konnte.

»Es war vor mehr als einhundertsechzig Jahren«, sagte It. »Die Armee der Vereinigten Staaten kämpfte hier gegen einige Indianerstämme.«

»Gegen welche?«, fragte ein anderer Mann neugierig. Die Gruppe versammelte sich um It, um zuzuhören.

»Kiowa, Comanche und Cheyenne, soweit ich weiß. Das Ganze war Teil des *Red River Wars*. Nach der Schlacht war der Krieg so gut wie entschieden.«

»Die Schlacht hat genau hier stattgefunden?«, fragte Baadal und zeigte mit knochigen Fingern auf den Canyon hinter ihm.

»So ist es«, sagte It. »Sie nannten es die Schlacht am Palo Duro Canyon.«

Baadal zuckte mit den Schultern, was seinen Rucksack auf und ab tanzen ließ. »Was ist passiert?«

It verlagerte sein Gewicht und verschränkte seine langen Arme vor seiner schmalen Brust. Er schaute in die Dunkelheit des Canyons und nickte ihm zu. »Palo Duro war ein sicherer

Ort für die Ureinwohner«, sagte er. »Denn dort konnten sie sich verstecken, ihre Frauen und ihren Nachwuchs beschützen und Vorräte anlegen. Sie waren wie wir.«

Einer der Wachposten, den Baadal auf nicht älter als fünfzehn Jahre schätzte, unterbrach ihn. »Was meinst du damit?«, fragte er.

It rieb sich die kratzigen Bartstoppeln. »Sie haben sich vor dem weißen Mann versteckt, der sie alle in Reservate einpferchen wollte, um sie kontrollieren zu können. Wir verstecken uns vor dem Kartell, von dem uns im Wesentlichen dasselbe droht.«

Der Wachposten senkte zuerst seine Hand und dann seinen Kopf. »Oh«, sagte er. Der Vergleich schien ihm nicht zu gefallen.

»Die Indianer waren gerade dabei, im Canyon Vorräte für den Winter anzulegen«, sagte It. »Sie kümmerten sich nur um sich selbst und störten niemanden. Doch dann kam dieser Colonel namens Mackenzie, dem das alles gar nicht gefiel. Er hatte die Erlaubnis, den Ureinwohnern zu folgen, wohin sie auch gingen, und das tat er dann auch.«

Baadal fiel auf, dass die anderen Männer fast so gebannt zuhörten wie vorhin am großen Feuer. Ihre Augen waren weit aufgerissen und sie beugten sich vor, während It das Garn seiner Geschichte weiterspann.

»Mackenzie hatte ein paar indianische Späher«, erzählte er. »Sie fanden eine frische Spur, die nach Palo Duro führte. Mackenzie und seine Männer stiegen von ihren Pferden und gingen den schmalen Pfad entlang. Sie überraschten eines der Indianerlager und zerstörten es komplett. Ein paar andere Lager wurden daraufhin hastig im Stich gelassen. Die Indianer rannten zu den Wänden und eröffneten das Feuer vom Rand des Canyons aus.«

Wieder unterbrach ihn der junge Wachposten. »Haben die Indianer gewonnen?«

It kicherte. »Nein«, sagte er, »das haben sie nicht. Nicht einmal einen einzigen der Männer von Mackenzie konnten sie töten. Bei dem Gemetzel starben vermutlich fünfzig oder sechzig Ureinwohner, der Rest flüchtete. Sie ließen all ihre Vorräte zurück, ihre Pferde, alles. Bis zum Einbruch der Dunkelheit waren auch die Letzten von ihnen vertrieben. Mackenzie kontrollierte daraufhin den Canyon.«

Baadal räusperte sich. »Ich glaube nicht, dass das jetzt eine sehr motivierende Geschichte war«, sagte er, »vor allem angesichts des Vergleichs, den du zwischen den Indianern und uns angestellt hast.«

»Es ging auch nicht darum, euch zu motivieren. Ich habe nur etwas Geschichte weitergegeben, das ist alles.«

Baadal nickte. Er trat zum Rand des Canyons. Das orangefarbene pulsierende Licht wurde schwächer. Es würde nicht mehr lange dauern, bis das Feuer ganz erloschen war. Er fuhr sich mit der Hand über den glattrasierten Kopf und sog einen weiteren tiefen Atemzug kalter Luft ein.

Baadal stand am Rand des dunklen Abgrunds und dachte an die unzähligen Nächte, die er im Auftrag der Dweller im Dunkeln verbracht hatte. Er war so unendlich lange ein einsamer Wachposten gewesen, dass er fast vergessen hatte, wie es war, unter anderen Menschen zu leben. Er hatte es vermisst, auch wenn ihm das damals nicht bewusst gewesen war. Die endlosen Nächte, in denen er die Bewegungen des Kartells verfolgt und ihre Stärken und Schwächen aufgezeichnet hatte, hatte er zum Schluss als extrem anstrengend empfunden.

Jetzt war er wieder unter Menschen. Er hatte eine Frau, die er leidenschaftlich begehrte. Sie standen kurz vor dem großen Sieg. Ein unwillkürliches Lächeln breitete sich auf Baadals Gesicht aus, als er sich eine Zukunft voller Licht vorstellte.

Sie waren Mackenzies Truppen, sagte er sich, und das Kartell waren die Ureinwohner. Nicht umgekehrt.

KAPITEL 14

25. Oktober 2037, 20:22 Uhr
Jahr fünf nach dem Ausbruch
Lubbock, Texas

Cyrus Skinner sah aus, als hätte er eine lebendige Klapperschlange verzehren wollen und bei den Zähnen angefangen. Seine lila geschwollene Zunge quoll zwischen seinen Lippen hervor. Selbst mit geschlossenen Augen schien er Schmerzen zu haben. Seine Augenbrauen waren zusammengezogen, seine Stirn tief gerunzelt. Er saß auf einem Stuhl und hielt seinen Hut auf dem Schoß. Seine Beine ruhten auf einem Stuhl gegenüber.

General Roof war sich nicht sicher, ob sein Captain schlief oder nur so tat. Es war ihm allerdings auch herzlich egal. Er betrat den Raum im ersten Stock des Jones Stadiums, und er würde nun mit dem Mann sprechen, den er ein paar Stunden zuvor brutal zusammengeschlagen hatte.

»Wie geht es Ihrem Mund?«, fragte er quer durch den Raum. Roof fand einen Stuhl und zog ihn zu sich.

Skinners Augen öffneten sich langsam, aber es blieb bei dünnen Schlitzen. Er sah zu Roof hinüber und zuckte mit den Schultern. »Können Sie immer noch nicht sprechen?«

Skinner zuckte wieder mit den Schultern und schüttelte den Kopf. Roof sah, dass die eine Hälfte von Skinners Gesicht mit einer feinen Ansammlung frisch-verkrusteter Narben und Blutergüsse verziert war.

Roof setzte sich rittlings auf den Stuhl und stützte sich mit den Ellenbogen auf die Lehne. »Schätze, ich sollte mich entschuldigen«, sagte er. »Ich hatte wirklich keinen Grund, Sie so fertigzumachen.«

Skinner saß nur da und starrte Roof durch den dünnen Spalt zwischen seinen Augenlidern an.

»Na ja«, sagte Roof. »Vermutlich können Sie nicht antworten. Meine Schuld. Sehen Sie …«

Skinner hob seine Hand und wischte Roofs Entschuldigung beiseite. Er schloss die Augen, setzte seinen Hut auf den Kopf und zog ihn tief in die Stirn. Seine Zunge ragte noch immer ein ganzes Stück zwischen seinen Lippen hervor. Er räusperte sich und verschränkte die Hände vor seinem Bauch.

»Ob Sie es hören wollen oder nicht«, erwiderte Roof, »ich werde Ihnen jetzt sagen, was Sache ist.«

Skinner öffnete ein Auge und versuchte sich etwas aufrechter hinzusetzen. Er schnaubte laut durch die Nase und versuchte für seine geschwollene Zunge eine angenehmere Position in seinem Mund zu finden.

»Sie kommen nicht mit zum Canyon«, sagte Roof. Skinner öffnete sein anderes Auge, reagierte aber ansonsten nicht.

Hinter Roof trottete Porky in den Raum. »Oh«, sagte er, »tut mir leid. Ich wollte Sie nicht unterbrechen, General.«

Roof drehte sich um und sah den dicklichen Soldaten an. Er musterte das rundliche Gesicht des Mannes und fragte sich, was den viel zu nett aussehenden Porky zum Kartell getrieben hatte. »Ich werde Ihnen schon nicht den Kopf abreißen«, sagte er. »Was wollen Sie?«

Porky hielt eine große Glasschüssel in die Höhe. »Ich habe etwas Eis organisiert«, sagte er. »Ich dachte, Captain Skinner könnte etwas davon gebrauchen.«

Skinner winkte ihn zu sich und nahm ihm die Schüssel ab. Er stellte sie auf seinen Schoß und nahm vorsichtig einen unregelmäßig gebrochenen Eisbrocken in den Mund. Er kniff die Augen zusammen und zwang sich, das Eis nicht wieder auszuspucken. Seine Hände gruben sich in die Armlehnen des Stuhls und sein Körper spannte sich an, während er das Eis im Mund über seine verletzte Zunge schob.

Porky stand daneben und sein Gesicht verzog sich auf eine Weise, die verriet, dass er Skinners Schmerz mitfühlte. Er schluckte schwer und machte unwillkürlich einen Schritt zurück.

Roof beobachtete, wie sehr der Mann offensichtlich litt. »Das ist sehr kameradschaftlich von Ihnen«, sagte er. »Sie scheinen ein guter Kerl zu sein …«

»Porky, Sir«, sagte der Mann. »Alle nennen mich Porky.«

»Sie scheinen ein guter Kerl zu sein, Porky. Warum sind Sie beim Kartell?«

Porky legte den Kopf schief und schürzte die Lippen. »Was meinen Sie damit?«

Roof zeigte zuerst auf Skinner und dann auf sich selbst. »Sie sind definitiv nicht wie wir«, sagte er und richtete seinen Finger auf Porky. »Ich kann das sehen. Sie tragen eine Grundfreundlichkeit in sich, und unter alldem hier« – er deutete auf Porkys Bauch – »steckt ein weiches Herz.«

Porky zog den Bauch ein, so gut er konnte, und richtete seine Hose. Sein Gesicht wurde rot.

»Im Ernst«, sagte Roof. »Ich mache keine Witze. Warum sind Sie beim Kartell?«

Porky sah Roof an, als verstünde er seine Sprache nicht. »Ich bin mir nicht sicher, was Sie damit meinen, Sir.«

Roof sah zu Skinner hinüber und dann zurück zu Porky. Er lachte leise. »Es ist eine ganz einfache Frage«, sagte er. »Warum. Sind. Sie. Beim. Kartell?«

Porky nestelte wieder an seiner Hose herum und zog die Augenbrauen zusammen. Er hob die Schultern, als wolle er sich dahinter verstecken. »Weil ich musste, denke ich.«

Roof nickte. Es war eine ehrliche Antwort. »Warum *mussten* Sie mitmachen?«

»Ich wollte nicht sterben«, erklärte Porky. »Mir wurde gesagt, wenn ich für das Kartell arbeiten würde, hätte ich einen Job, eine Unterkunft und Essen. Sie sagten, wenn ich mich dagegen entscheiden würde, hätte ich zwei Optionen: die Stadt verlassen oder sterben. Ich wusste nicht, wo ich hätte hingehen sollen, und ich wollte am Leben bleiben. Also …«

Roof wusste, dass das Kartell in kurzer Zeit exponentiell gewachsen war. Er und die drei anderen Generäle hatten bestimmt, dass ihre vertrauenswürdigsten Männer die Massen missionierten. Es war wie eine moderne Version der Kreuzzüge.

Die Aktion war wirklich brillant. Ziemlich brutal, aber brillant. Die Trupps gingen von Stadt zu Stadt, von Ranch zu Ranch, von Haus zu Haus und bekehrten die Ungläubigen mit vorgehaltener Waffe oder Schlimmerem.

Wenn es Widerstand gab, so hatte Roof sichergestellt, statuierten seine Lieutenants ein Exempel an denjenigen, die sich ihnen nicht unterwarfen. Es war ganz und gar keine Übertreibung, wenn der Boss eines Trupps jemandem damit drohte, seinen Kopf auf einen Pfahl gesteckt öffentlich zur Schau zu stellen oder ihn lebendig zu verbrennen. Alles in allem hatte ihr rigides Vorgehen dafür gesorgt, dass das Kartell in fast jeder Stadt auf ihrem Territorium stark präsent war.

Fast fünf Jahre lang hatte es für das Kartell hervorragend funktioniert, mit Angst zu regieren. Jetzt, wo ein Krieg bevorstand mit den wenigen, die sich geweigert hatten, ihren Drohungen nachzugeben, und die sich mit ungewöhnlicher Entschlossenheit widersetzten, dachte Roof anders darüber.

Wenn er Männer wie Porky ansah – den weichherzigen, tollpatschigen Porky – dann wurde ihm klar, dass sie nur in absoluten Zahlen stark waren. *Wie viele ihrer Männer kämpften nur für das Kartell, weil ihre einzigen anderen Optionen Exil oder Tod waren? Wie viele von ihnen dienten nur aus Angst, wie viele waren wirklich loyal?*

Porky und unzählige einfache Soldaten waren nichts weiter als Söldner, wenngleich ihr Anreiz nicht der Sold war. Sie waren ein vollkommen anderer Menschenschlag als die Männer und Frauen, die für die Dweller kämpften, weil diese sich bewusst dafür entschieden hatten.

Roof wusste aus seiner Zeit in Syrien, dass ein starker Glaube mächtiger war als eine Heckler & Koch. So zersplittert die Fraktionen dort auch gewesen waren, ihre Kämpfer hatten für das gekämpft, was sie für richtig gehalten hatten. Sie hatten ihr Leben riskiert und das ihrer Feinde genommen unter der Annahme, dass sie es für eine gerechte Sache taten.

Und genau dieser Umstand hatte es so schwer gemacht, sie zu besiegen. Die amerikanischen Soldaten, Seeleute, Flieger und Marines hatten lediglich gekämpft, weil es ihr Job und ihre Aufgabe gewesen war. Sie waren nicht aus eigenem moralischem Antrieb in dieses Land gekommen. Ihre Mission war es nicht gewesen, die Welt von den Ungläubigen zu reinigen. Sie waren dafür bezahlt worden, dort zu sein. Die esoterische Idee von Patriotismus und Demokratie funktionierte einfach nicht auf die gleiche Weise.

Skinner stieß ein grunzendes Geräusch aus und lenkte Porkys Aufmerksamkeit auf sich. Der Captain hielt die Eisschüssel mit beiden Händen und schüttelte sie heftig, sodass die Eisbrocken aneinander klirrten.

Porky streckte langsam die Hand aus, als hätte er Angst, sie zu verlieren. »Sind Sie damit fertig?« Skinner nickte und schob die Schüssel in Porkys Hände. Er nahm sie, senkte den Kopf und verließ dann den Raum mit der Körperhaltung eines Dieners. Beide Männer sahen ihm hinterher und schauten sich dann in die Augen.

»Ich brauche Sie hier, Cyrus«, sagte Roof. »Ich lasse einige Einheiten hier, um die Festung zu sichern. Lubbock ist für unseren Handel mit den Mexikanern und den Kunden nördlich des Walls von entscheidender Bedeutung. Wir können die Stadt nicht komplett ungeschützt lassen, wenn wir zum Canyon marschieren.«

Skinner erstarrte mit einem angeekelt wirkenden Gesichtsausdruck. Roof wollte gerade weiter ausführen, wie er sich die Sache vorstellte, als Skinner mit den Fingern schnippte und über die Schulter des Generals auf einen Schreibtisch auf der anderen Seite des Raumes deutete.

Roof drehte sich um und sah einen großen Notizblock auf dem Schreibtisch. Er schwang sein Bein über den Stuhl und schob sich dorthin. Der Block war zerfranst und verfärbt mit Wasserflecken und die meisten Seiten waren bereits mit unleserlichem Gekritzel bedeckt, das noch aus den alten Zeiten stammte, bevor alles anders geworden war.

Roof hob den Block auf und hielt ihn für Skinner in die Höhe. »Wollen Sie den hier?«

Skinner nickte. Roof ging zur anderen Seite des Schreibtisches und suchte in den unverschlossenen Schubladen nach einem Stift. Er fand schließlich einen Kugelschreiber, drückte die Mine heraus und kritzelte über das Papier, bis blaue Farbe zu sehen war.

Er trug beides zurück zu Skinner und gab ihm das Gewünschte, dann blieb er hinter ihm stehen, während dieser auf das zerknitterte Papier schrieb und danach das Blatt vom Block abriss.

Roof nahm die Notiz, hielt sie dicht vor seine Augen und entfernte sie dann langsam wieder, um die Schrift fokussieren zu können. Skinners Handschrift war kaum zu entziffern. Sie erinnerte an den Versuch eines rechtshändigen Kindergartenkindes, mit links etwas zu malen.

Sie brauchen mich im Canyon. Ich will nicht bei den Verlierern und Frauen bleiben.

Roof blickte auf, hielt den Zettel immer noch in der Hand und seufzte. »Sie bekommen Ihre Zunge nicht mehr in Ihren Mund. Sie können nicht reden. Mann, Ihr Gesicht ist geschwollen, als hätten Sie den Kopf in ein Hornissennest gesteckt.«

Skinner kritzelte eine weitere Nachricht auf ein Blatt Papier und riss es vom Block ab. Roof hätte über diese Komödie gelacht, wenn es nicht seine eigene Schuld gewesen wäre.

Deshalb können Sie mich nicht hierlassen. Ich kann hier niemanden anführen. Ich folge Ihnen zum Canyon.

Roof dachte über das Argument nach. Skinner hatte durchaus recht. Aufgrund seiner Verletzungen war er als einfacher Soldat wahrscheinlich noch am effektivsten eingesetzt. Der Captain hielt ihm eine dritte Nachricht hin.

Ich bin Mitglied des Kartells, weil ich es will, nicht, weil ich es sein muss.

Roof nickte. »Gut, Sie sind ab sofort ein Frontschwein. Ich hoffe, Sie sind jetzt glücklich.«

Roof jedenfalls war es, denn er brauchte Kerle wie Skinner, so viele wie nur möglich. Skinner hatte eine Mission. Er *wollte* kämpfen. Es ging ihm nicht ums Überleben, es ging darum, zu leben.

KAPITEL 15

25. Oktober 2037, 21:07 Uhr
Jahr fünf nach dem Ausbruch
Palo Duro Canyon, Texas

Paagal nahm einen langen Schluck aus einer großen Thermoskanne. Sie stöhnte leise, während sie trank, und hielt den Boden der Thermoskanne höher und höher, bis sie den Inhalt komplett geleert hatte.

»Kaffee ist so ein Hochgenuss«, sagte sie. »Sind Sie sicher, dass Sie keinen möchten?«

Lola schüttelte den Kopf, Battle seufzte.

»Ich nehme an, ich langweile Sie«, sagte Paagal und zog eine Augenbraue nach oben.

»Sie haben uns noch keinerlei Informationen gegeben«, erwiderte Battle. »Wir sind schon wer weiß wie lange hier, und ich weiß immer noch nicht mehr über Ihren Plan als Sie bei Ihrer Predigt verraten haben.«

Paagal setzte sich auf den Stuhl gegenüber von ihren Gästen. Sie saßen an dem rauen Holztisch in ihrem Zelt. Dann griff sie nach unten und zog neben sich eine große, zusammengerollte Karte hervor. Sie entrollte sie und legte sie auf den Tisch.

Paagal drehte die Karte so herum, dass sie für Lola und Battle richtig herum lag. Eine dicke schwarze Linie zeigte die alten Staatsgrenzen an. Paagal fuhr mit dem Finger über die Markierungen.

»Das hier ist der Wall«, sagte sie. »Das sollte Ihnen eine gute Vorstellung von der Größe des Territoriums geben. Wir befinden uns hier.« Sie zog ihren Finger zum Canyon hinüber, der rot eingekreist war.

Battle bemerkte, dass die Namen der meisten größeren Städte mit Nummern versehen waren. Einige der Nummern waren durchgestrichen und daneben durch neue Nummern ergänzt worden. Er tippte auf die Nummer 729 in der Nähe von Austin und dann auf die 1050 in San Antonio.

»Was sind das?«, fragte er.

Mit einem Lächeln blickte Paagal von der Karte auf. »Das ist die Anzahl der Dweller, die wir an diesen Orten platziert haben.«

Lola zeigte auf die Nummer 2512, die oberhalb von Houston eingetragen war. »Also haben Sie in Houston zweitausendfünfhundert Menschen, die Sympathisanten Ihrer Sache sind?«

»Zweitausendfünfhundertzwölf«, sagte Paagal. »Und sie sind keine Sympathisanten, Lola. Sie sind Revolutionäre.«

Lolas Augen huschten von Zahl zu Zahl auf der Karte. »Wie ist das möglich?«

»Wir haben ja nicht mit diesen Zahlen begonnen«, sagte Paagal. »Wir haben vor zwei Jahren angefangen und hatten vielleicht fünf oder zehn Kontakte in jeder Stadt. Jeder dieser Mitstreiter hat aus seinem Bekanntenkreis diejenigen rekrutiert, von denen er dachte, dass sie zu unserer Denkweise passen. Diese wiederum haben ihrerseits noch mehr Menschen rekrutiert. Von da an ist die Bewegung organisch und exponentiell gewachsen.«

Battle wedelte mit der Hand über die Karte. »Und alle diese Revolutionäre machen jetzt was genau?«

»Für den Anfang«, erklärte sie, »haben sie an jedem Ort die Anführer angegriffen.«

»Das haben Sie schon am Lagerfeuer gesagt«, erwiderte Lola.

»Ja«, antwortete Paagal. »Das ist richtig. Aber ich habe nicht gesagt, was als Nächstes passiert.«

Lola beugte sich nach vorn. »Und das wäre …?«

»Die Hälfte der Revolution findet direkt in den Städten statt«, erklärte sie. »Das Überraschungsmoment ist immer stark, und es ist auf unserer Seite. Sobald wir das Kartell soweit verletzt haben, dass sogar neutrale Akteure erkennen, dass wir gewinnen können, werden sie sich garantiert unserer Seite anschließen.«

»Was ist mit der anderen Hälfte?«, fragte Battle.

»Die werden vorrücken«, meinte Paagal. Sie hielt sich die Hände vor das Gesicht und verschränkte die Finger. »Sie nehmen das Kartell in die Mangel. Wenn wir sie hier im Canyon lange genug in Schach halten, werden wir gewinnen. Sie können schließlich nirgendwohin flüchten. Ein Rückzug ist unmöglich.«

»Unmöglich würde ich nicht sagen.«

Paagal lehnte sich zurück, ihre Augen weiteten sich und die Augenbrauen ging wieder nach oben. »Wie meinen Sie das?«

Battle fuhr mit dem Finger über die Karte und wies auf die Punkte, die problematisch für die Dweller sein könnten. Er zeigte Paagal mehrere Gebiete, aus denen das Kartell sie angreifen und ihnen hohe Verluste zufügen konnte. Er offenbarte Fluchtwege sowohl für die Dweller als auch für das Kartell.

Battle hatte so viel von dem verloren, was er in West Point und auf den Schlachtfeldern in Afghanistan und Syrien gelernt hatte. Der Platz in seinem Gedächtnis, der für militärisches Wissen reserviert war, war äußerst fragmentiert. Seit dem Ausbruch hatte er so viele dumme Fehler begangen, als wäre er niemals ein Soldat gewesen. Sein Überleben bis zu diesem Punkt war ebenso irrwitzig wie ein schieres Wunder. Es war das Zeug, aus dem Action-Romane gemacht waren.

Während er die Karte bearbeitete, die in das rote Leuchten von Paagals Zelt getaucht war, kamen die unterschiedlichen Erinnerungen flutartig zurück. Es kam ihm so vor, als erwachte er aus einem langen Schlaf und nahm zum ersten Mal seit langer Zeit seine Umgebung wieder wahr.

»Nehmen wir an, sie greifen von all diesen Punkten aus an.« Battle fuhr mit dem Finger über die Karte und zeichnete die

Vielzahl der möglichen Routen, die den Truppen zur Verfügung standen, nach. »Hier und hier werden sie ihre Männer vorrücken lassen.«

»Das spielt keine Rolle«, erwiderte Paagal und fuhr neben Battles Hand mit dem Finger über die Karte. »Sie können von keinem dieser Punkte aus den Grund des Canyons erreichen. Sie können die oberen Gebiete besetzen, sich Deckung geben und uns unter Druck setzen, aber sie müssen ihren Vormarsch durch diese Engstellen hier führen. Das sind die einzigen Wege nach unten.«

Battle nickte. »Also, wo wollen Sie mich haben?«

Lola stupste ihn mit ihrer Schulter an. »Du meinst uns. Wo will sie *uns* haben?«

Battle gab nach. »Ja, uns.«

Paagal tippte auf einen Punkt auf der Karte in der Nähe des südlichen Randes. »Ich glaube, der beste Einsatzort für Sie beide ist hier an diesem Eingang. Das ist eine der Engstellen. Sie können gut mit Waffen umgehen. Sie müssen die Gegner einen nach dem anderen herunterholen, wenn sie sich auf dem Abstieg befinden.«

»Verstanden.«

Battle und Lola ließen Paagal allein in ihrem Zelt zurück und gingen langsam zu ihren eigenen Unterkünften. Keiner von beiden sagte etwas, bis Battle endlich das Eis brach.

»Warum hast du mich nicht geweckt?«, fragte er und seine Stimme klang misstrauisch. »Das finde ich irgendwie seltsam.«

Lola sah zu Battle auf, während sie mit synchronen Schritten nebeneinander herliefen. »Es war ziemlich chaotisch«, erklärte sie. »Alle sind Hals über Kopf losgestürmt. Sawyer wollte nicht zu spät kommen. Ich habe nach dir gesehen, aber du hast tief geschlafen. Ich wollte dich wecken, aber dann hat Baadal mich am Arm gezogen und gesagt, ich solle mich beeilen.«

»Also hast du mich einfach liegen lassen?«

»Ich habe sogar versucht, dich zu wecken«, sagte sie.

»Ein paar Mal habe ich laut deinen Namen gerufen. Du hast dich umgedreht und ein bisschen geschnarcht. Es tut mir leid, ich hätte dich wirklich wecken sollen.«

»Das hättest du tun sollen, absolut.« Battle glaubte ihr zwar, dennoch blieb er skeptisch gegenüber den Dwellern. »Ich vertraue ihnen einfach nicht.«

»Du vertraust niemandem.«

»Das stimmt nicht«, widersprach Battle. »Vielleicht ist es gar nicht so, dass ich ihnen nicht vertraue. Ich glaube nur nicht, dass ihre Motive so rein sind, wie sie uns glauben machen wollen.«

»Damit musst du endlich klarkommen.« Lola lachte trocken. »Niemand auf dieser Welt hat eine weiße Weste. Jeder versucht momentan einfach nur zu überleben, mit welchen Mitteln auch immer. Bei einem solchen Skeptiker wie dir hört sich das alles so an, als würdest du immer noch an den Weihnachtsmann glauben wollen.«

Lola griff nach Battles Hand. Er erlaubte es, begrüßte es sogar und drückte sanft zurück, sobald ihre Finger vollständig miteinander verschränkt waren. Er hatte das Gefühl, ein Stromstoß schösse durch seinen Körper. Seine Brust verengte sich. Er sah zu Lola hinüber und lächelte. Sie lächelte zurück und sah dann zur Seite, als schämte sie sich für ihre Verbindung.

Battle war zufrieden damit, Hand in Hand zu ihren Zelten zurückzulaufen. Er dachte darüber nach, was Lola gesagt hatte.

Sie hatte natürlich recht. Es gab keinen Weihnachtsmann, denn auch der war an der Krankheit gestorben.

KAPITEL 16

25. Oktober 2037, 21:42 Uhr
Jahr fünf nach dem Ausbruch
Interstate 45, südlich von Buffalo, Texas

Der verbliebene rechte Scheinwerfer erhellte den rissigen Asphalt des Highways nur zum Teil. Die Interstate 45, wie die Strecke in der alten Zeit genannt worden war, war die direkte Nord-Süd-Verbindung zwischen Houston und Dallas.

Ana hatte vor, auf schnellstem Weg nach Norden zu fahren, bevor sie in Richtung Westen abbog. Sie hatte keine Zeit, den Highway zu meiden, um verlassenere, weniger befahrene Wege zu suchen. Dies war momentan ihre beste Option.

Sie kniff die Augen zusammen und stellte sich vor, sie würde ein Raumschiff steuern. Die reflektierenden weißen Striche, die die Fahrspuren trennten, waren die vorbeirasenden Sterne. Sie stellte sich vor, sie steuere durch den Weltraum auf einen fernen Planeten zu. Auf einen Planeten ohne Gewalt, Krankheit oder Schuld.

Penny auf dem Sitz neben ihr war wieder wach und nuckelte zufrieden an ihrem Schnuller. Ana wusste allerdings, dass es nicht mehr lange dauern würde, bis das Kind hungrig war und sie anhalten musste, um es zu füttern.

Doch Ana wollte nicht anhalten, sie wollte in den Canyon.

Im Auto war es eiskalt. Ohne die Windschutzscheibe drang die kalte Luft ungehindert ins Innere. Ana hatte im Kofferraum eine Decke gefunden, die sie um Penny gewickelt hatte, aber sie selbst fror erbärmlich. Vor allem ihre Hände fühlten sich unangenehm kalt an.

Sie schaute auf den Tacho und stellte fest, dass sie den Lexus mit vierzig Meilen pro Stunde über den Highway trieb.

Obwohl sie nicht viel über Autos wusste, war ihr bewusst, dass ein Fahrzeug umso mehr Kraftstoff verbrauchte, je schneller es fuhr. Sie hoffte, dass sie treibstoffsparend aber schnell genug unterwegs war, um etwaige Verfolger auf Pferden abzuschütteln. Sie musste es mit dem vorhandenen Treibstoff unbedingt bis zum Canyon schaffen. Wenn sie nicht zu schnell fuhr, war auch der Fahrtwind nicht so heftig, der ungebremst durch die offene Kabine wirbelte.

Auf ihrer Fahrt durch die Dunkelheit bemerkte sie gelegentlich grau und schemenhaft ein Gebäude oder ein verlassenes Fahrzeug am Straßenrand. Sie war dankbar für die Dunkelheit, die sie umgab. Ana konnte jetzt keinerlei Ablenkung gebrauchen, und schon gar nicht wollte sie sehen, wie sehr die Welt nach dem Ausbruch der Krankheit vor die Hunde gegangen war, während sie gerade alle Kraft brauchte, um sich von den schlimmsten Auswirkungen zu befreien.

Es war allerdings nicht so, als hätte Ana ein entspanntes Leben geführt, bevor die Krankheit ihre Mutter, ihren Großvater, ihre Schwester und den Mann getötet hatte, mit dem sie verlobt gewesen war. Jeder Einzelne von ihnen war ein Betrunkener oder ein Süchtiger gewesen, der es nicht geschafft hatte, den achten Schritt zu bewältigen und gegen die Sucht anzukämpfen.

Keiner von ihnen hatte sich jemals sein Versagen eingestanden. Selbst auf ihrem Sterbebett hatten sie sich geweigert, Verantwortung für ihre Taten zu übernehmen, während der Konsum ihnen zuerst den Atem und dann das Leben geraubt hatte.

Der Lexus durchpflügte die Dunkelheit, und Ana konzentrierte sich auf den achten Schritt. Sie versuchte sich an all die Menschen zu erinnern, denen sie unrecht getan hatte. An den vier Menschen jedoch, die sie an diesem Tag getötet hatte, kam sie nicht vorbei: der Vater ihres Kindes, ein Anhänger des Widerstands und zwei üble Menschen, die sie nicht gemocht hatte, deren Tod sie aber lieber nicht auf dem Gewissen gehabt hätte.

Ana beugte sich in ihrem Sitz vor und rieb ihre Handflächen am Lederlenkrad, um wenigstens für ihre Hände etwas Wärme zu erzeugen. Sie blickte zum Horizont, und der Wind peitschte durch ihre Haare und trocknete ihre Augen. Angestrengt spähte sie in die Dunkelheit hinaus und suchte nach einem Stern oder dem Mond. Doch sie fand keines von beiden.

»Mamamama«, plapperte Penny. »Mamamama.«

Anna nahm eine Hand vom Lenkrad, steckte den Schnuller wieder in Pennys begierigen Mund und legte ihre Hand sanft auf Pennys Beinchen. Sie drückte es und rieb es mit ihrem Daumen.

»Mama ist hier, Baby«, sagte sie.

Ana sah kurz zu Penny hinüber und versicherte ihr, dass sie bald eine Pause machen würden und sie etwas zu essen bekäme. Während sie sich von der Schönheit ihres Kindes umfließen und einhüllen ließ, fragte sie sich, was diese kaputte Welt wohl noch für sie bereithalten würde. Ana konnte sich nicht vorstellen, dass es etwas Gutes war. Ihr Lächeln verblasste und sie sah zurück auf die Straße.

Doch es war schon zu spät.

Unmittelbar vor dem Auto tauchte plötzlich im blassgelben Licht des Scheinwerfers ein großer Kojote auf. Seine Augen reflektierten das Licht, als er in der Mitte des Highways stehen blieb. Er hatte ein totes Tier im Maul.

Ana trat so fest sie konnte auf die Bremse. Die Reifen kreischten in lautem Protest. Ihr rechter Arm fuhr nach außen, um Penny zu schützen, die bereits auf ihrem Sitz nach vorne rutschte und gegen den Sicherheitsgurt gedrückt wurde. Ana versuchte nach rechts auszuweichen, doch sie schaffte es nicht. Der Kojote prallte auf das Auto, als hätte sie genau auf ihn gezielt.

Der Aufprall verursachte ein grauenvolles Knirschen, als die Vorderseite des Lexus den Aasfresser zermalmte. Sein Kadaver wurde auf die Motorhaube des Wagens geschleudert, und für den Bruchteil einer Sekunde war sich Ana sicher, dass er direkt durch die offene Windschutzscheibe fliegen würde. Stattdessen prallte der schlaffe Körper vom Dach ab und rutschte über den Kofferraum hinter dem Auto herunter.

Penny schrie, als der Lexus scharf schaukelnd anhielt. Ana fiel sofort auf, dass Qualm aus den Ritzen der Motorhaube aufstieg. Adrenalin durchflutete ihren Körper und sie begann zu zittern. Ihr Puls beschleunigte sich unwillkürlich und das Atmen fühlte sich schwer an. Sie versuchte tief Luft zu holen, aber es gelang ihr nicht mehr, einzuatmen.

Sie schnallte Penny ab und zog das Baby an ihre Brust. Sie wiegte sie, flüsterte in das Ohr ihrer Tochter und versuchte sie zu beruhigen. Sobald Penny leise war, war nur noch das leise Summen des Motors zu hören. Der Qualm war verschwunden, aber der Kojote hatte eine große Delle in der Motorhaube hinterlassen.

Sie hielt Penny mit einem Arm fest und öffnete mit dem anderen die Tür, dann kletterte sie aus dem Lexus und ging zum vorderen Teil des Wagens.

Das Lexus-Emblem fehlte nun, der Kühlergrill war vollkommen zerstört und erinnerte kaum noch an die Front einer Limousine. Jetzt dominierten dekorative Tierreste und überall steckten Klumpen grauer Haarbüschel.

Die Motorhaube hatte sich beim Aufprall konkav verformt. Das Auto sah aus, als stamme es vom Schrottplatz. Ana trug Penny auf dem Arm und schirmte mit einer Hand die Augen des Kindes ab, als sie in das Scheinwerferlicht trat. Das Licht wirkte jetzt wesentlich heller, als sie es beim Fahren empfunden hatte. Der Motor summte immer noch leise, und sie ging um die Beifahrerseite des Wagens herum nach hinten. Sie wollte das Tier sehen.

Ohne zu zögern, ging sie auf den Kojoten zu. Er lag ungefähr fünfundzwanzig Fuß hinter dem Auto. Als sie sich dem Tier näherte, konnte sie ein hohes Wimmern hören. Irgendwie hatte es die Kollision offenbar überstanden, auch wenn es nur noch ein paar Minuten haben konnte.

Sie umkreiste das Tier vorsichtig in einiger Entfernung, aus Angst, ihm zu nahe zu kommen. Seine Augen waren offen, sein Körper verstümmelt. Sein Oberkörper – oder was noch davon übrig war – hob und senkte sich mühsam. Das tote Kaninchen, das der Kojote im Maul getragen hatte, lag neben ihm.

Das Wimmern des Kojoten zog Pennys Aufmerksamkeit auf sich, und Ana machte auf dem Absatz kehrt, um die Augen des Kindes von dem sterbenden Tier fernzuhalten, und ging hastig zurück zum Auto. Außer das Leben des Tieres mit einer Kugel zu beenden, konnte sie nichts tun, um sein Leiden zu lindern. Es war nur ein weiteres Lebewesen, das bei dem Versuch, in der schönen neuen Welt zu überleben, qualvoll verreckte.

Ana erreichte den Lexus, öffnete die hintere Fahrertür und lehnte sich auf den Rücksitz. Sie setzte Penny aufrecht hin und hoffte, dass es hinten wärmer und sicherer war als vorne.

Als das Kind angeschnallt war und Ana gerade die Tür zuwerfen wollte, hörte sie ein Rascheln und das Geräusch leiser Stimmen. Sie schob die Tür mit dem Hintern zu und sah auf einmal einen Mann und eine Frau am Straßenrand stehen.

Der Mann trug eine Waffe über der Schulter, die Frau zielte mit ihrer auf Ana. Sie flüsterte ihm etwas ins Ohr und hielt ihre Waffe dabei im Anschlag. Der Mann kicherte. Über das Brummen des Autos hinweg konnte Ana allerdings nicht verstehen, was sie sagten.

Es war so dunkel, dass Ana weder ihre Gesichtszüge noch ihre Kleidung erkennen konnte, aber sie sah genug, um zu wissen, dass sie kaum mehr als Verzweiflung am Leibe hatten. Der Kiefer des Mannes bewegte sich auf und ab, als würde er auf etwas kauen.

Ana rutschte langsam an der Seite des Wagens entlang, behielt das Paar im Auge und begann die Fahrertür zu öffnen.

»Na, na, na«, sagte die Frau jetzt. »Das würde ich nicht tun.«

Ana ließ ihre Hand dennoch am Türgriff. »Was wollen Sie?«

»Wir wollen das Auto«, sagte die Frau, »und was auch immer da drin ist.«

»Niemals«, sagte Ana trotzig. »Dann würde ich ja hier festsitzen.«

Die Frau machte einen Schritt auf sie zu. »Wir bitten nicht um deine verfickte Erlaubnis«, knurrte sie. »Wir sagen dir, dass wir dein Auto nehmen!«

»Und was auch immer da drin ist«, fügte der Mann hinzu.

Als die Frau näherkam und am Rand des Scheinwerferlichts stand, konnte Ana sehen, dass ihr ein Auge fehlte. Es gab keine Augenklappe, übrig war nur ein vernarbtes Loch, in dem sich einst ein Auge befunden hatte. Ihre Lippen waren dünn wie Würmer in der Trockenzeit und die meisten ihrer Vorderzähne fehlten.

Sie trug ein schmutziges, geripptes weißes Tanktop und weite Cargo-Shorts. Ihre Beine bestanden nur noch aus Wunden und blauen Flecken. Außerdem war sie barfuß.

»Das Auto ist sowieso Schrott«, erklärte Ana. »Es ist hin, dank des Kojoten da hinten. Ich glaube nicht, dass es überhaupt noch fährt.«

Die Frau lachte auf, was Ana unweigerlich einen Schauer über den Rücken laufen ließ. »Du denkst wohl, wir sind blöd. Gerade hast du noch gesagt, du würdest hier festsitzen, wenn wir dein Auto nehmen. Nun sagst du, dass du eigentlich jetzt schon festsitzt.«

Ana versuchte verzweifelt sich etwas einfallen zu lassen, mit dem sie die beiden abschrecken konnte, doch sie hatte keine Idee, nicht einmal eine schlechte.

»Du gehst jetzt besser mal von diesem Auto weg«, sagte der Mann. Er blieb am Straßenrand stehen, senkte aber seine lange Waffe, die nun von seiner Taille aus genau auf Ana zielte.

»Weg da«, sagte die Frau. Sie trat näher. Ana konnte den Sand unter ihren langen Fingernägeln erkennen. Sie waren so schwarz wie das Land am Ende des Highways.

Ana holte tief Luft und hob die Hände. »Okay«, sagte sie. »Lasst mich nur mein Baby vom Rücksitz holen.«

»Du hast ein Baby?«, fragte die Frau erstaunt. »Ein echtes lebendiges Baby?«

Ana zögerte. »Ja.«

»Sie hat ein Baby«, rief die Frau dem Mann aus dem Mundwinkel zu, ohne den Blick von Ana abzuwenden.

»Habe ich gehört«, sagte der Mann. »Ein echtes, lebendiges Baby.«

»Wir hatten auch ein Baby«, erklärte die Frau. »Ein kleines Mädchen.«

Die Schultern der Frau sackten jetzt nach vorn und sie senkte ihre Waffe. Ihr Blick schweifte für einen Moment in eine unbestimmte Ferne ab.

»Die Krankheit hat sie erwischt«, sagte der Mann leise. »Sie ist schnell gestorben.«

»Es tut mir leid«, sagte Ana. »Ich …«

»Es tut dir nicht leid«, schnappte die Frau. Ihre Schultern strafften sich wieder und die Waffe richtete sich erneut auf Anas Kopf. »Du hast keinen Grund für Mitleid. Du kennst uns doch überhaupt nicht.«

»Ich sage ja nur …«

»Halt die Klappe und hol das Baby«, sagte die Frau und bewegte den Lauf, während sie sprach. »Ich will es sehen.«

»Ist es ein Mädchen?«, fragte der Mann.

Ana nickte.

»Hol sie«, befahl die Frau. Sie machte einen weiteren Schritt nach vorn. »Ich will sie sehen.«

»Wie heißt sie denn?«, fragte der Mann und Ana hielt kurz inne, die Hand auf dem hinteren Türgriff.

Dann zog sie die Tür auf und das Innenlicht ging an. »Penny.«

»Oh, wie schön«, gurrte die Frau. Sie reckte den Hals, um ins Auto blicken zu können. »Ich glaube, ich sehe sie. Ich glaube, ich sehe das schöne Mädchen.«

»Vielleicht müssen wir das Mädchen auch mitnehmen«, meinte der Mann. »Das Auto und das Mädchen. Ich denke, so muss es sein.«

»Wir haben gesagt, wir nehmen das Auto und alles, was darin ist«, bekräftigte die Frau, und die Freude schwand aus ihrem Gesicht, als sie Ana ansah. »Beeil dich.«

Ana drehte beiden den Rücken zu und griff ins Auto. Sie flüsterte Penny zu: »Mama ist gleich wieder da.« Dann ergriff sie das automatische Gewehr, drückte den Sicherheitshebel nach unten und drehte sich mit dem Finger am Abzug blitzschnell um.

Sie hielt das Gewehr an ihre Schulter und feuerte auf das gruselige Paar. Ana hatte allerdings den Rückstoß unterschätzt, denn er warf sie zurück gegen das Auto. Sie feuerte trotzdem weiter, und die durch die Luft sirrenden Projektile erinnerten sie an das Klackern einer elektrischen Schreibmaschine.

Die Salve machte einen hohen Bogen und ließ die Mündung der Waffe nach oben zucken. Die ersten Geschosse aus dem Magazin mit fünfundsiebzig Patronen trafen allerdings genau ihr Ziel und die Frau bekam zwei Schüsse in den Bauch ab. Sie ließ ihre lange Waffe fallen, hielt sich den Unterleib und schrie vor Schmerz. Lautstark verfluchte sie Ana.

Der Mann reagierte schnell und gab ein paar Schüsse auf Anas Kopf ab. Nur der Rückstoß ihrer eigenen Waffe rettete sie. Dadurch verfehlten die beiden Schüsse ihren Kopf knapp und schlugen in den Lexus ein.

Ana fand ihr Gleichgewicht nun wieder und drückte ihre rechte Hand gegen den hölzernen Schaft, um das Gewehr stabilisierend gegen ihre Schulter pressen zu können. Sie feuerte und hielt den Finger auf dem Abzug. Dieses Mal gab ihre Waffe eine anhaltende Salve ab. Das erste Dutzend Geschosse durchlöcherte die Frau, die kurz danach mit dem Gesicht voran auf die Straße aufschlug. Ihr Körper zuckte wild auf dem Highway, als versuche sie sich in Breakdance.

Nachdem Ana sicher sein konnte, dass die Frau keine Bedrohung mehr darstellte, schwang sie die Waffe nach links und zielte auf den Mann, der sich ihr bereits näherte. Ein plötzlicher Schmerz in ihrem linken Arm in Schulternähe führte dazu, dass sie die Waffe verriss. Die Salve überzog die Brust des Mannes dennoch quer. Seine Arme sanken schlaff nach hinten und seine lange Waffe fiel klappernd auf den Asphalt. Sein Körper erschauderte und verkrampfte sich, bevor er nach vorne stolperte und zusammensackte.

Ana hielt den Abzug noch einen Moment gedrückt, und der Gewehrschaft schlug gegen ihre rechte Schulter, während sie damit kämpfte, die schwere Waffe an Ort und Stelle zu halten. Als die letzten Schüsse in der Weite zu beiden Seiten des Highways verhallten, hörte sie Pennys Wimmern. Sie würde sie vielleicht noch einmal trösten können, aber Ana merkte, dass Penny kurz vor einem Schreikrampf stand. Wie sollte es auch anders sein? Das Geräusch von Schreien und Schüssen würde jeden Menschen zur Verzweiflung bringen. Ana holte tief Luft und atmete mehrmals ein und aus, um ihren rasenden Puls zu verlangsamen, dann öffnete sie den Mund weit, um das heftige Klingeln in ihren Ohren zu vermindern.

Erst als sie ihre Waffe herunternahm, wurde ihr klar, dass sie ebenfalls getroffen worden war. Sie blutete. Während das Adrenalin langsam ihren Körper verließ, begann die Verletzung schmerzhaft zu pochen.

Ana zuckte zusammen und trug die Waffe jetzt mit dem rechten Arm. Langsam näherte sie sich den vergeblichen Autodieben und Entführern. Zuerst sah sie nach der Frau. Diese lag tot auf der Seite, ihr Hals war unnatürlich verdreht. Ihre Fußsohlen waren komplett schwarz und auch der restliche Körper war überzogen von Schmutz und Blut.

Der Mann lag flach auf dem Bauch. Ana konnte sein Gesicht nicht erkennen. Unter seinem Körper sickerte Blut auf den Highway. Sie wandte sich wieder dem Auto zu, sicherte ihr

Gewehr und platzierte es dann vorsichtig an der Stelle, an der sie es zuvor hervorgeholt hatte.

Sie nahm sich einen Moment Zeit, um Penny zu trösten, dann drehte sie sich um und sammelte die Waffen der beiden Angreifer ein. Sie würden sie schließlich nicht länger brauchen. Bei der Waffe der Frau handelte es sich um eine Art Schrotflinte. Sie hatte zwei Läufe. Ana brachte die Waffe zum Auto und durchsuchte die Überreste der Frau nach Munition. Der Schmerz der Schusswunde breitete sich mittlerweile über ihren gesamten Arm aus und ihre Hand fühlte sich seltsam steif an.

In einer der breiten Taschen der Cargo-Shorts, die die Frau trug, fand sie eine Handvoll messingfarbener Patronen. Anstatt die Patronen einzeln herauszuklauben, benutzte sie ihre rechte Hand, um der Frau die Shorts auszuziehen. Es war mühsam, sie ihr über die Hüften zu ziehen, aber nachdem sie es geschafft hatte, war es einfach. Ana ballte die Shorts zusammen und warf sie in den Fußraum neben ihr Gewehr und die Schrotflinte der Frau.

Als Nächstes holte sie das Gewehr des Mannes. Es war kleiner und leichter als das seiner Begleiterin. Sie sicherte es und trug es zum Auto, wo sie es neben die anderen Waffen legte. Im Gegensatz zu der Frau trug der Mann eine Munitionstasche an der Hüfte.

Sie bestand aus dünnem, geflochtenem Leder und war an seinem Gürtel befestigt. Es gelang ihr allerdings mit nur einer Hand nicht, fest genug daran zu ziehen, um die Tasche zu entfernen.

Ana fluchte und setzte sich neben den Toten auf die Straße, wobei sie sich Mühe gab, die Blutlache nicht zu berühren. Mit den Füßen drehte sie ihn auf den Rücken, um den Gürtel lösen und die Munitionstasche mitnehmen zu können. Wie ein Betrunkener fiel er auf den Rücken. Die Zunge hing aus seinem Mund, die Augen waren weit geöffnet.

Er starrte zum Himmel hinauf. Es war ein leerer, ins Nichts gerichteter Blick, der Ana fast friedlich erschien. Es sah aus, als hätte der Mann die Sterne oder den Mond gesehen, nach denen sie vorhin gesucht hatte, und sich ein besseres Leben vorgestellt, weit weg von dem Planeten, auf dem er gerade festsaß.

Ana beugte sich vor, versuchte nicht in seine Augen zu schauen, und öffnete die Schnalle an seinem Gürtel. Sie zog den Messingstift aus dem Leder und dann den Gürtel durch die Schlaufen in seiner Hose, was erstaunlich leicht ging. Die Munitionstasche fiel endlich auf die Straße. Sie nahm sie auf, ohne sie genau anzusehen, und warf sie in den hinteren Teil des Wagens.

Sie fühlte sich mittlerweile benommen und lehnte sich kurz gegen die offenstehende Tür, wobei sie ihre Stirn auf ihrem rechten Unterarm legte. Sie wusste, dass sie Blut verlor. Mit ihrer Rechten griff sie um ihre Schulter herum und tastete ihren Rücken ab. Es gab keine Austrittswunde. Der Schmerz verstärkte sich.

Ana wusste, dass sie sich dringend um die Wundversorgung kümmern musste, denn andernfalls würde sie innerhalb kürzester Zeit als einarmige, bewusstlose alleinerziehende Mutter enden, die im Dunkeln auf einem einsamen, postapokalyptischen Highway festsaß.

KAPITEL 17

25. Oktober 2037, 22:21 Uhr
Jahr fünf nach dem Ausbruch
Palo Duro Canyon, Texas

Baadal übernahm die erste Wache. Als Anführer seines Trupps absolvierte er die ersten zwei Stunden der Nachtschicht. Zwanzig Minuten später schliefen einige der Männer bereits. Ein paar von ihnen schnarchten laut genug, dass Baadal sich fragte, ob er überhaupt eine Chance hatte einzuschlafen, wenn er endlich an der Reihe war.

Noch neun Minuten bis zum nächsten Funkcheck. Es würde eine wirklich lange Nacht werden.

Baadal ging den Rand des Canyons entlang, wobei er seine Füße schlurfend durch den Staub zog. Als das Schnarchgeräusch mit zunehmender Entfernung verblasste, hörte er plötzlich ein Pfeifen.

Zuerst dachte er, es wäre der Wind, aber je näher er der Geräuschquelle kam, desto deutlicher konnte er eine Melodie ausmachen. Baadal hatte sie noch nie zuvor gehört, aber es war eine sehr eingängige Melodie.

Sein Tempo beschleunigte sich, er hob sein Gewehr und legte die zwanzig Fuß lange Lücke zwischen dem Pfeifen und seiner aktuellen Position am Rand des Canyons rasch zurück. Er war noch ein paar Fuß entfernt, als er den Mann erkannte, der da vor sich hin pfiff.

Baadal blieb stehen und senkte die Waffe. »It?«

Das Pfeifen hörte auf und der Mann drehte sich überrascht um. »Baadal? Bist du das?«

»Ja«, gab Baadal zurück. »Was machst du denn hier?«

Itihaas drehte sich zu Baadal um und steckte die Hände in die Taschen. Sein Gewehr hing ihm quer über den Rücken. »Ich pfeife nur so«, erklärte er. »Kann nicht schlafen.«

»Was für ein Lied war das?«

»Ein sehr altes Lied«, antwortete Itihaas. »Es heißt *New World in the Morning*. Es ist von einem Typen namens Roger Whitaker. Mein Vater hat es immer gepfiffen. Ich habe ihn damals nachgeahmt.«

»Okay, und weiter?«, fragte Baadal. Er sah über den Rand hinweg in die Finsternis jenseits des Canyons und bemühte sich, etwas zu erkennen.

»Ich weiß nicht«, sagte It. »Ich fand den Song irgendwie passend. Der Morgen wird eine neue Welt bringen, richtig?«

Baadal zuckte mit den Schultern. »Das nehme ich an.« Er drehte sich wieder zu It um. »Darf ich dich etwas fragen?«

Itihaas nickte. »Schieß los.«

Baadal fuhr mit dem Finger über sein Gesicht. »Wie hast du …«

»Die Narbe?«

Baadal nickte.

»Das ist auf der anderen Seite des Walls passiert.«

»Du warst auf der anderen Seite des Walls?«

It nickte.

»Wie war es dort?«

»Das ist eine schwierige Frage«, sagte It. »Wie beschreibt man Chaos, das sich als Ordnung tarnt? Es war hinterhältig, es war gefährlich. Auf keinen Fall besser als auf dieser Seite. Hier kannst du die Gefahr wenigstens sehen, riechen und spüren. Oben im Norden, auf der anderen Seite, ist es schon zu spät, wenn du etwas mitbekommst.«

Baadal kam noch einen Schritt näher. »Wie meinst das?«

»Es gibt dort eine Regierung«, erklärte It. »Es gibt auch Militär, und meistens gibt es Strom und Essen.«

»Das hört sich doch gut an«, meinte Baadal.

»Das ist alles nur fürs Schaufenster«, erwiderte It. »Das System ist komplett korrupt. Ist alles nur Schall und Rauch. Es gibt dort kein ehrliches Leben. Versteh mich nicht falsch, wenn du bereit bist mitzumachen, ist es dort bestimmt besser als hier, aber wenn du selbst etwas aufbauen willst, wenn du ein Stück vom Kuchen abhaben willst, dann musst du gegen größere, bösere Hunde kämpfen. Das Problem ist nur, dass du ihre Zähne erst bemerkst, wenn sie diese gerade in deinem Hals versenken. Dann ist es zu spät.«

»Bist du deswegen zurückgekommen?«

»Ich bin nicht freiwillig zurückgekommen«, sagte It. Er fuhr mit dem Finger über seine Narbe. »Nachdem ich angegriffen wurde, haben sie mich hierher vertrieben. Sie haben mich in die Verbannung geschickt.«

»Und wie bist du im Canyon gelandet?«

»In der Nähe des Walls haben mich Plünderer überfallen und mir alles abgenommen. Sie haben mich liegen lassen, weil sie glaubten, dass ich tot wäre«, sagte er. »Eine Patrouille der Dweller hat mich schließlich gefunden. Sie haben mich wieder zusammengeflickt und hierher gebracht. Das war vor mehr als einem Jahr gewesen. Ich war so dankbar, dass ich mich ihnen angeschlossen habe, als ich geheilt war.«

Baadal sah auf die Uhr. Es war Zeit für den nächsten Check. »Warte kurz«, sagte er und hob einen Finger in Itihaas' Richtung. »Ich muss kurz ans Funkgerät.«

Itihaas nickte. »Ein Mann muss tun, was er tun muss.«

»Hier Einheit Rot Eins«, sprach Baadal. »Erbitte Statusmeldung. Over.« Er ließ die Sprechtaste los und hielt das Funkgerät an sein Ohr.

Es knackte kurz, dann war eine Stimme zu vernehmen. »Hier Einheit Rot Zwei. Status normal. Over.«

»Einheit Rot Drei«, brummte eine andere Stimme durch den Lautsprecher. »Status normal. Over.«

Sechs weitere Einheiten funkten, dass alles ruhig war.

Doch die letzte Einheit, Einheit Rot Zehn, die am südlichen Rand postiert war, meldete sich nicht.

Baadal sah zu Itihaas hinüber und hielt das Funkgerät dicht an seinen Mund. »Hier Einheit Rot Eins«, sagte er ruhig. »Erbitte Statusmeldung, Einheit Rot Zehn. Over.«

Keine Antwort.

»Einheit Zehn, bitte kommen!« Baadals Stimme klang jetzt dringlicher. Er schüttelte das Funkgerät ungeduldig, als er hineinsprach. »Hier Einheit Rot Eins. Erbitte Statusmeldung, Einheit Rot Zehn. Over.«

Doch außer Rauschen und Knacken war nichts zu hören.

Itihaas stellte sich neben Baadal. Die beiden starrten das Funkgerät an, als würden ihre Blicke eine Reaktion hervorrufen können, von der Baadal wusste, dass sie ausbleiben würde.

»Welche Einheit ist gerade am nächsten dran?«, fragte It. »Ich weiß, dass wir ungefähr in der Mitte sind.«

»Acht«, erklärte Baadal. Er drückte erneut die Sprechtaste. »Einheit Rot Acht«, sagte er, und die Dringlichkeit in seiner Stimme wurde langsam zu Verzweiflung. »Erbitte Statusmeldung, Einheit Rot Acht. Over.«

Die Antwort kam sofort. *»Einheit Rot Acht. Status normal. Over.«*

»Einheit Rot Acht«, sagte Baadal, »die Hälfte der Einheit in Richtung Osten verlegen, zur Unterstützung von Einheit Zehn. Seid aber vorsichtig. Einheit Zehn reagiert nicht. Over.«

»Du verlegst Einheit Acht?«, fragte It.

»Nur zur Hälfte«, sagte Baadal. »Wir dürfen keine Lücke lassen.« Er drehte einen Knopf oben am Funkgerät. »Einheit Blau Eins. Bitte teilen Sie uns Ihren Status mit. Hier ist Einheit Rot Eins. Over.«

Das Funkgerät knisterte und piepste. »Hier ist Einheit Blau Eins. Status normal. Over.«

Baadal drückte erneut die Sprechtaste. »Einheit Blau Eins, Rot benötigt Unterstützung. Einheit Rot Zehn reagiert nicht.

Einheit Rot Acht zur Hälfte in Richtung von Einheit Rot Zehn verlegt. Over.«

»Verstanden.« Das Funkgerät übersteuerte, war aber noch verständlich. »Einheit Blau Neun wird zur Hälfte zur Position von Einheit Rot Zehn verlegt. Wir halten euch auf dem Laufenden. Over.«

»Das ist nicht gut«, meinte Baadal. Er schaltete die Frequenz um, damit er mit Paagal kommunizieren konnte. Sie würde nicht erfreut sein.

»So viel zur neuen Welt, die am Morgen beginnt«, sagte It. »Es geht offenbar jetzt schon los.«

***

Der Anführer des Aufklärungstrupps von General Roof konnte sein Glück kaum fassen. Das aus sechs Männern bestehende Team, allesamt erfahrene und gerissene Trupp-Bosse, hatte drei Stunden früher als geplant den Canyon am südöstlichsten Zipfel des Randes erreicht.

Roof hatte sie gewarnt, dass sie auf Wachposten stoßen würden, die ihren Vormarsch unterbrechen oder sie zu einem Umweg zwingen würden. Doch nichts davon war passiert, ganz im Gegenteil. An ihrem Ziel hatten sie eine beneidenswerte Position gefunden. Etwa fünfundsiebzig Fuß vom Rand entfernt hatten sie sich hinter einer Ansammlung großer Felsen in Stellung gebracht. Vor ihnen befand sich gerade eine scheinbar unvorbereitete Einheit auf Patrouille.

Die gegnerische Einheit umfasste zwar eine größere Anzahl bewaffneter Kämpfer als ihr wendiger Aufklärungstrupp, aber sie waren unerfahren, denn sie bewegten sich nicht mit der nötigen Vorsicht. Sie waren viel zu entspannt.

Anstelle der bei den erfahrenen Kämpfern unbeliebten Browning-Schrotflinte, mit der der Großteil des Kartells ausgerüstet war, war der Aufklärungstrupp mit SCAR-17 bewaffnet, die derjenigen von General Roof ähnelten. An den Gewehren waren Zweibeiner befestigt, die Magazine mit jeweils zwanzig Schuss fassten, und der Schaft war so konstruiert, dass es möglichst einfach war, die schwere Waffe an der Schulter zu halten.

In den Jahren vor dem Ausbruch der Krankheit hatte die russische Mafia ihren Männern, die im afghanischen Heroinhandel tätig waren, Unmengen von SCAR-17 zur Verfügung gestellt. Die gleichen Waffen hatten ihren Weg nach Süd- und Mittelamerika und somit zu den Drogenkartellen gefunden, die zu Beginn des 21. Jahrhunderts das Sagen gehabt hatten.

Die Kartellführung bevorzugte für sich selbst die SCAR-17, nicht die Brownings, die in der neuen Zeit am häufigsten vorhanden waren. Sechs erfahrene Männer, bewaffnet mit dem halb automatischen Gewehr und in der Lage, das Magazin schnell zu entleeren, waren den meisten Gegnern mit ähnlicher Mannstärke deutlich überlegen.

Der Anführer bedeutete zwei Männern, sich beiderseits der Felsen zu positionieren. Beide hatten zusätzlich AAC-Cyclone-Schalldämpfer an ihren Waffen montiert. Die Schalldämpfer reduzierten die Lautstärke der Gewehre beim Abfeuern massiv und ließen die Schüsse eher nach pneumatischen Nagelpistolen als nach halb automatischem Gewehrfeuer klingen.

Beide Männer nahmen jetzt ihre Position ein, legten sich auf den Bauch und stellten ihre Gewehre mithilfe der Zweibeine auf. Auf das Signal des Anführers hin feuerten sie augenblicklich.

Eins nach dem anderen, wie bei einer Schießbude auf der Kirmes, legten die Männer ihre Ziele um. Einige Ziele waren bereits zu Boden gegangen. In der Dunkelheit konnten die Schützen nur ihre zuckenden Körper sehen, wenn sich zwei oder drei der .308-Inch-Geschosse gleichzeitig in den Gegner bohrten. Die anderen, die noch standen, sackten im Stakkato-Rhythmus der Messinggeschosse zusammen, die das Leben aus ihnen herausprügelten.

Innerhalb von fünfzehn Sekunden war die gesamte Dweller-Patrouille erledigt und der Aufklärungstrupp war noch nicht einmal ins Schwitzen geraten. Rasch machten sie sich daran, ihre Ziele zu untersuchen. Sie nahmen, was sie an Waffen und Rationen gebrauchen konnten und stopften die Beute in ihre leichten Rucksäcke.

Der Anführer klappte ein Satellitentelefon auf und wartete auf das Signal, bevor er General Roof anrief. Der Verbindungs-Ring drehte sich zweimal herum, bis der General antwortete.

»Was ist?«

»Wir hatten unseren ersten Kontakt«, sagte der Anführer. »Einfache Ziele, wie beim Tontaubenschießen. Wir haben gerade ein Dutzend ihrer Wachposten erledigt.«

»Kein Widerstand?«, fragte Roof.

»Sie haben nicht einmal gesehen, was sie getroffen hat«, sagte der Anführer grinsend. »Wir haben ihre Karten, ein Funkgerät, einige Waffen und ein paar Rationen erbeutet.«

»Gute Arbeit«, erwiderte Roof. »Halten Sie mich auf dem Laufenden. Bewegen Sie sich immer am Rand entlang und schalten Sie die Abwehr aus. Je mehr Schaden Sie anrichten, desto einfacher wird es morgen für uns.«

Der Anführer beendete das Telefonat, klappte das Gerät zu und steckte es in seinen Rucksack. Es war dunkel, aber die Wolken lösten sich allmählich auf, und der Mond bot genug Licht für die anstehenden Aufgaben.

Er wandte sich an seinen Trupp, um ihnen die Anweisungen weiterzugeben, als das Funkgerät plötzlich knisterte. Eine Reihe Einheiten machte Meldung bei ihrer Basis. Er hörte die Anzahl ihrer Wacheinheiten, die sich am südlichen Rand befanden: sechs, sieben, acht, neun …

Niemand antwortete, als die Basis Nummer zehn rief. Der Kommandant forderte Nummer zehn erneut auf, ihren Status zu übermitteln. Keine Antwort.

»Ich schätze mal, das sind wir, Jungs«, sagte der Anführer grinsend. Die Männer kicherten zustimmend.

Das Funkgerät quietschte erneut. »Einheit Rot Acht«, sagte die besorgte Stimme, die die Befehle gab. »Die Hälfte der Einheit in Richtung Osten verlegen, zur Unterstützung von Einheit Zehn. Seid aber vorsichtig. Einheit Zehn reagiert nicht. Over.«

Der Anführer drehte sich nach links und zeigte in die Dunkelheit hinein. »Wir werden also bald Gesellschaft bekommen«, sagte er. »Sie kommen aus Richtung Westen.«

Das Funkgerät piepte erneut. Die Stimme befahl nun einer weiteren Einheit, sich in Bewegung zu setzen.

»Sie werden uns also auch aus dem Norden einen Besuch abstatten«, fügte einer der Männer hinzu. »Wie lautet der Befehl?«

»Wir kehren zu diesen Felsen zurück«, meinte der Anführer. »Sie liegen weit genug zurück und verfügen über eine kleine Erhebung. Drei Mann nehmen die westliche Richtung unter Beschuss, drei Mann den Norden. Wir greifen an, wenn sie nahe genug herangekommen sind.«

Die Männer zogen sich hinter die großen Felsen zurück, nahmen ihre Angriffspositionen ein und warteten auf die herannahenden Dweller.

KAPITEL 18

25. Oktober 2037, 22:40 Uhr
Jahr fünf nach dem Ausbruch
Lubbock, Texas

General Roof legte das Satellitentelefon zur Seite. »Das war eine der Aufklärungseinheiten«, sagte er zu Skinner. Der Captain hatte Mühe, wach zu bleiben. Sein Kopf sackte immer wieder nach unten, und er musste sich anstrengen, die Augen offenzuhalten. Roof hatte ihm wiederholt gesagt, er solle endlich schlafen, und er hatte ihm versprochen, ihn morgen nicht zurückzulassen, doch Skinner schenkte dem offensichtlich keinen Glauben.

»Sie sind bereits am südlichen Rand«, fügte er hinzu. »Sie haben schon gute Aufklärungsarbeit geleistet und einige Dweller erledigt. Es fängt also gut an.«

Skinner kritzelte etwas auf den Notizblock, der immer noch auf seinem Schoß lag. Er riss das Stück Papier ab und reichte es Roof.

Roof las laut vor. »Was für eine Aufklärungseinheit?«

Skinner zuckte mit den Schultern und streckte erwartungsvoll die Hände aus.

»Diese Aufklärungseinheit ist aus Wichita Falls«, erklärte Roof. »Sie besteht aus sechs Bossen. Ihre Aufgabe ist es, zu beobachten und zu berichten. Das ist alles. Aber wenn sie dabei töten müssen, soll es mir recht sein.«

Skinner nickte. Er ließ Block und Stift zurück auf seinen Schoß fallen.

»Schlafen Sie endlich ein wenig«, sagte Roof. »Ich bin kurz draußen.«

Der General ließ den Captain in seinem Bett zurück und betrat den langen Gang, der sich im Inneren einmal um das gesamte Jones Stadium zog. Er rieb sich die Augen. Auch er brauchte dringend Schlaf.

Er dachte darüber nach, wie effizient diese Aufklärungseinheit war und fragte, sich, wie die letzten Wochen verlaufen wären, wenn er Skinner eine solche Einheit übergeben hätte. Vielleicht hätte Skinner mit seiner Schnelligkeit und Rücksichtslosigkeit die Frau und ihren Jungen gefangen genommen und sie getötet, bevor sie Battles Ranch hätten erreichen können.

Battle hätte sich wieder in seine private Welt zurückgezogen und lediglich die gelegentlichen Überfälle abgewehrt. In diesem Szenario hätte er dem Kartell bei Weitem nicht so viel Schaden zugefügt, und Roof wäre nicht in der verdammten Situation gewesen, Battle aus Dankbarkeit am Leben zu lassen.

Trotz allem, war Battle der Schlüssel. Nur weil er beteiligt war und noch lebte, hatte sich ihnen letztendlich die Chance geboten, die Dweller im Canyon zu infiltrieren. Das war und blieb ein Vorteil.

Skinner hatte Roof allerdings auf dem falschen Fuß erwischt. Er hatte die eiternde Wunde gefunden und darin herumgebohrt. Das war auch der Grund, weshalb Roof Skinner so gnadenlos zusammengeschlagen hatte. Doch es war ein Fehler gewesen. Roof gestand sich das ein.

Er hoffte, dass Skinner falsch damit lag, dass Battle zurückkommen würde, um ihn heimzusuchen.

Er hoffte es.

Er erreichte nun die Tür zu seinem Zimmer und erkämpfte sich seinen Weg in die kühle Dunkelheit. Ein unbehagliches Gefühl wühlte in seinem Bauch.

Trotz eines frühen Erfolges und der massiven Übermacht, die auf den Canyon zusteuerte, flüsterte eine Stimme in ihm, dass das Schlimmste noch bevorstand. Er fiel in sein Bett und schloss die Augen.

Doch kaum trieb er in diesem bequemen Raum zwischen Bewusstsein und Schlaf, bemerkte er durch seine Lider das bläulich-weiße Flackern der Monitore an der Wand.

»Roof?« Es war Parrott Manuse. »Roof? Bist du da?«

Roof stemmte sich mit den Ellenbogen nach oben und rief dann quer durch den Raum: »Yeah. Ich bin hier.« Er rollte sich schwerfällig aus dem Bett, ging zu den Bildschirmen hinüber und drückte auf dem Weg den Lichtschalter.

Parrotts Gesicht war weiß und seine Augen blutunterlaufen. »Hast du es schon gehört?«

»Was gehört?«

»Harvey Logan ist tot.«

Roof sah Manuse in die Augen. Sie waren geschwollen. »*Was*?«

»Er ist tot«, wiederholte Manuse. »Jemand hat ihn getötet. Er liegt in der Badewanne seines Hauses. Seine Frau und sein Kind sind verschwunden.«

»War sie es vielleicht?«

»Keine Ahnung«, entgegnete Manuse. Er hatte nicht einmal geblinzelt, seit er angefangen hatte zu reden. Seine Augen tränten. »Als er nicht auf deinen Anruf reagiert hat, habe ich es später noch einmal versucht, doch es kam kein Kontakt zustande. Angesichts dessen, was wir morgen vorhaben, fand ich das merkwürdig. Vor ungefähr einer halben Stunde habe ich schließlich ein Team zu ihm nach Hause geschickt.«

Roof rieb sich mit den Händen über das Gesicht. Er konnte nicht glauben, was er da hörte.

»Sie haben zuerst einen toten Mann im Schlafzimmer gefunden«, erklärte Manuse. »Es sah aus, als hätte es einen Kampf gegeben. Dann sind sie ins Badezimmer vorgedrungen und haben dort Logans Leiche gefunden. Sie lag auf Eis in der Badewanne.«

»Dweller?«

»Wahrscheinlich«, antwortete Manuse und blinzelte zum ersten Mal. »Aber es wird noch schlimmer.«

Roof war sich nicht sicher, ob er noch mehr erfahren wollte, aber er biss an. »Was denn?«

»Wir haben auch einen toten Trupp-Boss. Er wurde von einem gestohlenen Auto überfahren. Seine Frau ist ebenfalls tot.«

»Lass mich raten«, sagte Roof, »das Auto gehörte zur Flotte von Logan.«

»Ja.«

Roof verschränkte die Hände hinter dem Nacken. »Haben wir auch an anderen Orten Probleme?«

»Keine Ahnung.«

»Bist du in Sicherheit?«, fragte Roof besorgt. »Wenn sie an Logan herankommen konnten, können sie das bei dir auch.«

»Oder bei dir.«

»Mir kann nichts passieren«, sagte Roof nachdrücklich. »Ich bin im Jones.«

»Ich habe alles unter Kontrolle. Mein Sicherheitsteam ist direkt hier im Haus stationiert.« Er warf einen Blick über die Schulter auf den Anführer seiner Sicherheitseinheit, einen Boss mit schwarz-roten Stiefeln namens Hoodoo Brown. »Was denkst du, warum haben sie die Frau und das Kind mitgenommen?«

Roof zuckte mit den Schultern. »Vielleicht versuchen sie eine kleine Erpressung?«

»Was hast du jetzt vor?«

»Wir müssen sofort angreifen«, erklärte Roof. »Alle Einheiten müssen sich so schnell wie möglich vorwärtsbewegen. Kümmerst du dich um deine Truppen?«

»Natürlich«, entgegnete Manuse. »Die Einheiten aus Houston sind schon auf dem Weg. Ich sorge dafür, dass die Jungs hier aus Dallas sich sofort in Richtung Canyon in Bewegung setzen.«

»Gut«, sagte Roof. Nachdem Manuse den Bildschirm ausgeschaltet hatte, begann Roof unruhig auf und ab zu laufen.

Er hatte keinen Zweifel daran, dass die Dweller Logan getötet hatten. Irgendwie hatten sie es geschafft, das Innere ihrer Organisation zu infiltrieren.

Das Innere.

Es war garantiert die Ehefrau. Sie war die Verräterin. Roofs Instinkt sagte ihm, dass sie es sein *musste*. Und wenn er recht hatte, bedeutete das, dass die Dweller wesentlich besser organisiert waren, als sie angenommen hatten. In diesem Fall hatten sie auch eine größere Reichweite und mehr Mitglieder als vermutet.

Die Ehefrau.

Roof spürte Wut in sich aufsteigen. Er biss die Zähne zusammen und seine Augen verengten sich. Er ballte seine Hände zu Fäusten und schlug in die Luft, während er seine Wut herausschrie.

Er spielte die verschiedenen Möglichkeiten durch, wie die Frau dafür bezahlen würde, was sie Logan angetan hatte. Es würde auf jeden Fall langsam und schmerzhaft sein. Er würde ihr zuerst Hoffnungen machen und sie dann zerstören. Am Ende würde sie ihn anflehen, sie zu töten.

Roof bäumte sich auf und schlug seine Faust mit aller Kraft in die Wand. Als er seinen Arm langsam wieder zurückzog, hinterließ er einen breiten Riss und eine Menge Staub und Isolationsmaterial, das auf den Boden fiel.

Er holte tief Luft und schüttelte den Kopf. Trotz allem war die Frau gerade die geringste seiner Sorgen. Die Dinge beschleunigten sich, alles geriet in Bewegung. Der Krieg war nahe.

KAPITEL 19

25. Oktober 2037, 22:45 Uhr
Jahr fünf nach dem Ausbruch
Interstate 45, südlich von Buffalo, Texas

Anas Rücken klebte unangenehm am Leder des Fahrersitzes. Sie schob sich ein Stück nach vorn und zupfte an ihrer verschwitzten Kleidung. Der Schweiß stach ihr in die Augen, sodass sie blinzeln musste. Die Klimaanlage des Wagens lief zwar auf Hochtouren, half aber kaum.

Die letzte halbe Stunde hatte sie damit zugebracht, ihre Wunde zu versorgen. Als sie den Lexus wieder in Bewegung setzte und am Lenkrad drehte, um das Auto auf der Interstate nach Norden zu steuern, hätte sie schwören können, dass sie fühlen konnte, wie die Kugel gegen einen Nerv in ihrem Arm drückte. Sie wusste, dass das Ganze psychosomatisch war, was die pochenden Schmerzen jedoch nicht im Geringsten minderte.

Ana war keine Ärztin und hatte praktisch keinerlei medizinische Erfahrung, aber sie wusste dennoch, dass sie die Kugel auf keinen Fall entfernen durfte. Nicht nur, dass es zu lange dauern würde, die Prozedur würde womöglich noch mehr Schaden anrichten. Der Schlüssel war es, die Blutung zu stoppen.

Also hatte sie aus ihrer Babytasche ein paar Stoffwindeln und etwas Babypuder herausgeholt und eine der Windeln auf der Motorhaube ausgebreitet. Im Handschuhfach hatte sie eine Flasche Whiskey gefunden, die immerhin noch zu einem Fünftel gefüllt gewesen war. Aus dem Kofferraum hatte sie das große Notfall-Set geholt, das offenbar zum Auto dazugehörte, und hatte beides auf die ausgebreitete Windel gelegt und das Set geöffnet.

Darin hatte sie zwei Leuchtfackeln gefunden, einen Schraubenzieher mit auswechselbaren Bits, ein paar Kabelbinder, ein Messgerät, um den Luftdruck der Reifen zu prüfen, und eine Rolle Isolierband. Sie hatte das Isolierband, ein Leuchtfeuer und den Schraubenzieher herausgenommen.

Mit einer Hand hatte Ana die Verschlusskappe des Whiskeys aufgedreht, einen Schluck genommen und die Flasche wieder verschlossen. Ein kleiner Schluck würde weder ihre Muttermilch noch ihr Fahrvermögen beeinträchtigen, aber etwas Alkohol machte das, was getan werden musste, garantiert erträglicher.

Dann hatte sie beide Hände benutzt und den aufflammenden Schmerz ertragen, der sich über jeden Nerv in ihrem linken Arm ausbreitete, um eine der Leuchtfackeln zu knicken und sie auf diese Weise anzuzünden. Sie hatte die Fackel in einer Hand gehalten, in der anderen den Schraubenzieher. Den breitesten Schraubenzieherbit hatte sie in das Feuer der Fackel gehalten und das Metall so lange erhitzt, bis es glühte, dann hatte sie die Fackel in Richtung der toten Frau geworfen, eine weitere Windel genommen und sich zwischen die Zähne gesteckt. Sie hatte darauf gebissen, so fest sie konnte, die Augen geschlossen und das glühende Metall auf die Schusswunde gedrückt. Sie hatte den Kiefer zusammengepresst, bis sie das Gefühl gehabt hatte, ihre Zähne würden gleich zersplittern. Ein Brennen war von ihrer Wunde aus explodiert und hatte sich von ihrem Arm bis in ihre Brust gezogen. Der Stoff der Windel hatte ihren Schrei, der tief aus ihrem Inneren kam, gedämpft. Nur mit Mühe war es ihr gelungen, den Würgereflex zu unterdrücken.

Ana hatte den immer noch heißen Bit umgedreht und ihn erneut hineingedrückt, um sicherzustellen, dass sie die Ränder ihrer Wunde vollständig abgedeckt hatte. Ihre Brust hatte sich heftig auf und ab bewegt, während sie darum gekämpft hatte, ihre Atmung zu kontrollieren.

Sie hatte den Schraubenzieher anschließend einfach auf den Asphalt fallen lassen und die Windel aus ihrem Mund gezogen.

Er hatte sich daraufhin mit Speichel gefüllt und sie hatte sich weit nach vorn gebeugt, um auszuspucken. Nachdem sich der brennende Schmerz in den Bereich rund um die Wunde ein wenig gelegt hatte, hatte sie Babypuder darübergestreut und gehofft, damit das Ausbrennen der Wunde zu unterstützen.

Ihr war ganz heiß von der Operation und der Blutverlust hatte sie geschwächt.

Doch sie gab Gas, bis der Tacho vierzig Meilen pro Stunde anzeigte. Dann fand sie den Knopf für den Tempomat, drückte ihn und nahm den Fuß vom Gaspedal.

Ana stellte ihren Rückspiegel so ein, dass sie ihre Tochter auf dem Rücksitz sehen konnte. Penny war unruhig. Der Schnuller bewegte sich heftig in ihrem Mund. Sie quengelte und zupfte immer wieder am Sicherheitsgurt herum. Im Chaos des Überfalls, dem Schusswechsel und der Versorgung ihrer Wunde hatte Ana komplett vergessen, sie zu füttern.

Sie sah wieder nach vorn auf die dunkle Straße. Sie war scheinbar endlos, aber auch gefährlich. Auf keinen Fall wollte sie noch einmal anhalten müssen. Aber sie wusste, dass sie nicht darum herumkommen würde. Wohl besser jetzt als später.

Nachdem es ihr nicht gelungen war, das Auto im Tempomat zu verlangsamen, trat sie widerstrebend auf die Bremse, um Gas wegzunehmen. Dann trat sie fester auf das Bremspedal, verzögerte das Auto stärker und steuerte es auf den Randstreifen des Highways.

Zwischen den beiden nach Norden und Süden führenden Fahrspuren befand sich ein begrünter Mittelstreifen, auf dem eine endlose Reihe von Bäumen wuchs. Östlich des Highways war das Land offen und leer. Es gab keine Bäume, keine Gebäude und auch keine Fahrzeuge.

Sie vergewisserte sich, dass die Autotüren verschlossen waren, und kletterte dann über die Vordersitze in den hinteren Teil der Kabine. Sie setzte sich neben Penny, die Füße auf ihrer Waffensammlung, und löste den Gurt ihrer Tochter.

Ana hob ihr Hemd, schob ihren BH nach unten und legte Penny an ihre Brust. Das Kind nahm eifrig den Schnuller heraus und ersetzte ihn durch die Brust der Mutter.

Sie lehnte ihren Kopf zurück und schloss die Augen. Ihren Arm durchzog ein pochender Schmerz, genau wie ihren Kopf, und das warme Kind an ihrer Brust half auch nicht gerade dabei, ihren Körper kühl zu halten.

Penny trank hungrig. Ana fragte sich, ob sie vielleicht irgendwann auch von ihren eigenen Schätzen kosten musste, da sie nichts zu essen für sich dabeihatte. Der Gedanke daran war absolut widerlich und ekelerregend, aber das traf auch auf so vieles andere zu, was sie in den letzten Stunden getan hatte.

Ana fuhr mit den Händen unter Pennys Schultern und legte sie an die andere Brust. Penny sah zu ihrer Mutter auf. Ana lächelte ihre Tochter an und fuhr sanft mit den Fingern über die Stirn des Kindes.

Als Penny fertig war, entlockte Ana ihrer satten Tochter ein paar ordentliche Bäuerchen, wechselte ihr die Windel und machte sich wieder auf den Weg. Nach ein paar Minuten war Penny bereits eingeschlafen.

Ana schätzte, dass sie vier oder fünf Stunden Fahren ohne Unterbrechung vor sich hatte. Bis dahin könnte sie schon weit hinter Dallas sein. Den Tempomat stellte sie auf 45 Meilen pro Stunde ein, um zumindest einen Teil der verlorenen Zeit wieder hereinholen zu können. Sie hoffte, die fünf Meilen pro Stunde mehr würden nicht allzu viel Benzin kosten.

Mit der Rechten steuerte sie das Auto durch die Dunkelheit und ließ den linken Arm auf der Lehne in der Fahrertür ruhen. Die ausgebrannte Wunde schmerzte beständig und stark genug, um sie von allen Gedanken abzulenken, die sie heraufzubeschwören versuchte, um sich von dem Schmerz abzulenken.

Ana kniff die Augen gegen den Wind zusammen und schaltete das Fernlicht ein. Regelmäßig zogen die Fahrspurmarkierungen an ihr vorbei. Ihre Haare wehten ihr immer wieder ins

Gesicht, während das Auto sich durch die Nacht schob. Sie versuchte wieder in ihren Trip durch den Weltraum einzusteigen.

Doch ein lautes *Ping* unterbrach ihr Spiel. Ana sah auf das Armaturenbrett. Ein Symbol, das aussah wie ein in Wasser getauchtes Thermometer, leuchtete gelb auf, ebenso das Symbol, das einen Motor zeigte. Ana sah besorgt auf die Temperaturanzeige. Sie wusste zwar nicht viel über Autos, aber selbst ihr war klar, dass der Lexus kurz davorstand, zu überhitzen.

Sie dachte an den Kojoten und den Schaden an der Vorderseite des Autos. Sie erinnerte sich nun wieder an den Rauch, der unter der Motorhaube hervorgequollen war. Das Auto würde es auf keinen Fall bis nach Amarillo schaffen, geschweige denn nach Dallas.

Plötzlich fühlte sich Anas Arm von jetzt auf gleich taub an. Der Schmerz war verschwunden und durch ein überwältigendes Gefühl der Angst ersetzt worden. Ihr Körper spannte sich an und ihr Herz schlug immer schneller und heftiger gegen ihre Brust.

Ana wusste, dass das Auto jeden Moment liegen bleiben würde.

Sie und Penny waren verloren im Nirgendwo.

KAPITEL 20

25. Oktober 2037, 22:52 Uhr
Jahr fünf nach dem Ausbruch
Palo Duro Canyon, Texas

Ohne Vorwarnung oder Erlaubnis drang Paagal in Battles Zelt ein. »Ich brauche Ihre Hilfe«, sagte sie ernst.

»Und zwar sofort.«

Wenn ihr plötzliches Auftauchen nicht Warnsignal genug war, dann verriet die Verzweiflung in ihrer Stimme, dass etwas ganz und gar nicht stimmte. Battle sprang auf und schlüpfte in seine Stiefel, bevor Paagal ihm sagen konnte, warum sie seine Hilfe brauchte.

»Eine unserer Einheiten am südlichen Rand meldet sich nicht mehr«, erklärte sie. »Wir haben schon andere Einheiten hingeschickt, um herauszufinden, was passiert ist, aber ich brauche Sie dort oben.«

Battle rieb sich die Augen und versuchte in der Dunkelheit etwas zu erkennen. »Oben am Rand?«

»Ja«, antwortete Paagal. Sie bückte sich und ging rückwärts aus dem Zelt. Battle folgte ihr. »Baadal hat Teile von zwei anderen Einheiten losgeschickt. Sie werden sich schon darum kümmern. Trotzdem gefällt mir das Ganze überhaupt nicht. Ich will eine komplette Einheit da oben sehen. Wenn das der Anfang von etwas sein sollte, müssen wir auf jeden Fall schnell reagieren.«

Battle schob sich den Rucksack über eine Schulter und kratzte sich am Kopf. »Ich brauche aber eine richtige Waffe. Meine Neunmillimeter wird da nicht ausreichen.« Er tastete in seiner Gürteltasche nach zusätzlicher Munition für die Pistole.

Paagal winkte eine ihrer Wachen heran. Er trug eine HK416. Es war das gleiche Gewehr, mit dem Battle in Syrien gekämpft hatte. Die Wache gab Battle die Waffe und sagte ihm, dass sie bereits geladen war.

»Sie hat einen Teleskopschaft«, erklärte der Wachmann. »Das Magazin fasst dreißig Patronen.«

Battle hatte den Schaft schon herausgezogen. »Verstanden.« Er hob die Waffe an die Schulter und richtete sie auf den Boden, um das Visier zu überprüfen. »Vielen Dank.« Die Waffe fühlte sich gut an in seinen Händen. Es war ein vertrautes Gefühl und das Gewehr wurde unmittelbar zu einer Erweiterung seines Körpers.

»Ich komme mit Ihnen«, sagte der Wachmann und warf Battle drei zusätzliche Magazine zu. »Ich kenne den kürzesten Weg zum südöstlichen Rand.«

»Wir sind auch dabei.« Zwei besonders maskuline Dweller, deren Erscheinung Battle an die außerhalb regulärer Truppen kämpfenden Söldner in Syrien erinnerte, traten vor. Beide hatten eine breite Brust, einen dichten, drahtigen Bart und waren mit M4-Gewehren bewaffnet, die Battles HK416 ähnelten.

»Wir haben Wachposten an allen Zugängen zum Canyon postiert«, erzählte Paagal. »Bislang gibt es keine Meldung, dass etwas Ungewöhnliches bemerkt wurde. Falls es eine Einheit des Kartells unbemerkt an unseren Spähern vorbeigeschafft hat, müssen wir sofort hart zuschlagen. Deshalb brauche ich Sie dort oben.«

»Bis jetzt weiß man nicht genau, ob wirklich etwas passiert ist«, sagte Battle. »Es könnte doch auch sein, dass einfach nur ein Funkgerät ausgefallen ist.«

»Möglich«, erwiderte Paagal. »Es könnte aber auch der Beginn des Krieges sein.«

Battle steckte seine Neunmillimeter in den Hosenbund und das zusätzliche STANAG-Magazin in seine Gürteltasche. Er sah zu Lolas Zelt hinüber und dachte über den kurzen Moment nach, den sie miteinander geteilt hatten, bevor sich ihre Wege getrennt hatten. Er seufzte, dann straffte er sich und sagte: »Auf geht's.«

»Danke, Battle«, sagte Paagal.

»Danken Sie mir lieber noch nicht«, antwortete er und folgte den drei anderen durch das Labyrinth der Zelte zum südlichen Rand.

***

Die Aufklärungseinheit hätte nicht besser positioniert sein können als hinter den großen Felsen in der südöstlichen Ecke des Canyonrandes. Für die erste Einheit der Dweller, die hier auf den Feind stieß, hätte es nicht schlimmer kommen können.

Die Dweller näherten sich von Westen her. Sie bewegten sich vorsichtig dem Rand folgend in östlicher Richtung.

Die beiden Kämpfer des Kartells konnten die Dweller nicht sehen, bis sie nahe genug herangekommen waren, sodass das Mondlicht ihre Schatten und die Umrisse ihrer Körper und Waffen sichtbar machte. Sofort feuerten ihre schallgedämpften Gewehre einen Sturm tödlicher Projektile, die jeden einzelnen der Männer durchbohrten. Keiner von ihnen bekam mit, was mit ihnen geschah. Ihre Körper sackten gerade einmal fünfzehn Fuß vom Standort der Einheit, die sich nicht mehr gemeldet hatte, zu Boden. Nicht einer der Männer erwiderte das Feuer.

Die Einheit, die sich am östlichen Rand in Richtung Süden bewegte, hatte zumindest anfangs mehr Glück, denn die vier Männer und eine Frau arbeiteten sich langsam zu der Position vor, an der Einheit Rot Zehn postiert gewesen war.

Der ältere Mann, der sie anführte, hieß Praacheen. Er bewegte sich so vorsichtig, als fürchtete er, auf Landminen zu treten, und forderte die anderen auf, es ihm gleichzutun. Doch sie ignorierten seine Warnung, bis das erste Echo von halb automatischem Gewehrfeuer ihre ungeteilte Aufmerksamkeit erregte.

»Das sind Waffen mit Schalldämpfern«, sagte Praacheen leise. Er blieb stehen und schloss die Augen, um sich auf das Geräusch zu konzentrieren. »Man hört es an dem hohlen, metallischen Klicken. Ich würde sagen, es sind zwei Schützen.«

»Woher weißt du das?«, flüsterte einer der anderen Männer verblüfft. »Für mich klingt es nach einer einzelnen Waffe.«

Praacheen schüttelte den Kopf. »Nein«, sagte er. »Es sind zwei oder mehr. Ich bin mir sicher, und sie sind ganz in der Nähe.«

Die Frau beugte sich zu ihrem Anführer hinüber. »Sollen wir die anderen, die hierher unterwegs sind, per Funk warnen?«, flüsterte sie.

»Nein, denn mit einiger Wahrscheinlichkeit ist das Kartell im Besitz eines unsere Funkgeräte«, erklärte Praacheen. »Wenn sie schon zwei Einheiten erledigt haben, ist es besser, wenn wir unsere Position nicht preisgeben.«

Wie auf Stichwort knisterte jetzt das Funkgerät an Praacheens Hüfte.

»Einheit Rot Acht. Einheit Blau Neun«, kam Baadals Stimme verzerrt über den Lautsprecher. »Erbitte Statusmeldung. Over.«

Die Frau sah zu Praacheen und dann zum Funkgerät an seiner Hüfte. Sie biss sich auf die Unterlippe. Praacheen hob den Finger an die Lippen. »Warte«, flüsterte er.

Es gab keine Antwort auf Baadals Funkspruch. Das Gerät blieb stumm, bis der Befehlshaber der Einheiten am südlichen Rand erneut zu hören war. »Einheit Rot Acht. Einheit Blau Neun. Erbitte Statusmeldung. Over.«

»Sie werden uns für tot halten«, flüsterte die Frau. »Dann werden sie weitere Einheiten in Bewegung setzen und diese in Gefahr bringen.«

Praacheen nahm den Lautstärkeregler oben am Funkgerät zwischen zwei Finger, drehte ihn nach links und schaltete das Gerät aus. »Er hat damit auch das Kartell wissen lassen, dass wir unterwegs sind.«

»Was jetzt?«, fragte einer der Männer, ein stattlicher Typ mittleren Alters mit wildem Bart. »Wir sind kurz davor, in eine Falle zu laufen. Jetzt, da sie wissen, dass wir kommen, werden sie uns einfach abknallen wie Schießbudenfiguren. Besonders mit den Sturmgewehren, die sie offenbar haben.«

»Wir warten einfach hier«, beschloss Praacheen. »Fünfzehn Minuten, würde ich sagen, dann arbeiten wir uns langsam zur Ecke vor. Von hier sind das nur noch zweihundert Fuß.«

»Warum?«, fragte der stämmige Dweller.

Praacheen nickte in Richtung der Frau. »Sie hat recht«, sagte er. »Sie werden noch eine Einheit schicken, wenn sie es nicht schon getan haben, und zwei Einheiten sind besser als eine.«

Der stämmige Dweller kratzte sich am Kinn. »Willst du das Funkgerät nicht lieber anlassen? So wissen wir zumindest, was los ist. Verdammt noch mal, das Kartell hört es doch auf jeden Fall.«

»Ich denke, wen auch immer sie schicken, sie werden nicht mehr über Funk kommunizieren. Es wird mittlerweile allen klar sein, dass das schon genug Schaden angerichtet hat.«

»Ich hoffe, du hast recht«, sagte der stämmige Dweller.

»Fünfzehn Minuten«, sagte Praacheen, »und wir werden es wissen.«

***

Der schnelle Lauf nach oben zum Rand des Canyons ließ Battles Gürteltasche gegen seine Hüfte schlagen. Er folgte der Wache und den beiden anderen Kämpfern zum südlichen Ende des Canyons.

Der Mond, der hinter der Wolkendecke hervorgekommen war, war das einzige Licht für die Männer.

Battle war ziemlich fertig, denn er kämpfte noch immer mit der Rauchvergiftung, die seine Lunge ein paar Wochen zuvor erlitten hatte. Er lief dennoch so schnell er konnte. Seine

Stiefel knirschten auf dem staubigen Felsboden und seine Beinmuskeln brannten von der Anstrengung. Er fühlte sich einen Moment lang so, als wäre er wieder im Einsatz, würde den akuten Abzug von Truppen organisieren oder eine Patrouille leiten.

Je weiter die Männer in Richtung Rand aufstiegen, umso wärmer wurde es. Bald war nichts mehr von der kühlen Brise zu spüren, die über den Boden des Canyons zog. Als sie den Rand erreichten, reckte der Wachmann die Hand zur Faust geballt in die Höhe, um den Vierertrupp anzuhalten.

»Wir nehmen den langen Weg«, entschied er. »Wenn sie die südöstliche Ecke angreifen, müssen wir sie von hinten attackieren. Es ist weniger wahrscheinlich, dass sie einen Angriff aus dem Westen oder von Norden erwarten.«

Der Wachmann winkte den Trupp nach vorn und sie marschierten weiter. Sie beschleunigten das Tempo noch einmal und hatten gerade ihre Höchstgeschwindigkeit erreicht, als sie an einem der Ferienhäuser vorbeikamen, die sich hier oben am gezackt verlaufenden Rand des Canyons verteilten. Vor dem Ausbruch der Krankheit hatten sie als Unterkünfte für Besucher des State Parks gedient.

Battle stellte sich vor, wie spektakulär die Aussicht von der Veranda eines solchen Hauses aus gewesen sein musste. Doch die Vision verschwand so schnell wieder, wie sie gekommen war, und die vier Männer eilten weiter vorwärts. Auf ebenem Boden fiel ihm das schnelle Laufen deutlich leichter. Doch seine Schenkel brannten trotzdem von dem Eilmarsch nach oben.

Etwa zweihundert Fuß südlich des Randes bogen sie nach Westen ab. In der Ferne hörte Battle das Rat-tat-tat-tat halb automatischer Schüsse. Die Männer tauschten Blicke aus, sagten aber nichts. Eine weitere Abfolge von Schüssen durchbrach die Stille am südlichen Rand des Canyons.

Für Battle klang es wie eine typische Nacht inmitten eines Krieges. Seine Gedanken wanderten in die Ferne, während er rannte. Er erinnerte sich an die Nacht zurück, in der er sich gefragt hatte, wie weit sich das Gewehrfeuer wohl seiner Position nähern würde. Er dachte an Syrien und wie er mit einem Verletzten festgesessen hatte, dessen Leben von ihm abgehangen hatte. Seine Augen drifteten zum Horizont ab und für einen Moment erwartete er fast, dort das Aufblitzen und Glühen von Leuchtspurmunition zu sehen.

Rat-tat-tat. Rat-tat-tat.

Für Battle war es offensichtlich, dass jemand die zum Schutz der Canyonwände am Rand stationierten Dweller angriff. Er verlangsamte seine Schritte und folgte der Wache und den beiden anderen Kämpfern.

»Wir sollten jetzt nach Norden abbiegen«, meinte der Wachmann. »Folgt mir.«

Der Vierertrupp bewegte sich so leise wie möglich und mit äußerster Vorsicht. Battle umfasste seine HK so, dass er sie mit einer niedrigen Trageposition hielt, die es ihm ermöglichte, die Waffe schnell anzulegen und zu feuern.

Das Mondlicht bot inzwischen eine gute Sicht, würde sie aber auch dem Kartell auf dem Präsentierteller servieren, falls deren Einheit mitbekam, dass sie sich näherten. Battle gefiel das ganz und gar nicht.

Rat-tat-tat.

Die Salve war näher, als Battle vermutet hatte. Er suchte gerade am nahen Horizont nach der Quelle, als eine zweite Salve den Mann neben ihm von den Füßen riss.

Rat-tat-tat.

Battle warf sich augenblicklich zu Boden. Er ergriff den Knöchel des Verletzten, kroch ein paar Meter nach links, wobei er den Mann hinter sich herschleifte, und fand leidlich Deckung hinter einem Baumstamm, an den er sich mit dem Rücken lehnte. Sein Kamerad war noch am Leben, aber aus der Schusswunde sickerte viel zu viel Blut. Das Mondlicht schimmerte in der Flüssigkeit, die aus der Wunde am Nacken des Mannes sickerte.

Rat-tat-tat.

Battle legte seine Waffe zur Seite und zog den Oberkörper des Mannes in seinen Schoß. Dessen Augen waren weit aufgerissen und schossen angstvoll hin und her. Seine Atmung war unruhig und sein Körper zitterte. Battle legte ihm eine Hand auf die kalte, verschwitzte Stirn.

»Ich bin hier«, sagte er leise und versuchte die Aufmerksamkeit des Mannes auf seine Stimme zu lenken. »Ich bin bei dir.« Er fand dessen Hand und hielt sie fest.

»Drück meine Hand«, sagte er. Der Mann versuchte zu reden, doch er blieb beim ersten Wort stecken und brachte es nicht heraus. Sein Griff war schwach.

Rat-tat-tat.

Tschack, Tschack, Tschack.

Der Wachmann erwiderte das Feuer.

Tschack, Tschack, Tschack.

»Wollen Sie beten?«, fragte er den Mann, überrascht, dass die Frage überhaupt in seinem Kopf aufgetaucht war, geschweige denn aus seinem Mund herauskam. Der Mann schaffte es nicht mehr, ihn zu fokussieren. Seine Augenlider flackerten. Doch bevor er das Bewusstsein verlor, nickte er leicht.

Battle drückte seine Hand fester. »Vater unser im Himmel, geheiligt werde dein Name …« Er rezitierte den Rest des Vaterunsers. Als er fertig war, hörte der Mann in seinen Armen auf zu atmen. Seine Augen wurden unbeweglich und blieben halb offen stehen, sein Körper erschlaffte.

Battle schloss sanft die Augen des Mannes und dann seine eigenen. »So weit der Osten ist vom Westen«, flüsterte er, »hat er von uns entfernt unsere Vergehen.«

Für einen Augenblick fühlte sich Battle vollständig und unversehrt. Sein Glaube war auf irgendeine Art und Weise immer noch da. Er lag tief in ihm begraben, und es wurde immer schwieriger, ihn zu finden, ebenso wie seine Menschlichkeit, doch in diesem Augenblick fand er beides.

Battle zog sich mühsam aus dem Moment der Selbstbetrachtung und schob den Toten sanft von seinem Schoß. Er rollte sich auf den Bauch, als würde er sich darauf vorbereiten, Liegestütze zu machen, und hob das HK auf.

Dann richtete er das Gewehr so aus, dass es eine Linie mit seinem Körper ergab, spreizte die Beine und schob die Zehen nach außen. Er hielt seine Knöchel so flach wie möglich am Boden, aber seine Knie weigerten sich, über einen bestimmten Punkt hinaus mitzumachen. Eine Armlänge vor seinem Gewehr lag ein mittelgroßer Felsbrocken. Er war breit und relativ flach. Er schob den Stein unter den Lauf des Gewehrs, um es zu stabilisieren. Ein Zweibein wäre zwar besser gewesen, aber Battle hatte nun mal keine andere Wahl.

Er presste den Schaft an seine rechte Schulter, hob kurz seinen Körper und senkte ihn dann wieder. Er entspannte sich und hielt den Lauf auf dem Felsbrocken. Battle wusste, dass er ohne ein stabilisierendes Zweibein nicht perfekt zielen konnte, außerdem würde es einen Rückstoß geben, den er nicht abmildern konnte.

Er entspannte sich weiter und blickte durch das Visier in die Dunkelheit. Zuerst konnte er nichts erkennen. Der Mond war zwar hell, aber leider nicht hell genug.

Battle blickte nach rechts und sah seine beiden überlebenden Kameraden. Einer kniete hinter einer Böschung und hielt Ausschau nach möglichen Zielen.

Der Wachmann war ungefähr zwanzig Fuß vor ihnen. Er lag flach auf dem Boden, in ähnlicher Position wie Battle. Ein großer Felsbrocken gab ihm Deckung, während er sein Gewehr in die Dunkelheit entlud.

Battle blickte wieder durch sein Visier. Immer noch nichts.

Rat-tat-tat.

Da war es! Mündungsfeuer. Es gab Battle endlich ein Ziel. Er holte tief Luft und drückte auf den Abzug des HK.

***

»Ich denke, das ist unser Zeichen.« Praacheen winkte sein Team nach vorne. Sie hatten gerade einmal zehn Minuten gewartet. »Bewegt euch vorsichtig. Wir haben ein Feuergefecht vor uns.«

Er führte sein Team nach Süden, auf die Kakofonie der Schüsse zu. Vor sich konnte er das sporadische Mündungsfeuer der Sturmgewehre sehen. Es sah aus wie Glühwürmchen, die in der Ferne tanzten.

Sie hatten ihr Ziel fast erreicht, als Praacheen sein Team plötzlich stoppte. Sie befanden sich hinter dem Kartell, das sich auf den Gegner konzentrierte, der sie gerade von Süden her angriff.

Vom Abstand des Mündungsfeuers her schätzte er, dass es drei Kartell-Schützen waren, aber es war zu dunkel, um die Zahl mit Sicherheit bestätigen zu können. Praacheen bedeutete seinem Team, anzuhalten und ihm Deckung zu geben, während er sich mit aller Vorsicht nach vorn bewegte.

Je näher er kam, desto leichter erkannte er die Umrisse eines großen Felsvorsprungs. Die Mündungsblitze wurden teilweise von den Felsen verdeckt. Es war nach wie vor unmöglich, zu sehen, mit wie vielen Feinden er konfrontiert war.

Jenseits der Felsen, vielleicht fünfzig Fuß entfernt, blitzten zwei oder drei weitere Waffen auf. Das Echo dieser Gewehre klang allerdings anders als das der Gewehre aus der Nähe. Es waren wahrscheinlich eigene Truppen, vermutete Praacheen. Wenn das der Fall war, hatten sie das Kartell in die Zange genommen und die Gegner auf ihren Positionen fixiert. Es würde womöglich noch besser werden, denn wenn ihre Aufmerksamkeit nach Süden gerichtet war, bemerkten sie es wahrscheinlich gar nicht, dass sich sein Team gerade von Norden her näherte.

Praacheen wandte sich wieder den Männern und Frauen von Einheit Blau Neun zu, begierig darauf, ihnen von ihrem Glück auf dem Schlachtfeld zu erzählen. Er machte ein paar schnelle

Schritte nach Norden, als er plötzlich einen scharf geführten und gut gezielten Schlag in seinem unteren Rücken verspürte. Dem Aufprall folgte augenblicklich eine intensive Hitze, die nach außen strahlte, bis er gar nichts mehr spürte.

Er verlor den Halt und stürzte nach vorne. Praacheen gelang es noch, sich mit den Händen abzufangen. Nur knapp vermied er es, dass sein Gesicht auf den Felsboden knallte. Sein Gewehr flog allerdings vorwärts und rutschte ein paar Fuß von ihm weg.

Noch immer unsicher, was ihn in den Rücken getroffen hatte, versuchte Praacheen wieder auf die Beine zu kommen. Er musste seine Waffe unbedingt wiederhaben. Aber seinen Füßen, seinen Beinen und seiner Hüfte gelang es einfach nicht, zusammenzuarbeiten.

Sie waren nur noch Ballast.

Praacheen rollte sich auf den Rücken und stützte sich auf die Ellenbogen auf, um seine Beine sehen zu können. Sie waren noch da, ausgestreckt und scheinbar unversehrt, aber er konnte sie nicht mehr fühlen.

Dann wurden sie auf einmal unscharf. Er kniff die Augen zusammen und öffnete sie dann erneut, um seinen Blick wieder fokussieren zu können. Ihm war unglaublich schwindelig und sein Mund fühlte sich an, als wäre er voller Watte.

Er blickte in die Ferne in Richtung der Felsen und sah erneut Mündungsfeuer aufblitzen. Ein Projektil schoss an ihm vorbei, nah genug, dass er hören konnte, wie es die Luft neben seinem Kopf verdrängte.

Er versuchte bei Bewusstsein zu bleiben und zog sich auf den Ellenbogen rückwärts. Dann warf er einen Blick über die Schulter. Seine Kameraden waren noch nicht zu sehen.

Rasch bewegte er seine Arme, um so schnell wie möglich aus der Schusslinie zu kommen. Sein linker Ellenbogen grub sich in die gezackte Kante eines Felsbrockens. Der plötzliche Schmerz ließ seinen Arm zurückzucken, und in diesem Augenblick wirbelte eine Kugel den Staub neben seinem rechten Bein empor.

Eine dritte Kugel trat in flachem Winkel in seinen Oberschenkel ein und bohrte sich in Richtung seiner Hüfte vor.

Praacheen blickte auf die Wunde, konnte sie aber nicht fühlen. Doch dann bemerkte er die dicke, dunkle verschmierte Linie, die er auf dem Boden hinterlassen hatte. Das Blut kam offenbar aus seinem Rücken.

Er arbeitete sich weiter auf den Ellenbogen zurück und der Schweiß brannte in seinen Augen. Er wollte um Hilfe rufen, wusste aber, dass ihn das augenblicklich zum perfekten Ziel machen würde.

Er bemerkte ein weiteres Mal Mündungsfeuer, bevor er spürte, wie sich ein Schuss durch seinen rechten Arm bohrte. Er fiel nach rechts, als sein Arm unter ihm nachgab. Praacheen stöhnte und rollte sich auf die linke Seite. Sein rechter Arm bewegte sich nun unkontrolliert, während er sich mit seinem verbliebenen Arm über den Boden zu ziehen versuchte.

Seine Finger krallten sich in die Erde und versuchten Halt zu finden. Sein Mund war so trocken wie noch nie.

»Praacheen«, rief die Frau. »Oh mein Gott …«

»Hebt ihn hoch«, rief einer seiner Männer. »Unter den Armen. Kümmert euch nicht um die Verletzungen.«

Im Dunst des Schocks konnte er nicht sagen, wessen Stimme er da hörte. Er spürte, wie zwei Menschen an ihm zogen, und langsam entfernte er sich von den Blitzen und aus der Schussweite des Kartells.

Er schluckte schwer gegen den geschlossenen Kragen seines glasfaserverstärkten Kunststoffoberteils, der seine Kehle bedeckte. Eine raue, schwache Stimme, die er nicht erkannte, warnte sein Team. »Hinter den Felsen da vorn sind drei oder mehr Schützen«, sagte er leise. Er holte so tief Luft, wie er konnte. »Von uns kommt noch eine Einheit von Süden.«

Die Frau kniete sich neben ihn. »Ich bleibe bei dir«, sagte sie. »Ihr schnappt sie euch. Macht sie fertig. Findet die Einheit im Süden.«

Praacheen schloss die Augen. Ein Ansturm beruhigender Wärme hüllte seinen verletzten Körper plötzlich ein. Gedämpft im Gefühl alles bedeckender Stille konnte er die Stimmen seiner Teammitglieder hören. Sie stritten und sie diskutierten, doch Praacheen war das egal. Plötzlich war nichts mehr von Bedeutung. Er ließ die Wärme seinen Atem mit sich fortnehmen.

Praacheen war tot.

***

»Sie kommen jetzt von beiden Seiten«, erklärte der Boss des Aufklärungstrupps. »Haltet eure Position. Wir können nicht ausweichen.«

Den Männern zu seiner Linken hatte er befohlen, sich um die aus nördlicher Richtung vorrückenden Dweller zu kümmern. Die Männer zu seiner Rechten waren mit einer unbekannten Anzahl von Angreifern aus dem Süden beschäftigt. Er bewegte sich zwischen den beiden Gruppen hin und her.

Sein letzter Schuss in die Dunkelheit hatte sein Ziel gefunden und einen verwundeten Dweller erwischt, der versucht hatte, sich angeschossen in Sicherheit zu bringen.

Ohne Nachtsichtgeräte mussten sie bei dieser Dunkelheit nahezu blind kämpfen. Aber solange der schwindende Vollmond noch genug Licht bot, war alles gut. Hinter den Felsen waren sie vor jedem Angriff von Norden aus gut aufgestellt. Die Angreifer aus dem Süden waren hingegen eine andere Sache.

Sie waren aggressiv, und es ließ sich nicht abschätzen, wie groß die Einheit war. Bisher hatten sie von zwei Positionen aus, das Feuer eröffnet. Es konnte eine Ablenkung sein, mit mehr Kämpfern in Deckung. Der Anführer des Aufklärungstrupps hatte keinerlei Gewissheit über irgendetwas.

»Warum haben wir keine Zielfernrohre?«, fragte einer der anderen Bosse. »Wäre schick gewesen.«

»Wir sind nun mal mit leichtem Gepäck unterwegs«, entgegnete der Anführer. »Außerdem es ist Vollmond, da haben wir die Notwendigkeit nicht gesehen. Die Zielfernrohre wiegen immerhin einiges.«

Tschack, Tschack, Tschack.

Eine aus dem Süden kommende Salve schlug gegen die Felsbrocken.

»Eine weitere Fehlentscheidung«, sagte ein anderer Boss. »Wenn ich hier das Sagen hätte …«

Der Ältere knurrte. »Hast du aber nicht. Konzentriere dich lieber auf deinen Job. Beschwere dich später.«

»Es gibt kein später, wenn wir hier abgeknallt werden«, sagte einer der Männer trocken. »Wir sitzen hier in der Falle und haben keine Chance abzuhauen. Es ist nicht hell genug, um sie effektiv zu bekämpfen, und es ist zu hell, um sich ungesehen aus dem Staub zu machen.«

»Ihr alle kanntet die verdammte Jobbeschreibung!«, schrie der Anführer wütend. »Jetzt erledigt gefälligst eure Arbeit!«

Die anderen Bosse hielten für den Augenblick den Mund und kümmerten sich wieder um die stählernen Visiere ihrer Waffen. Bis auf das Geräusch, das ihre Gewehre von sich gaben, als sie ihre Patronen in beide Richtungen abfeuerten, war von ihnen nichts mehr zu hören.

Derjenige, der den Auftrag als Fehlentscheidung bezeichnet hatte, hockte gerade auf ein Knie gestützt da und zielte in Richtung Süden, als ein Schuss seine Brust durchbohrte. Sein Körper sackte gegen den Felsen und er brach zusammen, wobei er gegen den Mann neben sich fiel.

Tschack, Tschack, Tschack, Tschack, Tschack.

Eine weitere Salve erwischte den nächsten Boss, knapp oberhalb seiner Taille. Er zuckte zusammen, warf die Arme nach hinten und fiel auf den Toten neben sich.

Der Anführer nahm sofort ihre Position ein und richtete seine Waffe in die Richtung, aus der, die für ein Drittel seiner

Truppe tödlichen Schüsse gekommen waren. Er ging tief hinter den Körpern seiner toten Kameraden in Deckung und spürte, wie sie unter weiteren feindlichen Salven hin und her zuckten. Ohne ein konkretes Ziel sehen zu können, erwiderte er das Feuer.

Rat-tat-tat. Rat-tat-tat.

»Zwei sind gefallen!«, rief er seinen Männern über das Gewehrfeuer hinweg zu. »Wir kümmern uns zuerst um die Angriffe aus Süden! Einer bleibt hier und sichert uns nach Norden ab. Die anderen beiden: mir nach!«

»Verstanden«, rief derjenige, der sich über die fehlenden Zielfernrohre beschwert hatte. »Ich übernehme die Position Richtung Norden. Passt auf meinen …«

Ein Trio Geschosse schlug in seinen Rücken ein. Der Aufprall stieß ihn vorwärts und ließ ihn in einer Drehung gegen den Felsen fallen, bevor er zu Boden sackte. Der Aufklärungstrupp schrumpfte innerhalb kürzester Zeit.

Der Anführer wechselte erneut seine Position. »Ich übernehme Norden!«, rief er. Er stieg über den dritten toten Boss hinweg und presste sich gegen den Felsen. Er spähte daran vorbei und sah, wie ein Team von Dwellern vorrückte. Es waren drei oder vier. Sie bewegten sich eng nebeneinander, wahrscheinlich um ihre Stärke zu verdecken.

Sie steckten fest. Für sie würde es kein Happy End geben.

***

Battle überließ das Zielen seinem Instinkt. Selbst im schwachen, bläulichen Licht des Mondes konnte er genug von der Silhouette ausmachen, die hinter dem Mündungsfeuer auftauchte, um zuversichtlich den Abzug betätigen zu können.

Doch es war unmöglich, zu erkennen, ob er sein Ziel getroffen hatte, also richtete er die Waffe ein klein wenig nach links und feuerte erneut. Der flache Stein, auf dem er das Gewehr stabilisierte, war nur eine Notlösung, denn der Lauf hüpfte bei jedem Rückstoß.

Battle vermutete, seine Gegner erwischt zu haben, als das Mündungsfeuer ausblieb. Geduldig wartete er auf das nächste Ziel.

Zu seiner Rechten erwiderten seine beiden Begleiter ebenfalls das Feuer. Der Wachmann hatte die bessere Schussposition, aber seine Stellung war zu exponiert.

Rat-tat-tat.

Ein dumpfes Stöhnen gefolgt von einem spitzen Aufschrei verriet Battle, dass der Wachmann getroffen worden war. Sein Schreien wechselte zu einem heftigen, gutturalen Stöhnen. Battle widerstand dem Drang, ihm zuzurufen, er solle ruhig bleiben, um seinen eigenen Standort nicht zu verraten.

Rat-tat-tat.

Der Wachmann war nun still.

Battle beobachtete ihn und blickte dann in die Dunkelheit, aus der die Schüsse gekommen waren. Er konnte kein Mündungsfeuer mehr sehen. Er hatte kein Ziel und er wollte nicht wahllos schießen. Der Effekt wäre der gleiche, als wenn er dem Wachmann zugerufen hätte, doch endlich die Klappe zu halten.

Battle wog seine Optionen ab und sah, wie der Mond langsam hinter einer Wolkenbank am Himmel über Amarillo verschwand. Er konnte seine Position wechseln oder vorrücken. Bei beiden Optionen hätte der Gegner allerdings freies Schussfeld auf ihn.

Er konnte auch einfach an Ort und Stelle bleiben. Außer von den Felsen im Norden konnte ihm nichts unmittelbar gefährlich werden. Es war die beste Wahl.

***

Der stämmige Dweller blieb an der Seite der Frau, während sie sich langsam nach Süden vorarbeiteten. Die beiden robbten sich bäuchlings auf dem Boden vorwärts. Ab und zu nutzten sie die aufziehende Wolkendecke, um sich aufzurichten und schneller voranzukommen.

Es war kein Mündungsfeuer mehr zu sehen. Eine Brise pfiff durch das trockene Laub an den Bäumen, die in der Nähe des Randes wuchsen.

Sie hatte zwei Dweller nach Südwesten und zwei weitere nach Südosten geschickt, damit sie ihnen von beiden Seiten Deckung geben konnten. Wenn die Einheit, die das Kartell aus dem Süden angegriffen hatte, noch am Leben war, was sie aber nicht sicher annehmen konnte, hatten sie ihren Feind an der Flanke umgangen und in die Zange genommen.

Die Frau hatte die Führung übernommen, weil niemand sonst dazu bereit zu sein schien. Sie hatten auf sie gehört und ihre Befehle ausgeführt, sogar der stämmige Dweller.

Die Frau, die sich als einzige Überlebende ihrer Familie – zu der vor dem Ausbruch der Seuche noch ihr Ehemann und vier Kinder gehört hatten – den Dwellern angeschlossen hatte, war niemand, der große Ansprüche stellte. Sie hatte viel gegeben und gehörte stets zu den Ersten, die sich freiwillig für eine Aktion meldeten.

Auch für diesen Einsatz hatte sie als eine der Ersten die Hand gehoben. Sie hatte nichts zu verlieren und war bereit, ihr Leben opfern, um die Menschen unten im Canyon zu warnen und zu beschützen.

Sie hatte den Dweller-Namen Ma-an angenommen. Keiner der Männer in ihrem Trupp hatte sie nach ihrem Namen gefragt, sodass sie ihn auch nicht genannt hatte.

Als Ma-an und der stämmige Dweller sich den Felsen näherten, spürte sie seine Angst. Er atmete kurz und geräuschvoll und das Gewehr zitterte in seinen Händen.

»Wie heißt du?«, flüsterte sie.

Er sah sie mit großen Augen an. »Galaphulla.«

»Ich bin Ma-an.«

Galaphulla nickte. Er wagte sich ein kleines Stück weiter vor als Ma-an, hielt inne und zeigte nach rechts.

Dort stand einer der Dweller, die sie nach Südwesten geschickt hatten. Er hielt sein Gewehr fest gegen die Schulter gedrückt. Seine große Silhouette wirkte eindrucksvoll im Mondlicht, das durch eine Lücke in den Wolken schien.

Ma-an machte ihr Gewehr schussbereit. Sie bedeutete Galaphulla, das Gleiche zu tun. Der stehende Dweller schoss ein paar Mal auf die Felsen direkt vor ihnen.

***

Die Schüsse kamen von links, womit er nicht gerechnet hatte. Sie durchbrachen die Stille des Augenblicks und nahmen das Leben des Bosses, der neben dem Anführer des Aufklärungstrupps auf dem Boden hockte. Der Anführer sprang sofort zur Seite und wirbelte herum, um sich der neuen Bedrohung zu stellen.

Er blickte nach Westen und sah dort einen bewaffneten Mann im Mondlicht stehen, dessen Gewehr direkt auf ihn zielte. Es blieb keine Zeit, sich zu verteidigen, geschweige denn richtig zu zielen. Der Anführer schloss die Augen und hatte schon mit seinem Schicksal abgeschlossen, als plötzlich eine Reihe lauter und hallender Explosionen hinter ihm ertönte.

Rat-tat-tat.

Der einzige andere noch lebende Boss seines Trupps hatte den stehenden Schützen gesichtet und das Feuer eröffnet. Seine schnelle Salve mähte den stehenden Schützen nieder.

Rat-tat-tat.

Eine weitere rasch abgefeuerte Salve fand ihr Ziel in einem anderen Dweller, der an der gleichen Stelle am Boden hockte. Zwei Gegner ausgeschaltet in nur wenigen Sekunden.

Ein Dank an den anderen Boss war hier absolut angebracht. Der Anführer drehte sich gerade noch rechtzeitig genug herum, um aus dem Augenwinkel ein Mündungsfeuer aufblitzen zu sehen. Es kam aus Südwesten.

Tschack, Tschack, Tschack. Tschack, Tschack, Tschack.

Der Kopf des Bosses wurde nach hinten geschleudert und er brach zusammen. Seine Augen waren auf den Anführer gerichtet, als sich die Projektile durch sein Gehirn bohrten. Der Anführer blinzelte die Blutspritzer weg, die sein Gesicht und seinen Hals getroffen hatten. Er war nun allein. Der letzte Überlebende.

Der Anführer, so hart und rücksichtslos er auch sein mochte, verhielt sich jetzt wie die meisten Männer, die dem bevorstehenden Tod ins Auge sahen. Er hob die Hände und bettelte um sein Leben.

Er warf sein Gewehr zu Boden. »Ich ergebe mich!«, rief er so laut, wie seine zitternde Stimme es zuließ. »Ich ergebe mich!«

Sein Kopf drehte sich hin und her und suchte im Dunkeln nach den Dwellern, die jeden Moment auftauchen mussten. Mit angespanntem Körper hob er die Hände noch höher über den Kopf und rechnete damit, innerhalb der nächsten Sekunden einen Bauchschuss abzubekommen.

»Ich ergebe mich!«, wiederholte er, und seine Worte klangen tonlos. »Ich bin der letzte Kämpfer. Ich gebe auf. Bitte nicht schießen …«

***

Battle sprang auf die Füße, presste den Schaft der Heckler & Koch an seine Schulter und bewegte sich langsam vorwärts. Er hatte gehört, wie der Mann sich ergab. Der Kämpfer neben ihm nahm Blickkontakt mit Battle auf und die beiden arbeiteten sich gleichzeitig zu den Felsen vor.

Hinter den Felsbrocken erklang eine Frauenstimme: »Gehen Sie auf mich zu. Langsam. Hände über den Kopf.«

Battle ging weiter und der Mann setzte sich in Zeitlupe in Bewegung. Er trug einen dunklen Cowboyhut. Battle vermutete, dass der Mann Boss einer der Truppen war. Mit erhobenen Händen entfernte er sich langsam vom Felsen in Richtung Westen.

»Wir sind direkt hinter ihm«, verkündete eine Männerstimme aus östlicher Richtung. Zwei Dweller, die Gewehre im Anschlag, tauchten aus der Dunkelheit auf und folgten dem Boss.

Einer von ihnen bemerkte nun Battle und seinen Kameraden. »Wer seid ihr?« Er zielte jetzt direkt auf Battle.

»Wir sind Dweller«, sagte Battle. »Paagal hat uns geschickt, um zu helfen. Sie hat gesagt, eine unserer Einheiten antwortet nicht.«

»Ihr seid nur zu zweit?«

»Nein«, sagte der Dweller neben Battle. »Wir haben zwei Verluste zu beklagen.«

Battle deutete mit dem Gewehr auf den Boss des Aufklärungstrupps. »Lasst uns besser alle das gleiche Ziel im Auge behalten und unsere Waffen auf den Boss hier richten. Bewegt euch vorsichtig. Wir können alles in Ruhe auf der anderen Seite der Felsen klären.«

Der Dweller nickte.

»Langsam weitergehen!«

Die fünf Männer, einschließlich des Kartell-Bosses, umrundeten die Felsen. Auf der anderen Seite erwarteten sie die Frau und ein kleiner, molliger Dweller.

Die Frau hielt Augen und Waffe unverwandt auf den Boss gerichtet. »Ist er es? Ist das der Einzige, der noch übrig ist?«

»Sieht ganz so aus«, entgegnete Battle.

Die Frau musterte ihn von oben bis unten. »Und wer bist du?«

»Mein Name ist Battle«, sagte er. »Ich … helfe hier nur aus.«

»Ich kenne dich«, sagte der stämmige Dweller. »Ich habe dich am großen Feuer gesehen. Du bist kein Dweller.«

»Nein bin ich nicht, aber im Moment bin ich auch nicht das Problem.« Battle nickte in Richtung des Kartell-Bosses. »Er ist es.«

»So ist es«, bestätigte die Frau. »Wir müssen ihn zu Paagal bringen und herausfinden, was er weiß.«

»Wir können ihn hinbringen«, sagte Battles Kamerad.

»Gut«, sagte die Frau. »Wir organisieren das und sagen den anderen Einheiten über Funk Bescheid.«

»Ich würde die Kommunikation per Funk auf ein Minimum beschränken«, wandte Battle ein. »Wir können nicht sicher sein, dass dies der einzige Kartell-Trupp war, und dieser Typ hier hat immerhin eins eurer Funkgeräte.«

Die Frau trat vor und griff nach dem Funkgerät des Bosses. Sie starrte den Gefangenen finster an und wandte sich dann an Battle. »Dann mal los«, meinte sie. »Bringt ihn zu Paagal. Wir machen hier weiter.«

KAPITEL 21

25. Oktober 2037, 23:40 Uhr
Jahr fünf nach dem Ausbruch
Interstate 27, New Deal, Texas

Roof saß auf dem Beifahrersitz des Humvee. Das leise Rumpeln des Motors, der Dieselgeruch und der abgenutzte Innenraum des Fahrzeugs stimulierten sein Gedächtnis.

Er fuhr sich mit den Fingern durch den Bart und starrte aus dem Fenster auf die Mondlandschaft entlang der Interstate 27. Seine Gedanken wanderten von seinem Konvoi, der nach Norden unterwegs war, zu dem Moment in Syrien, der vor fast achtzehn Jahren sein Leben für immer verändert hatte.

Die Patrouille war Routine gewesen. Er und die fünf anderen waren allein in der Nähe der Universität unterwegs gewesen. Unzählige ähnliche Missionen hatten sie in Aleppo bereits ohne Verluste abgeschlossen. Sie waren gut bewaffnet gewesen und hatten ihre Arbeit gemacht, aber Roof, der damals als Sergeant First Class Rufus Buck bekannt gewesen war, hatte den Eindruck gehabt, dass sie nicht so wachsam gewesen waren, wie sie es hätten sein sollen.

Trotz der Warnungen ihres Vorgesetzten, Captain Marcus Battle, hatten sie sich über ihren bevorstehenden Urlaub unterhalten. Die Männer hatten sich auf ihre Dosis E & E gefreut. Oder wie Roof es genannt hatte, B & B. Anstelle von Erholung und Entspannung, so hatte er gewitzelt, ging es doch vor allem um Bier und Bumsen.

Diese Art von Respektlosigkeit war eine heikle Angelegenheit in einem muslimischen Land, in dem Menschen für praktisch jede öffentlich gezeigte Sexualität eingesperrt wurden.

Roofs Beispiel zeigte den jüngeren Männern, wie sich Autorität untergraben ließ und wo verbotene Früchte zu pflücken waren. Battle hatte sie deutlich wegen ihrer mangelnden Konzentration ermahnt.

Roof war mit den anderen Männern hinter Battle hergelaufen. Sie waren sechs oder sieben Schritte hinter ihm gewesen. Roof hatte sich hinter seinem Rücken mit einem nur halbherzig ausgeführten militärischen Gruß über ihn lustig gemacht. Die anderen Männer hatten gelacht. Als Battle sich umgedreht hatte, hatte einer von ihnen sein Gewehr in eine gammelig aussehende Puppe von Elmo aus der Sesamstraße gestoßen, die auf ihrem Weg lag.

Die Puppe war vollgestopft gewesen mit Zimmermannsschrauben, Kugellagern und einem Rohr voller Sprengstoff. Elmo war explodiert, als der Soldat direkt über der Puppe gestanden hatte.

Er und die beiden Männer, die ihm am nächsten gestanden hatten, waren sofort gestorben. Roof, Battle und einen weiteren Soldaten hatte die Explosion zu Boden geworfen.

Sie hatten noch gar nicht realisiert, was geschehen war, als der Mann neben Roof plötzlich niedergeschossen wurde. Sie waren in einen Hinterhalt geraten. Die Kämpfer, die die Puppe gezündet hatten, ließen daraufhin einen Kugelhagel auf sie niederregnen.

Roof wurde getroffen und fiel zu Boden. Sein Bein war unterhalb des Knies verstümmelt. Unfähig, sich zu bewegen, saß er in der Falle.

Der Mann, den er noch kurz zuvor verspottet hatte, erwies sich jetzt als seine einzige Rettung. Hinter einer Betonbarriere fand der furchtlose Captain Deckung und neutralisierte die Quelle des Gewehrfeuers.

Anschließend kehrte er zurück und brachte Roof unter Einsatz seines eigenen Lebens in Sicherheit. Es war die längste Nacht seines Lebens gewesen, bevor die alles verändernde

Krankheit ausgebrochen war. Es war die Nacht, in der er am eigenen Leib erfahren hatte, was Heldentum ausmachte. Und er lernte noch etwas in jener Nacht. Zu solch einer Art von Heldentum war er nicht in der Lage.

Als sie am nächsten Morgen eine Brücke und einen Kontrollpunkt in ein relativ sicheres Gebiet überquerten, gab es ein äußerst gründliches Debriefing. Jeder Aspekt des vergangenen Nachmittags und der darauffolgenden Nacht wurde wiederholt besprochen.

Battle bestand darauf, keine Medaille für seine Tat verliehen zu bekommen. Ganz im Gegenteil, er teilte seinen Vorgesetzten mit, dass seine Männer niemals unter Beschuss geraten wären, wenn er seine Arbeit richtig gemacht und seine Männer auf diesen Punkt vorbereitet hätte.

Roof, der mit Blick auf die Selbstlosigkeit seines Kameraden eher Eifersucht als Dankbarkeit verspürte, verkündete ebenfalls, dass Battle seine Patrouille nicht mit der notwendigen Autorität geführt habe, und obwohl er dem Captain dankbar sei, dass dieser sein Leben gerettet habe, so könne er doch der Idee einer Belobigung nicht zustimmen. In Wirklichkeit war es allerdings nur sein Ego, das dies nicht zuließ.

Beide Männer wurden daraufhin vom Einsatz entbunden und nach Hause geschickt. Roof sah ihn nie wieder, außer in Albträumen, in denen er jedes Mal aufs Neue den Schmerz und die Verlegenheit erlebte, sich darauf verlassen zu müssen, dass ein anderer ihn am Leben erhielt.

Doch dann entschied das Karma offenbar, dass es Zeit für ein Wiedersehen war. Ausgerechnet Battle stellte sich als der Dorn im Fleisch des Kartells heraus. Am Vorabend des Krieges, der ihnen die Herrschaft über ihr Territorium sichern würde, der Schlacht, in der sie der einzigen organisierten Opposition ein Ende bereiten würden, tauchte Marcus Battle wieder auf.

Roof war sich sicher gewesen, dass der gute Captain ihn wiedererkennen würde, als er Battle vor dem Jones zu sich bringen ließ. Doch aus irgendeinem Grund kam alles anders. Battle hatte ganz offensichtlich keine Ahnung gehabt, wer Roof war. Dieser war daraufhin so geschockt gewesen, dass er den Mann am Leben gelassen hatte. Er hatte aus irgendeinem Grunde den Drang verspürt, ihm das gleiche Geschenk zu machen, das er von ihm erhalten hatte. Also hatte er entsprechend gehandelt. Er hatte gedacht, es würde ihn von seiner Schuld befreien ... von dem Gefühl der Unzulänglichkeit, die sein Leben durchwebte.

Doch das tat es nicht.

Stattdessen öffnete es die eiternde Wunde nur weiter, ließ sie aufklaffen und infizierte sie endgültig. Battle am Leben zu lassen war ein Fehler gewesen, genauso wie Battle vor so vielen Jahren den Fehler gemacht hatte, ihm das Leben zu retten. Hätte Battle ihn sterben lassen, wäre das Kartell niemals an die Macht gekommen.

Jetzt waren sie wieder da, wo sie angefangen hatten. Sie befanden sich gemeinsam im Krieg, dieses Mal jedoch auf entgegengesetzten Seiten. Sie waren nun Feinde. Einer oder beide würden in diesem Kampf ihr Leben lassen müssen. Roof war sich sicher, dass das Karma es verlangte.

Ein Klopfen an der dünnen Fensterscheibe hinter Roofs Kopf holte ihn abrupt aus seiner Trance. Es war Skinner. Er saß neben dem ehrgeizigen Soldaten Grat Dalton im hinteren, offenen Teil des Humvee.

Roof warf einen Blick über die Schulter. Skinner zeigte auf einen Punkt hinter dem Highway. Roof nickte und drehte seinen Kopf wieder weg, um durch die Windschutzscheibe nach vorn sehen zu können. In der Ferne blitzte es. Im Licht der gezackten Linien der Blitze wurde eine Gewitterfront sichtbar, die sich im Dunkeln gesammelt hatte. Sie breitete sich genau in der Richtung aus, in der sie gerade unterwegs waren.

Es war unmöglich, zu sagen, wie weit nördlich der Sturm losbrechen würde. Er hoffte, dass sich das Unwetter auflösen oder weiterziehen würde, bevor es ihm in die Quere kam.

Roof drehte sich wieder nach hinten um und nickte Skinner zu, dann zuckte er mit den Schultern. Es gab nichts, was sie dagegen tun konnten.

KAPITEL 22

26. Oktober 2037, 23:55 Uhr
Jahr fünf nach dem Ausbruch
Interstate 45, Richland, Texas

Rasselnd kam der Lexus zum Stehen. Dampf strömte unter der zerbeulten Motorhaube hervor. Das Auto war überhitzt. Ana konnte nichts dagegen tun. Ihre erhoffte direkte Fahrt in den Canyon geriet nun schon zum dritten Mal ins Stocken.

Ana schlug frustriert mit den Fäusten auf das Lenkrad. Es war fast Mitternacht und sie war mitten im Nirgendwo. Sie schnallte sich ab und schnaubte wütend.

Das rostige, grüne Straßenschild an der Seite des Highways verriet ihr, dass sie sich gerade außerhalb von Richland, Texas, befand. Das sagte ihr nichts, außer dass es nicht der Palo Duro Canyon war. Ana würde wohl zu Fuß weiterziehen müssen.

Penny schlief auf dem Rücksitz. Ana sah sie an und presste die Lippen aufeinander. Ein schlafendes Baby zu wecken war nie eine gute Idee.

Der Motor des Autos lief nicht mehr, aber die Scheinwerfer funktionierten noch. Sie schaltete das Fernlicht ein, um sich mehr Sicht zu verschaffen. Viel richtete es allerdings nicht gegen die Dunkelheit aus, aber das zusätzliche Licht enthüllte immerhin eine nahe Abfahrt auf der rechten Seite und in der Ferne etwas, das wie ein Gebäude aussah.

Ana schob sich mit den Ellenbogen aus dem Lexus und stellte sich auf die Straße. Abgesehen vom Zirpen der Insekten und dem Quaken der Frösche war es vollkommen ruhig. Kein Lufthauch regte sich und es wurde immer kälter. Sie holte den Kinderwagen vom Rücksitz und faltete ihn leise auseinander.

In den Beutel, der unter den Griffen auf der Rückseite des Kinderwagens hing, stopfte sie das Erste-Hilfe-Set aus dem Auto. Dann zog sie den vollgepackten Rucksack aus dem Kofferraum und bemerkte, dass der Sauger der Babyflasche aus dem Reißverschluss hervorschaute.

Sie hatte ganz vergessen, dass sie die Flasche eingepackt hatte. Es hätte ihr einiges an Zeit gespart, wenn sie sich daran erinnert hätte, und sie wäre vielleicht weiter als bis Richland gekommen. Aber das war jetzt auch egal. Sie war trotzdem froh, die Flasche entdeckt zu haben. Sie öffnete das Hauptfach des Rucksacks, um nachzusehen, was sie sonst noch im Nebel der hastigen Flucht unmittelbar nach dem Mord eingepackt hatte. Sie fand einige wiederverwendbare Stoffwindeln, Anziehsachen für Penny und eine halbe Dose Vaseline. Ana verdrehte die Augen und ärgerte sich wegen ihres offensichtlichen Mangels an Kreativität. Sie machte den Rucksack wieder zu und nahm ihn auf den Rücken.

Dann griff sie nach den Waffen, die sie hinten im Auto aufbewahrt hatte, und legte sie nebeneinander auf die Straße. Sie würde nur eine davon tragen können. Sie verschränkte die Arme und strich mit den Fingern vorsichtig über ihren Ellenbogen. Sie nahm die beiden Waffen des Pärchens aus der Hölle, das sie überfallen hatte, und warf sie in den Kofferraum.

Bei der Waffe, die noch auf der Straße lag, handelte es sich um das Sturmgewehr, das sie Nancy Wake abgenommen hatte. Sie nahm es an dem lackierten Holzschaft und hielt es fest in der Hand. Die runde Munitionstrommel war unter dem Lauf befestigt. Ana war sich sicher, dass es mehr Munition enthielt als die kleineren, leichteren Waffen der beiden Verrückten.

Sie hatte schon zwei Menschen damit getötet, und auch wenn es sich falsch anfühlte – das Gewehr löste allmählich ein Gefühl der Vertrautheit in ihrer Hand aus. Sie vergewisserte sich noch einmal, dass der Sicherheitshebel in der richtigen Position war und lehnte die Waffe dann an die Seite des Lexus.

Penny wurde wach. Ihre Augenlider flatterten und ihre Stirn runzelte sich, während sie ihren neun Monate alten Körper gegen den Rücksitz streckte. Ana seufzte erleichtert. Sie würde sie nicht wecken und sich dem *heiligen Zorn* eines Babys stellen müssen.

Ana griff ins Auto, um ihr Kind abzuschnallen.

»Hi, mein Kleines«, gurrte sie mit der süßesten Stimme, die sie aufbringen konnte. Babys waren wie Hunde, das hatte Ana in ihrer kurzen Zeit als Mutter bereits festgestellt. Die Melodie und die Tonhöhe waren viel wichtiger als die Worte.

Penny lächelte und grapschte nach der Nase ihrer Mutter. »Mamamama«, plapperte sie.

Ana schob ihre Hände unter Pennys Schultern und zog sie sanft aus dem Lexus. Für den Augenblick frei von allem wirbelte sie ihr Mädchen im Kreis herum. »Jippie!«, rief sie, kicherte und sah ihrer Tochter in die Augen, während sie sich drehten. »Jippie!«

Penny lachte und klatschte glücklich in die Hände. Ihre baumelnden Babyfüße strampelten unablässig, bis Ana sie in den Kinderwagen sinken ließ, den Nylongürtel über ihren Schoß festzog und den Verschluss zwischen ihren molligen Beinen einschnappen ließ.

Ana legte das lange Gewehr quer über die Griffe des Kinderwagens und schlang eine Hand um den hölzernen Griff. Dann hob sie die Schultern, bis der Rucksack auf ihrem Rücken erträglich platziert war und schob den Kinderwagen vorwärts. Die ersten Schritte blieb sie in der Mitte der Straße und im Licht der Scheinwerfer, die ihr den Weg wiesen. Als das Licht schwächer wurde, ging sie näher an den Rand des Highways. Die Abfahrt war jetzt unmittelbar vor ihr. Je näher sie dem Gebäude kam, desto mehr nahm es Gestalt an.

Als sie am unteren Ende der Abfahrt angekommen war, konnte sie die Umrisse des niedrigen Gebäudes deutlicher erkennen. Sie ging noch ein wenig weiter und sah dann ein großes Schild rechts neben der Straße. Es stand auf einer kleinen Erhebung mit einer W-förmigen Mauer aus gezackten Kalksteinfelsen. Das Schild hatte eine dunkle Farbe, möglicherweise Rost, und war mit kräftigen weißen Buchstaben versehen, von denen allerdings einige fehlten.

Auf dem Schild stand: *»TE AS DEP RT ENT O TRAN PORTA ION« und »N VARRO CU TY SAFETY RE TA EA«.* Ana blieb stehen und versuchte die Worte zu entziffern. Sie lachte leise, als ihr auffiel, dass das einzige Wort, bei dem keine Buchstaben fehlten, *Safety* war.

Sie schob den Kinderwagen am Schild vorbei und die Räder knirschten leise auf dem asphaltierten Weg, der zu dem Gebäude führte. Das Ganze war offenbar ein Rastplatz, und er war größer, als sie mit Blick auf die mondbeschienene Silhouette des Gebäudes erwartet hatte.

Wie das Schild am Ende der Abfahrt lag der Rastplatz hinter einer Kalksteinmauer. Der große Bereich vor dem Hauptgebäude bot eine Mischung aus Schmutz, Unkraut und hohem, ungepflegtem Gras. Das Gebäude selbst hatte eine große überdachte Veranda und sah aus wie eine Mischung aus Ranch-Architektur und moderner Holzbauweise. Es war, soweit sie das erkennen konnte, aus Stein und Holz gebaut. An einigen Stellen war die Holzverkleidung allerdings so stark verfault, dass sie es sogar im Dunkeln erkennen konnte. Die großen Glasfenster im ersten Stock waren dunkel. Ein paar der Fenster waren auch herausgebrochen. Ana vermutete, dass seit langer Zeit niemand mehr hier gewesen war.

Sie schob den Kinderwagen im Slalom den Weg zwischen Unkraut- und Grasbüscheln hinauf, bis sie die Veranda erreichte. Ein dickes Spinnennetz legte sich über ihre Stirn. Ana hob instinktiv ihre Hände und wischte die seidigen, klebrigen Fäden, die sich über ihre Augen und ihren Mund zogen, aus dem Gesicht.

Laut scheppernd fiel die Waffe auf den Betonboden.

Die Wände und die Decke der Veranda trugen den Schall weiter. Der Lärm war laut genug, jeden zu wecken, der in einem Umkreis von hundert Fuß schlief.

Und das tat er auch.

KAPITEL 23

26. Oktober 2037, 00:30 Uhr
Jahr fünf nach dem Ausbruch
Palo Duro Canyon, Texas

Der Donner grollte nur einen Augenblick, nachdem ein Blitz in einen einsam stehenden Mesquitebaum eingeschlagen war, der auf dem Grund des Canyons stand. Der Baum fing sofort Feuer und die Flammen knisterten, als sie das Holz verschlangen.

Ein süßer, würziger Geruch hing in der kalten Luft. Er erinnerte Battle an die vielen herbstlichen Grillabende mit Sylvia und Wesson auf der Veranda. Wobei er nie wirklich gegrillt hatte, trotz seines Grills mit direktem Anschluss an die Erdgasleitung. Er mochte den Geschmack einfach nicht. Seine Vorliebe hatte eher Geräuchertem gegolten: Mesquite-Räucherchips kamen in einem Zinntopf auf die glühende Holzkohle, dann gab er die Räucherchips in ein großes Becken aus Stahl, legte ein Rost darüber und bedeckte das Rost mit rotem Fleisch.

Geruch war der stärkste Faktor, um Erinnerungen auszulösen. Battle atmete tief ein, genoss den Geruch für einen Moment und rammte seine Faust dann in den Magen des Anführers des Aufklärungstrupps.

Die gesamte Luft verließ die Lunge des Bosses. »Oooooof«, stöhnte er, dann spuckte und würgte er, um wieder zu Atem zu kommen.

»Sehen Sie, Sie freuen sich doch jetzt auch, dass Sie diesen Kerl nicht getötet haben«, sagte Paagal, die das Verhör überwachte. Der Dweller, der Battle bis zum Schluss begleitet hatte, stellte die Fragen und Battle seine Muskeln zur Verfügung.

Sie waren eine Viertelmeile vom Hauptlager entfernt, in der Nähe eines schmalen Wasserlaufs, der über den Canyongrund floss. In der Regenzeit stürmte hier ein reißender Fluss entlang, aber im Moment war es nicht viel mehr als ein langsam dahinsickernder Bach.

Der Kartell-Boss war an einen Baum gebunden, die Hände auf dem Rücken hinter dem Stamm verknotet, die Knöchel gefesselt. Außerstande, sich auch nur ein Stückchen zu bewegen, stand er an der jungen, sterbenden Schwarzpappel. Sein Kopf hing mit dem Kinn auf seiner Brust. Speichel floss in Fäden von seinen Lippen.

»Du bist zu uns gekommen«, sagte der Dweller. Er stand neben dem Boss und flüsterte in sein linkes Ohr. »Du hast dich ergeben. Wenn du überleben willst, musst du uns ein bisschen mehr geben als deinen Namen.« Er wandte sich an Battle. »Wie hieß er noch mal?«

Battle rieb sich mit der linken Hand die rechte Faust. »Frank Canton.«

»Frank Canton«, flüsterte der Dweller. »Frank Canton. So, so. Nun, Frank, hier ist deine Chance. Du sagst uns einfach, was du weißt. Wie viele Einheiten sind noch auf dem Weg hierher?«

Battle streckte die Finger seiner Hände, schüttelte seine Arme, holte tief Luft und trat dann einen Schritt zurück.

Der Boss leckte sich den Speichel von den Lippen und atmete gepresst durch den Mund. Es klang wie ein Kind, das gerade ein Glas Saft trinkt. Er hob den Kopf, um zu sprechen.

»Wir sollten nur die Lage erkunden«, sagte er. Jedes Wort klang, als hätte er dessen Verwendung sorgfältig ausgewählt. »Das ist alles. Sie wollten nur die Positionen und die Stärke eurer Einheiten wissen.«

»Was noch?«, schnappte der Dweller. »Gib mir mehr.«

»Wir waren das erste Team«, erzählte der Kartell-Boss. »Ich weiß nicht, wie viele noch kommen.«

Der Dweller kratzte sich am Bart, bevor er sich mit den Händen durch die Haare fuhr. Er lehnte sich hinter dem Boss an den Baum.

»Gut. Was noch?«

»Sonst habe ich nichts zu sagen.«

»Gar nichts?«

Spucke flog von Frank Cantons Lippen, als er den Kopf schüttelte. »Nichts.« Seine Stimme klang resigniert.

»Ich glaube dir kein Wort.« Der Dweller wich zurück und seine Augen fanden die von Battle.

Battle spitzte die Lippen und sah zu Paagal hinüber. Diese nickte. Battle ging auf den Baum und den daran gefesselten Mann zu. Er griff in seine Tasche und zog eine Zange heraus. Sie war an der Verbindungsstelle verrostet und nur schwer aufzubekommen. Battle machte eine richtige Show daraus. Er hielt das Werkzeug in einer Hand und ging dann um den Mann herum zum hinteren Teil des Baumes. Battle beobachtete, wie Canton ihm mit großen Augen folgte.

Bevor er Cantons Hand ergreifen konnte, begann der Gefangene gegen seine Fesseln anzukämpfen. Er ballte die Hände zu Fäusten und verbarg die Finger in den Handflächen.

Battle blieb hinter dem Baum, außer Sichtweite des Mannes, stehen. Er tat gar nichts. Er wusste, dass der bloße Gedanke an Folter und die Erwartung von Schmerz grauenhafter war als der Schmerz selbst.

»Warte. Warte. Warte.« Der Kartell-Boss stellte plötzlich fest, dass ein Energiestoß tief in seinem Gehirn wahnsinnige Angst auslöste. »Tu es nicht. Tu es nicht. Bitte tu es nicht.«

Battle griff nach den sich windenden Händen des Mannes und hielt eine davon fest. Er zog den Daumen des Mannes aus der Faust heraus, was im Vergleich zu den übrigen Fingern immer am leichtesten ging.

Die Stimme des Bosses schoss daraufhin eine Tonlage höher. »Bitte. Bitte, bitte! Stopp. Halt. Nein!«

Battle legte die Backen der geöffneten Zange an den Daumen des Mannes und berührte die Stelle, an der sein Fingernagel auf die Haut traf.

Der Mann heulte und wimmerte. »Nein!«, schrie er unter Tränen. »Ich sage euch alles, was ich weiß.«

»Besser ist das, Frank«, sagte der Dweller, der das Verhör führte. Er verschränkte die Arme vor der Brust. »Nun rede endlich.«

Battle hielt den Daumen des Mannes fest, entfernte die Zange aber erst mal.

Ein starker Windstoß heulte durch den Canyon und brachte einen Temperaturabfall mit sich.

Der Boss zitterte. Er war kurz davor zu hyperventilieren. Seine Brust hob und senkte sich heftig, als er sprach. »Ich berichte direkt an General Roof.«

Der Dweller hielt ein Satellitentelefon in die Höhe, das er dem Gefangenen abgenommen hatte. Er schüttelte es vor dem Gesicht des Bosses.

»Damit?«

In der Ferne, hoch oben über den Wänden des Canyons, blitzten Lichtgabeln über den Himmel. Ein weiterer Donnerschlag hallte durch die Felswände, gefolgt von einem zornigen Blitz und einem noch lauteren Knallen, das den Himmel zu zersprengen schien. Der Boden erzitterte.

Der Kartell-Boss nickte. »Ich habe ihm unsere Position durchgegeben und ihm berichtet, dass wir ein paar Wachen außer Gefecht gesetzt haben. Ich habe gesagt …«

Der Dweller schlug dem Boss mit dem Satellitentelefon gegen die Stirn. »Frank, was hat er dir gesagt? Das ist mir sehr wichtig.«

Der Gefesselte suchte nach Worten. Er verschluckte sich an dem Speichel in seiner Kehle und hustete. Seine Augen waren glasig und Tränen liefen durch den Staub auf seinen Wangen.

Battle drückte Cantons Daumen, und der Boss spannte sich bei dieser Berührung sofort an. Sein Körper bäumte sich auf und er fing protestierend an zu jammern.

»Franky-Baby«, sagte der Dweller, »na komm schon. Wir haben keine Zeit, dich in Ruhe auseinanderzunehmen. Wir wissen, dass eine Armee in unsere Richtung unterwegs ist. Wir brauchen also Details. Was hat der General gesagt?«

Frank Canton wimmerte. »Du bringst mich doch sowieso um, wenn ich es dir sage«, sagte er. »Und du bringst mich auch um, wenn ich es nicht tue.«

Der Dweller lachte. »Da liegst du falsch, Frank«, erklärte er. »Du sagst uns, was wir wissen wollen, und du bekommst eine Chance.«

Cantons Körper entspannte sich und sackte gegen den Baum. Er schniefte und räusperte sich.

Der Dweller senkte die Stimme und sprach nun bewusst langsam. »Aber wenn du uns nicht sagst, was wir wissen wollen, werden wir dafür sorgen, dass du dir wünschst, du wärest tot, und dann schicken wir dich zurück zu deinem General. Was glaubst du, was der mit dir tun wird?«

Ein Grinsen voller Zähne huschte über das Gesicht des Dwellers. Ein Lichtblitz flackerte über ihnen und Donner erklang am Himmel. Er starrte Canton solange an, ohne zu blinzeln, bis der Boss den Kopf senkte. Battle bog den Daumen des Bosses und drückte schnell die offene Zange gegen den Nagel.

Ein weiterer Windstoß durchfuhr das Tal, und dicke, kalte Regentropfen begannen zu fallen.

Canton schrie in Erwartung des Schmerzes auf, der aber nicht kam. Sein Körper presste sich gegen den Baum. »In Ordnung«, presste er gequält durch den ganzen Schleim hervor, der seine Lippen und sein Kinn bedeckte. »Ich sage euch alles, was ich weiß. Alles.«

KAPITEL 24

26. Oktober 2037, 00:38 Uhr
Jahr fünf nach dem Ausbruch
Interstate 45, Richland, Texas

Ana wischte noch das Spinnennetz von ihren Lippen, als sie es auf einmal sah. Es blitzte in ihren Augenwinkeln auf, und anfangs dachte sie sich nichts dabei.

Als sie sich bückte, um das Gewehr aufzuheben und zu überprüfen, ob es noch in Ordnung war, sah sie es allerdings erneut. Das Licht schweifte über ihr Gesicht und wieder zurück. Es kam aus dem Inneren des Gebäudes. Dann leuchtete es direkt in ihr Gesicht. Ana versuchte ihre Augen mit der Hand abzuschirmen und gleichzeitig die lange Waffe mit beiden Händen zu halten. Sie kniff die Augen zusammen und versuchte die Lichtquelle zu erkennen. Doch ohne Erfolg.

Eine finstere Stimme drang nun aus dem Inneren des Gebäudes. »Lass die Waffe fallen.«

Ana warf einen Blick auf Penny und dann wieder auf das Licht. »Das kann ich nicht«, sagte sie.

»Leg sie hin«, sagte die Stimme, »oder ich lege dich um.«

Ana konnte nicht sagen, ob die Stimme einem Mann oder einer Frau gehörte. Sie biss sich auf die Unterlippe und hob die Waffe, hielt aber das Ende des Laufs vom Licht fern. »Dann wirst du mich wohl umlegen müssen. Ich kann meine Waffe nicht aufgeben.«

Das Licht tanzte jetzt über Anas Körper, wanderte zum Kinderwagen und wieder zurück. Blendend verharrte es auf ihrem Gesicht. In dem Moment, in dem sich das Licht wieder von ihrem Gesicht löste, konnte Ana die große Gestalt sehen, die das Licht hielt. Ihre Augen konnten sich aber leider nicht schnell genug anpassen, um mehr zu erkennen als das.

»Wer bist du?«, fragte die Stimme. »Warum bist du hier?«

»Wer bist du?«, fragte Ana zurück. »Kannst du das Licht von meinen Augen nehmen? Ich kann nichts sehen.«

»Das ist ja die Idee des Ganzen. Sag mir deinen Namen.«

»Ana.«

»Warum bist du hier?«

Ana seufzte. »Mein Auto ist liegen geblieben.«

Es gab eine kurze Pause, bevor die Stimme antwortete: »Du hast ein Auto?« Die Stimme klang verwirrt.

»Ich hatte eins«, korrigierte Ana. »Der Motor hat sich überhitzt.«

»Warum hast du eine Waffe?«

»Zum Schutz vielleicht?«, fragte Ana ungläubig zurück. »Warum hast du deine?«

Das Licht ging nun aus und Ana blinzelte das Nachbild weg, bis sie eine große, breitschultrige Frau sehen konnte. Sie stand im Gebäude an einem der zerbrochenen Fenster. Aus dem Inneren drang ein süßer und gleichzeitig saurer Geruch.

Das Haar der Frau war kurz und verfilzt. Ihre Stimme klang tief, als sie sprach. »Ich bin Michelle«, sagte sie. »Ich lebe hier.«

Die Frau, die überdurchschnittlich groß wirkte, trug ein schmutziges, eng anliegendes Longhorns-T-Shirt und eine Jogginghose, die an den Knien aufgerissen war. Sie war barfuß und hielt eine Taschenlampe mit einer Kurbel an der Seite in der Hand. Ana senkte langsam die Waffe und nickte ihr zu. »Das ist dein Zuhause?«

Michelle warf einen Blick auf das Gewehr und dann auf Penny. »Für ein paar Wochen zumindest«, meinte sie. »Vor wem rennst du davon?«

Ana sah über ihre Schulter. »Könnte ich bitte reinkommen? Ich habe kein gutes Gefühl hier draußen.«

Michelle trat einen Schritt vom Fenster zurück.

»Lass die Waffe an der Tür zurück, dann kannst du kommen.«

Ana rollte Penny im Kinderwagen durch die Vordertür herein. Sie legte die Waffe auf die Schwelle, kramte in ihrem Rucksack herum und gab Penny die einzige Flasche, die sie mitgebracht hatte. Michelle beobachtete sie aus einiger Entfernung.

Ana sah sich im Raum um. Im Dunkeln war nicht viel zu erkennen, aber der üble Geruch wurde auf jeden Fall stärker. Es roch nach verdorbenem Fleisch. Sie ging auf Michelle zu und versuchte nicht angewidert die Nase zu verziehen. »Bist du allein?«

Michelle nickte. »Seit einer Weile.«

»Ich renne vor allem weg«, erklärte sie. »Hauptsächlich vor dem Kartell.«

»Wohin willst du?«

»Zum Wall.«

Michelles Augen weiteten sich. Sogar im Dunkeln konnte Ana die Überraschung auf ihrem Gesicht sehen. »Warum?«

Ana sah auf ihre Füße hinab. »Ich brauche einen Neuanfang«, sagte sie. »Ist eine lange Geschichte.«

Nachdem sich ihre Augen an die Dunkelheit gewöhnt hatten, konnte sie Hinweise darauf erkennen, wie Michelle hier hauste. Der Ort sah aus wie die Obdachlosenlager, die Ana früher unter Highwayüberführungen oder entlang der Ufer des Buffalo Bayou in der Innenstadt von Houston gesehen hatte. Auf dem Boden verstreut lagen Essensreste, Tierkadaver und Unmengen von Kleidung.

Michelle runzelte die Stirn. »Es ist gefährlich entlang des Walls«, erklärte sie. »Du solltest nicht allein dorthin gehen.«

»Ich bin ja nicht allein.«

Die Frau leckte sich die Lippen. »Dein Baby zählt nicht.«

»Ich gehe in den Canyon«, stellte Ana klar. »Die Dweller werden mir bestimmt helfen.«

Michelle lachte. »Die Dweller?«, fragte sie. »Die existieren nicht mehr. Das Kartell hat sie ausgelöscht.«

Ana stemmte die Hände in die Hüften. »Wer hat dir das erzählt?«

»Alle sagen das. Es ist eine Tatsache. Die Dweller sind nur noch ein Mythos.«

»Nein«, sagte Ana leise. »Sind sie nicht. Sie leben im Canyon und haben Zugang zum Wall. Sie wollen das Kartell stürzen.«

Michelle trat einen weiteren Schritt zurück und schüttelte den Kopf. »Das glaube ich dir nicht. Das kann nicht sein.«

»Michelle«, erwiderte Ana und machte einen Schritt auf sie zu, »es ist wahr. Ich weiß es, weil die Dweller mich angeworben haben, ihnen zu helfen.«

Michelle wich erneut zurück. Sie drehte kräftig an der Kurbel der Taschenlampe, bevor sie sie einschaltete und direkt in Anas Gesicht hielt. »Wer bist du wirklich? Was willst du von mir?«

Ana hielt inne und versuchte ihre Augen mit den Händen abzuschirmen. »Ich will gar nichts von dir. Ich bin nur auf der Suche nach …«

»Ich bin seit Monaten allein hier. Ich habe keine Menschenseele gesehen, und dann tauchst du plötzlich mit deinem Gewehr und deinen Lügen hier auf. Das ergibt doch keinen Sinn. Irgendwas stimmt da nicht. Verschwinde sofort von hier.«

Ana hob vorsichtig die Hände. »Ich verspreche dir, ich sage die Wahrheit. Warte … wie lange bist du schon hier?«

»Verschwinde«, sagte Michelle noch einmal. »Ich brauche keine Lügnerin bei mir zu Hause. Ich hatte schon einmal Lügner zu Gast. Erst vor Kurzem war einer hier. Ich musste dafür sorgen, dass seine Lügen aufhören.«

»Ich dachte, du hast gesagt, du wärest monatelang allein gewesen …«

Michelle schwenkte das Licht abrupt zur Tür. Ihre Stimme war kraftvoll und scharf. »Du musst jetzt gehen, bevor etwas passiert.«

Ana warf einen Blick über die Schulter und folgte dem Lichtstrahl. In der Ecke, hinter der Tür, durch die sie eingetreten war, lag ein totes, halb aufgegessenes Tier. Ana blinzelte und konzentrierte sich auf die Überreste, um herauszufinden, was für ein Tier es war. Die Knochen kamen ihr irgendwie bekannt vor. Das Licht entfernte sich von der Ecke und richtete sich wieder auf sie. Ana wandte sich an Michelle.

»Was würde dann passieren?«, fragte sie. »Hier sind doch nur du, ich und mein Baby, und ich will nichts von dir.«

Die Frau ging nervös auf und ab. Sie begann mit einer hohen, weinerlichen Stimme vor sich hin zu murmeln. »Ich habe dir gesagt, dass du sie nicht hereinlassen sollst«, sagte sie. »Du hast darauf bestanden. Das ist alles nur deine Schuld.«

Ana ging einen Schritt zurück zu Penny und behielt die Frau im Auge. »Michelle?«

Michelle murmelte weiter vor sich hin. Dieses Mal war ihre Stimme tiefer. »Gib mir nicht die Schuld. Ich bin nicht diejenige, die den letzten hereingelassen hat. Ich bin nicht diejenige, die immer wieder auf die Lügner hereinfällt.« Sie schüttelte drohend den erhobenen Zeigefinger, während sie auf und ab marschierte.

Ana sah zur Tür. Dort lag ihr Gewehr. Es waren einige Schritte, aber sie schätzte, dass sie es erreichen, entsichern und anlegen konnte, bevor Michelle zu ihr kam. Sie warf einen Blick zurück auf die Frau, die sich immer noch in Trance befand, und bewegte sich hastig.

Sie machte ein paar schnelle Schritte nach rechts, griff mit einer Hand nach dem Gewehr und schob mit der anderen den Sicherheitshebel nach unten. Als sie sich umdrehte, um das schwere Sturmgewehr auf Michelle zu richten, rutschte sie auf dem Boden aus und schlug mit dem Rücken gegen den Türrahmen. Sie war nicht schnell genug.

Michelle war bereits über ihr, als Ana sich gerade halb umgedreht hatte. Sie packte Ana mit ihren dicken, muskulösen Händen und riss sie nach oben. Ana ließ die Waffe fallen, die über den Boden rutschte, und Michelle schlang ihren Arm fest um

Anas Nacken. Sie drückte und zog, bis ihre Füße nicht mehr länger den Boden berührten.

»Man kann dir nicht vertrauen«, grunzte Michelle durch ihre zusammengebissenen Zähne. »Du musst verschwinden.«

Ana packte Michelles mächtigen Unterarm, schaffte es aber nicht, ihn von ihrer Kehle zu ziehen. Sie versuchte mit den Füßen nach hinten zu treten, in der Hoffnung, Michelle im Knie oder in der Leiste zu erwischen, aber auch das funktionierte nicht.

Als Michelle sich hin und her drehte und Ana von einer Seite zur anderen schleuderte, berührte Ana mit ihren Füßen die Wand neben der Tür. Für einen Augenblick beugte sich Michelle nach vorn, und Ana, kurz davor, das Bewusstsein zu verlieren, stemmte sich mit beiden Füßen gegen die Wand und drückte sich so fest sie konnte nach hinten ab. Ihr Timing war perfekt.

Michelle trat gerade einen Schritt zurück, als Ana sich abstieß. Diese verlor daraufhin das Gleichgewicht und stolperte rückwärts. Sie stürzte über etwas, lockerte unwillkürlich den Griff um Anas Hals und landete hart mit dem Rücken auf dem Boden, wobei ihr Kopf zuerst aufschlug.

Ana rollte sich hastig zur Seite weg, in die Nähe der Stelle, an der das Gewehr liegen geblieben war. Sie griff nach der Waffe, ohne sich danach umzudrehen, damit sie Michelle im Auge behalten konnte. Dann setzte sie sich auf und legte das Gewehr an.

Michelle befand sich in der Mitte des Raumes und lag benommen auf dem Boden. Ana konnte ihre schwarzen Fußsohlen erkennen.

Sie musste den Vorteil des Augenblicks unbedingt nutzen und stand schnell auf. Dann wich sie weiter von Michelle zurück und bewegte sich zu ihrer Tochter.

Penny wirkte überraschend ruhig und saugte immer noch an ihrer fast leeren Flasche. Sie würde bestimmt bald eine neue Windel brauchen.

Ana lächelte ihre Tochter an und legte den Kopf schief. Ihr Nacken pochte schmerzhaft und ihre Schultern waren überdehnt. Das Schlucken fiel ihr ebenfalls schwer.

Sie näherte sich Michelle, zielte mit dem Gewehr genau auf die Brust der Amazone und achtete darauf, dass sie außerhalb der Reichweite der Frau blieb. Dann stand sie da und beobachtete wie Michelle langsam wieder zu sich kam.

»Das ist nicht fair«, stöhnte die Frau. Sie kniff ihre Augen zusammen. »Du bist eine Lügnerin. Du solltest tot sein.«

Ana umklammerte ihr Gewehr fester und hob das Visier auf Augenhöhe. Sie legte den Finger auf den Abzug.

Michelle drehte den Kopf und öffnete die Augen. Dann fing sie an zu sprechen.

Ana drückte lange genug auf den Abzug, um Michelle zum Schweigen zu bringen. Die Frau zuckte reflexartig, versteifte sich und entspannte sich dann wieder, als würde ihr Körper im Boden versinken.

Penny fing nun doch an zu weinen und ließ ihre Flasche fallen. Sie rollte über den Boden und blieb in der Nähe von Michelles Füßen liegen.

Ana hörte das Weinen des Babys, aber es bedeutete ihr in diesem Augenblick nichts. Sie stand gerade über ihrem letzten Opfer. Als sie an diesem Morgen aufgewacht war, hatte sie noch nie einem Menschen das Leben genommen, jetzt hatte sie schon sechs, vielleicht sieben Tote auf dem Konto. Michelle zu töten war viel zu einfach gewesen. Sie hatte nicht einmal gezögert.

Ana stand in der Dunkelheit da und sah zu, wie das Blut aus dem Körper der Frau floss. Auf dem Boden erschien es als schwarze Flüssigkeit. Dann traf es sie plötzlich wie ein Schlag: Das Tier in der Ecke! Sie wusste jetzt, was es war.

Sie suchte den Boden nach der Taschenlampe ab. Michelle hatte sie fallen gelassen oder von sich geworfen, als sie Ana angegriffen hatte. Ana fand sie und betätigte mit dem Daumen den Schalter. Ein hell-weißer LED-Strahl leuchtete auf.

Sie ließ das Licht im Raum umherwandern. Die herumliegende Kleidung und die Haufen aus Knochen und verwesendem Fleisch wimmelten von Fliegen. Ein saurer Geschmack stieg in ihrem schmerzenden Hals auf. Sie ging in Richtung des Tierkadavers neben der Tür.

Ihre Hand zitterte, als sie das Licht langsam auf das halb aufgegessene Tier richtete … nur, dass das teilweise bekleidete Wesen, das sie in der Ecke fand, kein Tier war. Es war ein Mensch.

Ana beugte sich weit nach vorn und würgte, bis ihr Magen pulsierte. Jetzt erkannte sie auch den süßsauren Geruch, der Michelles Zuhause ausfüllte.

Es war der Geruch des Todes.

Ana schüttelte den Kopf, um die Übelkeit loszuwerden, wischte sich das Gesicht mit ihrem Hemd sauber und hob dann Penny hoch. Sie zog ihr schluchzendes Kind an ihre Brust und wiegte sie sanft hin und her. Sie strich mit der Hand über Pennys Hinterkopf und flüsterte ihrer Tochter durch die Tränen, die aus ihren Augen strömten, beruhigend ins Ohr.

***

Mit einer frisch gewickelten Penny, die in ihrem Kinderwagen saß und an ihrem Schnuller saugte, konzentrierte sich Ana wieder auf die Aufgabe, die vor ihr lag. Sie musste einen Weg nach Dallas finden.

Der Rastplatz war weitläufig. Das menschenleere Gelände hätte an sich schon merkwürdig auf Ana gewirkt, aber der Mangel an Menschlichkeit, den sie mit Michelle aus erster Hand erfahren hatte, machte die Sache noch unheimlicher.

Ana rollte Penny vor sich her, und irgendwie gelang es ihr, den Kinderwagen zu manövrieren, während sie gleichzeitig das Gewehr und die Taschenlampe in die Höhe hielt. Sie bewegte sich langsam auf dem Gelände des Rastplatzes in nördlicher

Richtung und suchte nach irgendetwas, das ihr helfen könnte, Dallas, dem Canyon, dem Walls und einem neuen Leben auf der Nordseite zumindest einen Schritt näher zu kommen.

Neben dem Hauptgebäude befand sich ein zweites, kleineres Haus. Es schienen die öffentlichen Toiletten zu sein. Ana blieb am Eingang stehen und knipste die Taschenlampe an. Es gab einen zerbrochenen Dr.-Pepper-Automaten, der an einem im Beton eingelassenen Metallhaken angekettet war. Zu beiden Seiten der Maschine befanden sich türlose Eingänge zu den Toiletten. Ana hatte allerdings kein gesteigertes Interesse daran, sie zu erkunden.

Sie verfluchte ihr Schicksal, als sie ein zweites größeres Gebäude erreichte und dahinter Geräusche vernahm, die nichts Gutes versprachen. Sie klangen allerdings nicht menschlich, also griff sie auch nicht nach ihrer Waffe.

Sie verlangsamte ihre Schritte und arbeitete sich Stück für Stück zur Ecke des Gebäudes vor, wo sich noch mehr Schmutz und Unkraut angesammelt hatten. Sie hielt die Taschenlampe in die Höhe, damit diese ihren Weg wie ein Scheinwerfer ausleuchtete.

Je lauter das Geräusch wurde, desto vertrauter kam es ihr vor. Vor Ana, das Maul im Grünzeug, stand ein Pferd! Dahinter gab es noch zwei weitere, und alle drei waren gesattelt. Keines davon schien von ihrer Anwesenheit, dem Licht oder Penny, die auf sie zeigte und laut losplapperte, erschreckt zu sein.

Ana war beileibe keine Reiterin. Seit dem Ausbruch der Krankheit hatte sie nicht einmal mehr auf einem Pferd gesessen, aber wenn sie noch irgendeine kleine Chance haben wollte, ihr Ziel zu erreichen, dann würde es auf dem Rücken eines dieser süßen Glückstierchen sein. Sie schloss die Augen und legte den Kopf zurück.

»Danke«, sagte sie leise und entschuldigte sich still dafür, dass sie ihr Schicksal einen Moment zuvor noch verflucht hatte. Sie war fest davon überzeugt, dass die Pferde ein Geschenk Gottes waren.

KAPITEL 25

26. Oktober 2037, 01:30 Uhr
Jahr fünf nach dem Ausbruch
Interstate 27, Tulia, Texas

Skinner zog seinen Kragen hoch und den Hut tief ins Gesicht. Nicht, dass es viel gebracht hätte. Der Sturm trieb den Regen unablässig vor sich her und ließ ihn auf Skinner und Grat Dalton einprasseln, während der Humvee durch Tulia, Texas, pflügte.

Sie hatten die Strecke nach Amarillo schon halb geschafft, und ohne den Sturm hätten sie den Canyon wie geplant vor Sonnenaufgang erreicht, doch stattdessen krochen sie im Schneckentempo den Highway entlang, was die Sintflut für Skinner und Dalton nur noch verschlimmerte. Beide saßen nämlich im hinteren, offenen Teil von Roofs Humvee.

Das Wasser sammelte sich in Skinners Stiefeln und quoll zwischen seinen Zehen hervor. Er warf einen Blick über die Schulter auf Roof, der in der trockenen Kabine saß und zog erneut an seinem Kragen.

»Das ist nicht gerade das, weshalb wir hier sind, was?«, sagte Dalton und versuchte dem grauenhaften Wetter etwas Leichtes abzugewinnen. »Ich meine, Krieg ist eine Sache, nass geregnet zu werden allerdings …« Dalton kicherte.

Doch Skinner war nicht an Small Talk interessiert. Einerseits, weil er nicht der Typ dafür war, andererseits, weil er momentan in Ruhe gelassen werden wollte.

Er war nie gut mit Menschen klargekommen. Er hatte nie viele Freunde gehabt. Selbst bevor die Seuche ausgebrochen war, hatte seine Interaktion mit Menschen darin bestanden,

Gefangene zu foltern und mit den Leuten umzugehen, die er in seinem Drogenhandel beschäftigte.

Der Ausbruch der Krankheit hatte für ihn ein exponentiell noch einsameres Dasein nach sich gezogen, abgesehen von Begegnungen mit Frauen in Stundenhotels und den Trupp-Bossen, die er kontrollierte. Es fühlte sich nicht großartig anders an, als in einer Gefängniskultur zu arbeiten.

Sein Zusammenprall mit Roof hatte seinen Wunsch nach Einsamkeit noch verstärkt, und er hatte ihm außerdem die Möglichkeit genommen, sich an einer Zigarette zu erfreuen. Seine geschwollene Zunge machte es ihm fast unmöglich, zu rauchen. Er war deshalb noch mürrischer als gewöhnlich und seine Hände zitterten.

»War nur Spaß«, sagte Dalton laut über das Trommeln des Regens hinweg. »Du meine Güte.«

Skinner sah den Soldaten an. Er schob seinen Hut zurück, sodass der Regen über sein Gesicht strömte, und suchte den Blickkontakt mit Daltons kleinen grünen Augen. Er hielt sie mit einem bösen Blick fest, was dem Jungen unmissverständlich zu verstehen gab, ab sofort die Klappe zu halten und ihn in Ruhe zu lassen.

Cyrus Skinner verspürte kein Bedürfnis danach, sich zu unterhalten. Dalton verstand es, senkte den Kopf wie ein gescholtener Hund, wischte sich den Regen aus den Augen und schmollte.

Skinner sah wieder über seine Schulter, dieses Mal an der Fahrertür vorbei und in den Sturm hinein. Die kalten Regentropfen prasselten wie brennende, kleine Kugeln in sein Gesicht. Er öffnete den Mund, streckte die Zunge heraus und fing die Tropfen auf.

Er schloss die Augen und genoss das kalte Wasser auf seinen wunden Stellen. Obwohl die einschlagenden Tropfen auf seiner Zunge schmerzten, linderten sie gleichzeitig den pochenden Schmerz.

Licht blitzte gegen seine geschlossenen Lider und er öffnete gerade noch rechtzeitig die Augen, um am Horizont einen gabelförmigen Blitz zu sehen. Violettes Nachglühen flackerte über den Himmel, dann grollte der Donner in der Ferne.

Skinner war beeindruckt von der Schönheit von etwas so Tödlichem. Ein Blitz, 53.540 Grad Fahrenheit heiß, machte aus einem Mann in Nullkommanichts ein Häufchen Asche. Aus einiger Entfernung war derselbe Blitz nicht weniger als ein Wunder.

Für die Krankheit galt dasselbe, dachte er. Rein wissenschaftlich war sie eine wunderschöne Verbindung aus Nukleinsäuren und Proteinen. Er hatte ein Modell davon im Fernsehen gesehen, bevor es praktisch jeden getötet hatte, den er kannte. Es hatte ausgesehen wie eine Löwenzahnblüte. Eine Löwenzahnblüte, die einen Mann in Nullkommanichts töten konnte.

Ein weiteres helles Flackern erleuchtete die dicke Wolkenschicht, die sich im Norden gebildet hatte. Der Donner war in dieser Entfernung nur noch als sanftes Vibrieren zu spüren.

Skinner schloss seinen Mund und drehte sich wieder in die Richtung, aus der sie gekommen waren, anstatt weiter den nördlichen Himmel zu bewundern, auf den sie zusteuerten. Genaugenommen sah aus der Ferne beides gut aus, vor allem im Dunkeln. Er lachte leise und dachte darüber nach, wie weitaus tödlicher beide aus der Nähe waren. Ein Gefühl der Bedrohung ließ das knappe Lachen verschwinden. Zum ersten Mal in seinem Leben fühlte Skinner, dass er sterblich war. Zum ersten Mal in seinem Leben fürchtete er den Tod. Er fragte sich, ob es daran lag, dass auch dieser unaufhaltsam näher rückte. Der Captain zog den Hut wieder ins Gesicht, lehnte sich mit dem Rücken gegen die Fahrerkabine des Humvee und schloss die Augen. Er musste sich jetzt unbedingt ausruhen. Es konnte das letzte Mal sein, dass er Gelegenheit dazu hatte.

Skinner wollte schließlich nicht als ein Mann sterben, der das Bedürfnis nach einem Nickerchen verspürte.

KAPITEL 26

26. Oktober 2037, 01:45 Uhr
Jahr fünf nach dem Ausbruch
Dallas, Texas

General Parrott Manuse sah den Eindringling, bevor er ihn hörte. Er saß in seinem Büro hinter seinem Schreibtisch und konnte nicht schlafen.

Er las gerade einen abgegriffenen, mit Eselsohren versehenen Ausdruck eines dreiunddreißig Jahre alten Armeehandbuchs mit dem Titel *FM -3-07.22 Counter Insurgency Operations*. Das Handbuch war eine nette Auffrischung für einen Mann, der seit dem letzten Gefecht mit den Dwellern vor zwei Jahren keinen Krieg mehr geführt hatte. Er las einen Abschnitt über den Einsatz von Konvois, als er in der peripheren Sicht über seine veraltete Lesebrille hinweg eine Bewegung wahrnahm.

Vom langen Flur aus führte ein einziger Eingang in sein Büro. Die Tür stand offen. Der Flur teilte sich an einer Kreuzung, die den Zugang zu verschiedenen Teilen von Manuses weitläufigem Anwesen ermöglichte. Im Gegensatz zu den anderen Generälen, die komfortable, aber bescheidene Unterkünfte gewählt hatten, saß Manuse in einem Monster, das so groß war wie vier Einfamilienhäuser.

Er legte das Handbuch beiseite und griff nach der Pistole unter seinem Schreibtisch, einer Glock neun Millimeter. Das Magazin war vollgeladen. Er legte die Waffe auf den Schreibtisch und hielt sie mit der Hand fest.

»Hoodoo?«, rief er laut, und seine Stimme hallte durch den Flur. »Bist du das?«

Hoodoo Brown war der Anführer des privaten Sicherheitsteams des Generals, das aus vier Männern bestand. Brown war der Beste. Er war absolut rücksichtslos gegen sich und gegen andere, wenn es um den Schutz des Generals ging.

»Hoodoo?« Niemand antwortete. Manuse durchsuchte sein Gedächtnis nach dem letzten Mal, als er etwas von seinem Sicherheitsteam gehört hatte. In Zeiten erhöhter Alarmbereitschaft sahen sie in der Regel jede halbe Stunde nach ihm.

Manuse saß einen Moment still an seinem Schreibtisch, die Glock in der Hand, und beobachtete die Tür, hinter der er die Bewegung wahrgenommen hatte. Er nahm seine Brille ab und rieb sich die Augen. Er fragte sich, ob er überhaupt etwas gesehen hatte, aber sein Bauch und die Haare in seinem Nacken sagten ihm, dass hier etwas ganz und gar nicht stimmte.

Er schaltete die dunkle Schreibtischlampe zu seiner Linken aus. Sie war das einzige Licht im Raum gewesen, deshalb war es jetzt stockdunkel. Er stemmte sich vom Schreibtisch hoch und ging geduckt ein Stück zur Seite, wobei seine alternden Kniegelenke leise knackten. Zwischen einer Ecke des Schreibtisches und einem großen, raumhohen Bücherregal ging er in Deckung.

Manuse war kein junger Mann mehr. Er bewegte seinen von der gebückten Haltung strapazierten Körper vorsichtig und versuchte die Beschwerden in seinem unteren Rücken zu lindern. Er konnte sich hier bestimmt nicht lange verstecken.

Das einzige Geräusch im Raum war das Ticken einer alten Standuhr an der gegenüberliegenden Wand. Das Messingpendel wiegte sanft hin und her und ließ den Minutenzeiger über die Sonne und den Mond des alten Zeitmessers gleiten. Pünktlich zur Viertelstunde schlug die Uhr einmal laut. Manuse erschreckte. Er verfluchte die Uhr stumm und veränderte erneut seine Position, um den Druck von seinem Rücken zu nehmen.

Für einige Minuten gab es keine weiteren Anzeichen eines Eindringlings. Manuse fragte sich, ob Hoodoo ihm vielleicht gesagt hatte, dass er irgendwohin gehen würde. Doch es gab keine Antwort; seine Erinnerung war getrübt im unzuverlässigen Nebel eines alten Geistes.

Manuse hatte sich beinahe von seiner eigenen Paranoia überzeugt, als er den Eindringling vor dem Büro hörte. Er vernahm ein Flüstern.

Der General schaute gerade noch rechtzeitig um die Ecke, um zwei dunkle Gestalten sehen zu können, die vom Flur aus in den Raum eindrangen. Er machte sich bereit und hob die Glock.

Doch bevor er den Abzug betätigen konnte, explodierte der Raum bereits in einem Feuerwerk von Schüssen. Die Eindringlinge durchlöcherten den Schreibtisch mit den Geschossen aus ihren Sturmgewehren. Glas zerbarst, Holzsplitter schossen durch die Luft. Es war ein ohrenbetäubender Angriff, der Manuse in seinem Versteck zusammenzucken ließ. Trotz seiner unkomfortablen Position auf dem Boden nahm er die Angreifer ins Visier und drückte wiederholt auf den Abzug. Einer der Eindringlinge zuckte zusammen und fiel zu Boden. Der andere richtete seine Waffe sofort auf Manuse. Eine Salve von Kugeln durchbohrte das Bücherregal zu seiner Rechten und zerriss die alten Bände mit dem nutzlos gewordenen Wissen.

Der General wich dem Sperrfeuer aus, rutschte zurück und kroch auf Knien zur anderen Seite des Schreibtisches. Ein plötzlicher, stechender Schmerz durchfuhr seinen Knöchel.

Er biss sich auf die Lippe, um nicht vor Schmerzen aufzuschreien, und lehnte sich gegen den Schreibtisch. Der Lauf eines Gewehrs tauchte unmittelbar vor seinem Gesicht auf.

»Lass die Waffe fallen, alter Mann«, sagte der Eindringling. »Es ist vorbei.«

Manuse ließ die Glock fallen und schob sie dem Eindringling langsam zu. Er legte sich auf den Bauch und breitete die Arme aus. »Ich bin verletzt«, sagte er und legte sein Gesicht auf den kalten Holzboden. »Mein Bein. Ich glaube, du hast mein Bein angeschossen.«

Der Eindringling griff nach der Schreibtischlampe und zog an der Schnur. Manuse konnte die Stiefel des Mannes vor sich sehen. Der rote Überzug, der aus den Stiefelschäften herausragte, kam ihm irgendwie bekannt vor, aber er konnte ihn nicht einordnen.

Der Eindringling bückte sich und legte den Kopf schief, damit Manuse ihm in die Augen sehen konnte. Auf dem Gesicht des Eindringlings lag ein breites Lächeln.

»Hast du irgendwelche letzten Worte, General?«, fragte Hoodoo Brown. »Irgendwas, das du noch sagen möchtest?«

Manuse spürte, wie die Mündung seiner eigenen Waffe gegen seine Schläfe drückte. Er kniff die Augen zusammen und vergaß den brennenden Schmerz in seinem Knöchel kurzzeitig. »Warum?«, fragte er Hoodoo. »Warum machst du das?«

»Ich bin ein Dweller«, erklärte er. »Deshalb.«

Manuse schluckte schwer und sein Adamsapfel hüpfte in seiner Kehle. Ein breiiger Überrest seines Mittagessens fand seinen Weg in seinen Mund. Der General kniff die Augen zusammen und spuckte ihn auf Hoodoos schwarzen Stiefel.

»Ein Dweller?«, fragte Manuse ungläubig. »Du verficktes …«

Hoodoo unterbrach ihn mit der Glock. Zweimal.

Dann stand der Wachmann auf und zog ein Satellitentelefon aus der Gesäßtasche. Nachdem er die Nummer eingetippt hatte, hielt er das Telefon ans Ohr.

»Paagal? Manuse ist tot. Der Metroplex-Aufstand hat begonnen.« Er hörte Paagals Anweisungen zu, legte auf, steckte das Telefon in die Tasche und ging zu seinem Mitverschwörer, der tot auf dem Boden lag. Hoodoo bückte sich und hob das Gewehr des Mannes auf. Mit einer Waffe in jeder Hand verließ er das Büro und betrat den Flur.

Hoodoo hatte nun viel zu tun. Den General zu töten war nur der erste Schritt von vielen gewesen. Das Chaos auf den Straßen nahm immer mehr zu. Hoodoo hatte Paagal versprochen, dass er seinen Teil dazu beitragen würde.

KAPITEL 27

26. Oktober 2037, 02:15 Uhr
Jahr fünf nach dem Ausbruch
Palo Duro Canyon, Texas

Der Sturm war abgeklungen.

Der Regenschauer war intensiv aber kurz gewesen. Das Gewitter war nach Süden weitergezogen. In der Ferne waren immer noch Blitze zu sehen, und stark verzögert war auch das Donnergrollen zu hören. Ein stetiger, kalter Wind war dem Sturm gefolgt. Es war ein feuchter Wind, der durch Battles nasse Kleidung fuhr und seinen Körper gefühlt gefrieren ließ. Er rieb sich mit den Daumen über die Spitzen seiner vor andauernder Nässe aufgequollenen Finger. Er war bis auf die Knochen durchnässt.

Er sah die anderen an. Auch sie machten finstere Gesichter, runzelten die Stirn und hatten die Schultern hochgezogen.

Canton war am schlimmsten dran, denn er war immer noch an den Baum gefesselt und hatte dem Sturm und den unerbittlichen Fragen des Dwellers getrotzt.

Soweit Battle es beurteilen konnte, hatte Frank Canton ihnen alles erzählt, was er über den Schlachtplan des Kartells wusste. Sie hatten erfahren, dass Canton bei vielen wichtigen Besprechungen dabei gewesen war, bei denen Roof und die anderen Generäle über Strategien gesprochen hatten. Canton war eine geheimdienstliche Goldmine. Battle und der Dweller, der das Verhör führte, hatten nur ein wenig graben müssen, um die Nuggets zu finden.

Sie wussten von Paagal, dass Logan tot war. Dasselbe galt für Manuse. Damit war Roof der einzige noch lebende General.

Auch er wäre längst tot, wenn er nicht entschieden hätte, sein Quartier in Lubbock aufzuschlagen. Die Dweller hatten in Lubbock nämlich keine Anhänger und somit auch keinen Einfluss. Lubbock war die Drehscheibe des illegalen Handels des Kartells, und ihre Anstrengungen, die Strukturen dort zu infiltrieren, waren wiederholt gescheitert. Die Soldaten und Bosse, die dort arbeiteten, hatten sich als über alle Maßen loyal herausgestellt.

Der Dweller berichtete Paagal, dass sie alles, was sie aus Canton herausholen konnten, ausgeschöpft hatten. Aber sie hatte mehr gewollt. Sie hatte darauf bestanden, dass noch Zeit war, bevor der Angriff begann, der Canton zufolge in mehreren Wellen kurz nach Sonnenaufgang geplant war.

Er hatte ihnen verraten, dass das Kartell sie an allen Fronten zugleich angreifen würde. Welle um Welle würde der Angriff rollen, bis sie schließlich besiegt waren. Paagal hörte aufmerksam zu und nahm in ihrem Kopf bereits in dem Moment taktische Anpassungen an ihrem Gegenplan vor.

»Was kannst du uns über Roof erzählen?«, fragte der Dweller. »Was hat er vor dem Ausbruch der Krankheit gemacht?«

Canton war offensichtlich erschöpft. Er war sogar außerstande, seinen Kopf zu heben. Seine Worte waren praktisch unhörbar. Der Dweller musste sein Ohr ganz dicht an den Mund des Kartell-Bosses halten, um verstehen zu können, was er sagte.

»Er war Soldat«, sagte Canton.

»Ein Soldat?«, fragte der Dweller überrascht. »In der Army?«

Canton leckte sich über die trockenen Lippen und nickte. »Army.« Er hustete. »Syrien.«

Das Interesse von Battle war nun ebenfalls geweckt. »Er hat in Syrien gedient?« Er kam hinter dem Baum hervor und stellte sich neben den Dweller.

Canton nickte erneut. »Dann war er ein Drogendealer. Hat das Kartell aufgebaut.« Sein Körper erschlaffte und er zuckte zusammen, als die Fesseln an seinen verletzten, rohen Handgelenken zogen.

»Er war Soldat und Drogendealer?«, fragte der Dweller.

Canton versuchte seinen Kopf zu heben, scheiterte aber erneut. Er flüsterte etwas.

»Was?«, fragte der Dweller. »Ich kann dich nicht verstehen.«

Cantons Kinn sackte auf seine Brust und sein Kopf rollte zur Seite. Er war bewusstlos.

Der Dweller sah Battle an. »Weck ihn auf.«

Battle seufzte und trat auf den Boss zu. Er nahm das Gesicht des Mannes in eine Hand und schlug ihn mit der anderen.

Canton schnappte nach Luft. Sein Kopf zuckte nach hinten und schlug gegen den Baum. Seine Augen flatterten. »Drogen«, flüsterte er. »Er hat mit Drogen gedealt.«

Battle stellte sich neben den Gefangenen und sprach leise in sein Ohr. »Woher weißt du, dass er in Syrien gedient hat?«

»Gerüchte«, sagte Canton. »Er hat eine Erkennungsmarke getragen.«

Battle blieb hartnäckig. »Was ist in Syrien passiert?«

»Sie sagen, er wäre fast gestorben in Syrien. Sie sagen, Elmo hätte ihn beinahe umgebracht.«

Battle wich zurück, hinter den Dweller und auch hinter Paagal, wobei er ihre Blicke bewusst ignorierte. Der Wind peitschte den Schwanz des Sturms, der an ihnen vorüberzog, durch den Canyon.

Er blieb an einer Stelle stehen, an der sich der Wasserlauf verbreiterte, blickte auf das verzerrte Spiegelbild des Mondes im Wasser herab und versuchte seine Gedanken zu ordnen.

Das konnte nicht sein … oder doch?

Zehntausende von Soldaten hatten in Syrien gedient. Vielleicht waren es sogar mehr als hunderttausend gewesen, die die große Tour gemacht hatten. Es konnte alles oder nichts bedeuten.

Viele ehemalige Soldaten hatten sich möglicherweise danach der gewinnbringenden Welt des Drogenhandels oder anderer illegaler Tätigkeiten zugewandt. Die Möglichkeiten, einer ehrlichen Arbeit nachzugehen, waren schließlich begrenzt gewesen. Nur Männer mit makellosen Unterlagen bekamen anschließend einen Beratungsjob, wie Battle ihn bekommen hatte. Roofs Einsatz in Syrien hatte ihn nicht gerade zu einem außergewöhnlichen Mitarbeiter gemacht.

Während des Syrienkrieges waren viele Männer gestorben und unzählige schwer verletzt worden. Auch das hob Roof nicht von den anderen ab.

Aber da war noch Elmo, die quietschend rote Puppe mit der großen Nase aus der Muppet-Show. Das war der Aufhänger. Das war das Entscheidende, das Battle einfach nicht auf dem Stapel *Zufall* ablegen konnte.

Battle stand am Rande des Wassers und geriet ins Wanken. Der Regen hatte den Bach anschwellen lassen, der in seinem Lauf durch den Canyon mäanderte und sich seinen Weg durch das unwirtliche Gelände suchte.

»Du hättest ihn sterben lassen sollen«, sagte nun Sylvias Stimme. »Dann wärst du vielleicht immer noch zu Hause … du wärst bei uns.«

Battle fuhr sich mit den Händen durch die Haare. Er biss die Zähne zusammen. »Du hast mir gesagt, ich soll gehen«, sagte er zu Sylvia. »Du wolltest, dass ich weitermache.«

»Weil es die Umstände so erforderten, Marcus«, antwortete sie. »Wenn du Rufus Buck in Syrien hättest sterben lassen, gäbe es das Kartell nicht, und du hättest unser Zuhause nicht verlassen müssen.«

Battle versuchte dieser Überlegung zu folgen. »Aber wenn ich ihn hätte sterben lassen«, argumentierte er, »hätte ich Nizar nie getroffen, und ich hätte nie verstanden, wie notwendig es war, sich auf das Ende der Welt vorzubereiten. Ich …«

»Nichts davon war von Bedeutung, oder?«, fragte Sylvia. »Deine Vorbereitungen, deine Vorräte, deine Regeln. Nichts davon war von Bedeutung.«

Battle hockte sich ganz nah an den Bach. Das Wasser war tief genug, dass er den Mond über seiner Schulter sehen konnte. Sein eigenes schmutziges Spiegelbild starrte ihn an. »Also, was sagst du?«

Sylvias Bild tauchte im Wasser auf und verdrängte sein eigenes. Sie war so schön, wie er sich an sie erinnerte. Sie sah genauso aus wie auf dem Foto, das er in seiner Tasche trug, das Foto, für das er sein Leben riskiert hatte, um es vor dem Feuer zu retten, das vor zwei Wochen ihr Haus verzehrt hatte.

»Ich sage gar nichts, Marcus«, antwortete sie ihm. »Ich bin nicht einmal hier. Meine Stimme ist deine Stimme. Du weißt das. Du weißt, dass ich dir nur die Dinge erzähle, die du dir selbst nicht eingestehen willst.«

Battle tauchte seine Finger in das kalte fließende Wasser. Kleine Wellen liefen nach außen und verzerrten Sylvias Gesicht. Als sich das Wasser wieder beruhigt hatte, lächelte ihn ein anderes Gesicht an. Sylvia war verschwunden. Das Gesicht, das sich nun im Wasser spiegelte, war das von Lola.

Battle kniff die Augen zusammen und bewegte seine Finger heftiger im Wasser, um sie auszulöschen, doch es gelang ihm nicht. Sie war tatsächlich da.

»Du bist nicht verrückt, Marcus«, flüsterte sie, und ihre Stimme vermischte sich mit dem Rauschen des Wassers. »Aber wenn du dir nicht verzeihst, was du getan oder was du unterlassen hast, wirst du noch wahnsinnig werden vor lauter Trauer und Bedauern.«

Battle hob seine kalten, zitternden Hände vor sein Gesicht und schluchzte leise. Seine Tränen vermischten sich mit dem Bachwasser und dem Regenwasser, das von seinen Haaren tropfte. Sein Oberkörper zitterte, als er weinte.

Er weinte wegen seiner Fehler, wegen seiner Fehleinschätzungen und wegen seiner Arroganz. Er trauerte um den Syrer namens Nizar, der sein eigenes Leben geopfert hatte, um ihn und Rufus Buck in Sicherheit zu bringen, um die Gläubige, die seinen Sohn und seine Frau mit der Krankheit infiziert hatte, und wegen seiner Unfähigkeit, sie zu beschützen. Er vergoss Tränen für Sylvia und Sawyer, für Lolas Ehemann und für Pico. Er weinte um sich selbst, und wegen seines eigenen Mangels an Menschlichkeit und wegen des Verlusts seines Glaubens.

Die plötzliche Erkenntnis, dass Rufus Buck General Roof war, war der Schlag in die Magengrube, den Marcus Battle gebraucht hatte. Es machte ihm klar, was seine Aufgabe war … und zurückzublicken gehörte nicht dazu.

Er würde seine Frau und seinen Sohn sein ganzes Leben lang vermissen. Wenn er jemals zu ihrem Haus zurückkehren würde, würde er ihre Gräber besuchen. Aber am Rande des ansteigenden Baches beschloss er, den Mann, der er gewesen war, endlich hinter sich zu lassen.

Wenn er in dieser neuen Welt leben und überleben wollte, musste er seine bisherige Gedankenwelt zurücklassen. Er musste lernen, wieder zu vertrauen. Er würde Freude an den Orten und bei den Menschen finden müssen, wo sie noch existierte, und sich Glück schmieden, wo es eigentlich keines gab. Er musste wieder lieben.

Vor allem aber musste er den Mann töten, der das Kartell geschaffen hatte.

KAPITEL 28

26. Oktober 2037, 03:55 Uhr
Jahr fünf nach dem Ausbruch
Dallas, Texas

Ana riss mit den Zähnen ein Stück Beef Jerky ab. Es war trocken und ledrig, aber sie hatte unglaublichen Hunger. Es war ihr vierter Streifen, der letzte in der Satteltasche, die an ihrem Pferd befestigt war. Dazu hatte das Pferd noch ein paar Feldflaschen, eine zusammengerollte Decke und einen Smith & Wesson .357 Double Action Revolver mit einem Beutel voller Munition dabeigehabt.

Über sechzig Meilen hatte sie schon auf dem Pferderücken auf dem Highway zurückgelegt, wobei es ihr irgendwie gelungen war, den gut trainierten Schecken mit gleichmäßiger Geschwindigkeit voranzutreiben. Ein paar Mal wäre sie beinahe runtergefallen und hatte es nur knapp geschafft, das Gleichgewicht zu halten.

Penny hing auf ihrer Brust. Das rhythmische Hüpfen auf dem Rücken des Pferdes hatte das Baby rasch wieder einschlafen lassen. Nach all ihrem Unglück am vergangenen Tag war Pennys Erschöpfung ein wahrer Segen.

Ana hatte das Kind in den Rucksack gesteckt, in dem sonst die Babyutensilien verstaut waren. Sie hatte die Vaseline und die Windeln stattdessen in die Satteltasche gestopft, und mit einem Klappmesser, das sie bei einem der anderen Pferde gefunden hatte, zwei Löcher für die Beine in den Boden des Rucksacks geschnitten.

Mit festgezogenen Gurten trug sie den Rucksack jetzt auf ihrer Brust. Darin saß ihr Baby und sah nach vorne, die Beine baumelten in den Löchern.

Ana konnte Dallas schon von Weitem sehen, denn es gab noch Strom in der Stadt. Sie konnte erkennen, wie die Lichter flackerten, aus- und wieder angingen. Sie fragte sich, ob es ein Trugbild war oder ob die Elektrizität tatsächlich genauso sprunghaft wie in Houston war.

Das Pferd behielt sein konstantes Tempo bei und klapperte auf seinen Hufeisen auf dem Highway in Richtung Stadt. Ana fragte sich, ob es besser wäre, die Stadt zu umgehen, aber der direkte Weg war nun mal der schnellste zu ihrem Ziel. Zu Pferd würde sie noch ungefähr fünfzehn Stunden unterwegs sein. Wenn sie auf dem Highway blieb, würde es für sie und Penny schon gut ausgehen.

Als sie näherkam, betrachtete sie die schimmernde Stadt auf ihrer linken Seite. Der Blick war nicht so beeindruckend wie der auf die Skyline von Houston, auch wenn dort der Verfall schon weiter fortgeschritten war. Ana streichelte Pennys auf und ab hüpfenden Kopf und tastete nach den feinen, weichen Haarsträhnen. Sie hielt den Blick nach vorn gerichtet und holte mit ihrer Zunge die restlichen Fleischfetzen aus ihren Zähnen.

Der Highway verlief zwanzig Fuß über dem Boden. Über ihr befanden sich die Überreste eines Hinweisschilds. Es war gebogen und unten gerissen.

Ana kurbelte an der Taschenlampe und zielte mit dem Lichtstrahl auf die reflektierende grüne Fläche des Schilds. Immer wieder hatte sie das Licht benutzt, um sicherzugehen, dass sie auch tatsächlich in die richtige Richtung unterwegs war.

Auf dem Schild stand BRYAN STREET. Der Straßenname sagte Ana nichts, denn sie war nicht aus Dallas und hatte dort kaum Zeit verbracht, außer wenn Logan sie mal mitgenommen hatte, um sich Motorräder anzusehen.

Es gab Einheiten des Kartells, die hocheffiziente Motorräder einsetzten, um Nachrichten und wichtige Gegenstände zu übermitteln. Es funktionierte wie der damalige Pony Express, hatte Logan ihr erklärt.

Die Dweller hatten ihr immer gesagt, dass die Motorradbanden skrupellose Verbrecher waren. Sie waren Botenjungen und -mädchen, aber auch skrupellose Mörder, die die Wildnis von Nord- und West-Texas schneller durchqueren konnten als Reiter und flexibler waren als Humvees oder Pick-ups. Üblicherweise blieben sie dicht in der Nähe des Walls und fuhren in Gruppen.

Bei jedem Schritt des Pferdes hüpfte Ana im Sattel auf und ab. Um in den Galopp gehen zu können, war sie mit Pferden nicht gut genug vertraut. Wenn es ihr jedoch gelang, ein Motorrad zu finden, konnte sie es vielleicht tatsächlich bis nach Palo Duro schaffen, bevor es zu spät war. Es war allerdings ziemlich unwahrscheinlich und gleichzeitig ein hohes Risiko. Sie erinnerte sich kaum noch daran, an welchen Orten der Stadt sie mit Logan gewesen war.

Ana stieß die Fersen in die Seiten des Pferdes und es nahm Tempo auf, nachdem es durch ein Schnauben signalisiert hatte, das ihm das eigentlich nicht recht war. Sie las die Straßenschilder, unter denen sie hindurchritten. Doch nichts kam ihr bekannt vor.

Sie holte tief Luft und nahm die nächste Ausfahrt in die Stadt. Vielleicht würde sie in den Straßen eher erkennen, wo sie die Motorräder gesehen hatte.

Kaum hatte sie es hinunter in die Stadt geschafft, bereute sie es auch schon, denn Schüsse erklangen in nächster Nähe. Männer und Frauen schrien, Kinder weinten. Die Geräusche hallten zwischen den hohen Gebäuden wider, die die Straßen säumten.

Ana roch Rauch, der sie an brennende Autoreifen erinnerte. Sie zog ihr Hemd über die Nase und legte eine Stoffwindel über den Kopf ihres schlafenden Babys. Der scharfe Rauch stach ihr in den Augen. Sie zog an den Zügeln, um das Pferd langsamer gehen zu lassen, und rieb ihm beruhigend über den Hals.

An einer Kreuzung zwei Blocks entfernt rannte ein brennender Mann auf die Straße. Heulend sackte er auf die Knie und rollte sich auf dem Boden hin und her, um die Flammen zu löschen. Die drei Männer, die ihm folgten, befreiten ihn mit nicht gerade sparsam abgefeuerten Schüssen aus seinem Elend.

Ana wusste nicht, wer hier wer war. *Gewann gerade das Kartell? Oder waren die Dweller kurz davor, die Kontrolle über die Stadt zu übernehmen?*

Aber eigentlich war das auch egal, denn beide Seiten waren ihre Feinde.

Einer der Männer an der Kreuzung zeigte jetzt auf Ana und die anderen folgten seinem Blick. Sie waren zu weit entfernt, als dass sie ihre Gesichter sehen konnte. Auch das Licht der schwachen Straßenlaternen, die der Straße einen gelben Schimmer verliehen, gab keinen Hinweis darauf, wer sie waren.

Ana stoppte das Pferd und versuchte es dazu zu bringen, sich umzudrehen. Die Männer brüllten. Zwei von ihnen rannten auf sie zu.

Ana zog an den Zügeln und riss den Kopf des Pferdes nach links, doch es widersetzte sich. Penny hob ihren Kopf und zog die Windel von ihrem Gesicht. Sie holte tief Luft und fing an zu weinen.

Die Männer kamen immer näher. Das Pferd ging langsam rückwärts und schnaubte, wobei es heftig den Kopf schüttelte. Ana versuchte die Zügel nach rechts zu ziehen und die Fersen in die Seiten des Tieres zu rammen. Wieder nichts.

Pennys Weinen wurde immer lauter, als hätte sie an einem Knopf gedreht und die Lautstärke aufgedreht. Ana warf sich zurück und zog wieder an den Zügeln.

Einer der Männer rief jetzt: »Wer bist du? Hey! Stehenbleiben!«

Sie kamen näher. Jetzt waren sie weniger als einen Block von ihr entfernt.

»Sie hat ein Baby!«, schrie einer von ihnen.

»Erschießt sie nicht«, rief ein anderer.

Doch es war zu spät.

Einer der beiden anderen feuerte ein paar Schüsse ab. Keiner von ihnen traf Ana, Penny oder das Pferd, aber es erschreckte alle drei.

Das Pferd stellte sich daraufhin auf die Hinterbeine. Ana griff entsetzt nach dem Sattelhorn, als sie nach hinten zu rutschen drohte. Pennys Gewicht zog Ana auf die Seite und es gelang ihr nur mit Mühe, sich im Sattel zu halten.

Das Pferd ging wieder auf alle vier Hufe und galoppierte dann direkt auf die drei Männer zu. Sie machten einen weiten Bogen um das Tier.

Ana, Penny und ihr Reittier stürmten an den Männern vorbei, ohne dass einer der drei einen weiteren Schuss abfeuerte, während Ana weiter alle Hände voll damit zu tun hatte, im Sattel zu bleiben. Penny weinte immer heftiger, als sie in rasendem Ritt mehr und mehr Abstand zwischen sich und das tödliche Trio legten und immer tiefer ins Chaos eindrangen.

Das Pferd wurde kurz langsamer, um nach links abzubiegen, und beschleunigte dann wieder, als es aus der Kurve herauskam. Ana klammerte sich fest und kämpfte gegen die Trägheit der Masse an, die sie herunterzuziehen drohte, während das Tier die Straße entlang galoppierte. Sie ritten an grotesken Szenen vorbei, die sich an den Ecken abspielten und an finsteren Gestalten, die aus den Türen auf die Straße liefen. Überall gab es Gewalt, die in der Unschärfe verschwamm.

Ana zerrte an den Zügeln und versuchte noch einmal das Pferd zu verlangsamen und Geschwindigkeit und Richtung zu kontrollieren, aber es zog weiter vorwärts und schnaufte durch die aufgerissenen Nüstern, bis es müde und langsamer wurde, ohne dass Ana darauf einen Einfluss hatte.

Penny weinte immer noch. Ihr Wehklagen wurde von tiefen, unregelmäßigen Atemzügen unterbrochen. Ana zog sie an ihre Brust, legte ihre Hand um sie und flüsterte in ihr Ohr.

»Es ist alles okay, Baby«, gurrte sie. »Psst. Psst. Ist schon in Ordnung. Alles gut.«

Penny ruderte mit den Armen und traf Ana mit der Hand im Gesicht, wobei ein Finger ihre Mutter genau ins Auge traf. Ana zuckte reflexartig zurück und hielt die Hand aufs Auge.

Als sie die Tränen weggeblinzelt hatte, bemerkte sie zu ihrer Rechten plötzlich ein weißes Gebäude mit einer hellroten Markise. Über der Markise befand sich eine lange Tafel mit dem Namen des Geschäfts *DUCATI AMS DALLAS.*

Es war tatsächlich ein Motorradhändler. Ana rieb sich die Augen und lächelte. Sie blickte über ihre Schulter zurück und stellte fest, dass sie ausreichend Abstand von der Schlacht in der Innenstadt zu haben schien.

Sie führte das Pferd zu einem hölzernen Strommast am Rand des abgedunkelten Ausstellungsraums, sprang vorsichtig von dem Tier herunter und band es mit den Zügeln an. Dann nahm sie eine Feldflasche und eine Schüssel aus einer der Satteltaschen. Sie goss Wasser in die Schüssel und stellte es vor dem Pferd auf den Boden.

Sie selbst trank ebenfalls einen Schluck Wasser, bevor sie die Flasche wieder in die Satteltasche steckte. Die .357er steckte in ihrem Hosenbund. Das Sturmgewehr war in einer provisorischen Tasche unter dem Sattel festgeschnallt. Sie sah es an und überlegte, ob sie es mitnehmen sollte, entschied sich dann aber dagegen. Mit der .357er hatte sie sechs Schüsse. Entweder reichte das aus oder sie waren ohnehin verloren.

Penny schrie jetzt nicht mehr so laut, wimmerte aber beständig. Ana drehte die Kurbel an der Taschenlampe und richtete das Licht auf die Glasfenster, die den größten Teil der einstöckigen Fassade bedeckten. Die getönten Fensterscheiben reflektierten den LED-Strahl. Sie konnte nichts im Inneren erkennen. Sie musste also einen Weg hineinfinden und hoffen, dass dort eine schnellere, weniger gereizte Art des Transports auf sie wartete.

KAPITEL 29

26. Oktober 2037, 04:35 Uhr
Jahr fünf nach dem Ausbruch
FM 1541, 12 Meilen westlich des Palo Duro Canyons, Texas

Die Gewehrschüsse trafen die Frontscheibe des Humvee. Zwei von ihnen fanden ihren Weg in Porkys Brust. Er blickte mit großen, verwirrten Augen und mit offenem Mund auf Roof. Seine Hände rutschten vom Lenkrad und sein rechter Fuß ließ sein Gewicht auf das Gaspedal sinken, als er in seinem Sitz zusammensackte.

Roof duckte sich beim Geräusch von zersplitterndem Glas und griff nach seiner SCAR-17, die auf dem Boden lag. Er steckte zwischen dem harten Armaturenbrett und seinem Sitz fest, während der Humvee hin und her schleuderte und gleichzeitig beschleunigte.

Das Gewehrfeuer verlagerte sich jetzt vom Fahrzeug aus gesehen von zwölf Uhr auf neun Uhr, bis Roof plötzlich heftig gegen das Armaturenbrett geschleudert wurde. Er blickte gerade noch rechtzeitig auf, um zu sehen, wie Porkys schlaffer Körper sich verdrehte und durch die Windschutzscheibe nach vorn schoss. Doch die Füße des Soldaten verfingen sich am Lenkrad und hielten seinen Körper am Fahrzeug fest.

Roof sah sich um und versuchte sich vom Boden zu lösen. Er bemerkte, dass Skinner hinten auf dem Humvee stand und das Feuer erwiderte. Dalton stand mit dem Rücken zu Skinner und entlud seine Waffe in die entgegengesetzte Richtung.

Der Humvee wurde jetzt gegen eine Baumgruppe aus hohen roten Zedern geschleudert, die zwischen der Farm-to-Market-Road und zwei Fahrspuren standen, die parallel zum Highway verliefen, bevor sie mit einer scharfen Biegung nach rechts in Richtung Canyon verliefen. Roof rappelte sich auf und trat gegen die Beifahrertür, die sich nicht mehr vollständig öffnen ließ. Trotzdem gelang es ihm, sich in den schmalen Spalt zwischen der Tür und dem Rahmen des Humvee zu zwängen. Seine SCAR-17 zog er hinter sich her. Einer der niedrig hängenden Äste war zwischen der Tür und einem anderen Baum eingeklemmt. Roof schob sich über den Ast und holte sich dabei zahlreiche Kratzer im Gesicht.

Das andauernde Feuer der Angreifer war ohrenbetäubend. Sie waren nah und sie waren schwer bewaffnet. Auf der Beifahrerseite des Fahrzeugs war kein Platz, um in Deckung zu gehen.

Roof senkte den Kopf, verlor dabei seinen Hut und kroch zuerst zum Heck des Humvee und dann unter das Fahrzeug. Das Gewehr zog er mit sich in den Schlamm. Er positionierte sich anschließend zwischen den Reifen auf der Fahrerseite, hielt das Gewehr fest an der Brust und rollte sich seitwärts mitten in den Kampf hinein.

Er blieb neben dem Humvee auf dem Bauch liegen, stützte sich auf die Ellenbogen und suchte nach der Quelle des feindlichen Feuers. Geradeaus bemerkte er Mündungsfeuer, das zehn Fuß über dem Boden aufblitzte. Es kam vom Dach eines Gebäudes oder eines Schuppens. Roof richtete das Gewehr aus, zielte und feuerte. Ein einziger Feuerstoß mit .308er Projektilen machte der Bedrohung ein Ende.

Eine Abfolge von Mündungsblitzen erleuchtete die Umgebung so weit, dass Roof jetzt außerdem eine Gruppe von Gebäuden auf der anderen Seite der Farm-to-Market-Road erkennen konnte. Er vermutete, dass es dort noch fünf weitere feindliche Ziele gab. Das gegnerische Mündungsfeuer ging allerdings ineinander über, sodass er ihre genaue Position nicht bestimmen konnte. Er konnte es sich aber nicht leisten, die restlichen zwanzig Patronen, die noch in seinem Gewehr steckten, zu verschwenden. Eine Salve verfehlte ihn nur knapp und schlug links neben ihm ein.

Roof warf einen Blick über seine linke Schulter. Skinner und Dalton hielten ihre Positionen vom Humvee aus, wobei sie die Seitenwand als Deckung nutzten. Aus den Augenwinkeln entdeckte er ungefähr in Bodennähe die Position eines einzelnen Blitzes. Roof konnte leider nicht erkennen, ob das Ziel ganz oder teilweise im Schussfeld war.

Er wartete auf einen weiteren Blitz von derselben Stelle. Sein Finger ruhte auf dem zweistufigen Abzug des SCAR-17. Er übte leichten Druck auf den Abzug aus und nahm sein potenzielles Ziel in den Fokus.

Das Mündungsfeuer des Gegners war in Roofs Visier perfekt zu erkennen. Er zog den Abzug komplett durch und die Patrone Kaliber .308 explodierte. Mit einer Geschwindigkeit von über zweihundert Fuß pro Sekunde verließ das Geschoss den Gewehrlauf. Roof feuerte eine zweite Runde und wartete dann.

Ob er sein Ziel getroffen hatte, konnte er nicht erkennen, aber innerhalb der nächsten dreißig Sekunden sah er zumindest keinen weiteren Blitz mehr aufleuchten. Die Dissonanz der Feuergefechte verlor allmählich an Frequenz und Lautstärke. Offenbar töteten sie die Dweller, einen nach dem anderen.

Ein weiterer Kugelhagel schlug nahe bei Roof ein, verfehlte ihn jedoch. Er schaute noch einmal über seine Schulter. Dalton kauerte hinten auf dem Humvee und nur seine Augen und seine Nase ragten über den Rand der Seitenwand.

Skinner war nicht zu sehen. Roof suchte mit einem Rundumblick die Umgebung ab, konnte ihn aber nicht entdecken.

Als er sich wieder auf die verbliebenen Gegner zu konzentrieren versuchte, sah er auf seiner linken Seite eine Gestalt auf die Gebäude zu rennen.

Roof rappelte sich auf, umfasste das Gewehr mit zwei Händen und jagte Skinner hinterher. Die Schüsse sirrten an Roof vorbei, der Zickzack lief, damit er schwerer zu treffen war.

Skinner stoppte hinter einem Schuppen am Rande des Highways. Er lehnte sich mit dem Rücken an den rostigen Metallrahmen und winkte Roof zu sich.

Roof zog den Kopf ein und rannte so schnell, wie es sein krankes Bein zuließ, zu ihm. Irgendwie schaffte er es lebendig hinter den Schuppen. Rechts von Skinner setzte er sich auf den Boden und lehnte sich mit dem Rücken an das schiefe Gebäude.

Er sah zurück zu dem Humvee, wo ab und zu Blitze auf Daltons Position in der Dunkelheit auftauchten. Der Junge gab nicht auf. Wahrscheinlich verschwendete er viel zu viel wertvolle Munition, aber er hatte immerhin die richtige Einstellung.

Roof stupste Skinner an. »Es sind vielleicht noch drei Männer«, schätzte er. »Schwer zu sagen.«

Skinner duckte sich tief nach unten und spähte um die Ecke hinüber zu den größeren Gebäuden. Ohne sich zu Roof umzudrehen, hielt er zwei Finger in die Höhe, dann zeigte er mit dem Zeigefinger nach oben, bevor er kurz darauf nach unten zeigte.

Roof verstand, dass noch zwei Dweller übrig waren. Einer war irgendwo oben, vielleicht auf einem Gebäude. Der andere hatte am Boden Position bezogen.

Er hockte sich neben Skinner. »Ich übernehme den Dweller oben. Sie schnappen sich den unten.«

Skinner drehte sich um. Die Spitze seiner Zunge ragte zwischen seinen Lippen hervor. Er nickte und stand auf. Roof wollte ihm gerade noch einen Hinweis geben, als der Captain aus der Deckung des Schuppens hervorstürmte und aus der Sicht des Generals verschwand.

Roof näherte sich der Ecke und spähte um sie herum. Er suchte die unterschiedlich hohen Dächer der Gebäude vor ihm ab, sah aber nichts. Er senkte das Kinn und beobachtete aufmerksam die Gegend vor ihm auf Augenhöhe. Eine Reihe von Blitzen und eine kurze Schussfolge verrieten, dass Skinner mit seinem Mann im Gefecht war.

Der General hob den Blick, als er am nahen Ende des nächsten Gebäudes die Bewegung eines Schattens wahrnahm. Er kniff die Augen zusammen, blinzelte in die graue Nacht hinaus und sah seinen Mann endlich.

Der Dweller bezog gerade eine neue Position, um Dalton unter Beschuss nehmen zu können. Roof ließ sich auf ein Knie sinken, zog das Gewehr fest an seine Schulter und zielte.

Drei schnelle Schüsse später stürzte der Dweller vom Dach, überschlug sich in der Luft und prallte mit einem schlammigen Klatschen auf den Boden.

Roof hielt das Gewehr an der Schulter und bewegte sich vorsichtig vorwärts. Aufmerksam schwenkte er die Waffe von einer Seite zur anderen und suchte die Gebäude auf etwaige überlebende Gegner ab. Er näherte sich der Stelle, an der er den Schusswechsel zwischen Skinner und dem Dweller hatte ausbrechen sehen.

Aus der Nähe sah er zwei Männer unmittelbar nebeneinander am Boden. Keiner von beiden bewegte sich.

Beim Geräusch von Schritten im Schlamm hinter sich drehte sich Roof abrupt um. »Sir.« Grat Dalton lief auf ihn zu. »Wir bekommen in Kürze Unterstützung. Ein paar Männer mit Pferden sind nur ein paar Hundert Fuß entfernt.«

Der General sah an Dalton vorbei. Hinter dem Humvee saß ein einzelner Boss auf seinem Pferd. »Gut«, sagte er. »Gehen Sie rüber und fragen Sie, ob sie ein paar zusätzliche Reitgelegenheiten für uns haben.«

»Drei?«, fragte Dalton. »Ich glaube nämlich, Porky ist tot.«

Roof warf einen Blick auf die Leichen und trat auf sie zu. »Das weiß ich noch nicht«, sagte Roof. »Fragen Sie besser trotzdem nach drei.«

Dalton riskierte einen Blick auf die Toten, leckte sich über die Lippen, nickte und lief zu dem Boss auf dem Pferd.

Roof stand über der ersten Leiche. Es war ein Dweller. Der Tod hatte seine Augen offengelassen. Sein Körper war voller blutiger Wunden. Aus Gewohnheit verpasste Roof ihm einen Tritt gegen die Beine. Keine Reaktion.

Ein Dutzend Schritte weiter war Roof bei dem anderen Mann angelangt. Es war Skinner. Er lag auf dem Bauch. Sein Kopf war zur Seite gedreht, Blut trat aus seinem Mund.

Roof kniete sich hin und legte seine Hand auf Skinners Rücken. Er spürte, wie sich die Lunge langsam mit Luft füllte und wieder entleerte. Skinner lebte also noch.

Roof legte sein Gewehr ab und rollte Skinner auf den Rücken. Er sah die offenen Wunden in seinem Bauch. Skinners Augen waren geöffnet. Sein heißer, übelriechender Atem kam in schweren Wellen aus seinem blutenden Mund.

»Sie haben ihn getötet«, sagte Roof anerkennend. »Sie haben den Dweller erwischt. Vier oder fünf Mal. So oft hat er Sie nicht getroffen.« Roof versuchte sich an einem Lächeln.

Skinner blinzelte. Er griff nach den blutenden Löchern in seiner Leibesmitte, dann zog er seine Hand zurück zu seinem Gesicht. Er sah auf seine blutigen Finger und suchte dann Roofs Augen.

»Es sieht nicht gut aus«, sagte Roof ehrlich.

Skinner drehte seinen Kopf zur Seite und spuckte. Ein Blutstrahl ergoss sich aus seinem Mund. Er schloss die Augen und hustete. Seine Augen hatte er fest zusammengepresst, und Roof stellte sich vor, welche grauenvolle Schmerzen der Mann verspüren musste.

»Wird er sterben?« Dalton war zurück. Hinter ihm standen ein Boss und ein paar Soldaten. Er deutete auf Skinner, der flach auf dem Rücken im Schlamm lag. »Der Captain? Wird er sterben?«

Roof hockte immer noch neben dem Sterbenden, sah zu Dalton hoch und nickte leicht. Er verlagerte sein Gewicht und legte seine Hand auf Skinners Brust.

»Was kann ich noch für Sie tun? Ich schulde Ihnen etwas für Ihre Treue.«

Tränen quollen aus Cyrus Skinners Augen und liefen über seine schlammverkrusteten Wangen. Er sah zum Himmel hinauf und dann zurück zu Roof. Er grub die Finger in den Schlamm und winkte Dalton näher zu sich heran, bevor seine Hand wieder in den Schlamm sackte.

Dalton näherte sich ihm vorsichtig. Er stand solange neben Skinner, bis der Captain ihm bedeutete, sich zu ihm herunterzubeugen. Dalton zwang sich dazu und kniete sich in den Schlamm.

Skinner hob seine linke Hand und malte mit dem Zeigefinger einen Buchstaben auf Daltons fleckiges weißes T-Shirt. Dann tauchte er seinen Finger in den Schlamm und malte einen weiteren Buchstaben … und noch einen … und einen weiteren.

Als er fertig war, zeigte Skinner auf das T-Shirt. Dalton stand auf und zog an der Unterseite des Stoffes, damit die mit Schlamm geschriebenen Buchstaben besser lesbar waren: *KILL ME*.

Roof las die Bitte und packte Skinner am Kiefer. Er drehte sein Gesicht zu sich und sah ihm tief in die Augen. »Sie wollen, dass ich Sie töte?«

Skinner hustete erneut und nickte. Sein Teint war grau, seine Atmung unregelmäßig und flach. Er keuchte vergeblich nach ausreichend Luft.

Roof leckte sich über die Zähne und nickte. Er sah zu Dalton und den anderen. »Sie können sich schon mal auf den Weg machen. Die Pferde haben Sie?«

Dalton nickte. »Ja.«

»Auf geht's«, meinte Roof. »Ich komme in einer Minute nach.«

Die Männer zogen sich zurück. Roof konnte die Umrisse der Männer und Pferde erkennen, die am Humvee auf ihn warteten. Er holte tief Luft und atmete langsam aus.

Roof wollte nach seinem SCAR-17 greifen und versuchte im Kopf zu zählen, wie viele .308er er schon verschossen hatte, fand aber keine Antwort. Er entschied sich deshalb gegen die Waffe, rutschte ganz nah an Skinner heran und senkte seinen Kopf näher an den des Captains.

»Es wird ganz schnell gehen«, sagte er leise. Er legte beide Hände auf Skinners Gesicht, bedeckte die Nase und den Mund des Captains und presste sie dann hart nach unten. Skinners Augen weiteten sich vor Überraschung und Angst.

»Ganz ruhig«, sagte Roof. »Ganz ruhig. Nicht dagegen ankämpfen.«

Doch Skinner wehrte sich gegen den Druck und griff nach Roofs Handgelenken. Roof reagierte und legte sein gesamtes Körpergewicht über die Ellenbogen auf Skinners Brust. Unverrückbar lag er auf dem Sterbenden und presste die restliche Luft und die letzte Willensanstrengung aus ihm heraus.

Cyrus Skinners Griff wurde schwächer, bis seine Hände schließlich auf den Boden rutschten. Seine um sich tretenden Füße wurden langsamer, zuckten und stoppten dann ganz. Der Ausdruck der Angst auf seinem Gesicht wurde zu Resignation und schließlich zu Akzeptanz. Damit war einer der am meisten gefürchteten Männer auf dem westlichen Territorium des Kartells Geschichte.

Roof fuhr mit den Fingern über Skinners offene Augen und schloss seine Lider. »Ich habe immer gedacht, dass es die Zigaretten sein werden, die Sie eines Tages umbringen«, sagte er und stützte sich auf Skinners Körper ab, um auf die Beine zu kommen.

Er wandte sich wieder den Männern zu, die am Humvee standen. »Alle mal herhören«, rief er und formte seine Hände zu einem Trichter. »Nehmt den Dwellern die Waffen ab!«

Eine Gruppe Soldaten, angeführt von Dalton, marschierte los. Während sich die anderen auf der Suche nach den Waffen verteilten, blieb Grat Dalton bei Skinners Leiche stehen. »Ich habe keinen Schuss gehört«, sagte er. »Wie haben Sie ihn getötet?«

Roof wischte sich die Hände an den Hosenbeinen ab und griff nach seinem Gewehr. »Ich wollte keine Munition verschwenden«, sagte er. »Wir werden jede einzelne Patrone brauchen.« Er warf Dalton einen finsteren Blick zu und starrte den Soldaten einen Moment lang ausdruckslos an, bevor er an ihm vorbei zum Humvee ging. »Manchmal sollte man vorsichtig sein, was man sich wünscht.«

KAPITEL 30

26. Oktober 2037, 05:01 Uhr
Jahr fünf nach dem Ausbruch
Palo Duro Canyon, Texas

»Es ist an der Zeit, aufzubrechen«, sagte Battle und steckte seinen Kopf in Lolas Zelt. »Paagal braucht uns am Eingang des Canyons.«

Lola saß mit gekreuzten Beinen auf dem Boden und aß gerade eine Gurkenscheibe. Sawyer versuchte seine Füße in die Schuhe zu zwängen.

Battle zeigte auf den Jungen, sah dabei aber Lola an. »Wohin geht er denn?«

»Mit uns.«

Battle schüttelte den Kopf und betrat das Zelt. »Nun ja«, erwiderte er. »Ich glaube nicht, dass das …«

»Er kommt mit uns«, sagte Lola entschieden.

»Wir sind gleich an einer der gefährlichsten Stellen des Canyons«, warf Battle ein. »Er ist noch ein Kind. Das ist viel zu gefährlich für ihn.«

Sawyer stand auf und schob den Fuß in den Schuh. »Ich komme schon damit klar«, meinte er.

»Er kommt damit klar«, wiederholte Lola und stand auf. »Er ist so aufgewachsen, er war immer von Gefahren umgeben. Außerdem lasse ich ihn auf keinen Fall hier allein.«

Battle zuckte mit den Schultern. »Ich wollte nur …«

»Du wolltest mir nur sagen, was ich mit meinem Sohn machen soll«, entgegnete sie. »Er wird nicht von meiner Seite weichen. Ich habe ihn schon einmal verloren. Das passiert mir nie wieder.«

Battle hob kapitulierend die Hände. »Okay, okay«, erwiderte er und gab nach. »Dann kommt er eben mit.«

Lola trat zu Battle und küsste ihn auf die Wange. »Danke«, sagte sie, klopfte ihm auf die Brust und glitt an ihm vorbei aus dem Zelt.

»Immer diese Knutscherei«, kommentierte Sawyer. Der Junge verdrehte die Augen, bevor sie sich zu einem festen Blick verhärteten. »Ich bin kein Kind mehr, Mr. Battle. Schon lange nicht mehr.«

Battle grinste und folgte dem Jungen aus dem Zelt in die Nacht hinaus. Sie hatten drei Stunden bis Sonnenaufgang. Laut Frank Canton, dem Boss des Aufklärungstrupps des Kartells, würde der Angriff irgendwann in den nächsten einhundertachtzig Minuten beginnen.

In der Zeltstadt auf dem Grund des Canyons herrschte reges Treiben. Männer und Frauen bereiteten sich auf die Verteidigung ihres Zuhauses vor. Die meisten waren mit Gewehren bewaffnet. Einige trugen Armbrüste und Köcher mit Bolzen auf dem Rücken. Andere hatten Messer oder Schwerter.

Battle bestaunte die Irrealität der Szene, die sich vor ihm abspielte. Es war, als wäre er in einem mittelalterlichen Film gefangen. Beinahe erwartete er, dass jeden Augenblick ein Ritter in schwarzer Rüstung auf dem Weg zu einem Turnier an ihm vorbeireiten würde.

Battle bat Lola und Sawyer, einen Moment zu warten, und verschwand kurz in seinem Zelt. Er tauchte mit zwei Gewehren wieder auf, die beide der Heckler & Koch ähnelten, die er zum Rand mitgenommen hatte. Die Dweller, denen sie zuvor gehört hatten, waren tot.

Er hielt jetzt in jeder Hand eine Waffe und streckte sie dem Duo aus Mutter und Sohn entgegen. »Nehmt sie«, sagte er, und sein warmer Atem stieg als kleine Wolke in der kalten Nachtluft auf.

»Ihr werdet sie brauchen.«

Ein Lächeln breitete sich auf Sawyers Gesicht aus. Er packte die Waffe mit festem Griff am Vorderschaft und testete ihr Gewicht in seiner Hand.

Lola nahm ihr Gewehr mit wesentlich weniger Begeisterung entgegen. »Danke«, sagte sie. »Hast du auch einen Namen für dieses Schätzchen?«

Battle spitzte die Lippen. »Aldo.«

Lola nahm die Waffe in ihre andere Hand. »Aldo?«

»Eine Hauptfigur in einem alten Film von Quentin Tarantino.«

»Wer soll das denn sein?«, fragte Sawyer.

Battle bedeutete ihnen loszulaufen. »Er war ein Regisseur, hat Filme gemacht«, erklärte er. »Und alle seine Filme hatten Gewalt zum Thema, aber auf eine durchaus komische und durchgeknallte Art und Weise.«

»Ich bin mir nicht sicher, ob mir der Name gefällt«, sagte Lola und schniefte in der kalten Luft.

Battle schüttelte den Kopf und dachte an den Film zurück, in dem ein Schauspieler namens Brad Pitt einen fiktiven Leutnant der US-Armee im Zweiten Weltkrieg gespielt hatte. »Aldo war ein echt böser Junge«, erzählte Battle, »aber auf eine gute Weise. Er war einer der Helden des Films.«

Sawyer zwängte sich zwischen seine Mutter und Battle, während sie weiterliefen. »Den Film würde ich gern mal sehen«, sagte er. »Ich habe noch nie einen Film gesehen. Ich habe schon ein paar alte Fernsehsendungen gesehen, aber noch nie einen richtigen Film.«

»Wenn wir es auf die andere Seite des Walls geschafft haben«, sagte Battle, »werden wir uns den Film organisieren. Ich bin mir sicher, dass es den noch irgendwo gibt. Irgendjemand wird schon einen Download für uns finden.«

Sawyer sprang nach vorn, drehte sich um und lief dann rückwärts, wobei er sich aufmerksam einen Weg zwischen den Zelten hindurch suchte. »Wie soll ich denn mein Gewehr nennen?«

Battle sah Lola an, die ihm mit ihrem Blick einen Warnschuss verpasste. Er seufzte leise. »Lass mich darüber nachdenken.«

»Es muss etwas Cooles sein«, sagte Sawyer, der sich bereitwillig einen Moment lang von der brutalen Realität dessen, was vor ihnen lag, ablenken ließ. »Lass dir etwas Cooles einfallen.«

Battle führte Lola und Sawyer durch das Zeltlabyrinth der Dweller. Sie erreichten nun den hinteren Rand des Lagers und passierten die letzten Zelte. Alle drei waren mit leichten Rucksäcken ausgestattet, die zusätzliche Munition, Klappmesser, Lebensmittelrationen und Erste-Hilfe-Packs enthielten. Auch Feldflaschen hatten sie dabei.

Ohne weitere Worte gingen sie durch den Strom anderer gut bewaffneter Dweller, die auf ihrem jeweiligen Weg in den Krieg zogen. Sawyer schraubte seine Feldflasche auf und nahm einen großen Schluck, wobei ihm etwas von der kostbaren Flüssigkeit aus den Mundwinkeln tropfte.

Battle berührte mit seinem Finger die feuchte Stelle, die sich über den Kragen von Sawyers Hemd nach unten ausbreitete. »Du musst sparsam damit umgehen. Nimm nur kleine Schlucke. Nicht herunterstürzen, und immer nur so viel, dass du keinen Durst mehr hast. Es wird nämlich ein langer Tag.«

»Oder *Tage*«, fügte ein Dweller hinzu, der in dieselbe Richtung lief. »Wer weiß schon, wie lange wir kämpfen müssen, um sie in Schach zu halten?«

Wie Battle war er mittleren Alters, aber dünner und größer. Jahrelange Enttäuschung hatte seine Augen einfallen lassen. Seine Mundwinkel schienen permanent nach unten zu hängen. Das Gewehr, das er über seiner Schulter trug, war so dick wie der Arm, der es hielt.

»Tage?«, fragte Sawyer, der jetzt eher nach einem ungeduldigen Kind klang als nach dem übermütigen Teenager, der es dank seines Verstandes und seiner Geschicklichkeit bislang geschafft hatte, zu überleben. »Ernsthaft?«

Battle legte seine Hand auf Sawyers Kopf. »Mach dir keine Sorgen«, meinte er. »Wir machen uns nur über das Sorgen, was wir kontrollieren können. Über alles andere nicht. Verstanden?«

Sawyer erwiderte Battles Hinweis mit einem Lächeln und nickte. Er steckte die Daumen unter die Rucksackgurte und ging schneller. Aus den Augenwinkeln sah Battle, dass auch Lola lächelte.

Der dünne Dweller beschleunigte seinen Gang, um mit Battle Schritt halten zu können. »Wohin seid ihr unterwegs?«, fragte er. »Was ist eure Aufgabe?«

»Wir verteidigen die enge Passage, die in den Canyon hinabführt«, antwortete Battle. Der dünne Mann zog die Augenbrauen hoch und deutete mit dem Kopf auf Sawyer. »Mit dem Kind?«

Sawyer streckte seinen Rücken durch und schob den Unterkiefer nach vorn. »Ich bin kein …«

Battle legte seine Hand erneut auf Sawyers Kopf, umfasste ihn mit der ganzen Hand wie einen Basketball und drückte sanft. »Ja«, antwortete er, »gemeinsam mit diesem jungen Mann. Er ist ein Gewinn für unsere Sache.« Battle glaubte zwar nicht ganz, was er sagte, aber da es sowieso kein Zurück mehr gab, hielt er es für die beste Option, Sawyer zu loben. Denn je besser die Stimmung des Jungen war, desto größer war auch sein Selbstvertrauen, und desto größer die Chance, dass sie alle den Vormarsch des Kartells überleben würden.

Das Stirnrunzeln des Mannes vertiefte sich, akzentuiert durch seine von der Kälte rote Nase und Wangen. »Hm«, sagte er. »Ich gehe in die gleiche Richtung und habe den gleichen Job. Aber ich bin nicht gerade begeistert darüber, dass mir ein Kind in die Quere kommt.«

Trotz der frostigen Nacht glänzte die Stirn des Mannes vor Schweiß. Er fuhr mit dem Daumen über den Schaft seines Gewehrs.

»Wir sind besser aufgestellt, als es den Anschein hat«, erwiderte Battle. »Dieser junge Mann hier ist kein Kind mehr. Er hat mehr gesehen und überlebt als die meisten anderen. Wir haben Glück, ihn bei uns zu haben.«

Der Mann wischte sich die Stirn ab und murmelte etwas Unverständliches. Er verlangsamte sein Tempo und ließ Battle, Lola und Sawyer nach vorn.

Battle sah über seine Schulter zurück und winkte dem dünnen Mann zu. »Wir sehen uns dort oben.«

Lola ging einen Schritt näher an Battle heran und verfluchte leise den mürrischen Dweller.

»Er hat nur Angst«, sagte Battle knapp. Er musste sich seine Reserven einteilen, denn jetzt begannen sie ihren Aufstieg zum Hochplateau. Er holte durch die Nase tief Luft und atmete aus. »Ich habe einen Namen für dein Gewehr«, meinte er zu Sawyer in dem Versuch, ihn abzulenken.

Sawyers Augen leuchteten auf. Das Lächeln kehrte auf sein Gesicht zurück. »Was ist es? Ist dir etwas Gutes eingefallen?«

Battle fand es schwierig, die zwei Seiten des Jungen zu einem Gesamtbild zusammenzufügen. Einerseits war Sawyer ein Überlebender, der mehr als genug Leid erlebt hatte und die Gesichter des Bösen nur zu gut kannte, andererseits blitzte immer wieder jugendlicher Überschwang in ihm auf.

Für einen Moment verloren Battles Augen den Fokus und seine Mundwinkel verzogen sich nach unten. Die Krankheit hatte zwei Drittel der Weltbevölkerung ausgelöscht. Dasselbe galt auch für Kindheiten.

Sawyer berührte Battle am Arm. »Battle? Welchen Namen hast du denn gefunden?«

Battle blinzelte und war spontan wieder im Hier und Jetzt. »Jed.«

»Jed?«

»Die Hauptfigur in dem Film *Red Dawn*«, erklärte Battle. »So hieß ein Film über eine Gruppe von Teenagern, die sich wehrten, als ausländische Feinde ihre Heimatstadt überfielen.«

»Wer waren diese Feinde?«

»Im Original, das jetzt vielleicht fünfzig Jahre alt ist, waren es die Russen«, antwortete Battle. »In dem Remake, das ich als Kind gesehen habe, waren es die Chinesen.«

»Noch ein Film, den ich gern sehen würde.« Er hielt das Gewehr auf Augenhöhe. »Jed. Das gefällt mir.«

»Was ist mit dir, Marcus?«, fragte Lola.

»Was soll mit mir sein?«

Lola warf einen Blick auf Battles Hände. »Welchen Namen bekommt dein Gewehr?«

Battle sah die Heckler & Koch an und zuckte mit den Schultern. »Es braucht keinen Namen«, sagte er. »Ich habe jetzt Menschen um mich.«

Lola hielt seinen Blick für einen Moment fest, bis Battle ein brennendes Gefühl in seiner Brust verspürte. Er lächelte und sie sah daraufhin rasch zu Boden.

Battle war sich nicht sicher, ob ihre roten Wangen von der Kälte kamen oder von dem, was er gerade gesagt hatte. Sawyer klärte diese Frage für ihn.

»Ihr seid beide ekelhaft.«

KAPITEL 31

26. Oktober 2037, 05:16 Uhr
Jahr fünf nach dem Ausbruch
Dallas, Texas

Der riesige Ausstellungsraum, der einmal voller Motorräder gewesen sein musste, war leer. Ana leuchtete mit der Taschenlampe über den grauen Fliesenboden und die grau getäfelten Wände. Das rote dreieckige Ducati-Emblem an der Wand hinter der Service-Theke hatte einen Riss. Ein großes, quadratisches Werbeplakat war in zwei Hälften zerrissen. Andere Plakate fehlten offenbar, nur die leeren Rahmen an der Wand waren noch intakt.

Ana zuckte erschrocken zusammen, als plötzlich ein großes Opossum an ihr vorbeitrippelte und seine langen Klauen über den Boden klickten. Es blieb im Lichtstrahl stehen, zischte sie an und entblößte dann seine winzigen, scharfen Zähne, bevor es in einer dunklen Ecke des großen Raums verschwand.

Den Kinderwagen hatte Ana zurückgelassen, weshalb sie Penny jetzt in dem zu einer Babytrage umgebauten Rucksack vor der Brust trug. Penny kaute gerade an ihrer kleinen Faust herum. Ihre unteren Schneidezähne kamen langsam. Sie sabberte und plapperte, während sie an dem Fleisch ihrer Hand nagte.

Ana durchsuchte den Ausstellungsraum und arbeitete sich methodisch durch die miteinander verbundenen Raumabschnitte, doch alles war leer. Es war eine absolute Pleite.

Niedergeschlagen fand sie den Weg zurück in den Hauptraum und zum Serviceschalter. Sie wischte die dicke Staub- und Schmutzschicht auf der Theke mit den Händen ab, klatschte in die Hände, um sie so sauber wie möglich zu bekommen, und legte ihr Baby dann auf die immer noch viel zu schmutzige Oberfläche. Sie drehte Penny herum, sodass sie zu ihr hochsah und gab ihr einen Kuss auf die Stirn. Dann knipste sie die Taschenlampe aus und steckte sie in die Tasche.

Ana trat von der Theke zurück und streckte die Arme über den Kopf. Sie beugte sich über ihre Taille nach vorn und berührte ihre Zehen. Ihre untere Rückenpartie und ihre Schultern freuten sich über diese Erleichterung. Sie drehte den Kopf langsam von einer Seite zur anderen und zuckte zusammen, als Luftbläschen in der Gelenkflüssigkeit in ihrem Nacken mit hörbarem Knacken platzten.

Als Nächstes streckte sie ihre Schultern und ihre Knöchel. Die Übung war gleichermaßen gut geeignet, Anspannung zu lösen wie neue Energie zu gewinnen. Ana hatte keine Ahnung, was als Nächstes geschehen würde. Plötzlich sah sie ein zusammengefaltetes Blatt Papier auf dem Boden, das unter der Service-Theke hervorlugte.

Sie nahm das Papierstück und zog es unter der Theke hervor. Sie hob es auf und faltete es auseinander. Es war eine Karte, die sie neben Penny auf der Theke ausbreitete.

Sie zog die Taschenlampe aus der Tasche, kurbelte kräftig und schaltete sie ein. Die Karte zeigte Texas vor dem Ausbruch der Krankheit. Sie war fleckig und an den Faltstellen eingerissen. Einige der Flecken verdeckten Markierungen und Städtenamen. Jemand hatte die landschaftlich reizvollen Motorradstrecken im ganzen Bundesstaat hervorgehoben. Die meisten der markierten Routen lagen weit westlich von ihr in einem Gebiet, das früher als Hill Country bekannt gewesen war.

Ana richtete das Licht auf den Palo Duro Canyon östlich von Amarillo. Mit einer Hand führte sie das Licht auf dem geraden Weg nach Dallas, während sie ihm mit dem Zeigefinger der anderen Hand folgte.

Ein Blick auf die Legende unten rechts verriet ihr, dass sie noch ungefähr vierhundert Meilen vor sich hatte. Ana sah über ihre Schulter zum Parkplatz. Das Pferd bewegte sich mit einer Geschwindigkeit von durchschnittlich zwanzig bis dreißig Meilen pro Stunde, schätzte sie. Wenn sie Glück hatte, würde sie also einen weiteren Tag brauchen, um den Eingang zum Canyon zu erreichen. Bisher allerdings, dachte sie, war es mit ihrem Glück nicht sehr weit her gewesen.

Sie folgte der Interstate 35 mit dem Finger nach Norden und richtete das Licht auf Gainesville, Texas. Der Ort lag nur ein paar Meilen südlich des Red River, der natürlichen Grenze zwischen Texas und Oklahoma. Sie wusste nicht genau, wo der Wall gebaut worden war, aber am plausibelsten erschien es ihr, dass er irgendwo zwischen Gainesville und dem Fluss stand. Das war vielleicht achtzig Meilen entfernt, problemlos innerhalb eines halben Tages erreichbar.

Sie konnte sich sogar einen kleinen Umweg ein paar Meilen östlich leisten und am Lake Ray Roberts frisches Wasser holen. Das war sinnvoller, als im Canyon Hilfe zu suchen.

Ana war sich sicher, dass sich jemand in der Nähe des Walls finden ließ, der ihr weiterhelfen könnte. Sie hoffte, dass es diesen jemand auch tatsächlich gab. Sie betete, dass es ihn gab.

Vorsichtig faltete sie die Karte wieder zusammen und gab sich Mühe, die vorhandenen Risse nicht noch größer werden zu lassen. Dann öffnete sie die Vordertasche ihres Babytragerucksacks und steckte die Karte hinein. Sie drehte Penny herum und setzte sich die Konstruktion wieder auf die Schultern.

Jetzt hatte sie einen neuen Plan. Einen perfekten Plan. »Alles wird gut«, versprach sie ihrer Tochter. Sie küsste Penny zärtlich auf den Kopf. »Alles wird gut.« Mit neuem Schwung verließ sie das ehemalige Motorradgeschäft. Innerhalb von nur wenigen Minuten war Ana der Freiheit, die sie suchte, einige Stunden nähergekommen.

Die Tür fiel hinter ihr ins Schloss und sie ging zu ihrem Pferd. Es kaute auf einigen Kräutern herum, die durch die Risse im Asphalt auf dem Parkplatz gewachsen waren.

Ana band das Tier vom Strommast los, griff mit einer Hand nach dem Sattelhorn und hievte sich nach oben. Ihrer Tochter steckte sie wieder den Schnuller in den Mund. Penny gab ein paar Laute von sich, schien aber ansonsten zufrieden zu sein. Sie war ein wirklich gutes Baby. Sogar als bei ihr die ersten Zähne gekommen waren, hatte sie sich kaum beschwert.

Ana setzte sich in den Sattel und stellte ihre Füße in die Steigbügel. Sie überprüfte das Gewehr, das in dem Futteral zu ihrer Rechten steckte, und aus der Satteltasche zu ihrer Linken zog sie einen Sechsschüsser und klappte den Zylinder zur Seite. Der Revolver war geladen. Sie schloss den Zylinder gerade noch rechtzeitig, als die Stimme eines Mannes hinter ihr ertönte.

»Kann ich dir helfen?« Die Stimme klang schroff und die Worte waren langgezogen mit einem tiefen texanischen Akzent. Das *L* in *helfen,* war kaum zu hören. »Du siehst zumindest so aus, als könntest du Hilfe gebrauchen.«

Ana riss den Kopf herum, sah über ihre Schulter nach hinten und richtete den Revolver auf den Fremden. »Ich brauche keine Hilfe«, sagte sie kalt.

Der Mann stand mitten auf der Straße. Sein schulterlanges Haar hing ihm bis über die Augen. Sein dichter, drahtiger Bart lief vor seiner Brust spitz zusammen. Er hob die Hände über den Kopf, wobei er seinen flachen Bauch und eine Pistole enthüllte, die im Bund seiner engen Cargohose steckte.

Er trat einen Schritt vor. »Wie du meinst«, erwiderte er. »Ich dachte nur, wegen des Babys und so …«

Mit einer Hand drehte Ana das Pferd herum, um den Fremden anzusehen. »Hände über den Kopf! Keinen Schritt näher.«

Er machte einen weiteren Schritt auf sie zu. »Du musst dich nicht gleich so aufregen, kleines Fräulein«, erwiderte er. »Ich bin schließlich nicht der Boogeyman.«

»Ich sagte, keinen Schritt näher.« Doch der Fremde ging weiter und schlurfte mit den Stiefeln über den Asphalt. »Du wirst mich schon nicht erschießen.« Er lächelte und schüttelte sich eine Haarsträhne aus den Augen. »Ich habe nichts getan. Ich wollte dir doch nur helfen.«

Ana wedelte mit dem Lauf ihres Revolvers in seine Richtung. »Wenn du mir helfen willst«, antwortete sie, »dann bleib verdammt noch mal stehen. Tun, was ich sage.«

Sein Lächeln veränderte sich nun zu einem frechen Grinsen. Er senkte seine Hände langsam, fast unmerklich, während er seinen rechten Stiefel auf der Straße allmählich nach vorn schob. Seine Augen waren die ganze Zeit direkt auf Ana gerichtet, bis er für den Bruchteil einer Sekunde über ihre rechte Schulter spähte. Ana bemerkte den Seitenblick und wandte sich automatisch nach rechts, doch da war es schon zu spät. Der Partner des Fremden war bereits neben ihr und seine Schrotflinte zielte unmittelbar auf Pennys Kopf.

Der Fremde räusperte sich. »Pass mal auf. Du machst jetzt, was ich dir sage. Verstanden?«

Ana spielte ihre Optionen durch und versuchte das Ergebnis jeder Handlung einzuschätzen. Doch nichts davon versprach ein gutes Ende. Sie rutschte in ihrem Sattel näher an den Fremden heran. Ihre Muskeln spannten sich an und ihr Gesicht wurde rot. Ihr Herz pulsierte mit solcher Kraft, dass sie den Herzschlag in ihrem Nacken spüren konnte. Das Pferd schnaubte.

»Nimm die Waffe vom Kopf meiner Tochter«, zischte sie, während sie den Revolver auf den Fremden gerichtet hielt.

»Das können wir leider nicht tun«, entgegnete der Fremde. »Zumindest nicht, solange du nicht das machst, was wir dir sagen. Wir brauchen nämlich das Pferd, deine Waffen und alles, was du in diesen Satteltaschen hast. Wir haben schon Jüngere getötet als dein Baby, es ist also für uns kein Problem, wenn du nicht kooperierst. Verstanden?«

»Hast du gehört?«, fragte der Mann neben ihr. Er hielt die Schrotflinte näher an ihre Tochter heran. »Du tust jetzt, was wir dir sagen!«

Ana hielt den Revolver vor ihrem Körper in festem Griff und zielte unverwandt auf den Kopf des Fremden. Je näher er ihrer linken Seite kam, desto tiefer senkte sie die Waffe. Dann drückte sie ihren rechten Fuß gegen den Steigbügel.

Das Pferd schnaubte erneut und schüttelte den Kopf. Langsam ging es zurück. Seine Unruhe war deutlich spürbar.

»Ho«, sagte der Fremde. »Ruhig, Brauner!« Er legte seine Hände auf das Tier und versuchte es zu beruhigen. »Alles wird gut. Deine Chefin muss nur ihre Knarre auf den Boden werfen und meinem Partner die Zügel übergeben.«

Der Partner kam daraufhin näher. »Lass die Waffe fallen«, schnaubte er. »Sofort!«

Ana hielt dem Blick des Fremden stand. »Niemals.«

Der Fremde zögerte. Seine Augen weiteten sich und das Weiße trat unter dem fettigen Pony deutlich hervor. »Wie war das? Habe ich richtig gehört? Dir ist schon klar, dass eine Waffe auf den Kopf deines Babys gerichtet ist …«

Anas Augen wurden schmal. »Ja«, sagte sie. »Ich habe dich gehört. Aber ich bin nicht bestrebt, mich daran zu halten.«

»Bestrebt, mich daran zu halten«, wiederholte der Partner grinsend. »Sie versucht uns mit ausgefallenen Worten zu verwirren.«

Ana kicherte. »Ich will als Erstes wissen, für wen ihr arbeitet«, erklärte sie. »Für das Kartell oder die Dweller.«

»Dweller?«, fragte der Fremde. »Verdammt, nie im Leben. Wir sind Kartell-Boys durch und durch …«

Ana betätigte den Abzug und feuerte in die linke Schulter des Fremden. Gleichzeitig beugte sie sich im Sattel zurück und brachte Penny so aus der Schusslinie. Diese Bewegung verzog ihren eigentlich tödlichen Schuss zwar nach links, aber es reichte trotzdem aus, um den Fremden in die Knie gehen zu lassen. Ana, die flach auf dem Rücken lag, trat jetzt mit dem rechten Fuß den Steigbügel nach oben und traf den anderen Mann am Kinn.

Er ließ die Schrotflinte daraufhin fallen und stolperte kurz vor der Bewusstlosigkeit rückwärts. Sein Hinterkopf stieß hart gegen den Strommast. Er rutschte mit dem Rücken am Mast nach unten und sackte zu Boden.

Ana zielte erneut, zog zweimal durch und feuerte zwei Schüsse dicht nebeneinander in die Brust des Mannes, bevor sie sich mithilfe des Zügels in ihrer linken Hand aufrichtete. Sie stellte fest, dass der Fremde noch auf den Knien war und versuchte nach der Waffe in seinem Hosenbund zu greifen.

»Hey«, rief sie und lenkte seine Aufmerksamkeit von der Waffe auf ihr Gesicht, woraufhin ihr ein Glücksschuss durch sein linkes Auge gelang. Sein Kopf wurde nach hinten gerissen, sein Körper erschlaffte und er brach leblos auf dem Asphalt zusammen.

Ana holte tief Luft und hielt den Atem an. Erst als sie durch die gespitzten Lippen ausatmete, hörte sie Pennys Schreien. Das Baby hatte seinen Schnuller verloren und war zweifellos von dem Quartett dröhnender, knapp vor ihrem Gesicht abgefeuerter Schüsse zu Tode geängstigt worden.

Ana wollte ihr Kind trösten, sie wollte sie aus dem Rucksack holen und fest gegen ihre Brust drücken, aber sie hatte keine Zeit.

Ohne Zweifel hatten die Schüsse und das Schreien des Babys weitere Aufmerksamkeit auf sie gezogen. Sie gab dem Pferd die Sporen und zwang es in einen raschen Trab. Mit den Zügeln in der einen und der Waffe in der anderen Hand konnte sie allerdings nicht nachladen, und mit dem Baby an der Brust war das Gewehr keine Option. In ihrem Sechsschüsser waren noch zwei Patronen. Ana brachte das Pferd dazu, schneller zu werden. Sie wollte unbedingt raus aus Dallas. Hierzubleiben, würde nichts Gutes bringen, und der Wall war schon in Reichweite.

Sie beugte sich vor und sang ein Schlaflied für ihre Tochter, die sich jedoch ganz und gar nicht trösten lassen wollte. Ana spürte, wie sich Tränen in ihren Augen bildeten. Ihre Stimme brach, während sie weiterzusingen versuchte.

Als sie den Highway erreicht hatte und sich das Pferd in Richtung Norden bewegte, fragte sie sich, ob es überhaupt noch gute Menschen gab, egal auf welcher Seite des Walls.

KAPITEL 32

26. Oktober 2037, 05:40 Uhr
Jahr fünf nach dem Ausbruch
Palo Duro Canyon, Texas

Juliana Paagal schaltete das Satellitentelefon aus und legte es neben die Karte auf den Schreibtisch, der in ihrem Zelt stand. Sie ballte die Hand zur Faust. »Ausgezeichnet!«, rief sie. »Alles läuft genau nach Plan.«

Sie sah über den Tisch hinweg zu Baadal. Seine Augen waren weit aufgerissen und seine Haut wirkte rot von dem Licht, das durch den Zeltstoff fiel, als hätte er eine Woche in der Sonne verbracht.

»Was soll das heißen?«, fragte er. »Gewinnen wir?«

Paagal ging um den Tisch herum und fuhr mit den Fingerspitzen über das kühle Holz. Sie legte ihre Hände auf seine Schultern, drückte sie sanft und presste ihre Lippen auf seine. Endlos lange ließ sie ihre Lippen auf seinen und atmete seinen erregenden Geruch von Schweiß und natürlichem Moschus ein.

»Ja«, flüsterte sie und küsste ihn erneut. Baadal wollte sie an der Hüfte fassen und an sich ziehen, doch sie schob seine Handgelenke beiseite und trat zurück. Sie ging wieder zu ihrem Platz auf der anderen Seite des Tisches.

»Dallas steht in Flammen«, berichtete sie fröhlich. »Meines Wissens ist Houston bereits unter unserer Kontrolle. In San Antonio wendet sich das Blatt gerade zu unseren Gunsten. Nur Austin hält sich noch.«

Sie fuhr mit dem Finger über die Karte und zeichnete einen Kreis um die ehemalige Hauptstadt von Texas. »Die hatten da früher so einen Slogan«, sagte sie. »Keep Austin Weird«, sagte sie. »Er passt immer noch.«

Baadal sah auf die Karte. »Also haben unsere Zellen in jeder Stadt ihren Job gemacht?«

»Es sieht ganz so aus … und jedes Mal war es die totale Überraschung. Die Bosse der Trupps, die Captains und sogar die beiden Generäle haben es nie kommen sehen.«

»Ganz schön viele mussten ihr Leben lassen.«

»Nur Kollateralschäden«, meinte Paagal. »Einen ernsthaften Wandel kann es sonst nicht geben, so ist das nun einmal. Es muss immer diejenigen geben, die sich für das große Ganze opfern.«

»Sieht ganz so aus.«

Paagal fuhr mit dem Finger auf der Karte nach rechts unten und tippte darauf. »Houston macht mir ein bisschen Sorgen, das gebe ich zu«, erwiderte sie. »Ich habe nichts mehr gehört, seit wir Harvey Logan erledigt haben. Das Team dort hat mir aber versichert, dass sie dabei sind, die Kontrolle zu übernehmen, aber …«

Baadals Augen wanderten über die Karte. »Was ist mit Lubbock?«

Paagal legte den Kopf schief und ihre Augen verengten sich. »Was soll mit Lubbock sein?«

»Über Lubbock organisieren sie ihr Handelsnetzwerk, oder?«, fragte er rhetorisch. »Muss das nicht ein kritischer Bestandteil des Aufstands sein?«

»Noch nicht«, antwortete Paagal. »Wir müssen so viele Städte wie nur möglich einschließen, die Unterstützung der Unterdrückten gewinnen und dann große, gut ausgestattete Einheiten in diese Richtung in Marsch setzen.«

Paagal legte ihre Hände auf die große Karte auf dem Schreibtisch und stützte sich darauf ab. Die langen Muskeln ihres Oberarms wölbten sich hervor. »Wir werden die sich zurückziehenden Kartelltruppen in die Zange nehmen. Sie werden keinen Rückzugsraum mehr haben. Sie werden kapitulieren oder sterben.«

»Dann beenden wir ihre Geschäfte«, fuhr Baadal fort. »Wir lassen keinen illegalen Handel mit Partnern außerhalb des Territoriums mehr zu.«

Paagal warf den Kopf zurück und lachte hämisch auf. »Ihre Geschäfte beenden?« Sie blickte Baadal in die Augen, der plötzlich einen Hauch von Wahnsinn aufblitzen sah. »Wir beenden ihre Geschäfte nicht, Liebling«, sagte sie lächelnd. »Wir übernehmen sie!«

Baadal runzelte die Stirn. »Moment mal. *Was?*«

»Equi donati dentes non inspiciuntur.«

Baadal verschränkte die Arme vor der Brust und presste die Lippen zusammen.

Paagal verdrehte die Augen. »Einem geschenkten Gaul schaut man nicht ins Maul«, übersetzte sie. »Warum sollten wir auf so ein einfaches Einkommen verzichten?«

»Weil es ein gewalttätiger, unethischer Handel ist«, erklärte er. »Es bedeutet, mit allen möglichen Drogen zu handeln und einen sündhaft teuren Schwarzmarkt für alles Lebensnotwendige wie Wasser, Benzin und Nahrungsmittel zu schaffen.«

»Und?«

Baadal trat näher an den Tisch heran. »Es ist der Hauptgrund, weshalb wir die Macht des Kartells so lange nicht brechen konnten«, argumentierte er. »Wir brauchen einen fairen und offenen Markt, wie es ihn nördlich des Walls gibt. Sonst sind wir auch nicht besser als das Kartell. Vielleicht sind wir dann sogar schlimmer.«

Paagal machte einen Schritt vom Tisch zurück. »Huch«, sagte sie, »ich dachte, du wärst auf meiner Seite.«

»Das bin ich«, bestätigte Baadal. »Ich meine nur …«

»Erstens«, sagte sie, »war es die Angst, die das Kartell an der Macht gehalten hat, nicht ein lukrativer Schwarzmarkt. Zweitens gibt es nördlich des Walls keinen fairen und offenen Markt.

Wenn dem so wäre, warum gibt es dann eine solche Nachfrage nach dem, was das Kartell verkauft? Drittens ist es mir vollkommen egal, wie du unsere Bewegung charakterisierst, solange es unsere Bewegung ist, die an der Macht ist.«

Baadal stand schweigend am Tisch. Seine Augen wanderten nach unten und mieden den Blickkontakt mit der Frau, mit der er Minuten zuvor noch unbedingt hatte schlafen wollen.

Paagal holte tief Luft und atmete dann aus. »Du wirkst …« Sie suchte nach dem richtigen Wort. Baadal hielt seinen unkonzentrierten Blick auf den Tisch zwischen ihnen gerichtet. »Desillusioniert«, sagte er leise.

Sie lachte. »Desillusioniert«, wiederholte sie. »Ist das nicht das Wort, das alle und alles seit dem Ausbruch der Krankheit beschreibt?«

Er sah zu ihr auf und schüttelte den Kopf. »Was soll das heißen?«

»Nichts ist nur schwarz oder weiß«, erklärte sie. »Niemand ist nur gut oder nur böse. Keine Gruppe oder Bewegung oder Aufstand ist gänzlich gut oder ausschließlich böswillig. Das habe ich Marcus Battle schon erklärt. Wir leben in einer Welt, in der wir nun einmal tun müssen, was getan werden muss, um zu überleben.«

Baadals Blick wurde wieder weicher. Er leckte sich die Lippen und zog sie über seine Zähne.

»Irgendein zufälliges Virus ist mutiert und hat zwei Drittel der Weltbevölkerung getötet«, erwiderte sie. »Überlebt haben nur die, die dagegen genetisch immun waren. Viele gute Menschen sind gestorben. Viele schlechte haben überlebt. In den letzten fünf Jahren war unsere Welt nicht mehr als eine Mischung aus Zufall und Überlebenswillen. Wer Risiken eingeht und ums Überleben kämpft, blüht auf. Diejenigen, die nicht …« Sie zuckte mit den Schultern.

»Das hört sich so an, als ob du versuchst, dich selbst davon zu überzeugen«, antwortete Baadal. »Es klingt wie eine moralische Rationalisierung.«

»Wohl kaum«, spottete Paagal. »Du bist wirklich naiv, oder?«

»Ich …«

»Das war keine tatsächliche Frage«, sagte sie. »Wir leben in einer rauen Welt, Baadal. Wir leben hier alle nach den Regeln von Darwin. Anpassen oder sterben. Ich passe unsere Sache, unsere Bewegung, unseren Aufstand einfach nur dem Ruf der Zeit an. Wir können nicht schwach oder vollkommen gut sein. Um den Guten zu dienen und denjenigen, die unter dem Kartell gelitten haben, ein besseres Leben zu ermöglichen, müssen wir nun mal die Ernte aus der gleichen schmutzigen Ideologie einfahren wie unsere Feinde. Wir wählen aus … wir nehmen die Samen, die uns nähren werden … wir ignorieren den Rest.«

»Ich bin nicht naiv«, widersprach er. »Ich habe dir gesagt, dass ich kein guter Mensch bin. Ich weiß, dass das im Kern auch für dich gilt. Es geht nicht um die Schatten der Moral. Es geht darum, dass wir zu dem werden sollen, was wir gerade zu stürzen versuchen.«

»Du sagst, wir sollen mit Besteck essen«, entgegnete sie und schmunzelte. »Ich sage, lasst uns mit den Händen reinschaufeln, soviel wir können, und wenn wir dabei schmutzig werden, soll es mir recht sein.« Paagal fuhr sich mit den Händen durch die Haare und seufzte. »Entweder du stehst an meiner Seite oder du tust es eben nicht. Es ist deine Entscheidung. Ich habe keine Zeit für eine Therapiesitzung, Felipe. Wir haben einen Krieg zu gewinnen.«

Felipe Baadal nickte. Seine Augen musterten ihren Körper, während er seine Seele untersuchte. Er drehte sich um, ohne ein weiteres Wort zu verlieren, ergriff sein Gewehr und ging in den Morgen hinaus. Die Sonne würde in weniger als zweieinhalb Stunden aufgehen. Seine Männer am Rand des Canyons brauchten ihn jetzt.

KAPITEL 33

26. Oktober 2037, 06:20 Uhr
Jahr fünf nach dem Ausbruch
Palo Duro Canyon, Texas

General Roof gab die ersten Schüsse ab. Sein SCAR-17 lieferte wie geplant und versorgte die Dweller, die den südöstlichen Rand des Canyons bewachten, mit den randlosen Flaschenhalspatronen im Kaliber .308, der gleichen Munition, mit der er vor dem Ausbruch der Seuche schon auf die Jagd gegangen war. Die Dweller rauchten Zigaretten. Das orangefarbene Leuchten am Ende der brennenden weißen Papierhülsen genügte ihm als Ziel.

Eines nach dem anderen flogen die tödlichen Geschosse auf ihre Ziele zu. Drei der Dweller waren tot, bevor der Kampf überhaupt begonnen hatte.

Roof rückte ohne Angst vor. Seine langen und selbstbewussten Schritte auf den Feind zu, ließen ihn als einen Mann erscheinen, der unbesiegbar war.

Als er sich den überlebenden Dwellern auf dreißig Fuß genähert hatte, stiegen seine Männer ab und nahmen eine zweite Gruppe ins Visier, die sich gerade aus östlicher Richtung näherte. Roof befahl der Hälfte von ihnen, die vorrückenden Dweller zu stoppen, während er, Grat Dalton und drei weitere Soldaten sich der Einheit direkt vor ihnen stellten.

Roof sah nach Osten zu dem Team, das seine rechte Flanke decken sollte. In der Ferne, wo der Canyon auf den Horizont traf, wurde der Himmel lila. In weniger als neunzig Minuten würde die Sonne aufgehen. Nachdem der Sturm vorüber war, bot der Mond über ihm gerade noch genug Licht, um Bewegungen in der Dunkelheit ausmachen zu können.

»Hab einen erwischt«, sagte Grat Dalton von seiner Position hinter einem unauffälligen Mesquitebaum. Die ineinander verschränkten Zweige boten ihm im Dunkeln eine gute Deckung. »Roof, ich habe einen erwischt!«

General Roof ging hinter einem verrottenden Baumstumpf in Deckung. Er lag flach auf dem Boden und stützte die Ellenbogen auf das weiche, bröckelnde Holz auf. Eine dicke Wurzel drückte gegen seine Rippen und machte das Liegen äußerst unangenehm. Er suchte die Dunkelheit nach Mündungsfeuer ab.

Sein Finger lag leicht auf dem Abzug, während er nach dem nächsten Ziel suchte. Grat bejubelte einen weiteren Treffer und Roof überlegte, ob er seine Waffe nicht besser auf seinen übereifrigen Soldaten richten sollte.

Zu seiner Rechten verstärkte sich jetzt das Geräusch von Schüssen. Aus den Augenwinkeln konnte er das sich entwickelnde Feuergefecht sehen. Er konzentrierte sich wieder auf den Rand des Canyons und entdeckte die Umrisse eines Dwellers. Er verlor die Geduld und drückte den Abzug. Der Umriss zuckte und verschwand.

Roof wusste, dass große Einheiten von Soldaten und Bossen innerhalb weniger Minuten von Westen her angreifen würden, wenn sie nicht sogar bereits mit dem Angriff begonnen hatten. Verlief alles so wie geplant, trafen innerhalb einer Stunde Welle für Welle auf die anderen Abschnitte des Randes. Bei Sonnenaufgang würden sie den gesamten Rand des Canyons unter Beschuss nehmen. Er und seine Männer würden den schmalen Pfad zum Grund des Canyons hinabsteigen. Das Ende der Dweller war nah.

Ein Geschoss prallte an der unregelmäßigen Oberfläche des Baumstumpfes ab, bevor es dicht an Roofs Kopf vorbeizischte. Ein Schauer aus Holzsplittern traf sein Gesicht und seine Wange stach schmerzhaft. Roof zuckte zusammen, behielt aber die verbliebenen Dweller im Auge. Er bemerkte, wie etwas seine Position veränderte, das er eigentlich für einen kleinen

Felsbrocken gehalten hatte. Er richtete den Lauf seines Gewehrs neu aus, zielte auf die dunkle Masse und drückte zweimal ab. Die Masse wurde nach dem ersten Schuss flacher und zuckte bei dem zweiten zusammen.

Jetzt konnte Roof keine Bewegung mehr entlang des Randes wahrnehmen. Er sah über die Schulter nach links. Zwei Soldaten knieten auf einer freien Fläche und feuerten unerbittlich in die Dunkelheit.

Roof hätte gelacht, wenn ihre Unfähigkeit nicht so ein trauriger Anblick gewesen wäre. Er dachte an die Filmreihe, die sie eines Abends im Camp in Syrien angesehen hatten. Die Geschichte hatte vor langer Zeit in einer weit entfernten Galaxis gespielt.

Die Bösen waren lächerliche, weiß gepanzerte Klone gewesen, sogenannte Sturmtruppen. Diese Typen hätten mit ihren Lasergewehren nicht einmal die breite Seite einer Scheune treffen können, wenn sie direkt davorgestanden hätten.

Viele der Männer, die sich dem Kartell angeschlossen hatten, waren genau wie diese Sturmtruppen. Sie mochten anscheinend die Idee, einem bösen Imperium zu dienen. Nur leider waren sie einfach nicht sehr gut darin, es zu beschützen.

Roofs Erinnerung zerplatzte, als einer der Soldaten plötzlich einen Kopfschuss abbekam. Sein Kopf wurde nach hinten geschleudert und er fiel unbeholfen auf den Mann neben sich, der sich verzweifelt vom Gewicht seines toten Kameraden zu befreien versuchte. Das erneut aufflackernde gegnerische Feuer machte seinen Bemühungen ein jähes Ende. Er schrie vor Schmerz auf, bis ein weiterer Schuss ihn endgültig zum Schweigen brachte.

Roof versuchte aus dem Schusswinkel abzuleiten aus welcher Richtung seine Männer getötet worden waren, doch bei dem Gewitter aus Mündungsblitzen erwies es sich als ein sinnloses Unterfangen. Weiter rechts zielte Grat Dalton in Richtung Osten. Jenseits von Dalton zogen sich die Soldaten des Kartells langsam zurück. Nacheinander feuerten sie einen oder zwei Schüsse ab und rannten dann in westliche Richtung.

Dalton rollte sich von seiner Stellung hinter dem Mesquitebaum weg und eilte zu Roof. »Da drüben sind zu viele«, sagte er atemlos. »Unsere Jungs werden abgeschlachtet. Sie kommen in unsere Richtung zurück.«

Kaum hatte sich Roof hinter dem Baumstumpf etwas nach oben gewagt, als vor ihm Gewehr- und Schrotflintenfeuer explodierte. Es kam aus Westen.

Er sah nun einen endlosen Strom Kartell-Soldaten, die sich ihnen näherten. Mit ihren Schrotflinten ballerten sie wild um sich, verschwendeten ihre Munition und feuerten auf Ziele weit außerhalb der begrenzten Reichweite der Waffe. Die Explosionsgeräusche hallten einschüchternd von den Felsen wider wie eine überlaut geschlagene, riesige Trommel. Einige der Männer saßen auf Pferden und ritten immer wieder auf die Dweller zu, die einen nach dem anderen herunterschossen.

Roof packte Dalton am Hemdkragen und zog ihn zu Boden. Sie waren im Kreuzfeuer gefangen. Schmerzensschreie und Hilferufe schlossen sich schnell dem Chor der Schüsse an.

Roof stieß Dalton mit dem Ellbogen in die Seite und befahl ihm, die sich immer weiter nähernde Gruppe von Dwellern unter Beschuss zu nehmen. Ein Soldat stolperte an ihnen vorbei und krümmte dann auf schier unmögliche Weise den Rücken, als er getroffen wurde. Er fiel mit dem Gesicht nach vorn um und schlug neben Roof auf den Boden auf.

Roof blickte in die Augen des Mannes. Sie quollen über mit der gleichen eisigen Angst, die in den Augen von Cyrus Skinner gewesen war, als Roof das Leben aus ihm herausgepresst hatte. Roof zielte mit seinem Gewehr, fand sein Ziel und zog durch. Er atmete durch die Nase ein und aus und nahm einen anderen Dweller ins Visier. Perfekter Schuss, tödlicher Treffer.

Dalton war längst nicht mehr so zuversichtlich wie noch Minuten zuvor. Erfolgreiche Treffer bejubelte er nicht mehr länger. Stattdessen leerte er seine Waffe in die Männer und Frauen, die ihn zu töten versuchten.

Roof feuerte weiter und schickte ein Ziel nach dem anderen zu Boden, während endlich die Verstärkung neben ihm in Position ging. Sie stellten sich in einer Linie parallel zu Roof auf, der sich daraufhin erhob. Im Inferno der Schüsse ging er langsam rückwärts, um einen der Hut tragenden Bosse zu identifizieren.

Er fand einen auf einem Pferd unmittelbar hinter der Frontlinie. »Haben Sie hier das Kommando?«, schrie er den Boss an.

Dieser schlang die Zügel fester um seine rechte Faust. »So ist es«, erwiderte er. »Was wollen Sie?«

»Ich bin General Roof.«

Der Boss kicherte, schob seinen Hut in den Nacken und beugte sich zu Roof hinunter. »Ist das so?«

Roof packte den Boss am Kragen und riss ihn vom Pferd. Der Fuß des Mannes verfing sich im Steigbügel und er stürzte mit dem Rücken zuerst zu Boden. Roof ließ los und stellte sich über ihn. »Ja«, sagte er zu dem Boss, der ihn jetzt mit großen Augen ansah. »So ist das. Wer sind Sie?«

Der Boss schob sich von Roof weg und stand auf. Er hob seinen Hut auf und setzte ihn wieder auf den Kopf. Er schluckte schwer. »Ich habe nicht …«

Roof machte einen großen Schritt auf den Boss zu. »Wer sind Sie, Mann?«

»Ich heiße …«

»Mir ist scheißegal, wie Sie heißen«, sagte Roof gefährlich ruhig. »Wo kommen Sie her? Wie viele Männer haben Sie? Kommen noch mehr aus Ihrer Richtung?«

»Wir kommen aus Hereford in der Nähe des Walls in Richtung Westen«, erwiderte der Boss. »Unsere Truppen wurden dort vor einigen Wochen aufgestellt. Wir haben ein paar Hundert Männer, vielleicht dreißig Pferde. Einige von uns haben Brownings, andere Gewehre.«

»Hereford«, murmelte Roof. »Gut. Dann sind Sie zeitig hier. Sie haben Männer aus El Paso und Abilene dabei, richtig?«

Der Boss nickte. »Ich komme selbst aus El Paso. Die meisten von uns kommen von dort.«

»Wissen Sie, ob weitere Einheiten hierher unterwegs sind? Aus Lubbock sollten doch noch etliche kommen.«

»Ich habe keine gesehen ...« Der Boss erstarrte mit offenem Mund. Ein Rinnsal aus Blut strömte über seine Nase und über seine Lippen. Seine Brauen zogen sich verwirrt zusammen und er fiel dort zu Boden, wo er stand.

Roof duckte sich instinktiv zur Seite. Er hob sein SCAR-17, um das Feuer zu erwidern, aber ein Druck auf den Abzug brachte nur ein leeres Klicken hervor. Ein zweites Mal betätigte er den Abzug. Nichts. Er ließ die Waffe fallen und griff fluchend nach dem Gewehr, das in einer Scheide im Sattel des Bosses steckte. Er überprüfte, ob es geladen war, und marschierte dann zurück an die Front.

»Haltet die Linie, Männer!«, rief er denen zu, die ihn hören konnten. »Schlagt diesen Dweller-Abschaum zurück. Tötet sie und rückt vor!«

Roof rieb sich mit dem Handrücken über die Wange, was die Verletzungen durch die Holzsplitter des Baumstumpfes noch weiter verschlimmerte. Er sah auf das Blut an seiner Hand und leckte es kurzerhand ab. Mit den Fingern fuhr er sich über seine Wange und zupfte nacheinander die Splitter heraus, während er zurück zum Pferd des toten Bosses ging. Roof bemerkte die Geschosse, die an ihm vorbeiflogen, nicht einmal. Er bestieg das Pferd und hob sein neues Gewehr an die Schulter. Die Dweller fielen nun wie die Fliegen. Das Schlachtglück wendete sich.

Das Kartell stieß am Rand entlang nach Osten vor und hinterließ im Tsunami ihres Angriffs eine Spur aus Leichen. Roof ritt hoch auf seinem Pferd und seine Brust war stolzgeschwellt wegen der überraschenden Rücksichtslosigkeit seiner Männer. Was ihnen an Genauigkeit fehlte, machten sie mit Entschlossenheit wieder wett. Als sie am südlichen Rand einen ausreichend großen Streifen eingenommen hatten, fand er einen anderen Boss und beauftragte ihn damit, die Männer zu führen.

»Ich nehme die Hälfte der Kämpfer und kehre um«, sagte er dem Boss. »Wir gehen nach unten.« Bevor er aufbrach, gab er dem Anführer noch einige taktische Hinweise, denn er wusste, dass eine weitere Einheit binnen einer Stunde am Südostrand ankommen sollte.

Roof versammelte seine Männer anschließend und zog sich nach Westen in Richtung des Abstiegs zurück, der zum Grund des Canyons führte. Mit mehr als einhundert Mann würde er über genügend Feuerkraft verfügen, um den Widerstand zu brechen, der sie am Eingang zum Abstieg erwarten würde.

KAPITEL 34

26. Oktober 2037, 07:00 Uhr
Jahr fünf nach dem Ausbruch
Palo Duro Canyon, Texas

Die ersten Schüsse trafen den Dweller rechts von Lola. Er hockte auf einem schmalen Felsvorsprung, der sich von der Wand des Canyons aus in den Abgrund vorschob. Er umklammerte plötzlich mit einer Hand seine Brust und griff mit der anderen nach Lola, bevor er den Halt verlor. Zwanzig Fuß tiefer schlug er auf einem gezackten Felsbrocken auf und starb sofort.

Als das Feuergefecht um sie herum ausbrach, sah Lola kurz zu Battle auf der anderen Seite des Eingangs zur Passage nach unten. Er stand zusammen mit Sawyer auf dem glatten Deckstein eines hohen Felspfeilers. Ihre Umrisse waren in der grauen Dunkelheit kaum zu erkennen. Etwa einhundert Dweller hatten zu beiden Seiten des langen Abstiegs zum Grund des Canyons Position bezogen. Alle fünfzehn Fuß erstreckte sich außerdem eine Barriere aus je einem Dutzend Dweller von einer Seite der Passage zur anderen. Der Weg schlängelte sich bis ganz nach unten, wo er sich weit öffnete. Wenn es einer der vorrückenden Armeen gelang, hierher zu finden und sich ihren Weg durch diese Passage zu erkämpfen, konnten sie das Lager der Dweller leicht überrennen. Paagal hatte deshalb großen Wert daraufgelegt, den verwundbarsten Zugang zum Canyon gut zu schützen.

In der Nähe des Eingangs, fünfzehn Fuß vom Rand entfernt, befand sich die Position, die sie Battle zugewiesen hatte. Sein Auftrag war es, diese auf jeden Fall zu halten. Er hatte den Felspfeiler gewählt, der aus einer Gesteinsformation herausragte, weil er einen relativ sicheren Ort für Sawyer bot. Millionen Jahre Erosion hatten den Felsen geformt, und an der Stelle, an der er auf die Wand des Canyons traf, gab es eine kleine Einbuchtung, so als wäre der Felspfeiler ein eng anliegendes Puzzleteil. Auf diese Weise bot er zumindest einen gewissen Schutz vor Angriffen aus der Nähe des Randes.

Lola hatte Sawyer auf den Felspfeiler begleiten wollen, aber Battle hatte dagegen interveniert. Ihm war klar, dass der junge Mann dann zu sehr damit beschäftigt sein würde, seine Mutter zu beschützen, statt sich auf den Feind selbst zu konzentrieren. Er wäre einem größeren Risiko ausgesetzt, als wenn sie außer Sichtweite wäre.

Lola hatte zuerst versucht, dagegen zu argumentieren. Sie gab erst nach, als Battle ihr einen Platz vorschlug, an dem sie ihren Sohn aus der Ferne beobachten konnte. Solange es dunkel war, würde sie ihren Sohn allerdings nicht sehen können. Das Mündungsfeuer jedoch, das über ihr am Rand aufstob, war umso besser zu erkennen.

Sie widerstand dem Drang, über den Rand zu schauen, um zu sehen, wohin der Dweller gestürzt war, und hielt die Heckler & Koch so ruhig, wie sie konnte. Es war unmöglich, zu sagen, wie viele Männer sich näherten. Anstatt zu versuchen, ein Ziel zu finden, gab sie einfach einen Schuss in die Dunkelheit ab.

Der Rückstoß trieb den Gewehrkolben gegen ihre Schulter und warf sie rückwärts gegen die Felswand. Zwei andere Dweller warfen ihr einen überraschten Seitenblick zu und widmeten sich dann wieder ihren Visieren. Lola rieb mit der flachen Hand über die schmerzende Stelle an ihrer Schulter.

»Komm schon, Aldo«, flüsterte sie dem Gewehr zu. »Gib dir ein bisschen Mühe.«

Sie spannte die Schulter an und zog das Gewehr dieses Mal fest gegen den sicher bald aufblühenden blauen Fleck. Sie drückte erneut auf den Abzug und die Kraft der Heckler &

Koch vibrierte stark durch ihren gesamten Oberkörper, während sie den Druck mit dem Finger aufrechterhielt.

Obwohl sie nicht sagen konnte, ob ihr Feuerstoß jemanden getroffen hatte, fühlte sie sich irgendwie stärker. Mit jedem Schlag gegen die schmerzende Stelle in ihrer Schulter durchschoss ein wütender Adrenalinstoß ihren Körper.

Sie leerte das gesamte Magazin und lud methodisch und in Ruhe nach, wie Battle es ihr gezeigt hatte. Sie mochte ihre in Deutschland hergestellte Tötungsmaschine jetzt schon. Auf der anderen Seite der Passage entdeckte sie jetzt Sawyer, der auf ein Knie gestützt in Ruhe seine Waffe abfeuerte und dabei aussah wie ein erfahrener Söldner.

Battle war genau vor ihm, ebenfalls auf ein Knie gestützt. Auch er hatte seine Waffe eng an seiner Wange, blickte durch sein Visier und zielte dabei auf den unsichtbaren Feind, der von oben herabstieg. Sie schloss die Augen, sprach ein leises Gebet und warf das zweite Magazin aus.

***

Ihre Chancen standen schlecht und das gefiel Battle ganz und gar nicht. Von oben wurden sie mit einem enormen Feuer belegt. Es war unmöglich, zu sagen, wie viele Feinde sie angriffen, aber die Lautstärke ihrer Waffen war ohrenbetäubend.

Aus der Richtung, aus der die Gegner auf sie feuerten, konnte er jetzt das gelegentliche Schreien oder Heulen eines verletzten Kartell-Soldaten hören … schrill und qualvoll … das Gewehrfeuer übertönend. Das verstörende war, dass die gleichen Geräusche auch von unten kamen. Die Verteidigungslinie der Dweller, die die Passage beschützten, musste also bereits schwere Verluste hingenommen haben.

Taktisch waren sie im Nachteil. Battle fürchtete, dass die Dunkelheit, die Angriffsposition von oben und die schiere Übermacht das Kartell begünstigten. Der einzige Vorteil, den die Dweller für sich nutzen konnten, war ihre genaue Kenntnis der Topografie des Canyons und ihr unbändiger Wunsch, in Freiheit zu leben. Letzteres war eine stark motivierende Kraft. Allerdings vermochte auch diese Kraft allein nur wenig gegen die knochenzersplitternden Schüsse der Sturmgewehre auszurichten, die aus nächster Nähe abgefeuert wurden.

Ein Dweller, der an der Vorderkante des Felspfeilers lag, wurde nun ebenfalls getroffen. Er schrie vor Schmerz auf und drehte sich auf die Seite. Während er noch hektisch die frische Verletzung betastete, tötete ihn ein zweiter Schuss. Einen Augenblick später lag er schlaff auf dem flachen Felsen und seine Waffe fiel in die Tiefe.

Battle nahm sein Gewehr herunter und legte eine Hand auf Sawyers knochige Schulter. »Wir ziehen uns jetzt in Richtung Wand zurück«, erklärte er. »Bleib ruhig, geh hinter mir und halte dich unter allen Umständen unten.«

Sawyer funkelte Battle an. »Niemals«, schnaubte er. »Ich verstecke mich bestimmt nicht. Ich kämpfe!«

Battle packte den Jungen mit einem krallenartigen Griff an der Schulter. »Ich frage nicht, ich sage dir, was du tust. Setz dich sofort in Bewegung! Wenn du weiterkämpfen willst, musst du erst einmal am Leben bleiben.«

Sawyers Trotz machte daraufhin einem mürrischen Verständnis Platz und er senkte seine Waffe. Battle gab ihm einen Schubs, und tief gebückt bewegte sich Sawyer schnell in den relativen Schutz der Felsnase.

Battle hielt seine Hand in die Höhe und stoppte Sawyer, um zu verhindern, dass er sich zu früh in das immer heftiger werdende Feuergefecht einmischte. Der Junge nickte und Battle konzentrierte sich wieder darauf, einzelne der vorrückenden Kartell-Soldaten zu entdecken. Nur ab und zu konnte er den einen oder anderen ganz erspähen, aber ihre Schatten und die Reflexion des Mondlichts auf den Läufen ihrer Waffen gaben ihm ein wenig zusätzliche Orientierung.

Er leerte das Dreißig-Schuss-Magazin, warf es beiseite und holte ein frisches aus seinem Rucksack. Er schob es in die Waffe und begann von vorn.

Leise verfluchte Battle Paagal. Sie hatte sie an der kritischsten Stelle platziert, die zugleich auch die gefährlichste war. Schwere Verluste waren hier einfach nicht zu vermeiden und es gab keine Rückzugsmöglichkeiten.

Battle sah über seine Schulter hinweg zu Sawyer. Der Junge hockte flach am Felsrand und balancierte auf seinen Zehen. Immer wieder veränderte er seinen Griff an der Waffe und spähte gelegentlich um die Ecke, um einen Blick auf das Zentrum des Gefechts zu werfen.

Battle holte tief Luft, blies seine Backen auf und atmete durch die Nase ein und aus. Er wartete, bis Sawyer wieder um die Ecke sah, richtete seine Waffe dann aus und zielte auf den Kopf des Jungen. Er bewegte sich unmerklich nach rechts und drückte den Abzug.

Das Projektil bohrte sich unmittelbar neben Sawyers Gesicht in den Felsen und ließ eine Explosion von Steinstückchen auf den Jungen regnen. Dieser zuckte reflexartig zurück, ging sofort in die Hocke und drückte seinen Rücken gegen den tiefsten Teil des Felsens.

»Bleib genau dort«, murmelte Battle. Er richtete seinen Blick wieder auf die vorderste Reihe der feindlichen Soldaten.

***

Roof saß in seinem Sattel und führte seine Männer von hinten an. Sie befanden sich jetzt am Eingang der engen Passage nach unten. Er schickte die Männer in Wellen vor, jeweils zehn pro Angriff. Fiel ein Mann, nahm ein anderer sofort seinen Platz ein. Sie kämpften sich in winzigen Abschnitten nach vorn. Inzwischen waren sie vielleicht fünfundzwanzig Fuß vorgerückt.

Roof konnte das Geschehen von seiner Position aus nicht richtig sehen. Obwohl die Sonne aufzugehen begann, machte der Gang unterhalb des Randes einen scharfen Knick nach rechts.

Er kratzte mit dem Fingernagel an seiner Wange und grub weiterhin winzige Reste von Holzsplittern aus. Bald würde er sich dem Kampf anschließen.

Roof blickte zu seiner Rechten zurück in Richtung der aufgehenden Sonne. Die unregelmäßigen Formen der Ränder des Canyons nahmen im Morgenlicht immer mehr Gestalt an. Er stellte sich die blutige Schlacht vor, die ihnen die Kontrolle über den südöstlichen Rand verschaffen würde. Ein Lächeln huschte über sein Gesicht, obwohl er weiter unablässig an den schmerzhaften Splittern herumkratzte, die sich in seine Haut gegraben hatten.

Er ließ das Pferd langsam näher an den Eingang herangehen und atmete tief ein. Die Luft trug einen schwachen, aber wahrnehmbaren scharfen Geruch in sich, der in seiner Nase kitzelte. Die Mischung aus frostiger Morgenluft, einer leichten Brise, die auf ihn zuwehte, und einem Hauch von Feuerwerk wirkte seltsam beruhigend.

Sein Pferd schnaubte und schüttelte den Kopf. Je näher sie dem Zentrum des Kampfes kamen, desto lauter wurde der Lärm, der von den Wänden des Canyons zurückschallte.

Roof hatte genug. Obwohl er eigentlich vorgehabt hatte, den größten Teil des Abstiegs auf seinem Pferd zu bleiben, sprang er jetzt zu Boden. Sein kaputtes Bein schmerzte in der Kälte. Sein Knie war steif und strahlte einen stechenden Schmerz aus, als er auf seinen Füßen landete.

Er hockte sich hin und balancierte auf den Fersen, um die schmerzenden Gelenke zu entlasten. Es war pure Erleichterung, als er ein Knacken aus seinem Knie und seinem Knöchel hörte. Roof stand auf und ging vorwärts. Das Gewehr trug er mit einer Hand am Schaft. Sein Pferd wieherte leise hinter ihm, drehte sich um und galoppierte dann nach Westen. Es flüchtete vor der Schlacht und vor dem Morgengrauen.

»Kluges Tierchen«, murmelte er leise und wandte sich dann wieder dem heftigen Gefecht zu, das sich genau vor ihm abspielte. Roof stapfte vorwärts, trat auf die leblosen Glieder der Gefallenen oder kickte sie achtlos zur Seite. Er kam dem Herz des Kampfes immer näher.

Am Eingang zur Passage stieß er auf einige Soldaten, die auf die an den Wänden vor der Biegung versteckten Dweller zielten. Sie waren die aktuelle Angriffswelle, die sich so weit wie möglich in die Passage ergießen würde, um dann von der nächsten abgelöst zu werden. Roof folgte ihnen und legte sein neues Gewehr an. Langsam kämpfte sich die Gruppe vorwärts und ging Schritt für Schritt den absteigenden Weg hinunter.

Immer weiter bewegten sie sich in einem militärisch choreografierten Tanz in die Passage hinein, deren Wände zu beiden Seiten immer höher wurden. Das Dröhnen des Gewehrfeuers schmerzte in Roofs Ohren. Schließlich hörte er nur noch ein konstant hohes Pfeifen, das jedes andere Geräusch übertönte und ausblendete, und mochten noch so viele Waffen gleichzeitig abgefeuert werden.

Die Wände explodierten zu Steinsplittern, wenn die Projektile ihre menschlichen Ziele verfehlten. Staub und zwanzig Millionen Jahre alte Sedimentstücke regneten auf die kämpfenden Männer herab. Der Vorstoß gestaltete sich äußerst mühsam. Überall um Roof herum starben Männer, aber er drang trotzdem weiter vorwärts. Den Gedanken, er könnte selbst zum Opfer einer feindlichen Kugel werden, ließ er gar nicht erst zu. Er war hier schließlich der Jäger und nicht der Gejagte.

Roof suchte die Wände ab, um feindliche Kämpfer vor das Visier zu bekommen. Als er die Biegung nach unten betrat, drehte er sich nach links. Um ihn herum breitete sich die Hölle aus.

Etwa zehn Fuß über ihm schob sich ein schmales Plateau aus der Wand des Canyons. Der Zugang zum Plateau war offenbar nur über eine unregelmäßige, treppenartige Anordnung von Felsvorsprüngen möglich, die einen Großteil der Wand bedeckten. Drei oder vier Dweller nahmen seine Männer momentan vom Plateau aus unter Beschuss.

An der gegenüberliegenden Wand zu seiner Rechten stand ein Felspfeiler. Mit dem Blick folgte er dem schmalen Totem aus Felsgestein in den Himmel hinauf, bis sein Blick auf den breiten Schlussstein fiel, der darauf balancierte. Von dort baumelte etwas herab, das wie Seile aussah, die sich im Wind bewegten.

Roof fluchte leise. Das Ganze roch nach einer Niederlage. Er schaute nach vorn auf die verstreut daliegenden Leichen, die den Durchgang bedeckten. Zwanzig Fuß vor ihm konnte er eine Gruppe von Dwellern erkennen, die sich von Wand zu Wand positioniert hatten.

Inzwischen hätten die Verstärkungen längst hier sein sollen. Zusätzliche Teams sollten den Rand des Canyons besetzt haben, um Feuerschutz zu bieten. Aber dort war niemand. Er hätte noch warten sollen. Er hätte geduldiger sein und den Kampf aus der Passage zu sich kommen lassen müssen.

Stattdessen hatte er die erste Welle nach vorn befohlen, um das Feuer zu eröffnen. Es war ein Fehler gewesen. Die Vorwärtsbewegung jeder Welle um die Biegung herum hatte er fälschlicherweise als zumindest einen kleinen Bodengewinn interpretiert, doch stattdessen hatte jede neue Welle nur diejenige ersetzt, die zuvor bereits aufgerieben worden war.

Wie aus dem Nichts tauchte plötzlich Grat Dalton auf. »General«, sagte er, und seine Augen leuchteten weiß im Kontrast zu dem Blut und dem Schmutz auf seinem Gesicht, »sie schlachten uns ab. Zwei Drittel unserer Männer sind bereits tot. Sie treffen uns von allen Seiten.«

Roof biss sich auf die Unterlippe und richtete den Lauf seines Gewehrs auf die unmittelbare Bedrohung vor ihnen. »Schnappen Sie sich so viele Männer, wie Sie können, und versuchen Sie über die Felswand auf das Plateau zu klettern. Ich übernehme die nächste Welle, und dann klettern wir über die Seile zur Spitze des Felspfeilers da vorn. Wir müssen nur die Kontrolle über diese Position übernehmen, dann können wir das Blatt wenden.«

Dalton nickte und marschierte zurück in den Kampf, um Überlebende für seine Mission zu rekrutieren. Roof ging durch die Biegung zurück, hinter der sich eine neue Welle auf den Abstieg vorbereitete, und teilte ihnen den neuen Plan mit.

***

Lola rammte ein weiteres Magazin in ihr Gewehr. Ihre Handfläche schmerzte. Sie entsicherte die Waffe und ließ eine neue Patrone in die Kammer gleiten. Ihr Haar klebte ihr im Gesicht und sie war schweißgebadet. Sie blies eine Haarsträhne aus ihrem Mund und feuerte eine weitere Salve auf die vordringenden Feinde.

Unmittelbar hinter sich hörte sie plötzlich einen Schrei. Es war einer der vier Dweller, die zusammen mit ihr das Plateau besetzt hielten. Er presste die Hand auf sein linkes Auge und zwischen seinen Fingern quoll Blut hervor.

Die anderen Männer warfen ihm einen kurzen Seitenblick zu und widmeten sich dann wieder ihren Zielen. Lola bewegte sich vorsichtig rückwärts zu dem verwundeten Mann und zog ihn zu sich auf den harten Boden aus Gestein. Er heulte vor Schmerz und der Speichel hing ihm in Fäden aus dem Mund.

»Mein Auge!«, schrie er immer wieder. »Mein Auge!«

Lola legte ihre Waffe zur Seite und schlang einen Arm um seinen Rücken. Sie wiegte ihn sanft, wie eine Mutter ihr Kind und versuchte seine Hand von der Wunde zu ziehen. Es konnte kein direkter Treffer gewesen sein, denn sonst wäre er nicht mehr am Leben.

Doch seine Hand widersetzte sich ihrer und wollte das verletzte Auge nicht preisgeben. Schließlich gelang es ihr, seinen

Griff zu lockern. Langsam drehte sie sein Gesicht zu sich. Sie musste schwer schlucken und die aufkommende Welle von Übelkeit unterdrücken, die aufkam, als sie die Wunde betrachtete.

Sein Augapfel war zwar noch intakt, aber es floss eine Menge Blut. Es strömte aus dem Augenwinkel, wo er einen zwar nicht direkten, aber dennoch wirkungsvollen Treffer abbekommen hatte. Vom Augenwinkel bis zur Schläfe klaffte eine Wunde, die aussah, als hätte eine Kugel nur knapp sein Auge verfehlt, aber stattdessen die angrenzende Haut aufgerissen.

»Dein Auge ist in Ordnung«, erklärte Lola. »Alles okay. Die Wunde ist daneben. Alles wird gut.«

Der Mann griff sich erneut ins Gesicht. »Aber ich kann nichts sehen«, sagte er verzweifelt. Er schob Lola von sich weg und rappelte sich auf. Gegen ihren Widerstand kämpfte er sich auf seine wackeligen Beine und machte einen Schritt zurück. »Ich sehe nichts mehr!«

Kaum hatte er sich von ihr abgewandt, zuckte sein Kopf wie von einer unsichtbaren Hand geschlagen zur Seite, und ein Blutstrahl explodierte vorn aus seinem Kopf. Er taumelte, seine Muskeln versagten den Dienst, und er brach auf dem Felsen zusammen.

Lola erschauderte und wischte sich die Spritzer aus dem Gesicht. Sie nahm ihr Gewehr und kroch von ihrem toten Kameraden weg, zum Rand des Plateaus. Vorsichtig warf sie einen Blick nach unten und richtete ihre Aufmerksamkeit dann auf die Mitte des Durchgangs, als sie auf eine Bewegung aufmerksam wurde.

Keine fünf Fuß von ihr entfernt machte sich gerade der erste von einem halben Dutzend Männern daran, die Felswand in Richtung des Plateaus zu erklimmen. Lola bat ihre verbliebenen drei Kampfgenossen leise um Hilfe.

Entweder konnte sie über den Kampflärm hinweg niemand verstehen, oder es interessierte sie einfach nicht, was sie ihnen mitzuteilen hatte. Sie sah, wie sich eine weitere Welle

Kartell-Soldaten dem Eingang näherte. Ihre Kameraden waren mehr als beschäftigt.

Lola stützte sich auf ein Knie auf und richtete ihre Heckler & Koch aus, dann drückte sie den Gewehrkolben gegen ihre Schulter und zielte auf den Mann, der ihr am nächsten stand. Sie zog durch. Ein tödlicher Treffer. Der Mann verlor seinen Halt an der Wand und stürzte zu Boden.

Lola zielte auf den nächsten Gegner in der Reihe und drückte ab. Nichts. Neuer Versuch. Wieder nichts. Das Gewehr blockierte. Sie zog den Ladehebel zurück, warf das funktionsunfähige Magazin aus und setzte hastig ein neues ein.

Als ihre Waffe wieder bereit war, hatte der Mann gerade das Plateau erreicht. Er sprang genau dann nach vorn, als sie den Abzug drückte und die Mündung in seinem Darm versenkte.

Er brach über ihr mit seinem vollen Gewicht zusammen. Sie versuchte sich zu befreien, schaffte es aber nicht. Sie lag auf dem Rücken und konnte sich keinen Millimeter mehr bewegen. Sie ließ die Heckler & Koch los und versuchte mit beiden Händen, den Körper zur Seite zu schieben. Das Rasseln seiner Lunge vibrierte gegen ihre Brust, als er seinen letzten Atemzug tat. Eine feuchte Wärme breitete sich über ihre Hüften aus und sickerte über ihre Oberschenkel nach unten.

Ein Universum aus Schreien und Schüssen aus nächster Nähe umgab sie nun. Nichts anderes existierte mehr. Lola bewegte ihren Kopf, damit sie freier atmen konnte, und gab ihren Kampf auf. Still lag sie mit geschlossenen Augen unter dem erdrückenden Gewicht.

Im Moment konnte sie nichts tun, um das Geschehen zu stoppen. Die beste Option war es, einfach am Leben zu bleiben.

Sie holte tief Luft und atmete langsam durch die Nase aus. Ein und aus. Ein und aus. Der pochende Puls in ihrem Nacken verlangsamte sich, ihr Atem ging wieder normal.

Immer weitere Schreie und Hilferufe durchbohrten das Stakkato des Angriffs. Schwere Stiefel trampelten an ihr vorbei. Lola biss sich auf die Innenseite ihrer Wange, um nicht wimmernd der Angst nachzugeben, die sie zu verzehren drohte.

Doch dann hörte es plötzlich auf.

Unterhalb ihrer Position gingen die Kämpfe allerdings weiter. Die Geräusche hallten von den Wänden des Canyons zurück bis hinunter in die Tiefe. Aber die plötzliche Gewalt auf dem Plateau war offenbar vorbei.

Lola öffnete die Augen und noch immer steckte sie unbeweglich unter dem letzten Feind fest, den sie erledigt hatte. Doch anstatt in den frühen Morgenhimmel des Westens von Texas zu blicken, waren plötzlich zwei schwarze Augen über ihr. Ein Mann mit einem langen, dichten Bart und einem Pferdeschwanz, der ihm über die Schulter hing, beugte sich nach unten und sah sie finster an. Seine Beine waren weit gespreizt, eines auf jeder Seite des Toten, der auf ihrem schlanken Körper lag.

»Dich habe ich schon einmal gesehen«, sagte er und setzte sich plötzlich rittlings auf den Toten. Die Luft entwich aus Lolas Lunge. »Du bist die süße Rothaarige, die ich im Jones gesehen habe.« Ein Lächeln breitete sich auf seinem Gesicht aus und zog seinen Bart auseinander. »Das bedeutet, dass Battle nicht allzu weit von hier entfernt ist.«

KAPITEL 35

26. Oktober 2037, 07:22 Uhr
Jahr fünf nach dem Ausbruch
Lewisville, Texas

Auf einem sich bewegenden Pferd zu stillen, war beinahe das Unangenehmste, in dem sich Ana jemals versucht hatte. Aber angesichts der verdorbenen Vielfalt an lebensrettenden Aktivitäten, die sie seit dem Ausbruch der Krankheit unternommen hatte, stand es nicht ganz oben auf ihrer Liste.

Wie ihr neunmonatiges Baby mit ihrem Zahnfleisch und den ersten Zähnen an ihrer Brust zog, war schlimmer als die zunehmenden Schmerzen an ihrem am Sattel klebenden Hintern. Sie musste zu viel Strecke gutmachen und hatte einfach zu wenig Zeit.

Ana wusste, dass das Territorium nach dem Sturz des Kartells von Chaos heimgesucht werden würde, bis die Dweller ihre neue, gerechte Herrschaft in der Region etabliert hatten. Bis dahin musste sie soweit nördlich des Walls wie möglich sein. Sie opferte deshalb auch den letzten Rest Bequemlichkeit der Zweckmäßigkeit der Lage und der Gesundheit ihrer Tochter.

Das Pferd machte gut Tempo auf der Interstate 35 nach Norden und zeigte keinerlei Anzeichen von Erschöpfung. Ana hielt das Tier in der richtigen Richtung und trieb es vorwärts durch Lewisville, eine Stadt, die noch nicht ganz die Hälfte der Strecke auf ihrem Weg zum Ziel markierte.

Ana war gerade ein wenig weggetreten, während ihr Kind an ihr saugte und knabberte, als eine flackernde Straßenlaterne ihre Aufmerksamkeit erregte. Es war die erste Lichtquelle seit

Dallas, die funktionierte. Unterhalb des Lichts, das sich in Richtung des orangefarbenen Lichtbogens am östlichen Horizont erstreckte, befand sich eine große Umspannstation. Endlos scheinende Reihen von Hochspannungsspulen bewachten das Land. Ihre metallenen Beine spreizten sich wie aufmerksame Wachposten. Um ihre Taillen hingen die Stromkabel, an ihren Köpfen die Erdungsdrähte.

Nördlich der Umspannstation und der flackernden Straßenlampe lag ein halbes Dutzend Boote schief neben der dreispurigen Zubringerstraße, die parallel zum Highway verlief. Ein paar von ihnen waren noch an ihren Anhängern befestigt. Die anderen sahen aus, als wären sie vom Wind umgeworfen worden. Ein paar waren mit großen Löchern übersät.

Hinter den Booten befand sich ein langes, einstöckiges Gebäude. An der Vorderseite des Flachdachs hingen die zerfetzten Reste einer blauen Markise. Nur die Buchstaben *OATS* war geblieben von dem Schriftzug, der einst das Aushängeschild für einen Bootshändler gewesen war.

Penny lockerte ihren Griff und signalisierte ihr damit, dass sie satt war. Ana zog sie an ihre Schulter. Abwechselnd klopfte sie sanft auf den Rücken des Kindes und rieb mit der Hand entlang ihres Rückgrats.

Anas Blick wanderte zu einem einfachen cremefarbenen Gebäude aus Ziegelsteinen neben dem Bootshändler. Es war ein Bestattungsunternehmen. Das allein war es jedoch nicht, was ihre Aufmerksamkeit auf sich zog. Es war die Gruppe von Menschen, die sich um einen langen schwarzen Leichenwagen an der Seite des Gebäudes drängten.

Soweit sie wusste, hatte seit dem Ausbruch der Krankheit niemand mehr ein richtiges Begräbnis erhalten. Am Anfang waren es einfach zu viele Leichen gewesen, um sie zu begraben, und nachdem das Schlimmste vorüber gewesen war, hatte niemand mehr die Kraft oder das Geld für einen traditionellen Abschied aufbringen können.

Eine rasch zusammengezimmerte Kiste aus Kiefernholz und ein sechs Fuß tiefes Loch auf irgendeiner Wiese oder einem Feld waren für die meisten Menschen gut genug gewesen. Sie waren schon erleichtert gewesen, wenn ihre Lieben nicht den Vögeln am Straßenrand oder den Kojoten zum Fraß überlassen wurden.

Ana bremste das Pferd, umklammerte Penny fester und beobachtete die Ansammlung von Menschen, die sie argwöhnisch beobachteten, als sie vorbeiritt. Sie hatten mit dem aufgehört, was sie getan hatten, als wären sie mit den Händen in der Keksdose erwischt worden.

»Du reitest am besten einfach vorbei!«, rief ihr eine der Frauen zu. Ihre Stimme zitterte vor Nervosität. »Hier gibt es nichts zu sehen.«

Ana drehte das Pferd auf die Gruppe zu und ließ es langsam weitertrotten. Sie wickelte die Zügel locker um das Sattelhorn und griff nach ihrem Revolver. Sie legte ihn nahe an den Sattel und versteckte ihn, so gut sie konnte, wobei sie den Finger am Abzug hielt.

»Wir sagten, du sollst Leine ziehen«, rief die Frau, und ihre Stimme war nun einen Ton schriller. »D-d-du hast hier nichts zu suchen.«

»Ich habe ein Baby«, erklärte Ana. »Wir sind allein, wir sind müde, und wir haben Hunger.«

Sie zählte die Menschen, die erstarrt wie Wachsfiguren um den Leichenwagen herumstanden. Es waren fünf. Als sie näherkam, konnte sie hören, dass der Motor lief.

Ein Mann tauchte vom Fahrersitz auf. Das machte sechs Personen. »Die Dame hat gesagt, Sie müssen gehen«, erklärte er. »Dies hier ist Privateigentum. Sie betreten dieses Grundstück also gerade widerrechtlich.« Er zog eine Pistole aus dem Hosenbund und zielte auf Ana.

»Ich versuche doch gar nicht, irgendwo einzudringen«, erwiderte Ana und zog sanft an den Zügeln. Das Pferd hielt am Rande der Zubringerstraße an. Sie war nun zehn Fuß vom Leichenwagen und den Menschen darum entfernt. »Ich habe nur …«

»Sie müssen sich wieder auf den Weg machen.« Der Fahrer richtete die Waffe auf Ana. »Haben Sie mich verstanden?«

Ana beäugte den Fahrer und vermutete, dass er kurz davorstand, zu schießen. Er wirkte nervös und gereizt. Die anderen machten große Augen und hatten offene Münder. Entweder hatten sie Todesangst oder sie waren erstaunt über Anas Unerschrockenheit. In jedem Fall war klar, dass es sich um Passagiere handelte, und sie hatten etwas zu verbergen. Sie warf einen Blick auf den Leichenwagen. Er hatte ein Nebraska-Nummernschild. Über dem Nummernschild stand in weißer Schrift *Korisko Larkin Staskiewicz Funeral Home, Omaha, Nebraska.*

Ana sah sich die Vorderseite des Gebäudes an. Dort stand *Dalton & Son.* Ihr Blick traf den des Fahrers, der schwer schluckte.

Er wedelte mit der Waffe in ihre Richtung. »Verstanden?«, sagte er noch einmal.

Ana versuchte trotzdem ihr Glück. »Was ich verstehe, ist, dass ihr auf dem Weg in das Gebiet hinter dem Wall seid.«

Der Fahrer runzelte die Stirn. Sein Mund öffnete sich, aber er sagte nichts.

Ana spürte eine kleine Chance. »Ich will auch dorthin«, erklärte sie, »und ich könnte eine schnellere Mitfahrgelegenheit gut gebrauchen.«

Die Passagiere tauschten untereinander schnelle Blicke aus. Der Fahrer sah über den Leichenwagen hinweg zu der Frau, die Ana zuerst mitgeteilt hatte, zu verschwinden.

Die Frau schüttelte den Kopf. »Wir haben keinen Platz.«

Ana musterte die anderen. Sie senkten den Blick und schauten auf ihre Füße. Der Fahrer trat vor, senkte aber wenigstens die Waffe.

»Diese Herrschaften haben dafür bezahlt«, erwiderte er. »Sie haben eine Mitfahrgelegenheit, weil sie dafür bezahlt haben.«

»Ich kann auch bezahlen«, antwortete Ana. »Auf ganz verschiedene Art und Weise.«

Die abweisende Frau lachte herablassend und zeigte keinerlei Einfühlungsvermögen. »Dafür haben wir keine Zeit, Taskar«, sagte sie zu dem Fahrer.

Ana konzentrierte sich weiter auf ihn. »Taskar?«, fragte sie. »Ist das Hindi?«

Der Blick des Fahrers wurde sofort weicher. »Ja«, sagte er. »Woher weißt du …?«

»Du bist ein Dweller«, sagte sie. »Das ist dein Dweller-Name.«

»Es gibt keine Dweller«, zischte die Frau. »Das Kartell hat sie alle getötet.«

Ana lachte die Frau offen aus. »Was glaubst du denn, wer er ist?« Sie nickte dem Fahrer zu. »Nur die Dweller im Süden des Walls kennen einen Weg zur anderen Seite.«

»Also …«

»Warum wohl hat das Kartell Lewisville verlassen?«, fragte Ana. »Sie haben alle Männer abgezogen, um gegen die Dweller im Canyon zu kämpfen. Es ist Krieg, und er hat schon längst begonnen.«

Keiner der Passagiere sagte etwas. Taskar trat einen Schritt näher. »Was weißt du über den Krieg? Du bist kein Dweller.«

»Ich habe für sie gearbeitet«, erklärte sie. »Ich bin Teil des Aufstands, des Widerstands, wie auch immer du es nennen willst.«

»Womit kannst du bezahlen?«

»Ich habe Verpflegung«, zählte Ana auf. »Ich habe Waffen. Du kannst sogar das Pferd haben.«

»Taskar«, rief die Frau ungeduldig, »wir müssen los. Es ist mir egal, was dieses Flittchen sagt. Wir haben bezahlt und wir wollen raus hier.«

»Ich nehme deine Waffen und die Hälfte deiner Verpflegung«, meinte er. »Das Pferd brauche ich nicht. Du kannst mit dem Kind hinten sitzen.«

Ana nickte. »Perfekt. Vielen Dank.« Sie drehte den Revolver herum, fasste ihn am Lauf und hielt ihn mit ausgestrecktem Arm hin. Dann steckte sie Penny wieder in die selbst gebaute Babytrage auf ihrer Brust.

Er näherte sich ihr, nahm die Waffe und steckte sie in seinen Hosenbund, dann bot er ihr seine Hand an, um ihr vom Pferd zu helfen.

»Du machst wohl Witze«, jammerte die Frau. »Das ist doch nicht dein Ernst.«

Taskar drehte sich um und schnaubte. »Sie bezahlt«, entgegnete er. »Und es ist mein Auto. Also auch meine Regeln.«

Ana nahm seine Hand und stieg ab. »Dann bist du also ein Dweller?«

Taskar schüttelte den Kopf. »Ich war es. Aber vor einem Jahr bin ich gegangen. Ich lebe jetzt nördlich des Walls und komme immer wieder hierher zurück.«

Ana machte sich am Sattel zu schaffen. »Warum kommst du hierher zurück?«

Taskar zuckte mit den Schultern. »Wegen des Geldes«, erklärte er. »Nördlich des Walls gibt es keine Jobs, es sei denn, man arbeitet für die Regierung. Aber du brauchst Beziehungen, um an einen solchen Job zu kommen, und ich habe leider keine Beziehungen.«

»Wenn du schon vor einem Jahr gegangen bist, woher weißt du dann von dem Krieg?«

Taskar grinste. »Sie planen es schon viel länger als seit einem Jahr.«

Ana nickte. Sie wusste aus eigener Erfahrung, dass der Krieg Teil der langfristigen Pläne der Dweller war. Sie hörte auf, in den Satteltaschen zu kramen. »Ist es nördlich des Walls denn besser?«

»Wie gesagt, das kommt darauf an, wer du bist. Eine hübsche Frau wie du?«, meinte er. »Du kommst wahrscheinlich gut klar.«

Ana fragte nicht, was er damit genau meinte, denn sie wollte es nicht wissen. Was auch immer der Norden für sie und Penny bereithielt, es konnte nicht schlimmer sein als hier im heftig umkämpften Territorium zu bleiben, wo das Leben vermutlich nicht einfacher werden würde.

»Hilf mir bitte mit dem Sattel«, sagte sie. »Den nehmen wir mit. Du kannst auch das Gewehr haben«, sagte sie. »Es gehört jetzt dir.«

»Wir müssen los«, antwortete er, »bevor die Dinge noch mehr außer Kontrolle geraten, als sie es bereits sind.«

KAPITEL 36

26. Oktober 2037, 07:34 Uhr
Jahr fünf nach dem Ausbruch
Palo Duro Canyon, Texas

Battle drehte sich rechtzeitig, um zu sehen, wie sich der erste Kartell-Soldat auf die Spitze des Felspfeilers zog. Er wartete, bis der Kopf des Mannes über dem Rand auftauchte und drückte dann den Abzug.

»Zieh die Seile hoch«, rief er dem anderen Dweller zu, der bis jetzt auf dem Felsen überlebt hatte. »Sie kommen dort hoch!«

Sawyer sprang hervor und lief zu Battle am Rand des Felspfeilers. »Ich helfe dir.«

Battle versuchte nicht, ihn zurückzuhalten, denn er konnte wirklich Hilfe gebrauchen. Er verfluchte sich selbst, weil er nicht daran gedacht hatte, die Seile hochzuziehen. Ein weiterer unter vielen unsoldatischen Fehlern, die er in den letzten zwei Wochen begangen hatte. *Verlor er langsam den Fokus?*

Battle legte sich auf den Bauch, griff über den Rand des Felsens und zog an einem der Seile, die sie mit Karabinern an einer Reihe von Kletterankern befestigt hatten. Doch das Seil war gespannt, als er daran zog. Das hieß, jemand kletterte gerade daran hoch.

Battle schob seinen Oberkörper weiter über die Kante und sah dem Kartell-Soldaten direkt in die Augen. Hastig zog er sich zurück und griff nach seinem Gewehr. Auf einem Knie rutschte er zur Kante zurück und richtete die Waffe nach unten, bereitete sich auf den Rückstoß vor und drückte den Abzug. Augenblicklich war der unglückliche Gegner keine Bedrohung mehr.

Battle legte seine Waffe neben sich und zog das Seil schnell nach oben. Hand um Hand schlang er es über seine Schulter. Als er fertig war, ließ er das zusammengerollte Seil auf den Felsen fallen und ging zum zweiten von vier Seilen.

***

Sawyer eilte ebenfalls zum Rand und legte sein Gewehr neben sich. Er studierte, wie sich Battle ausrichtete, beugte sich vor und griff nach dem Seil. Er zog daran, aber es gab nicht nach. Er sah vorsichtig über die Kante und erspähte von oben den Kopf eines Mannes, der das Seil schon zur Hälfte hochgeklettert war. Sawyer schaute zurück auf seine Waffe und dann zu Battle, der seine gerade benutzte. Er bemerkte den Rückstoß der Waffe und ihm war klar, dass er damit nicht würde umgehen können. Er würde unweigerlich das Gleichgewicht verlieren.

Er sah wieder über die Kante und der Mann blickte zu ihm auf. Sawyers Augen verengten sich und er konzentrierte sich auf das Gesicht des Mannes. Es kam ihm vertraut vor. Er kannte ihn.

Das war Dalton!

Sawyer spürte einen Adrenalinstoß. Sein Herz schlug gegen seine Brust. Er wich von der Kante zurück, nahm seinen Rucksack von seinen Schultern, kramte darin herum und zog kurz darauf ein klappbares Universalmesser heraus. Er rutschte zum Rand zurück und ergriff mit einer Hand das gespannte Nylonseil, während er mit der anderen zu sägen begann.

Das Seil war sehr dick und seine äußere Beschichtung schützte die mit Fäden versehenen, dehnbaren Schnüre unter der Hülle. Sawyer fuhr trotzdem mit der glatten Klinge gleichmäßig vor und zurück, während seine Augen zwischen dem Seil und dem kletternden Feind hin und her wanderten, der sein Tempo beschleunigt hatte.

Vor und zurück. Vor und zurück.

Immer schneller kletterte Dalton das Seil hinauf. »Junge«, rief der Mann atemlos, »ich kenne dich. Du kennst mich. Tu das nicht.«

Vor und zurück. Vor und zurück.

Sawyer blickte kurz von der Klinge zu Dalton und schnitt sich prompt in den Finger. Er zuckte zusammen und versuchte den pulsierenden Schmerz zu ignorieren, während er sich weiter durch das Seil arbeitete. Blut lief über die Schnüre.

Vor und zurück. Vor und zurück.

Er hatte es bereits halb durchtrennt.

Dalton keuchte und arbeitete sich immer näher heran. Seine Hände waren nicht mehr weiter als fünf Fuß entfernt.

Vor und zurück. Vor und zurück.

Das Seil gab langsam nach und die letzten Fäden begannen sich zu lösen. Dalton spürte es und schrie Sawyer an: »Hör auf, Junge. Hör jetzt sofort auf!« Sein Gesicht wurde dunkel und wütend.

Doch Sawyer setzte an der geschwächten Stelle neu an.

Vor und zurück. Vor und zurück.

Seine Schnitte am Seil wurden kürzer und kürzer und er ließ die Klinge immer schneller und schneller über die Fasern fahren.

»Dich kriege ich noch, Junge«, knurrte Dalton durch seine zusammengepressten Zähne. »Ich packe deine Kehle und reiße dich in den Abgrund.« Er zog sich eine weitere Armlänge nach oben und griff nach der Felskante.

Sawyer wich Daltons ausgestreckter Hand aus und fuhr mit seiner Arbeit fort.

Dann hatte er das Seil endlich durchtrennt.

Doch in dem Moment, in dem das Seil nachgab, riss Dalton die Hand nach oben. Seine Fingernägel kratzten über Sawyers Handrücken, als er fiel und schrie, bis er mit einem dumpfen Geräusch auf dem Boden aufschlug.

***

Battle erreichte Sawyer gerade, als das Seil riss. Er sah zu, wie der Kartell-Soldat, der noch immer mit einer Hand das Seil umklammerte, rückwärts nach unten fiel und auf dem Boden aufschlug.

Battle zog den Jungen von der Kante weg. »Gute Arbeit«, erklärte er. »Jetzt hilf mir beim Nächsten.«

Der andere Dweller hatte das dritte Seil bereits aufgerollt und kümmerte sich um das vierte. Battle trat zur Seite, legte das Gewehr an und drückte zweimal ab. Zwei Kartell-Soldaten ließen von ihrem Versuch, auf dem verbliebenen Seil nach oben zu klettern, für alle Ewigkeit ab.

Als er das letzte Stück Seil auf den Felsen zog, griff der Dweller plötzlich an seine Seite und ging in die Knie, woraufhin er sich im Seil verhedderte.

Battle hockte sich neben ihn und betrachtete die Wunde. Es sah nicht gut aus. Der Dweller hatte zwei große, stark blutende Schusswunden in seinem Brustkorb und hustete bereits Blut.

Battle stellte sich über ihn und drückte auf den Abzug. »So weit der Osten ist vom Westen«, sagte er leise, »hat er von uns entfernt unsere Vergehen.«

»Warum hast du das getan?«, fragte Sawyer schockiert.

»Er lag im Sterben«, sagte Battle rundheraus. »Ich habe ihn nur von seinem Elend befreit.« Er legte seine Hand auf den Rücken des Jungen. »Es war das, was ich tun musste.«

»Was jetzt?«

»Wir kämpfen weiter«, erklärte Battle. Er sah über seine Schulter hinweg nach hinten und dann nach rechts. Einige Kartell-Soldaten hatten die erste Abwehrstellung der Dweller überwunden und drängten nun weiter vorwärts. Der gelbe Schein der aufgehenden Sonne begann den Canyon zu fluten, was die Sicht schlagartig verbesserte. Battle überflog das Schlachtfeld unter ihm und warf einen Blick auf das Plateau gegenüber dem Felspfeiler, bevor er die Stärke der nächsten Welle an der Biegung abschätzte.

Auf dem Plateau nahm er plötzlich etwas Merkwürdiges wahr, das er zuerst gar nicht bemerkt hatte. Er schaute zurück. Auf dem Plateau stand Lola, und direkt hinter ihr befand sich ein bärtiger Mann mit einem Pferdeschwanz und hielt ihr eine Pistole an den Kopf. Es war Roof. Er starrte Battle an, als hätte er geduldig darauf gewartet, bis er von ihm entdeckt wurde.

Roof hatte seinen linken Arm um Lolas Brust geschlungen und presste sie fest an sich. Lola umklammerte mit beiden Händen seinen Arm.

Battle erstarrte für einen Moment und drehte sich dann zu Sawyer um. Er zeigte auf die Biegung unter ihnen in dem Versuch, den Jungen davon abzuhalten, ebenfalls zum Plateau zu schauen. »Ich brauche mal deine Hilfe.«

Sawyers Augen leuchteten auf wegen der übertragenen Verantwortung und er nickte begeistert.

Battle setzte seinen Zeigefinger auf Sawyers Brust. »Jetzt hör mir genau zu … ich gehe da runter und hole Verstärkung hier hoch. Sobald ich das Seil hinuntergerutscht bin, ziehst du es wieder hoch.«

Sawyers Begeisterung ließ etwas nach, aber er nickte, zum Zeichen, dass er verstanden hatte. »Okay.«

»Danach ziehst du dich in die Nische dort in der Felswand zurück, machst dich so klein wie möglich und wartest auf mich. Hier oben bist du in Sicherheit. Niemand kann dich erreichen.«

Sawyer sah zurück zur Felswand und dann wieder zu Battle. Er sah jetzt ganz und gar nicht mehr begeistert aus. »Wie kommst du denn wieder nach oben, wenn kein Seil mehr herunterhängt?«

Battle seufzte. »Darum kümmern wir uns, wenn es so weit ist«, antwortete er. »Ich gebe dir dann ein Zeichen.«

»Was für ein Zeichen?«

»Das weiß ich noch nicht, aber du wirst es erkennen, wenn du es siehst.«

Sawyer nickte. Offenbar genügte ihm diese vage Antwort vorerst. Die Wahrheit war, dass Battle keine Ahnung hatte, wie er wieder auf den Felspfeiler zurückkommen sollte oder welches Zeichen er geben würde, sollte das nötig sein.

Im Moment lagen die Karten so, dass er erst einmal den umkämpften Grund des Canyons überqueren musste, um zur Passage gelangen und zu Lola und zu Roof klettern zu können.

***

General Roof starrte den Mann an, der ihm einst das Leben gerettet hatte. Er hatte gesehen, wie dieser zuerst eine Handvoll Kartell-Soldaten erledigt und dann kaltschnäuzig mit einem Kopfschuss einen sterbenden Dweller getötet hatte. Das war der Marcus Battle, an den er sich erinnerte. Das war der Marcus Battle, der ein halbes Jahrzehnt lang das Kartell abgewehrt und dann das Jones überlebt hatte, was sonst kaum einem Mann gelungen war.

Geduldig hatte er darauf gewartet, dass Battle seinen Blick fand, und seine überlegene Kraft eingesetzt, um die Frau an Ort und Stelle festzuhalten. Sie war ihm vollkommen gleichgültig. Es war ihm egal, ob sie lebte oder starb. Sie war nur ein Mittel zum Zweck. Roof musste sich mit Battle von Angesicht zu Angesicht auseinandersetzen, und sie war ein zufälliger Glücksfund, der ihm genau das ermöglichen würde.

Roof blickte den Rand des Canyons entlang. Selbst das aufkommende Tageslicht enthüllte nicht die Verstärkungen, die er erwartet hatte. Etwas war schiefgegangen. Er sah nach unten zur Biegung, wo vereinzelt ein paar seiner Männer auftauchten. Ihre Offensive schlug offensichtlich gerade fehl.

»Er wird Sie töten«, sagte Lola leise. »Sie werden hier sterben und das Kartell mit Ihnen.«

Roof kicherte mit rauer Stimme und hob sie mit einem Arm vom Boden hoch, sodass ihre Füße in der Luft baumelten. Er beugte seinen Rücken nach hinten und genoss es, wie vollkommen er sie kontrollierte, mochte sie sich auch noch so sehr sträuben. Sie grub ihre Nägel in seine Haut und zog sie nach unten.

»Wir alle werden sterben«, erklärte er und ließ ihre Füße zurück auf die felsige Oberfläche des Plateaus sinken. »Es ist nur eine Frage des Zeitpunkts.«

»Sehen Sie sich den Durchgang da unten an«, spottete Lola. »Sie verlieren den Kampf. Sie können nicht gewinnen. Sie haben sich nicht vorstellen können, wie stark der Widerstand der Dweller sein würde, oder?«

Roof blickte auf die andere Seite des Canyons. Battle ließ sich gerade an einem Seil in die Passage hinab. Seine Beine waren um das Nylon geschlungen und er benutzte nur eine Hand, um sich zu halten. In der anderen hielt er ein Gewehr, das er gegen seine Hüfte drückte, während er mehr und mehr hinabstieg. Roof war sich nicht sicher, aber es sah ganz so aus, als feuerte Battle die Waffe mit einer Hand, während er gleichzeitig nach unten glitt.

»Sie verlieren«, wiederholte Lola und rammte ihren Ellenbogen dann mit aller Kraft in Roofs Bauch.

Er zuckte zusammen, verlor aber nicht den Halt. »Schätzchen, du musst es wohl oder übel mit mir aushalten, bis dein Freund kommt«, sagte Roof grinsend. »Danach lasse ich dich los und du kannst uns beiden beim Sterben zusehen.«

KAPITEL 37

26. Oktober 2037, 07:45 Uhr
Jahr fünf nach dem Ausbruch
Palo Duro Canyon, Texas

Am frühen Morgen trat Juliana Paagal aus ihrem Zelt in die Kälte des Sonnenaufgangs. Doch sie fühlte die Kälte nicht, sie war warm vor Macht und Stärke.

Sie hielt sich das Satellitentelefon ans Ohr. Ein Anruf nach dem anderen ging ein und die meisten brachten erstaunliche Neuigkeiten. Mit seltenen Ausnahmen verlor das Kartell an allen Kampfpunkten. Was sie als langen, brutalen Krieg angekündigt hatte, konnte vielleicht schon bis zum Mittagessen vorbei sein.

»Was ist mit dem Nordrand?«, fragte sie. »Wie ist ihr Status?«

Ihre Scouts hatten Bewundernswertes geleistet. Die ganze Nacht hindurch hatten sie über das gesamte Territorium hinweg die Trupps vorrückender Kartell-Soldaten gemeldet.

Die Dweller hatten daraufhin ihre Feinde dort überfallen, wo sie zahlenmäßig in der Überzahl gewesen waren. Sie hatten sie im Nahkampf bekämpft, wo ihre Zahlen gleich gewesen waren, und sie hatten die Soldaten und ihre Bosse aus der Ferne getötet, sobald sich die Gelegenheit dazu bot.

Paagal bedankte sich für den Anruf und schob die Antenne des Satellitentelefons hinein, dann steckte sie das Gerät in die Tasche und wandte sich an den Dweller neben sich. Er hatte ihr gedient, seit ihr Sicherheitsteam am Rand des Canyons gefallen war. Nebeneinander gingen sie zum Versammlungsplatz zwischen den Zelten, um den Älteren, den Frauen und den Kindern, die sich aus dem Kampf herausgehalten hatten, die guten Nachrichten zu überbringen.

»Das Timing war perfekt«, berichtete sie ihnen. »In Austin wird es langsam ruhiger. In wenigen Stunden haben wir die Kontrolle über alles, was sich vor dem Wall befindet, mit Ausnahme von Lubbock.«

»Überall, tatsächlich?«

»Ein Problem gibt es allerdings«, gab sie zu. »In Houston ist etwas passiert. Zunächst lief auch dort alles nach Plan … unsere Zelle hat den dortigen General erfolgreich getötet. Doch dann starben plötzlich drei der Führer, die den Plan gemacht hatten. Wir denken, dass die Frau des Generals uns verraten hat.«

»Sie ist doch nur eine einzelne Frau«, sagte der Dweller. »Was macht das schon aus?«

Paagal blieb stehen und stoppte ihren Begleiter mit einem ausgestreckten Arm. »Was das schon ausmacht?«

Der Dweller zuckte mit den Schultern, als wäre die Frage rhetorisch.

»Battle ist auch nur ein einzelner Mann«, betonte sie. »Sieh dir an, was er alles erreicht hat. Er hat eine ausreichend große Welle im Wasser erzeugt, um das Kartell vom aufziehenden Sturm abzulenken. Sollten wir sie finden, dürfen wir sie nicht am Leben lassen.« Sie ging weiter in Richtung der Zelte. »Wenn ich darüber nachdenke«, fügte sie hinzu, »dann ist es, glaube ich, auch keine gute Idee, Battle am Leben zu lassen.«

Abrupt blieb der Dweller stehen, während Paagal weiterlief. Sie spürte, dass er nicht länger neben ihr war, und drehte sich um. »Was ist los?«

»Warum sollten wir das tun? Er hilft uns doch. Du hast ihm einen sicheren Weg auf die andere Seite des Walls versprochen.«

»Ich fürchte, er ist psychisch nicht stabil«, erklärte Paagal. »Er hat Probleme.«

Der Dweller lachte ungläubig und fuhr sich mit den Fingern durch den Bart. »Wir haben alle unsere Probleme. Wir leben in einer Einöde, und die Krankheit hat zwei von drei Menschen getötet, die wir kannten. Er ist nicht kaputter als wir.«

Paagal marschierte mit in Frustration verzogenem Mund direkt auf ihn zu. »Ich brauche deine Meinung nicht, ich brauche deinen Gehorsam! Ich brauche den Gehorsam aller, um dieses Territorium in etwas Besseres verwandeln zu können. Battle passt einfach nicht zu uns.«

»Er wird doch nicht mehr lange hier sein«, wandte der Dweller ein. »Er möchte nördlich des Walls leben, außerhalb des Territoriums. Er ist keine Bedrohung für dich.«

Paagal schnaubte und machte auf dem Absatz kehrt. »Genug jetzt«, sagte sie, ohne ihn anzublicken. »Ich muss mit den Invaliden sprechen.«

Während sie sich den Zelten näherte, dachte sie widerwillig darüber nach, was der Mann gesagt hatte. Vielleicht war Battle tatsächlich keine Bedrohung für sie. Vielleicht würde er auf die andere Seite des Walls gehen und für immer dortbleiben. In diesem Szenario wäre er nicht länger ihr Problem. Anstatt die neue Ordnung der Dweller infrage zu stellen, würde er seine Tage und Nächte damit verbringen, diejenigen zu ärgern, die versuchten, ein zartes Pflänzchen der Ruhe in einem viel größeren Maßstab gedeihen zu lassen.

Paagal hatte Battle bei der Arbeit beobachtet. Er war ein absolutes Rätsel. Sie hatte gesehen, wie er rücksichtslos kämpfte und tötete, doch sie hatte auch gesehen, wie er Lola und ihrem Jungen ein bemerkenswertes Maß an Mitgefühl entgegengebracht hatte. Sie hatte mitbekommen, wie er mit sich selbst sprach, obwohl seine Worte so klangen, als glaubte er, die Stimmen in seinem Kopf, in seiner Welt, seien real und greifbar.

Vor dem Ausbruch der Krankheit hatte sie Patienten behandelt, die an sogenannten Gehörhalluzinationen litten. Dabei handelte es sich um ernste Anzeichen einer Psychose und sie deuteten darauf hin, dass die betreffende Person Schwierigkeiten hatte, die Realität von der Fiktion zu unterscheiden.

Sie war überzeugt davon, dass Battle am Rande einer schizoaffektiven Störung stand, falls er nicht sogar schon kopfüber in die Surrealität abgetaucht war. Zusätzlich zu den Halluzinationen zeigte er eine Menge weiterer Symptome. Er war launisch und zeitweise fast depressiv. Jahrelang hatte er sich als Einzelgänger durchgeschlagen und es war ihm spürbar unangenehm, mit anderen zusammenzuarbeiten.

Sie erwog die Möglichkeit, dass es nur die Einsamkeit war, die die Depression bei ihm hervorgerufen hatte und das Bedürfnis nach einer Verbindung zu Menschen, ob real oder imaginär. Vielleicht war es keine Psychose, vielleicht war es einfach nur ein Bewältigungsmechanismus.

Als sie das erste Zelt erreicht hatte, war die Sache für Paagal entschieden. Es spielte keine Rolle, warum Battle so war, wie er war, die Ursache war ihr egal. Wichtig für sie war einzig und allein die Wirkung. Er war unberechenbar, ob psychisch krank oder nicht. Er würde nicht auf der anderen Seite des Walls bleiben. Die Anziehungskraft seines Zuhauses, das er jahrelang verbissen verteidigt hatte, war einfach zu groß. Er würde zurückkommen, und deshalb würde sie sich um ihn kümmern müssen.

KAPITEL 38

26. Oktober 2037, 07:54 Uhr
Jahr fünf nach dem Ausbruch
Südlich von Hickory Creek, Texas

Ana presste ihre Nase gegen das Glas der Heckscheibe des Leichenwagens. Sie überquerten einen großen See. Die Sonne spiegelte sich im Wasser und ließ es rot erscheinen.

Penny war in einen Stapel Decken neben ihr gewickelt und eingeschlafen. Ana streichelte ihr zärtlich über den Hinterkopf und berührte sanft die Fontanelle. Ihr Baby, geboren aus Betrug und Verrat, war das beste Kind auf dem gesamten Planeten. Sie machte immer noch stundenlang zweimal am Tag ein Nickerchen, und war sie wach, war sie stets quietschvergnügt.

Mit jeder Umdrehung der Räder des Leichenwagens näherte sich Ana der Freiheit und entfernte sich von ihrem früheren Leben.

Ihr Atem stieg auf und ließ das kalte Glas beschlagen. Sie beugte sich ein Stück zurück und fuhr mit dem Finger durch das Kondenswasser. Sie lehnte sich zur Seite, um nach vorn zu schauen. Der Leichenwagen hatte dort eine durchgehende Sitzbank. Vier Menschen saßen aneinander gequetscht darauf: Der Fahrer, ein junges Mädchen, ein junger Mann und die Hexe, die Ana nicht hatte mitnehmen wollen. Rechts hinter der Bank befanden sich zwei sich gegenüberliegende Notsitze, die sich einen Fußraum teilten. Zwei junge Frauen, vielleicht Anfang zwanzig, hockten auf den Sitzen. Der Rest des Leichenwagens bestand aus einem langen, flachen Bett mit versenkten Walzen, die einst die Särge hatten leichter herausgleiten lassen.

»Wer bist du?« Das Flüstern kam von der jungen Frau auf dem Notsitz, der nach hinten gewandt war. »Wie heißt du?«

»Ana.«

»Ich bin Becky. Und wie heißt dein Baby?«

»Penny.«

Das Mädchen lächelte unsicher. »Das ist ein hübscher Name«, sagte sie. »Wie alt ist sie?«

»Neun Monate.«

»Warum läufst du weg?«, fragte die junge Frau nun.

Die andere junge Frau, die ihr gegenübersaß, stieß Becky mit dem Knie an. »Das ist aber eine unhöfliche Frage.«

»Ist schon gut«, meinte Ana. »Ich brauchte einen Neuanfang. Ich brauche eine Umgebung, in der Penny gut und sicher aufwachsen kann.«

Die feindselige Frau, die auf der Vorderbank saß, lachte hämisch. »So etwas gibt es nicht mehr«, entgegnete sie. »Auf keiner Seite des Walls.«

Ana bemerkte, dass Taskar sie im Rückspiegel beobachtete. »Warum gehst du dann dorthin?«, fragte sie die Frau. »Warum gehst du das Risiko ein, wenn es drüben auch nicht besser ist?«

»Ich habe nicht gesagt, dass es dort nicht besser ist«, antwortete die Frau. »Aber es ist weder gut noch sicher. Taskar hat mir berichtet, wie die Welt dort funktioniert. Es dreht sich alles nur darum, wen du kennst. Wenn du Beziehungen hast, geht es dir gut. Hast du keine? Dann vergiss es.«

»Also kennst du jemanden dort?«, fragte Ana.

»Ich kenne etliche«, erwiderte sie. »Wir haben sogar schon eine Bleibe und Jobs in Aussicht. Wir haben offiziell aussehende Papiere.«

»Papiere?«

Die Frau lachte. »Du hast keine Papiere?«

Ana sah in den Rückspiegel. »Ich wusste nicht …«

Die Frau ahmte spöttisch Anas Entsetzen nach: »Ich wusste nicht, ich wusste nicht …«

»Ich kann dir helfen«, mischte sich Taskar ein. »Mach dir keine Sorgen.«

»Es ist egal, ob du Papiere hast oder nicht, Süße«, sagte die Frau. »Wenn du keine Unterkunft und keine Arbeit hast, kannst du direkt hier aus dem Auto steigen.«

»Hör nicht auf sie«, flüsterte Becky. »Sie ist immer so. Sie mag keine Fremden. Es hat nichts mit dir persönlich zu tun.«

»Verdammt richtig, ich mag keine Fremden«, erwiderte die Frau, die das Flüstern gehört hatte. »Da gibt es auch nichts, was man mögen müsste.«

Ana wandte sich wieder dem Fenster zu und hauchte ihren Atem auf das Glas. Sie bewegten sich zügig vorwärts. Die gepunkteten weißen Fahrspurmarkierungen sausten nur so an ihnen vorbei und verschmolzen zu einer einzigen Linie. In weniger als einer Stunde würden sie Gainesville südlich des Walls erreicht haben.

KAPITEL 39

26. Oktober 2037, 08:00 Uhr
Jahr fünf nach dem Ausbruch
Palo Duro Canyon, Texas

Marcus Battle hielt sich nahe an den Felsen und bewegte sich so eng wie nur möglich an der Wand entlang. Er mochte es nicht, die Kämpfe unter sich in seinem Rücken zu haben, auch wenn die Intensität langsam nachließ und der Vormarsch des Kartells kurz vor dem Zusammenbruch stand.

Er erklomm den letzten Felsvorsprung, zog sich auf das Plateau und stand auf. Die Morgensonne brachte einen peitschenden Wind mit sich, der durch den Canyon wirbelte und das dünne Hemd von Battle flattern ließ. Er stand nun mit dem Gewehr in den Händen da, den Lauf schräg nach oben gerichtet.

Roof drehte sich zu ihm um und zog Lola mit sich. Er drückte den Lauf seiner Pistole fester an ihre Schläfe und zwang sie so, ihren Kopf zur Seite zu bewegen, um etwas von dem Druck wegzunehmen.

»Ich weiß, wer du bist«, rief Battle über den Wind und die Schussgeräusche hinweg zu Roof.

»Was weißt du?«, fragte Roof, dessen Gesicht halb hinter Lola verborgen war.

»Du bist Rufus Buck.«

»Der einzig wahre«, antwortete Roof. »Schön, dass du es endlich herausgefunden hast. Es ja nicht so, als hätte ich mich versteckt. Ich wusste sofort, wer du bist, als ich dich im Jones sah. Du hingegen hast mich nicht erkannt.«

»Du hast dich verändert.«

»Es hat sich viel verändert, Captain Battle.«

»Major.«

Roof lachte. »Siehst du, was ich meine?«

Lola blies die Haare über ihrem Gesicht beiseite und Battle konnte die Entschlossenheit in ihren Augen sehen. Sie hatte offenbar keine Angst.

Battle deutete auf Roof. »Also, was ist hier los?«, fragte er. »Was soll das werden?«

»Ich dachte, wir sollten uns noch einmal von Angesicht zu Angesicht gegenübertreten«, entgegnete Roof. »Angesichts der Tatsache, dass wir beide das Leben des anderen gerettet haben, hielt ich das für angemessen.«

Alles in Battle spannte sich an. Seine Hände umklammerten das Gewehr fester. Er sprach durch zusammengebissene Zähne: »Wie kommst du darauf, dass wir uns gegenseitig das Leben gerettet haben?«

»Du hast mich aus Aleppo rausgeholt, und ich habe Skinner befohlen, dir kein Haar zu krümmen.«

Battle kniff die Augen zusammen. Er legte seinen Finger auf den Abzug des Gewehrs.

»Er ist allerdings schon tot«, erklärte Roof. »Skinner, meine ich. Wurde auf dem Weg hierher erschossen. Ich habe ihn von seinem Elend erlöst, so wie du es gerade mit diesem Dweller getan hast. Wir haben viel gemeinsam, du und ich.«

»Jetzt klingst du wie der Superschurke in einem alten James-Bond-Film«, meinte Battle. »Du kannst nichts davon rechtfertigen, was du getan hast.«

»Das gilt auch für dich.«

»Also noch einmal«, sagte Battle und suchte nach seiner Chance. Er brauchte nur ein kleines Zeitfenster, eine kleine Unachtsamkeit von Roof, um sein Ziel treffen zu können. Doch Roof war klug genug, es nicht darauf ankommen zu lassen. »Was soll das hier werden?«

»Wir haben uns gegenseitig das Leben gerettet«, erklärte Roof. »Jetzt werden wir uns gegenseitig das Leben nehmen. Ich werde die kleine Lady hier gehen lassen. Du wirst mich erschießen und ich werde dich erschießen.«

»Dann lass sie los«, sagte Battle. »Du hast diesen Krieg verloren. Du weißt es, ich weiß es. Du gewinnst nichts, wenn du sie tötest.«

Lolas Augen weiteten sich. Sie kämpfte gegen Roofs Arm an, der sie weiterhin fest umklammert hielt. »Nein, Marcus. Nein!«

Roof lachte und beugte sich dicht an Lolas Hals. »Marcus heißt also dein Liebster?«, spottete er und drückte einen dicken Kuss auf ihren Kopf.

Lola wand sich in seinem Griff. Sie trat gegen sein Schienbein und grub ihre Nägel in seinen Arm.

Roof knurrte. »Also gut«, sagte er. »Du bist frei.«

Er lockerte seinen Griff und schubste sie nach vorn. Lola stolperte, fiel auf die Knie und rutschte über den Boden, schaffte es aber, sich mit den Händen festzuhalten.

Roof hob die Waffe. Er zielte auf Battle, blieb aber ruhig stehen.

Battle drückte seine linke Hand nach vorn und zielte mit dem Lauf des Gewehrs genau auf Roof. Seine Muskeln spannten sich an und erwarteten sowohl den Rückstoß der eigenen Waffe als auch den gegnerischen Treffer.

Kurz bevor einer von beiden das Feuer eröffnen konnte, zuckte Roof erst zur einen und dann zur anderen Seite. Er verlor die Kontrolle über seine Waffe und ließ sie fallen. Dann wandte er seinen Blick von Battle ab und sah zum Felspfeiler hinüber.

Battle folgte Roofs Blick und sah, dass Sawyer auf ein Knie gestützt war, die Heckler & Koch im Anschlag. Eine Reihe von Mündungsblitzen explodierte aus dem Lauf der Waffe, als er das Magazin in Roof entleerte.

Die ankommenden Projektile ließen Roofs erschlaffenden Körper tanzen, bis er auf seiner Waffe zusammenbrach. Der letzte der Generäle des Kartells war tot!

Lola stand auf, rannte zu Battle hinüber und vergrub ihr Gesicht an seiner Brust.

Battle senkte das Gewehr und hielt es mit einer Hand fest, während er seinen anderen Arm um Lola schlang und ihren Hinterkopf streichelte. Er schloss die Augen und spürte, wie der Wind über sein Gesicht strich. Es waren fast keine Schüsse mehr zu hören. Weit hinten in der Passage jubelten die Dweller über ihren auf wundersame Weise errungenen, entscheidenden Sieg.

Lola nahm sein Gesicht in beide Hände und zog ihn zu sich heran. »Danke«, flüsterte sie unter Tränen. »Danke, Marcus.«

Battle versuchte den harten Knoten in seiner Kehle herunterzuschlucken. Er lächelte und drückte seine Lippen sanft auf ihre Stirn. Für mehr war keine Zeit.

Er blickte suchend zur anderen Seite des Canyons und fand Sawyers Blick. Der Junge hatte sich bereits in die Sicherheit der Felsbiegung zurückgezogen. Er blieb geduckt, wie Battle es ihm gesagt hatte.

KAPITEL 40

26. Oktober 2037, 09:00 Uhr
Jahr fünf nach dem Ausbruch
Gainesville, Texas

»Ich habe es Ihnen schon gesagt«, wiederholte der sonnengegerbte, etwas verwahrlost aussehende Posten, der das Tor bewachte. »Sie kommen hier nicht durch. Sie müssen nach Wichita Falls. Das ist momentan der einzige Übergang.«

Taskar lehnte sich aus dem Fenster auf der Fahrerseite und stieß mit dem Zeigefinger in Richtung des Postens. »Ich habe gutes Geld bezahlt, um hier durchzukommen«, erklärte er und deutete auf das Tor.

Dieses öffnete sich zu einem weiten Niemandsland, das das Territorium vom Wall trennte. Dieser Landstrich war neutral, niemand kontrollierte ihn, und er war der gefährlichste Abschnitt, egal, in welche Richtung man auch unterwegs war.

Taskar hob verärgert die Stimme. »Ich habe keine Zeit, nach Wichita Falls zu fahren.«

Unbeeindruckt fuhr der Posten mit dem Finger über die tiefe Falte, die sich quer über seine Stirn zog. »Nehmen Sie sich die Zeit. Denn hier kommt niemand durch. Krieg ist und bleibt die Hölle.«

Die garstige Frau auf der Vorderbank beugte sich nun über die Teenager hinweg, die zwischen ihr und Taskar saßen. »Es gibt keinen näheren Übergang?«, fragte sie, als vermutete sie, dass der Posten etwas für sich behielt.

»Sie fahren besser nach Wichita Falls.« Der Posten zuckte mit den Schultern. »Der ganze Wall … Westen … Norden … Osten … alle regulären kleineren Übergänge sind geschlossen.

Jemand versucht offenbar, die Ratten davon abzuhalten, das sinkende Schiff zu verlassen.«

Taskar verfluchte den Posten und das Tor und jeden anderen, der ihn hören konnte. Er legte den Rückwärtsgang ein und ließ die Reifen des Leichenwagens auf dem Asphalt durchdrehen. Ohne zu bremsen, schaltete er auf Fahren um, und der Wagen machte einen Satz nach vorn.

»Schnall dich an«, sagte er leise und starrte Ana im Rückspiegel finster an. »Wir haben noch neunzig Meilen vor uns.«

Ana verdrehte die Augen. Sie hatte überhaupt keinen Sicherheitsgurt. »Hast du denn noch genug Benzin?«

Taskar nickte, beschleunigte und bog rechts auf den Highway 82 nach Westen ab. Er ließ seine Wut an dem alternden V6-Motor des Fahrzeugs aus.

»Was ist da eben passiert?«, fragte die Frau vorne. »Warum hat er uns nicht durchgelassen?«

Taskar drückte auf eine Taste in seiner Tür und ließ das Fenster hochfahren. »Der Krieg ist schuld«, erwiderte er. »Mal versucht die eine, mal die andere Seite, alle, die auf die andere Seite wollen, an einem Übergang zu konzentrieren. Normalerweise gibt es aber ein Dutzend gute Stellen.«

Die Frau fuhr sich mit den Fingern durch ihre kurzen Haare und ballte die Hände zu Fäusten. »Also sind wir erledigt?«

Taskar sah die Frau über die Sitzbank hinweg an. »Keine Ahnung. Wichita Falls kenne ich nicht so gut. Ich habe lediglich Kontakte auf beiden Seiten des Übergangs bei Gainesville.«

Die Frau schlug mit ihren Fäusten auf das Armaturenbrett ein. »Du hast keine Ahnung? Wir haben dich mit allem bezahlt, was wir südlich des Walls besaßen, und du hast keine Ahnung?«

Taskar hob die Hand. »Beruhige dich«, antwortete er. »Ich bin nur ehrlich zu dir. Ich könnte auch lügen und behaupten, dass von nun an alles perfekt funktionieren wird. Wäre dir das etwa lieber?«

»Ja«, mischte sich Ana vom hinteren Teil des Leichenwagens aus ein. »Es ist besser, wenn du uns noch wenigstens einen Funken Hoffnung lässt.«

Taskars Griff um das Lenkrad, dessen Lederüberzug stark verschlissen war, wurde fester. »Okay«, sagte er, »ich bin zuversichtlich, dass es kein mehr Problem geben wird. Ich bin zuversichtlich, dass wir bei Wichita Falls ohne Zwischenfälle durchkommen.«

»Hast du bezahlt, um bei Gainesville hinüberzukommen?«, fragte Ana.

»Ja.«

»Lässt sich diese Zahlung auf den Übergang bei Wichita Falls übertragen?«

»Vermutlich nicht.«

Die Frau auf der Vorderbank warf einen skeptischen Blick auf Taskar, dann auf Ana und wieder auf Taskar. »Und was dann?«

»Ich bin sehr zuversichtlich.«

KAPITEL 41

26. Oktober 2037, 10:00 Uhr
Jahr fünf nach dem Ausbruch
Palo Duro Canyon, Texas

Paagal stand am äußersten Rand der Zelte und hatte die Hände in die Hüften gestemmt. Sie hatte ihr Kinn wie eine Königin erhoben. »Sie sollten sofort aufbrechen«, sagte sie zu Battle. »Ich habe alle Übergänge über den Wall schließen lassen, mit Ausnahme von Wichita Falls. Mit dem Auto sind es fünf Stunden dorthin.«

Battle schloss und öffnete mehrmals die Hände und verschränkte dann die Arme vor der Brust. »Wir haben aber kein Auto«, erklärte er. Er blickte über das Gelände voller Zelte und Menschen hinweg. Die Dweller umarmten sich und tanzten ausgelassen.

»Wir können einen Wagen organisieren, der euch zum Wall bringt. Mit meiner Erlaubnis dürft ihr dann auch dort passieren. Danach, auf der Nordseite des Walls, seid ihr aber auf euch allein gestellt.«

Battle stellte sich breitbeinig hin. »Warum haben Sie es plötzlich so eilig, uns loszuwerden?«

Ein Lächeln huschte über Paagals Gesicht und ließ ihre braune Haut leuchten. »Ich bin nicht diejenige, die es eilig hat, wenn ich mich recht entsinne. Als Sie hier ankamen, wollten Sie nichts lieber, als möglichst schnell in das Gebiet nördlich des Walls zu gelangen, oder liege ich da etwa falsch?«

Battle schüttelte den Kopf.

»Nein«, sagte er. »Trotzdem, ist es seltsam. Sie sind seit einer Minute die Anführerin des Territoriums, und Ihre erste

Amtshandlung besteht darin, uns nördlich des Walls zu verfrachten.«

»Ich halte eben mein Wort«, erwiderte Paagal. »Daran gibt es nichts zu deuten.«

Battle lachte leise. »Das hätte ich auch nicht, wenn Sie mich nicht gerade darauf hingewiesen hätten.«

Paagal trat näher an Battle heran. »Sehen Sie, ich habe jetzt eine Menge zu tun. Das Feuer ist im Großen und Ganzen gelöscht, aber es gibt noch einige Schwelbrände, die meiner Aufmerksamkeit bedürfen. In Houston und Austin gibt es immer noch Gefechte. In Lubbock wird es noch für einige Zeit heiß hergehen. Ich habe Ihnen einen sicheren Übergang über den Wall versprochen, und ich erfülle einfach nur mein Versprechen, bevor andere Dinge dringender werden.«

Sie streckte die Hand aus und Battle ergriff sie. »Danke«, sagte er. »Wer fährt uns denn?«

»Baadal wird Sie begleiten«, erklärte sie. »Er ist diese Route schon oft gefahren. Außerdem schicke ich ein paar Scouts mit, die die Gegend entlang des Walls wie ihre Westentasche kennen. Alles wird gut.«

Battle steckte die Hände in die Taschen und schlängelte sich durch das Labyrinth der Zelte, bis er sein eigenes erreicht hatte. Er blieb einen Moment davor stehen und ließ sich vom Wind umwehen. Es wurde kälter, obwohl die Sonne im Osten immer höher über den Rand aufstieg.

Er war plötzlich wieder in Syrien und erinnerte sich an die Nacht zurück, die sein restliches Leben verändert hatte. Er stellte sich den Rufus Buck von damals vor, seine extrem kurz geschnittenen Haare, sein Gesicht eckig und glatt rasiert. Diese Vision wandelte sich zu General Roof, der eben gerade gestorben war. Ein Mann mit grauem Pferdeschwanz und dichtem, drahtigen Bart. Er hatte mindestens vierzig Pfund mehr als in seinem früheren Leben gewogen. Er war nicht mehr wiederzuerkennen gewesen.

Battle wiederholte diese Einschätzung immer wieder in seinem Kopf, bis er sich fragte, wie fremd er wohl selbst auf Sylvia wirken musste, nach all den Jahren und nach all den Ereignissen. *Würde sie ihn erkennen können? Würde Wesson sofort wissen, dass er seinem Vater gegenüberstand?*

Er lachte leise und blickte dann zum Horizont im Osten, ohne etwas speziell anzuschauen. Er erkannte sich ja nicht einmal mehr selbst wieder. Wie sollte das dann anderen gelingen? Paagal hatte mehr als einmal versucht, ihm dieses Eingeständnis abzuringen. Gut, dass er frühzeitig beschlossen hatte, ihre psychologischen Spiele nicht mitzuspielen.

Paagal gehörte sehr wahrscheinlich zu den Menschen, die nach dem Ausbruch der Krankheit zu einer anderen Person geworden waren. Andererseits traf das vielleicht auch nicht zu. Vielleicht war sie auch schon immer eine manipulative Liebhaberin der Macht gewesen.

In Gedanken wiederholte er das Gespräch mit Paagal. Irgendetwas stimmte hier nicht. Obwohl er nicht den Finger darauflegen konnte, hatte er das Gefühl, dass sie etwas vor ihm verbarg.

»Du bist zurück.« Lola steckte ihren Kopf durch die vordere Öffnung ihres Zeltes. Ihr rotes Haar umrahmte wild und ungekämmt ihren Kopf. Unter ihren Augen waren dunkle Ringe zu sehen.

Battles Puls ging automatisch schneller bei ihrem Anblick. Sie sah schöner als je zuvor. »Ja«, sagte er und versuchte ein Lächeln zu unterdrücken. »Wir müssen los.«

Lola zog sich durch die Öffnung nach draußen und stellte sich neben Battle. »Was meinst du damit?«

»Paagal organisiert uns gerade einen Transport zum Wall. Wir brechen auf, sobald wir unsere Sachen gepackt haben.«

Lolas Augen verengten sich und sie verschränkte die Arme vor der Brust. »Das hört sich merkwürdig an, findest du nicht?«, fragte sie. »Wir waren die ganze Nacht wach, wir haben gekämpft, wir haben …«

Battle hob kapitulierend die Hände und nickte. »Ich weiß, ich weiß. Du hast ja recht. Es ist äußerst merkwürdig.«

»Wie kommen wir denn dorthin?«

»Mit dem Auto.«

»Aha«, sagte sie. »Okay. Ich packe unsere Sachen.«

»Wie geht es Sawyer?«

»Er steht noch unter Schock, denke ich. Er will aber nicht darüber reden.«

»Gib ihm Zeit«, meinte Battle. »Er wird sich schon öffnen.«

»Ich weiß nicht«, entgegnete Lola. »Ich denke, er hat zu viel gesehen. Das hat ihn verändert.«

Battle trat auf Lola zu, schlang seine Arme um sie, legte eine Hand auf ihren Rücken, die andere auf ihren Hinterkopf und zog sie an sich. Sie verschmolz sofort mit seinem Körper.

»Wir haben uns alle verändert«, sagte er.

KAPITEL 42

26. Oktober 2037, Mittag
Jahr fünf nach dem Ausbruch
Wichita Falls, Texas

»Es sind jetzt schon zwei Stunden«, jammerte die Frau auf der Vorderbank des Leichenwagens. »Wir sitzen schon seit zwei Stunden ohne Heizung in diesem Auto.«

Taskar trommelte unablässig mit den Fingern auf das Lenkrad. Er reagierte nicht auf die Beschwerde.

Ana nahm an, dass er ohnehin nichts machen konnte. Sonst wäre Taskar sie sicher lieber früher als später losgeworden. Stattdessen saßen sie auf einem Parkplatz fest und warteten auf die Erlaubnis, das Tor passieren zu dürfen. Der Parkplatz war voller Menschen, die ebenfalls darauf warteten, bis sie an der Reihe waren. Offenbar waren Ana und ihre Roadtrip-Begleiter nicht die einzigen, die eine mögliche Anarchie in den kommenden Tagen fürchteten.

Die Frau rutschte auf ihrem ohnehin kaum vorhandenen Platz hin und her, was die beiden unglücklichen Teenager, die zwischen Taskar und ihr saßen, gar nicht gut fanden. »Wie lange dauert das denn hier noch?«, fragte sie, und ihr aufgeregter Atem ließ Wölkchen in der kalten Luft aufsteigen.

Taskar trommelte weiter mit den Fingern auf dem Lenkrad herum. Der Rhythmus erinnerte an etwas, das ein Jazz-Riff sein könnte. Er warf einen Blick auf die Frau, zuckte mit den Schultern und lehnte sich zurück.

Die Frau schnaubte vor Wut. »Ich will jetzt endlich wissen, was los ist«, sagte sie wütend und öffnete ihre Tür. »Das Ganze ist doch lächerlich!«

»Das würde ich nicht tun«, versuchte Taskar sie halbherzig zurückzuhalten, ohne den Kopf von der Kopfstütze zu nehmen oder seine Jamsession zu unterbrechen. »Das ist keine gute Idee.«

Die Frau verfluchte Taskar, stieg aus dem Leichenwagen aus und schlug die Tür zu. Die beiden Teenager teilten sich sofort den neugewonnenen Platz.

»Das hätte sie nicht tun sollen«, sagte Taskar. »Hier ist es nicht ungefährlich.«

»Ich dachte, den Wall zu überqueren sei nur im Geheimen möglich und öffentlich verboten«, sagte Ana. »Wenn dem so ist, warum sind dann so viele hier, die sich offen dem Gesetz widersetzen?«

Das Leder auf dem Vordersitz quietschte unter Taskars Gewicht, als er sich zu Ana herumdrehte. »Das Gesetz gilt nicht mehr«, erklärte er. »Oder wird es zumindest bald nicht mehr. Jeder, der hier ist, weiß, dass das Kartell bald seine Macht verliert. Außerdem ist es nicht illegal, das Niemandsland zwischen den Zäunen und dem Wall zu betreten. Es ist nur so, dass es niemand tut, weil man sich dafür nichts kaufen kann.«

»Hier sind so viele Menschen«, staunte Ana abermals.

»Viele sind – oder besser gesagt waren – Teil des Kartells«, antwortete Taskar. »Sie sind wie die Nazis, die am Ende des Zweiten Weltkriegs in alle Himmelsrichtungen geflohen sind.«

»Woher weißt du das?«

Taskar fuhr sich mit dem Finger über die Stirn. »Siehst du, dass ihre Stirn nicht komplett gebräunt ist? Das kommt von den Hüten, die sie getragen haben. Das alles sind Bosse und Captains, die davonlaufen, bevor Paagal und ihre Leute sie gefangen nehmen.«

Es ergab durchaus Sinn, dass die inkompetenten, feigen Anführer zuerst flohen und ihre Untergebenen sich selbst überließen. Ana hatte noch keinen der Motorrad-Soldaten gesehen, von denen sie wusste, dass sie sonst die Grenze in der Nähe des

Walls patrouillierten. Vermutlich waren sie nach Süden gefahren, um zu kämpfen. Was sie jedoch sah, war endlose Verzweiflung in den Gesichtern derjenigen, die sich auf dem Parkplatz sammelten und durch die Straßen schlichen.

Es erinnerte sie an Fernsehaufnahmen von syrischen und ukrainischen Flüchtlingslagern, die sie in den letzten Monaten gesehen hatte, bevor die Krankheit die Vereinigten Staaten getroffen hatte. Sie hatte jahrelang nicht daran gedacht, aber jetzt fühlte sich die Erinnerung so frisch an, als hätte sie es erst gestern gesehen.

Sie setzte sich gerade hin, sodass sie die Frau durch die Windschutzscheibe beobachten konnte. Becky, die junge Frau, die ihr auf dem Notsitz gegenübersaß, hatte sich umgedreht, um ebenfalls zuzusehen.

Obwohl sich nicht viele Fahrzeuge auf dem Parkplatz befanden, waren hier leicht ein paar Hundert Menschen mit unterschiedlicher Bewaffnung versammelt.

Am anderen Ende des Parkplatzes befand sich ein imposanter, hoher Maschendrahtzaun, der mit rostigem Ziehharmonika-Draht überzogen war und sich über mehrere Hundert Fuß in beide Richtungen erstreckte, bevor er mit den Gebäuden auf beiden Seiten abschloss. In der Mitte des Zauns befand sich ein breites Tor, das sich auf Rollen öffnen ließ.

Etwa alle zehn Minuten schob ein Mann mit einem Gewehr über der Schulter das Tor so weit auf, dass sich die nächste Person oder eine kleine Gruppe von Menschen hindurchquetschen konnte. Zwei Männer mit dichten Bärten und einer karikaturartig muskulösen Figur verhinderten, dass Unbefugte sich vorbeizudrängen versuchten. Alle drei Männer folgten den Befehlen einer Frau mit kurz geschorenen Haaren, die neben dem Tor stand. Sie schien die Entscheidungsgewalt darüber zu haben, wer passieren durfte und wer abgewiesen wurde.

In den zwei Stunden, die sie darauf gewartet hatten, an die Reihe zu kommen, waren ihr Papiere, Waffen und Lebensmittel hingehalten worden, sogar Beutel voller Münzen. Die Frau öffnete die Beutel, schüttete das Geld in eine Hand und testete ihr Gewicht. Diejenigen, die sie abwies, bekamen ihre Opfergabe allerdings nicht zurück.

Eine andere Frau, deren Kopf ebenfalls eine Stoppelfrisur schmückte, lief über den Parkplatz, notierte Namen auf und legte die Reihenfolge fest. Sie hatte Taskar schon vor einer Stunde mitgeteilt, er sei der Nächste. Das war eindeutig nicht der Fall. Er wusste allerdings, dass er sein Glück nicht erzwingen konnte und sich deshalb besser nicht beschwerte. Trotz seiner Warnungen sah das die verärgerte Frau vom Vordersitz offenbar anders.

Mit angewinkelten Ellenbogen und geballten Fäusten marschierte sie auf das Tor zu. Als sie näherkam, hob einer der bärtigen Männer die Hand, um sie aufzuhalten. Sie lief weiter, bis er sein Gewehr an seine Schulter hob. Sein Gesicht wurde rot, als er ihr einen Befehl zurief und seine Füße fest auf den rissigen Asphalt setzte.

Ana konnte nicht hören, was die Frau sagte oder was der bärtige Mann erwiderte, aber es war leicht zu erkennen, dass das Gespräch nicht so lief, wie es sich die Frau wahrscheinlich vorgestellt hatte.

Sie zeigte immer wieder auf den Leichenwagen und stieß mit dem Finger in die Luft, während sie sich beschwerte. Der Wachmann warf einen Blick auf den Wagen. Seine Waffe blieb auf die Brust der Frau gerichtet.

Die Frau mit den kurz geschorenen Haaren, die Taskar angelogen hatte, näherte sich jetzt vorsichtig der Szene. Sie stellte sich neben die bärtige Wache und mischte sich in die Auseinandersetzung ein. Sie wirkte bestimmt, aber ruhig, nicht so aggressiv wie der Wächter.

Doch die Frau schrie die beiden Entscheidungsträger an und spuckte ihnen vor die Füße, bevor sie scheinbar aufgab. Sie drehte sich zum Leichenwagen um und ging langsam zurück.

Hinter ihr glitt das Tor auf und die verzogenen Räder liefen quietschend in ihrer Spur. Die Frau warf einen Blick über die Schulter und blieb stehen, dann schaute sie auf den Leichenwagen, die Zunge umspielte nervös die Lippen und sie stürzte zum Tor.

Taskar ergriff das Lenkrad und zog sich auf seinem Sitz nach vorn. »Sie versucht durchzubrechen«, sagte er fassungslos. »Unglaublich. Sie versucht tatsächlich, durchzubrechen!«

Den Versuch unternahm sie nach besten Kräften, und sie war wirklich schnell. Ihre Arme bewegten sich vor und zurück wie die Kolben einer Dampflokomotive und ihre Fersen berührten beinahe ihren Hintern, als sie zum offenstehenden Tor sprintete. Eine Gruppe aus einem halben Dutzend Männern und Frauen betrat langsam das Niemandsland. Zusammen füllten sie den Raum zwischen dem offenen Tor und dem Zaunpfosten. Die Frau stieß sich mit rudernden Armen ihren Weg frei und raste dann über die Schwelle.

Sie bewegte sich so schnell, dass sie in der Menschenmenge auf der anderen Seite des Tors verschwand, bevor eine der Wachen reagieren konnte. Einer von ihnen gab noch ein paar Schüsse in ihre Richtung in die Luft ab, aber die Frau war längst verschwunden. Er wurde daraufhin von der Frau mit der Stoppelfrisur heftig zurechtgewiesen. Sie schlug sich gegen die Stirn und zeigte zuerst auf ihn und dann auf das Tor.

Anschließend drehte sie sich zu dem Leichenwagen herum und marschierte auf das Auto und seine Insassen zu. Taskar schlug mit den Händen auf das Lenkrad und verfluchte die Frau vom Vordersitz.

»Sie hat uns einfach im Stich gelassen«, sagte ein verwirrter Teenager. »Ich verstehe das nicht.«

Die Frau mit den kurz geschorenen Haaren klopfte jetzt mit den Knöcheln gegen die Scheibe auf der Fahrerseite und Taskar ließ sie herunter. Sie steckte den Kopf halb ins Auto und musterte die sieben verbleibenden Personen im Leichenwagen.

Sie zeigte auf das Tor, das sich gerade wieder schloss. »Das wird euch etwas kosten«, erklärte sie. »Ihr geht ans Ende der Schlange! Hier werden sowieso schon langsam alle unruhig. Die Stimmung ist kurz vor einem Aufruhr. Wir versuchen hier den Zugang zu kontrollieren und den Exodus zu verlangsamen. Wir können es nicht zulassen, dass sich jemand vordrängelt.«

»Aber sie hat uns im Stich gelassen«, sagte der verwirrte Teenager. »Sie ist unsere ältere Schwester. Sie hat sich bis jetzt um uns gekümmert.«

»Das tut sie jetzt offenbar nicht mehr«, sagte die Frau mit den kurz geschorenen Haaren trocken. »Ihr werdet noch eine weitere Stunde warten müssen.«

»Was wird mit ihr passieren?«, fragte der Teenager und nickte in Richtung des Zauns.

Die Frau kratzte sich die Stoppeln auf der Kopfhaut. »Im Niemandsland?«, fragte sie und zog eine Augenbraue hoch. »Auf jeden Fall nichts Gutes. Sie ist eine Frau und sie ist allein. Sie wird es nie über den Wall schaffen. Ihr wartet jetzt hier, ich bin in einer Stunde wieder zurück. Vielleicht aber auch in zwei oder drei. Ihr habt keine Priorität mehr.«

Taskar ließ das Fenster hochfahren. »Was sie damit eigentlich sagen will, ist, dass wir ihr nicht genug Geld gegeben haben. Die Männer vom Kartell haben sie gut entschädigt. Deshalb haben sie Priorität.«

Ana lehnte sich nach hinten und streckte die Beine aus, so gut es ging. Sie zog eine Flasche aus ihrer Tasche, schüttete etwas Milchpulver in einer ihrer beiden Feldflaschen und mischte es mit dem restlichen Wasser. Dann schüttelte sie die Flasche kräftig. Penny musste essen. Sie würden eine ganze Weile warten müssen. Besser, sie fütterte das Kind jetzt, solange noch die Gelegenheit dafür war. Das Niemandsland hörte sich nicht nach einer Gegend an, in der man anhalten und ein Baby füttern wollte.

KAPITEL 43

26. Oktober 2037, 15:30 Uhr
Jahr fünf nach dem Ausbruch
Wichita Falls, Texas

»Wir sind fast da«, meinte Baadal. »Jetzt sollten langsam alle wieder wach werden.«

Battle hatte die ganze Fahrt kein Auge zugemacht. Sein misstrauischer Verstand hatte ihn nicht zur Ruhe kommen lassen. Er hatte den Fahrer und die anderen aufmerksam im Auge behalten, während ihre kleine Karawane durch die weite Landschaft nach Südosten gezogen war.

Paagal hatte zwei SUV des Kartells zur Verfügung gestellt, die die Scouts westlich des Randes beschlagnahmt hatten. Sie waren vollgetankt, trugen Reservekanister auf den Dächern, und selbst die Heizung funktionierte.

Baadal saß auf dem Beifahrersitz, Battle war hinter ihm. Lola saß hinter dem Fahrer. Sie schlief noch und lehnte mit dem Kopf am Fenster. Jede Bewegung, jeder Ruck des Geländewagens übertrug sich auf sie. Sawyer war an Battles Schulter eingeschlafen.

Der Highway 287 führte sie vom Canyon durch Memphis, Childress und Vernon. Alle drei Städte waren aufgegeben worden und menschenleer. Die Straße hatte direkt durch das Zentrum der ersten beiden Städte geführt und dabei verfallene Gebäude, wilde Müllhalden und kaputte Verkehrszeichen offenbart.

In Vernon hatten sie nur den nördlichen Rand der Stadt berührt, aber das Wenige, das Battle sehen konnte, hatte einen verheerenden Eindruck gemacht. Eine weitere Geisterstadt auf dem riesigen Territorium, das einst Texas gewesen war.

Battle war nicht in Texas geboren, aber er war so schnell wie möglich hierhergekommen. Er liebte die Landschaft und dass die Einwohner mit Recht und Stolz ihr Gefühl der Freiheit und Eigenständigkeit auslebten. Außerdem erhob der Staat keine Einkommenssteuer.

Er trauerte deshalb um das Land und bedauerte sehr, was geschehen war. Unabhängig davon, was die Dweller jetzt mit ihrer neugewonnenen Macht anfingen: Texas würde nie wieder Texas sein. Die Menschen würden die Schlacht von Alamo und die Schlacht von Goliad vergessen. Während sie sich Wichita Falls näherten, rezitierte er in seinem Kopf das Gelöbnis von Texas und versuchte die Worte in sein Gedächtnis einzugraben.

»Ehre sei der Flagge von Texas; ich gelobe dir, Texas, meine Treue. Ein Staat unter einem Gott, für immer eins und unteilbar.«

Battle war nun an keinen Treueschwur mehr gebunden. Es gab kein Land, für das man noch kämpfen konnte, keinen Staat, auf den man stolz sein konnte. Lola und Sawyer waren alles, was er jetzt noch hatte.

Er sah zu ihnen hinüber. Beide waren von Baadals Worten nicht aufgewacht. Er stupste Sawyer an und langsam öffneten sich die Augen des Jungen. Er griff über Sawyer hinweg nach Lola und berührte sanft ihr Bein. Sie hielt ihre Augen geschlossen, legte ihre Hand aber auf seine. Dann verschränkte sie ihrer beider Finger.

»Alle sollten jetzt aufwachen«, wiederholte Baadal. »Wir sind gleich da. Unser Fahrer wird uns sagen, was uns erwartet.«

Der Fahrer war ein schroffer Mann, der die gesamte Fahrt über eisern geschwiegen hatte. Er korrigierte den Rückspiegel und räusperte sich. Seine Stimme klang tief und kratzig, es schmerzte fast, ihm zuzuhören. »Das wird kein Spaß«, meinte er. »Dies ist der einzige noch offene Übergang entlang des gesamten Walls. Stellt euch auf Anhänger des Kartells auf der Flucht ein. Rechnet mit gefährlichen Einzelgängern und mit verzweifelten Familien, und wenn ihr erst einmal im Niemandsland seid, wird euch das alles im Rückblick fast harmlos erscheinen.«

Sawyer rieb sich die Augen. »Was ist das Niemandsland?«

»Es ist ein Streifen unkontrolliertes Land zwischen den Toren des Kartells und dem Wall. Es erschwert den Zugang zur Wand. So wollte es das Kartell. Jetzt nutzen wir es, um zu verhindern, dass zu viele Menschen auf einmal das Territorium verlassen.«

»Warum lasst ihr die Leute überhaupt gehen?«, fragte Battle.

»Die meisten gehören dem Kartell an oder sind Sympathisanten«, antwortete der Fahrer. »Paagal möchte, dass sie das Territorium verlassen. Aber sie will auch, dass das Ganze kontrolliert abläuft. Sie will genau wissen, wer das Land verlässt.«

»Das ergibt doch keinen Sinn«, meinte Battle. »Überhaupt keinen.«

Der Fahrer zuckte mit den Schultern. »Es ist das, was sie will.«

Der SUV wurde langsamer und bog links auf einen großen Parkplatz ein. Am nördlichen Ende des Parkplatzes befand sich ein hoher Maschendrahtzaun, der von zwei Gebäuden eingeschlossen war. In der Mitte befand sich ein Tor, das auf Rädern in einer Schiene lief.

Zwischen dem Geländewagen und dem Tor hatte sich ein Durcheinander von Menschen angestaut. Battle zählte mindestens fünfzig Männer, Frauen und Kinder. Ein Ungetüm von Mann schob gerade das Tor auf und eine muskulöse, breitschultrige Frau mit einer Stoppelfrisur winkte eine Gruppe von vier Personen durch. Hinter ihnen glitt das Tor wieder zu.

»Also leitet sie alles durch ein einziges winziges Nadelöhr«, entgegnete Battle. »Damit können diejenigen, die den Wall auf der Nordseite bewachen, leicht Einzelne herauspicken und gefangen nehmen. Das ist gar nicht gut.«

Der SUV rollte auf eine mit verblassten gelben Linien gekennzeichnete Parkfläche und der Fahrer stellte den Schalthebel auf Parken. Er ließ den Motor laufen und eine zweite Frau mit kurzrasierten Haaren machte sich auf den Weg zum Fahrzeug. Sie klopfte an das Fenster und der Fahrer ließ es herunter.

»Ihr wollt auf die andere Seite?«, fragte sie. »Ihr müsst bezahlen. Je besser die Bezahlung ist, umso schneller lasse ich euch durch.«

Der Fahrer gab ihr einen Zettel. Sie faltete ihn auseinander, las ihn und musterte die Passagiere dann einen nach dem anderen.

»Ich muss das überprüfen«, sagte sie und lief durch die versammelten Flüchtlinge zu der Frau mit den kurz geschorenen Haaren, die am Tor stand.

»Was war das?«, fragte Battle. »Was stand auf diesem Zettel?«

»Das war eine Nachricht von Paagal«, erwiderte der Fahrer. »Sie enthält die Anweisung, euch ohne Bezahlung durchzulassen.«

»Wer sind diese Frauen?«, fragte Sawyer.

Baadal drehte sich um. »Das sind Priesterinnen.«

Battle griff nach Baadals Kopfstütze und zog sich auf seinem Sitz ruckartig nach vorne. »Wie bitte?«

»Sie sind Priesterinnen«, wiederholte Baadal. »Sie arbeiten für Paagal. Sie helfen allen neuen Dwellern, anzukommen. Sie geben uns unsere Hindi-Namen und geistige Führung, wenn wir Schwierigkeiten haben.«

»Warum habe ich im Canyon keine von ihnen gesehen?«, fragte Battle. »In den ganzen zwei Wochen ist mir nicht einmal eine dieser Priesterinnen über den Weg gelaufen.«

»Sie wurden weggeschickt«, erklärte Baadal. »Paagal wollte sie nicht der Gefahr aussetzen. Also hat sie sie entlang der Grenze an unseren geheimen Stützpunkten versteckt, die wir schon seit langem kontrollieren.«

»Man lernt wirklich jeden Tag etwas Neues«, meinte Battle und ließ sich gegen die Lehne des Ledersitzes fallen. »Noch vor einem Monat war ich der einzige Mensch auf der Welt, bis auf die Eindringlinge, die ab und zu mein Land betreten haben.«

Lola drückte seine Hand. Ihre Augen waren immer noch geschlossen, aber Battle wusste, dass sie aufmerksam zuhörte. Er ließ ihre Hand in seiner und drückte sanft zurück.

»Dann gibt es plötzlich ein Kartell, das jeden Winkel von Texas beherrscht. Nur, dass es Texas nicht mehr gibt und das Kartell nicht mehr die Kontrolle über alles hat. Dazu kommen auf einmal die Dweller, von denen die meisten gedacht hatten, sie seien entweder nur ein Mythos oder alle tot. Tatsächlich aber haben sie alle größeren Städte des Kartells infiltriert, und sie haben eine Gruppe kultischer Priesterinnen mit kurz geschorenen Haaren, die sie in geheimen Stützpunkten versteckt haben.«

Baadals Augenbrauen gingen nach oben. Er lächelte. »Das hört sich korrekt an. Mit Ausnahme, dass die meisten, die sich dem Widerstand gegen das Kartell angeschlossen haben, nicht wussten, dass sie mit Dwellern zusammenarbeiten.«

»Das Ganze fühlt sich irgendwie wie eine Romanserie postapokalyptischer Western-Storys an«, sagte Battle. »Storys am Rande der Glaubwürdigkeit.«

»Sich willentlich auf Unglaubliches einzulassen kann viel Freude bringen, vor allem in einer kargen, grauen Welt«, erwiderte Baadal. »Ich habe festgestellt, dass ich oft vor mich hinträume, um der Realität und der Frage, was plausibel ist und was nicht, zu entkommen.«

»Lassen Sie mich wissen, wie es ausgeht«, antwortete Battle trocken.

Baadal drehte sich wieder nach vorne. Er schnallte sich ab und rutschte unbehaglich auf seinem Sitz hin und her.

Battle sah aus dem Fenster. Vor einem Zaunpfosten stand ein Junge und pinkelte. Ein Mann, von dem Battle annahm, dass es der Vater des Jungen war, stand neben ihm und tat es ihm gleich, bis ein Wachmann ihn mit seinem Gewehr in den Rücken stieß. Sie stoppten mitten im Strahl und schlurften wieder zurück zu ihrer Gruppe.

Eine junge Frau, die sich einen Revolver in den Hosenbund gesteckt hatte, zog nun seine Aufmerksamkeit auf sich. Anstelle eines Gürtels hielt ein buntes Kletterseil ihre Hose. Sie war höchstens siebzehn. Ein Junge, vielleicht im gleichen Alter oder etwas jünger, stand neben ihr. Seine Hosenbeine reichten nur bis oberhalb der Waden. Seine Knöchel und Füße waren kohlrabenschwarz vor Schmutz. Sie lehnten an einem Leichenwagen. Ihre Gesichter waren finster und hoffnungslos.

Die Frau mit den kurzrasierten Haaren kam zurück zum SUV. Die goldene Fahrkarte, ihr Ausweg aus diesem Irrsinn, flatterte in ihrer ausgestreckten Hand. Sie blieb am Leichenwagen stehen und sprach kurz mit dem Fahrer. Die Teenager wurden sofort munter. Die Türen des Leichenwagens schwangen auf. Das siebzehnjährige Mädchen öffnete die Kofferraumklappe und eine junge Frau mit einem Baby auf dem Arm kam zum Vorschein.

Battle zählte sechs Personen neben dem Leichenwagen, das Baby eingeschlossen. Sie hatten Rucksäcke und Waffen dabei. Die junge Mutter stand am Heck des Fahrzeugs, hielt das Kind an ihrer Schulter und schaukelte es sanft. Die Frau sah verstört aus, als hätte sie etwas absolut Grauenhaftes erlebt, etwas, das weit außerhalb ihrer Komfortzone lag.

Battle kannte diesen Blick von den Gesichtern der kriegsmüden Syrer und Iraner, deren Häuser, Schulen und Geschäfte in Trümmern lagen. Ziellos waren sie durch ihre Straßen gelaufen, ohne einen vertrauten Ort ansteuern zu können, ohne ein Zuhause, ohne ein Ziel. Sie waren Geister, nicht mehr als leblose Hüllen einst normaler Menschen.

Die junge Mutter hatte genau diesen Ausdruck im Gesicht, als sie das Baby geistig abwesend hin und her schaukelte und den Blick auf einen imaginären Ort in der Ferne richtete.

Die Priesterin erreichte nun das Fenster des Geländewagens. »Ihr schließt euch denen an«, sagte sie und zeigte auf den Leichenwagen. »Zeit zu gehen.«

***

Ana sah zu den beiden SUV mit den Benzinkanistern auf den Dächern. Es gefiel ihr überhaupt nicht, dass sich ihnen noch mehr Fremde auf dieser ohnehin schon gefährlichen Reise anschließen würden.

Sie stellte sich neben Taskar. »Warum müssen wir dein Auto verlassen? Ich dachte, du fährst deine Kunden immer die gesamte Tour.«

Er nickte und blickte unverwandt auf die Frau mit dem kurz geschorenen Kopf. »Das war auch der Plan«, entgegnete er. »Aber die Dinge haben sich verändert. Sie lassen keine Fahrzeuge mehr durch. Nur noch Fußgänger.«

»Also bleibst du hier?«

»Ich bleibe bei meinem Auto. Die machen den Durchgang bestimmt bald wieder auf.«

»Wie lange kannst du denn durchhalten?«

Taskar verzog nachdenklich die Lippen. »Ein paar Tage auf jeden Fall«, sagte er. Ein schlaues Grinsen breitete sich auf seinem Gesicht aus. »Vergiss nicht, ich habe jetzt die Hälfte eurer Lebensmittel.«

Ana bedankte sich bei ihm und beobachtete, wie fünf Personen aus dem ersten SUV stiegen. Darunter waren eine dünne rothaarige Frau, ein Junge, der vermutlich ihr Sohn war, zwei Männer, unverkennbar Dweller, und ein großer, schlanker Mann mit traurigen Augen. Sein Haar war zerzaust und sein Gesicht von der Sonne gebräunt, abgesehen von den sich auffächernden weißen Linien, die die Falten auf seiner Stirn und an den Schläfen markierten. Seine Körperhaltung war die eines Soldaten. Er hatte dieses Selbstvertrauen, trotz seiner offensichtlichen Traurigkeit. Außerdem trug er ein Sturmgewehr.

Alle fünf gingen langsam auf Ana und ihre Gruppe zu. Der Mann mit den traurigen Augen sprach zuerst.

»Ich bin Marcus Battle«, stellte er sich vor und nickte der Frau an seiner Seite zu. »Das ist Lola, ihr Sohn Sawyer, und das ist unsere Eskorte.«

»Ich bin Baadal«, sagte der Dweller. Der Fahrer blieb stumm.

Taskar sprach für die Gruppe und wandte sich an Baadal. »Ich bin ebenfalls ein Dweller«, sagte er. »Aber ich komme nicht weiter mit. Das hier sind Ana und ihre Tochter Penny.« Anschließend stellte er den Rest der Gruppe vor, bevor er sich zurückzog.

Ana übernahm. »Wir kennen euch nicht«, sagte sie. »Ihr kennt uns nicht. Aus irgendeinem Grund wollen sie aber, dass wir zusammen den Wall überqueren. Wir helfen euch und ihr helft uns. Sobald wir auf der anderen Seite sind, begibt sich jeder auf seinen eigenen Weg.«

Battle nickte. »In Ordnung. Was auch immer wir vorfinden, wenn wir durch dieses Tor gegangen sind, gemeinsam sind wir stärker.«

Ana stimmte ihm zu. »Auf geht's.«

***

Das Tor ruckelte auf Rädern, die ewig nicht mehr gefettet worden waren. Sie kreischten und quietschten, als der Wachmann das Tor aufschob. Battle holte tief Luft und überquerte die Schwelle.

Er ging neben dem Fahrer her, dem einzigen der Gruppe, der den Wall zuvor schon einmal überquert hatte. Er hatte Battle gesagt, dass es sein Job sei, sie zum Übergang zu bringen und anschließend in den Canyon zurückzukehren. Der andere SUV fuhr bereits vom Parkplatz zurück auf den Highway und machte sich auf den Rückweg zum Canyon.

Auf der anderen Seite des Tors befand sich eine sechs Fuß hohe immergrüne Hecke. Noch bevor sie durch die Öffnung gegangen waren, hörte Battle das Chaos dahinter.

Er durchquerte die Hecke, half Lola und Sawyer, ihren Weg zu finden, und betrat das Niemandsland. Einhundert Fuß entfernt sah er zum ersten Mal den Wall.

Er war dreißig Fuß hoch, an manchen Stellen vielleicht noch höher, und erstreckte sich von Osten nach Westen, soweit das Auge reichte. Er bestand aus texanischem Kalkstein, der farblich eine Mischung aus Alabasterweiß und Rosttönen war.

Von seiner Position aus konnte er keinen Durchgang sehen. Über ihm flog eine große Schwarzdrossel vorbei, die den Gegenwind dazu nutzte, zum hoch aufragenden Wall zu gleiten, bis sie tief genug war, um darauf landen zu können. Der Vogel verhöhnte ihn, dachte Battle.

»Marcus …« Lola riss Battle aus seiner Trance. »Was jetzt?«

»Keine Ahnung«, erwiderte Battle und zeigte auf den Fahrer. »Wir folgen ihm erst mal.«

Battle konzentrierte sich wieder auf die Welt direkt vor ihm. Er stand inmitten eines Meers von Menschen. Es war eine Mischung aus Flohmarkt, Zirkus und Rotlichtviertel. Zelte und Aluminiumkonstruktionen mit Wellblechdächern drängten sich auf der trockenen Prärie, die offenbar das Niemandsland war.

Der Wind trug die Gerüche nach verbranntem Popcorn, Ammoniak und gegrilltem Fleisch mit sich. Der Geruch war einfach überwältigend, zuerst berauschend, dann betäubend, und irgendwann stach er Battle in der Nase.

Es gab Musik, Marktschreier priesen ihre Waren an, und in die Geräusche mischten sich immer wieder Schreie. Battle stieg über den steifen Körper eines Toten hinweg, den sonst niemand zu bemerken schien. Der Mann lag auf der Seite. Ein Arm war merkwürdig nach hinten verdreht und sein Nacken schien gebrochen zu sein. Die Augen standen offen, aus seinem Mund hing eine schwarze, geschwollene Zunge. Die Menge ging einfach um den Leichnam herum, trat daneben oder darauf, als wäre er Teil der Prärie.

Battle wandte den Blick ab und erspähte eine dünne gestylte Frau, die gerade eine vor ihnen gehende Gruppe von Männern bearbeitete. »Haltet eure Rucksäcke vor der Brust«, schlug

Battle seinen Begleitern vor. »Haltet sie mit beiden Armen fest, wenn ihr könnt. Nehmt eure Waffen in die Hände.«

Die aufgebrezelte Frau steckte ihre dünnen Finger in die Taschen eines ahnungslosen Mannes und fischte ein Messer daraus hervor. Es war erst in ihrer einen, dann in der anderen Hand zu sehen, und dann war es weg. Einem anderen Mann, der von ihren körperlichen Vorzügen abgelenkt war, stibitzte sie ein Päckchen Beef Jerky. Als er ihr zu zudringlich wurde, stach sie ihm das Messer in die Seite. Immer wieder stieß sie zu, bis der Mann in die Knie ging. Dann lief sie einfach weiter.

In der Ferne dröhnten beschleunigende Motoren, vermutlich von Motorrädern. Doch Battle konnte aus der Menschenmenge heraus, die ihn nach Westen drängte, nichts sehen.

Der Fahrer zeigte nach rechts. »Wir müssen nach Norden weiter«, erklärte er. »Schiebt euch in diese Richtung vor.«

Lola und Sawyer trugen ihre Rucksäcke vor der Brust und nicht auf dem Rücken. Sie hatten auf Battles Ratschlag gehört. Er nahm Lolas Hand, bat sie, Sawyer ebenfalls an die Hand zu nehmen, und fing an, für sie einen Weg durch die Menge zu bahnen.

Er hielt seinen Blick oben und konzentrierte sich darauf, den Fahrer nicht aus den Augen zu verlieren. Er wusste, dass Baadal hinter Sawyer lief. Die Gruppe aus dem Leichenwagen drängte sich neben Battle nach Norden. Sie waren ein oder zwei Schritte zurückgedrängt worden. Die junge Mutter mit dem Baby im Rucksack auf ihrer Brust ließ sich nicht abdrängen. Mit großer Kraft schob und kämpfte sie sich an den Menschen, die ihr im Weg standen, vorbei.

***

Ana verfluchte, dass sie nicht größer war. Es war nie ein Problem gewesen, bis sie in dieser Schlammgrube der Menschheit, die nach Schweiß und Sauerkraut stank, zu versinken drohte.

Ana hatte die deutsche Delikatesse noch nie gegessen, stellte sich aber den fermentierten Geruch so vor wie bei den Menschen, die sie umgaben.

Sie versuchte mit dem SUV-Fahrer und dem Mann namens Battle Schritt zu halten. Sie waren größer und stärker, und fälschlicherweise ging sie davon aus, dass die Männer in den letzten vierundzwanzig Stunden unmöglich so viele Menschen getötet haben konnten wie sie. Ana glaubte fest, dass sie so zäh war wie sie und deshalb mit ihrer Geschwindigkeit mithalten konnte.

Penny hüpfte in der selbst gebauten Babytrage auf und ab, und hinter Ana hielt sich das Teenager-Mädchen an ihrem Hosenbund fest. Zusammen bildeten sie und die drei anderen eine Elefantenkette, die trotz des Stroms von Menschen, der sie von allen Seiten umfloss, zusammenblieb.

»Hier entlang«, rief Battle. »Hier geht es weiter.«

Ana blieb kurz stehen und stellte sich auf die Zehenspitzen. Zwischen den Köpfen und Schultern der anderen hindurch konnte sie erkennen, dass Battle auf etwas hinwies, das aussah wie ein Toilettenhäuschen aus Ziegelsteinen.

Entschieden bahnte sich Ana einen Weg durch eine Gasse, in der einige Händler auf Sperrholzgerüsten ihre Waren feilboten. Einer von ihnen verkaufte stolz eine Vielzahl von Marihuana-Produkten. Ein anderer bot Waffen an. Der Waffenhändler rief Ana etwas hinterher.

»Für zwei Minuten mit mir bekommst du einen Colt mit einem handgemachten Perlmuttgriff«, dröhnte er. »Du kannst auch zwei haben, wenn du die anderen Mädels mitbringst.« Er brach in Gelächter aus, als Ana sich ohne eine Reaktion an ihm vorbeibewegte.

Hinter den Marktständen erreichte sie das Toilettenhäuschen. Schwärme von Fliegen summten in der nach Ammoniak riechenden Luft. Battle und die anderen standen schon davor. Sie waren in einem kleinen, fast verborgenen Bereich hinter dem geschäftigen Treiben im Niemandsland, außer Sichtweite der Menge auf dem Basar der Stände und Hütten.

Ana zeigte auf das Häuschen und sah den SUV-Fahrer an. »Was soll das sein?«

»Das ist euer Weg ins Glück«, erklärte er. »Seid ihr bereit?«

Ana hielt sich die Nase zu. »Wir gehen *da* rein?«

Der SUV-Fahrer nickte und öffnete die Tür. Der Schwall fauliger, abgestandener Luft, der aus dem Raum strömte, brachte Ana beinahe dazu, sich zu übergeben.

Der Fahrer betrat das Toilettenhäuschen und drückte sich an den Rand des Raumes, als er das Loch in der Mitte, umgeben von einer schleimüberzogenen Toilettenbank aus Kalkstein, passierte. Hinter der Bank hob der Fahrer ein Bein und trat mit dem Absatz gegen die Rückwand.

Eine Steinplatte gab nach und schob sich in die Wand hinein. Er hielt sich am oberen Rand der neuentstandenen Öffnung fest und ließ sich vorsichtig in das Loch hinab.

Er gab ein würgendes Geräusch von sich und hustete. »Hier ist eine Leiter«, erklärte er. »Wenn ihr es am Gestank vorbeigeschafft habt, wird es besser. Der Letzte schließt die Luke hinter sich.«

Der Fahrer verschwand im Loch. Einer nach dem anderen balancierten sie am Fäkalienloch im Boden vorbei und kletterten auf die Leiter.

Ana ließ alle anderen vorgehen und setzte sich den Rucksack mit Penny auf den Rücken. Dann war sie an der Reihe. Sie hielt sich die Nase zu und machte nur kurze Atemzüge, um so wenig wie möglich von der abscheulichen Luft einzuatmen. Mit einem Fuß fand Ana die erste Sprosse der Leiter. Penny legte ihre winzigen Hände auf Anas Ohren und zog sanft an den Ohrläppchen, während Ana tiefer und tiefer in den Abgrund stieg. Sie hielt sich mit beiden Händen an der Leiter fest und stieg langsam in die Tiefe.

Mit dem Kind auf dem Rücken bewegte sich Ana besonders vorsichtig. Mit jeder Sprosse nach unten spürte sie, wie die

Temperatur sank. Es war feucht und kalt. Sie erschauderte und bekam eine Gänsehaut an Armen und Beinen.

Ana blickte zu dem kleiner werdenden Lichtstrahl hinauf, der durch die Lücke zwischen der Zugangsklappe und der Zwischenwand nach unten schien. Sie vermutete, dass sie mindestens zwanzig Fuß unter der Erde waren.

***

Der Erdboden am unteren Ende der Leiter war weich und hatte eine fast schwammige Textur. Unter dem Gewicht von Battle gab der Boden bei jedem Schritt nach.

Der geheime Durchgang erwies sich als ein raffinierterer Tunnel, als er gedacht hatte. Der Fahrer erklärte ihnen, dass es sich hierbei um ein Relikt aus der Zeit der Los Zetas und des Golfkartells handelte. Beide Gruppen hatten den größten Teil der Drogenrouten im Osten Mexikos entlang des Golfs und der nördlichen Routen nach Texas kontrolliert.

Als die Vereinigten Staaten mit dem Bau des Walls begannen, um das Kartell draußen zu halten, hatten die Generäle ehemalige Zetas eingesetzt, um für sie einen Tunnel zu bauen. Die Generäle hatten kein Problem mit dem Wall. Er hielt die Vereinigten Staaten von ihren Geschäften fern und verhinderte, dass die Menschen unter ihrer Herrschaft einfach so verschwinden konnten.

Das Einzige, was sie brauchten, waren Schmuggelrouten aus ihrem Territorium nach Norden. Die Tunnel waren eine einfache Möglichkeit, diese Routen einzurichten.

Der Fahrer erzählte ihnen, dass der Tunnel sie auf die andere Seite des Walls führen würde, und zwar bis kurz vor den Red River. Mit Glück würden sie auf keine Patrouille in der Gegend stoßen, wenn sie nach oben kamen.

Der Tunnel war dunkel, aber Ana hatte ihre kurbelgetriebene Taschenlampe dabei, die der Gruppe den Weg leuchtete. Sie lief jetzt neben dem Fahrer her. Das Baby in seiner Trage hüpfte im Dunkeln auf ihrem Rücken auf und ab und die kleinen Füße strampelten.

Sie gingen eine ganze Weile schweigend durch die Finsternis, bis sie am Ende des Tunnels an einer weiteren Leiter ankamen.

»Baadal öffnet oben die Falltür und sieht nach, ob die Luft rein ist, dann gehen zuerst die Frauen und Kinder«, sagte der Fahrer zu Battle. »Du und ich folgen zum Schluss.«

Nachdem Baadal ihnen grünes Licht gegeben hatte, half Battle den anderen, an die Oberfläche zu klettern und durch ein Fenster aus hellem Licht zu verschwinden. Dann war das Fenster plötzlich verschwunden. Der Tunnel war auf einmal stockdunkel. Battle öffnete den Mund, um den Fahrer zu fragen, was passiert war, als er einen heftigen Schlag auf den Hinterkopf verspürte.

***

Ana zog sich aus dem Tunnel ins Freie und sah blinzelnd in das blendende Licht des späten Nachmittags. Sie schloss die Augen und öffnete sie langsam wieder, während sie sich der Helligkeit anpassten. Doch bevor sie etwas sehen konnte, hörte sie das Rauschen des Wassers und einen Hilferuf. Er kam vom Fluss. Ana erkannte die Stimme sofort.

Als sie sich dem regengeschwollenen Red River näherte, sah sie die mürrische Frau, die im Leichenwagen auf der Vorderbank gesessen hatte. Sie klammerte sich an einen großen Ast und kämpfte gegen die tobende Strömung an.

Der Fluss war jahrelang fast ausgetrocknet gewesen, nicht mehr als ein dürftiges Rinnsal, das zu beiden Seiten von hohen, ausgewaschenen Lehmwänden begrenzt worden war. In den Jahren seit dem Ausbruch der Krankheit hatte der Fluss jedoch seine Stärke wiedergefunden. Sogar ein leichter Regen füllte ihn jetzt bis an den Rand und die wiederkehrenden Stürme der vergangenen Woche hatten das Wasser wütend und rachsüchtig gemacht.

Ana trat ans Südufer und blieb stehen. Die Frau hing fest, nur ihr Nacken und ihr Kopf befanden sich noch über dem Wasser.

Die Teenager liefen Ana hinterher, als sie sahen, dass ihre Schwester ums Überleben kämpfte. »Du hast uns verlassen!«, rief das Mädchen wütend. »Du hast uns einfach verlassen!«

Der Junge sah den Dweller an. »Wie ist sie überhaupt hierhergekommen?«

Der Dweller namens Baadal stellte sich neben Ana ans Ufer. »Es gibt viele kleine, versteckte Übergänge. Sie muss einen gefunden haben. Aber ihr könnt sie unmöglich retten«, sagte er, »und wir können auch nicht hierbleiben. Wir müssen das Ufer entlanglaufen, bis wir einen natürlichen Damm aus Felsbrocken finden, auf dem wir den Fluss überqueren können. Wenn wir hierbleiben, wird uns die nächste Patrouille aufgreifen.«

Die rothaarige Frau tauchte nun neben Ana auf. »Ich kann zu ihr schwimmen«, meinte sie. »Ich bin keine besonders starke Schwimmerin, aber ich könnte mich an dem Ast festhalten.«

»Nein, Mom«, sagte Sawyer erschrocken. »Du wirst ertrinken.«

»Helft mir!«, gurgelte die Frau mit dem Gesicht halb unter Wasser. Sie würde sich nicht mehr lange am Ast festhalten können. »Meine Kraft reicht nicht mehr lange. Bitte, helft mir doch!«

Ana nahm kurzerhand ihren Rucksack ab. »Du hältst Penny«, sagte sie zu Lola. »Pass bitte eine Minute auf sie auf. Ich kann gut schwimmen.«

Nach einem Moment des Protests schob Lola den Rucksack über ihre Schultern und hielt Penny vor ihre Brust.

Der Teenager packte Ana am Arm. »Sie hat uns verlassen. Du musst dein Leben nicht für sie aufs Spiel setzen. Sie hat verdient, was auch immer jetzt geschieht.«

Ana ergriff die Hand des Jungen und nahm sie sanft von ihrem Arm. »Niemand verdient so etwas«, sagte sie. »Niemand.«

Sie zog die Schuhe aus, stellte sie ordentlich ans Ufer und ging in das kalte, brodelnde Wasser. Mit einer Hand stützte sie sich auf den Ast auf und bewegte sich tiefer in den Fluss hinein. Die eisige Wucht des Wassers nahm ihr den Atem. Je weiter sie sich vom Ufer entfernte, desto mehr schmerzte ihre Brust. Ein paar Schritte weiter fiel das Flussbett plötzlich stark ab. Ana verlor den Halt und ging für einen Moment unter.

Doch sie fand ihr Gleichgewicht gegen das anstürmende, eisige Wasser wieder und drückte sich an die Oberfläche. Zitternd arbeitete sie sich den Ast entlang weiter in den Fluss hinein und achtete dabei darauf, sich nicht zu sehr auf den Grund unter ihren Füßen zu verlassen.

»Ich bin fast da!«, rief sie der Frau zu. »Gleich ist es geschafft.«

Die Frau sagte nichts. Das Wasser umspülte ihr Kinn. Ihre Lippen waren schmerzverzerrt, ihre Augen voller Angst. Sie hielt sich nur noch mit einer Hand am Ast fest, während sie mit der anderen im Wasser wild um sich schlug.

Ana näherte sich der Frau und reichte ihr die Hand. »Lass los, halte dich an mir fest!«

Die Frau schüttelte den Kopf. Sie hatte zu viel Angst, ihre Panik beherrschte sie voll und ganz. Sie tauchte tiefer ins Wasser ein, bis nur noch ihre Nase und Augen sichtbar waren. Sie hatte sich gründlich im Gewirr der Zweige verheddert und fand offensichtlich keinen Halt mehr im Flussbett.

Ana arbeitete sich weiter heran. Immer noch wollte die Frau nicht loslassen. Ana hatte allmählich kein Gefühl mehr in ihren Gliedern und klapperte unkontrolliert mit den Zähnen, dann verlor sie die Geduld. Sie ließ den Ast los, um sich von der Strömung neben die Ertrinkende tragen zu lassen. Als Ana sich wieder festzuhalten versuchte, stürzte sich die Frau plötzlich auf sie und kletterte auf ihren Rücken, womit sie Ana unter die Wasseroberfläche drückte. Sie kämpfte darum, sich aus dem Griff der Frau zu befreien, aber sie lag mit dem Gesicht nach unten im Wasser, und alles, was ihre Hände greifen konnten, war der schlammige Grund des Red River. Sie versuchte sich umzudrehen, aber es gelang ihr nicht. Wasser schoss in ihre Nase. Sie versuchte den Rücken und den Nacken der Frau zu fassen, aber ihre Hände griffen nur Wasser, das ihr durch die Finger rann.

Ihre Lungen waren leer und brannten vor Sauerstoffmangel. Sie war kurz davor, das Bewusstsein zu verlieren. Verzweifelt kämpfte sie gegen den Drang an, Luft zu holen.

Das Feuer in ihren Lungen strahlte nach außen, bis es plötzlich aufhörte. Ihre verschwommene Sicht wurde allmählich schwarz. Das Gewicht auf ihr hob sich. Ihre Panik ließ nach und wurde zu einem überwältigenden Gefühl der Ruhe.

Anas letzter Gedanke galt Penny. Sie hatte keine Angst um die Zukunft ihrer Tochter, denn Ana starb in dem Wissen, dass ihr Kind in den Armen einer anderen Mutter war, die ebenfalls auf der Suche nach einem besseren Leben war.

***

Lola stand knöcheltief im Red River und rief nach Ana. Sie schrie die andere Frau an, sich von ihr herunterzubewegen und sie zu befreien.

Sie schrie nach der Mutter, die sie gerade erst getroffen hatte und deren Baby sie an ihre Brust hielt. Minutenlang stand sie im rauschenden Wasser und hielt das Gleichgewicht, während ihre Füße immer tiefer in den Schlamm unter der Oberfläche sanken.

Doch die Frau reagierte nicht. Vielleicht konnte sie sie nicht hören oder verstand nicht, was Lola von ihr verlangte. Stattdessen hielt sie Ana so lange unter Wasser, bis Lola klarwurde, dass sie den Atem unmöglich so lange anhalten konnte.

Obwohl sie Ana benutzte, um sich zu retten, verlor auch die Ertrinkende ihren Kampf gegen das Wasser. Sie versank und befreite erst damit Anas leblosen Körper, der kurz auftauchte und dann mit der Strömung mitgerissen wurde. Ana war weg.

Lola vergrub ihr Gesicht in ihren Händen. Sie kannte Ana nicht. Doch sie musste sie auch nicht kennen, um ihren Verlust zu betrauern. Ana, eine junge Mutter mit einem Baby, das nicht älter als neun oder zehn Monate sein konnte, hatte ihr Leben für eine Frau riskiert, die ihre Familie im Stich gelassen hatte. Schweigend stand sie am Ufer, bis Sawyer vom Ausgang des Tunnels nach ihr rief.

»Mom«, rief er, »irgendwas stimmt hier nicht. Wo ist Marcus?«

Lola konnte ihn nicht entdecken. Die Teenager und die beiden Älteren waren da, Marcus nicht.

»Ich weiß nicht«, antwortete sie. »Ist er nicht mit hochgekommen?«

Sie stapfte zu Sawyer zurück, bevor dieser antworten konnte. Auf halber Strecke hielt Baadal sie auf.

»Er kommt nicht mit«, sagte der Dweller.

Lola sah ihn verwirrt von der Seite an. »Wovon reden Sie?«

»Paagal vertraut ihm nicht«, meinte er. »Aber Paagal mag Sie und Sawyer. Sie können deshalb Ihren Weg fortsetzen oder Sie können mit zurückkommen und mit uns im Canyon leben. Es ist Ihre Entscheidung. Sie können leben, wo immer Sie wollen. Für Battle gilt das allerdings nicht. Ich tue nur, was mir gesagt wurde.«

Als Lola sich an Baadal vorbeizuschieben versuchte, ergriff er ihre Arme und hielt sie fest. Er drückte mit seinen Händen zu. Sein Gesicht zeigte Zorn und er entblößte seine Zähne.

»Er kommt nicht«, sagte Baadal erneut. »Und wenn Sie …«

Trotz des Babys an ihrer Brust gelang es Lola, ihren Körper zu drehen, mit dem Bein auszuholen und ihm das Knie mit voller Wucht zwischen die Beine zu rammen. Baadal ließ ihre Arme los, um sich abzustützen, bevor er in die Knie ging. Sofort verpasste sie ihm einen weiteren Stoß mit dem Knie.

Er sackte zu Boden, und das Baby fing an zu schreien. Lola stellte einen Fuß fest auf den Boden und schwang den anderen, als würde sie einen Ball treten wollen. Die Vorderkante ihres

Fußes traf Baadals Gesicht und ließ seinen Kopf nach hinten schleudern. Bewusstlos fiel er zu Boden, Blut quoll aus seiner Nase und seinem Mund.

Pennys Schreie wurden immer schriller. Lola versuchte sie zu beruhigen, indem sie sanft in ihren Nacken blies, während sie zurück zur Falltür ging, durch die sie den Tunnel verlassen hatten. Sawyer war schon da und rüttelte daran.

Er sah zu seiner Mutter und riss weiter am Griff. »Ich kriege sie nicht auf«, sagte er verzweifelt.

Die Falltür war von innen verschlossen.

***

Battle war benommen und desorientiert. Er erinnerte sich nicht daran, das Bewusstsein verloren zu haben, doch er saß auf dem Boden des Tunnels und war mit dem Rücken an die Leiter gebunden. Seine Beine und Hände waren gefesselt. Er roch Feuerzeugbenzin und bemerkte, dass er klatschnass war.

»Mit freundlichen Grüßen von Paagal«, sagte der Fahrer. »Sie will, dass du stirbst.« Er richtete Anas Taschenlampe auf Battles Gesicht.

Battle kniff die Augen zusammen und kämpfte gegen das Seil an, das fest um seine Handgelenke geschlungen war.

»Sie vertraut dir nicht, sie hält dich für einen Brandstifter.«

Battle grinste säuerlich. Er schnupperte und spürte das Brennen des Feuerzeugbenzins in seiner Nase. Hinter ihm an der Leiter war eine scharfe Kante, wo sich die unterste Sprosse vom Seitengitter gelöst hatte. Er fing an, mit dem Seil daran zu schaben.

Der Fahrer hielt sich eine Hand hinters Ohr. »Hörst du das?«, fragte er. »Dort oben schreit ein Baby.«

Battle blickte zur Falltür hinauf. Das Schreien des Babys war durchdringend und es klang verzweifelt. Das war nicht das Schreien eines hungrigen oder müden Babys. Dort oben war etwas passiert.

Battle spuckte die Flüssigkeit von seinen Lippen und starrte den Fahrer an. »Was ist mit Lola?« Erste Fäden des Seils begannen zu reißen, er konnte es fühlen. »Was ist mit Sawyer? Und mit den anderen?«

»Die kommen schon klar«, antwortete er. »Möglich ist es jedenfalls. Keine Ahnung, warum das Baby so schreit. Ich hatte selbst Kinder, bevor die Krankheit ausgebrochen ist. Das hört sich nach einem wütenden Schreien an.«

Battle spürte, wie weitere Fäden des Seils rissen. Er schabte es weiter an der scharfen, messerartigen Kante der abgebrochenen Sprosse. »Warum will Paagal, dass ich tot bin? Ich verlasse das Territorium doch. Ich bin sogar schon hinter dem Wall.«

Der Fahrer knipste die Taschenlampe aus und zog ein Feuerzeug aus Messing aus der Tasche. Er ließ die Kappe aufschnappen, schnippte das Feuersteinrad und ließ eine orangefarbene Flamme aufleuchten. In seiner anderen Hand hielt er Battles Heckler & Koch.

»Sie denkt, dass du nicht hierbleiben würdest«, erwiderte der Fahrer. »Sie hat Angst, dass du zurückkommst. Besser also wir eliminieren …«

Battle trennte das Seil vollends durch und befreite seine Hände. Bevor der Fahrer das Feuerzeug werfen konnte, hatte sich Battle von der Leiter ins Dunkle gerollt. Er schob sich auf die Beine und sprang den Fahrer trotz seiner noch immer zusammengebundenen Füße an, nagelte ihn auf den Boden und stieß ihm das Feuerzeug aus der Hand.

Der Fahrer erwischte Battle mit einem Kniestoß in den Bauch, woraufhin er sich aus seinem Griff zu befreien versuchte. Doch es reichte nicht.

Als der Mann sich unter Battles Gewicht hervorzurollen versuchte, gelang es ihm, den Kopf des Fahrers zwischen seine Beine zu klemmen. Jetzt halfen Battle die gefesselten Beine, da sie ihm zusätzliche Unterstützung gaben. Der Fahrer steckte in der Falle.

Er stemmte sich gegen den Nacken des Fahrers und rollte mit ihm über den Boden, wobei er Schläge in seine Seite und auf seinen Rücken einsteckte. Battle rollte seinen Körper zu einer Kugel zusammen und griff dem Fahrer dann mit beiden Händen vorn und hinten an den Kopf. Er hielt ihn an den Haaren fest und drehte die Hände dann mit einem Ruck gegen den Uhrzeigersinn, bis er ein Knacken hörte, das das Ende des Kampfes verkündete.

Battle ließ los und brach zusammen. Er lag auf dem Rücken, den verdrehten Kopf des Fahrers immer noch zwischen den Knien und versuchte wieder zu Atem zu kommen. Bei jedem Einatmen brannte allerdings das Feuerzeugbenzin in seinem Hals. Er atmete flacher, bis er es schaffte, durch die Nase zu atmen.

Er sah zu dem Lichtstreifen auf, der durch einen Spalt in der Falltür schien. Das Baby schrie immer noch.

Battle richtete sich auf, schob den Fahrer beiseite und löste das Seil an seinen Waden und Knöcheln.

Langsam stieg er die Leiter nach oben. Jeder Schritt schmerzte. Die Muskeln in seiner Seite verkrampften sich. Jeder Atemzug tat höllisch weh. Seine Augen brannten von der Mischung aus Feuerzeugbenzin und Schweiß, die ihm während des kurzen Kampfes in die Augen geflossen war.

Er erreichte die Spitze der Leiter und öffnete den Riegel, dann schob er die Luke auf und sah, dass Sawyer, Lola und das Baby der jungen Mutter auf ihn warteten. Das Baby hatte wieder aufgehört zu weinen und saugte jetzt an einem Schnuller.

Lola half ihm, herauszuklettern. Battle blickte sich um und sah, dass der Wall nur noch wenige Fuß entfernt war. Er erschien so viel größer, als er von Weitem ausgesehen hatte.

»Wo sind die anderen?«, fragte er.

Lola, der die Tränen über die Wangen liefen, zeigte mit dem Daumen über ihre Schulter. »Baadal ist da drüben. Ich glaube nicht, dass ich ihn umgebracht habe. Aber ich bin mir nicht sicher.«

»Und die anderen?«, fragte er. »Die aus dem Leichenwagen?«

»Ana ist tot.« Lolas Stimme brach. Ihr Blick wanderte zum Fluss. »Sie ist ertrunken.«

Sawyer legte eine Hand auf die Schulter seiner Mutter. »Die anderen vier sind weitergezogen«, sagte er. »Sie wollten nicht auf uns warten, während wir versucht haben, die Luke aufzubekommen. Sie hatten Angst, eine Patrouille könnte sie erwischen.«

Battle zeigte nach Osten, vorbei an Lola und Sawyer. »So eine wie diese da?« Ein schwarzer Jeep raste auf sie zu. Das Blaulicht blinkte, während der Wagen am Flussufer zwischen Wasser und Wall entlangfuhr. Die Insassen waren bewaffnet.

Lola schaute zurück zu Battle. Sie hatte aufgehört, zu weinen. »Was machen wir jetzt?«, fragte sie. »Wir können doch nicht vor ihnen wegrennen.«

»Sie werden uns festnehmen«, prophezeite Sawyer.

»Wir lassen uns aber nicht erwischen«, sagte Battle. »Gib mir das Baby und klettere nach unten.« Battle deutete auf die offene Falltür. »Wir gehen zurück.«

»Wir gehen zurück?«, fragte Lola und half, Penny auf Battles Rücken zu befestigen. »Zurück wohin?«

Battle lächelte sie an, nahm ihr Gesicht in beide Hände und küsste sie auf die Lippen. Er sah ihr fest in die Augen. »Nach Hause, Lola. Wir gehen nach Hause.«

KAPITEL 44

29. Oktober 2037, 13:20 Uhr
Jahr fünf nach dem Ausbruch
Östlich von Rising Star, Texas

Der SUV qualmte, als Battle in seine Einfahrt einbog. Es waren nur ein paar Wochen vergangen, aber es fühlte sich an, als wäre er Jahre weggewesen.

Er ließ die Fenster herunter, um dem Geräusch auf Kies fahrender Reifen zu lauschen. Neben ihm saß Lola, auch sie hatte ihr Fenster heruntergelassen. Sie hielt Penny auf dem Schoß, die für Battle einem Gottesgeschenk gleichkam, einem Engel aus dem Himmel. Kein Baby war jemals so ausgeglichen und gelassen gewesen wie Penny auf ihrer dreitägigen Rückreise vom Wall.

Sie waren kleine Straßen durch verlassene Städte und Dörfer zurückgefahren, um jeden Kontakt mit den Dwellern zu vermeiden. So war es am besten.

Die Freude des Augenblicks, wieder auf seinem Land anzukommen, war allerdings dahin, als er die schwarze Hülle des Haupthauses sah. Battle holte tief Luft und atmete langsam aus, dann trat auf die Bremse und stellte den SUV ab.

Lola legte ihre Hand auf sein Bein. »Es tut mir leid«, sagte sie. »Es tut mir so leid. Wenn ich nicht …«

Battle legte seinen Finger auf ihre Lippen. »Nicht«, sagte er kopfschüttelnd. Er blickte in den Rückspiegel. Sawyer schlief ausgestreckt über den Rücksitz.

Battle senkte seine Stimme zu einem Flüstern. »In all den Jahren allein in diesem Haus hatte ich nur meine Waffen, meine Filme und meine Gedanken. Ich wurde verrückt, und ich wusste es nicht einmal. Ich konnte es nicht erkennen. Aber ich war es.«

Lola unterdrückte die Tränen und legte ihre Hand auf Battles Wange. »Du bist nicht verrückt«, flüsterte sie. »Du bist mein Held. Du bist der Held meines Jungen. Und du wirst auch der Held dieses kleinen Mädchens sein.«

»Ich bin kein Held«, entgegnete Battle. »Fünf Jahre lang habe ich jeden getötet, der mein Land betreten hat. Das hat keinen Mut gekostet. Ich hätte sogar dich fast umgebracht.«

»Das hast du aber nicht«, sagte sie. »Du hast mich gerettet.«

»Du hast *mich* gerettet«, widersprach ihr Battle. »Ich habe immer daran geglaubt, dass Gott mir nur das aufladen würde, was ich auch schaffen könnte. Und am Ende hat er mir dich gegeben.«

Battle stellte den Motor aus und stieg aus dem SUV. »Ich stelle das Schmuckstück hier gleich in die Garage«, sagte er und schüttelte die Emotionen des Augenblicks von sich ab. »Aber zuerst will ich wissen, ob in der Scheune alles in Ordnung ist. Wenn dem so ist, sieht es sehr gut aus für uns.«

Er ließ seine neue Familie im SUV zurück und ging den vertrauten Weg von der Auffahrt zu seiner Scheune. Er zog die breiten Türen auf und ging hinein. Das Erste, was er hörte, war das Summen der Gefrierschränke. Er griff in einer tausendfach erprobten Bewegung blind neben sich und drückte einen Schalter. Die Deckenleuchten flackerten und erwachten zum Leben. Die Solarzellen funktionierten also. Die Notstromaggregate würde er später überprüfen.

Das Regal ihm gegenüber, so lang und so hoch wie die Wand, enthielt alles, was er am Anfang des Monats verlassen hatte. Hier lagerten Kleidung, Toilettenartikel, Medikamente und jede Menge Essen. Er hatte sogar Babynahrung da, die er ursprünglich als Eiweißzusatz gekauft hatte, falls ihnen jemals das Fleisch ausgehen sollte und er nicht auf die Jagd gehen konnte.

In der Scheune ließ es sich gut leben, dachte er. Er würde die Sitzpolster aus dem SUV nehmen, um ein paar Betten für sie alle zusammenzubauen. Es war genug Holz da draußen, um mit Sawyers Hilfe sogar Möbel bauen zu können.

Sie würden gut zurechtkommen.

Er verließ die Scheune, bog am Rande seines ehemaligen Hauses links ab und ging zum Hinterhof. Der Garten war ein Chaos und musste dringend gepflegt werden. Möglicherweise musste er das, was noch übrig war, ausreißen, mit schwarzer Plastikfolie abdecken, um alles abzutöten, und dann wieder ganz von vorn anfangen. Samen hatte er schließlich genug. Es wäre sicher gut, neue Pflanzen anzubauen.

Er ging am Garten vorbei und sah zum anderen Ende des Hinterhofs, an den sich der Wald anschloss. Lola stand mit dem Rücken zu ihm da und wiegte Penny auf dem Arm.

Battle hielt inne und lauschte.

»Ich brauche Hilfe«, sagte sie zu den Grabsteinen im Boden vor ihr. »Ich möchte ihn lieben. Ich möchte, dass er mich liebt. Ich möchte, dass wir eine Familie sind. Ich glaube wirklich, dass er das auch will.«

Lola hörte auf, das Baby zu wiegen, und sank vorsichtig auf die Knie. Mit einer Hand wischte sie den schwarzen Ruß und die Asche von den Grabsteinen.

»Ich werde euch nie in seinem Herzen ersetzen können«, sagte sie. »Aber ich brauche jetzt seinen Verstand. Ihr müsst ihm helfen, das zu erkennen.«

Sie fing an zu flüstern. Battle konnte nicht mehr verstehen, was sie sagte. Er lief weiter.

»Hey«, sagte er, und Lola zuckte zusammen. »Tut mir leid. Ich wollte dich nicht erschrecken.«

»Hi«, sagte sie und stützte sich beim Aufstehen mit einer Hand ab, während sie Penny mit der anderen festhielt. »Ich wollte nur Hallo sagen. Ich hoffe, das ist in Ordnung.«

»Sehr in Ordnung«, erwiderte er.

»Absolut. Es wird alles gut werden.«

»Was ist, wenn Paagal nach uns sucht?«, fragte sie. »Was ist, wenn sie uns findet?«

»Sie wird uns nicht finden«, meinte er. »Und wenn sie es zufällig doch tut, dann werde ich zuerst schießen. Ich werde keine Fragen stellen.«

– E N D E –

DANKSAGUNG

Ich danke meiner Frau und meinen Kindern, die mir immer den Rücken freihalten. Sie unterstützen mich und meine Träume, und akzeptieren die endlosen Stunden, die erforderlich sind, um Geschichten zu schreiben, von denen ich hoffe, dass die Menschen sie lesen und Gefallen daran finden. Ich liebe es, diese Geschichten zu schreiben und könnte mir keine Welt ohne sie vorstellen, weder eine postapokalyptische noch sonst eine.

Ich danke meiner Lektorin Felicia Sullivan. Mit ihrer Sprachkunst findet sie immer die richtigen Worte, um etwas auszudrücken. Sie ist sehr direkt. Sie bringt die Dinge auf den Punkt. Ich bin sehr dankbar, dass ich mit ihr arbeiten darf.

Pauline Nolet macht ein fabelhaftes Korrektorat. Sie findet die Dinge, die alle anderen übersehen haben und sorgt dafür, dass das fertige Produkt so perfekt wie nur möglich ist.

Steve Kremer, Dr. Stephen Stewart und Mike Christian haben ihr wertvolles Fachwissen aus verschiedenen Bereichen beigesteuert. Kremer half beim Feinschliff einer frühen Ausgabe von DIE FARM und hat Fehler bezüglich der Waffen bereinigt. Er war geduldig und freundlich, mir etwas über Schusswaffen und HAM-Funkgeräte beizubringen. Stewart half mit medizinischem Know-how und hat darauf geachtet, dass ich nicht über die Stränge geschlagen bin. Auf sie werde ich mich beim nächsten Buch der Serie wieder stützen. Christian hat die Kapitel in CANYON geprüft, die in Syrien spielen. Er hat fantastische Änderungen vorgeschlagen, die die kritischen Szenen wahrhaftig werden ließen. Ich schätze alle drei sehr.

Ich bin auch mehreren Autoren zu Dank verpflichtet, die meine bisherige Reise begleitet haben oder mit Begeisterung für meine Werke die Werbetrommel rühren: Steven Konkoly, Murray McDonald, A.R. Shaw, Franklin Horton, ML Banner,

Jay Falconer, William H. Weber und Russell Blake, Lisa Brackmann und Ian Graham.

Vielen Dank auch an meine Eltern Sanders und Jeanne, meine Geschwister Penny und Steven und meine Schwiegereltern Don und Linda für ihre andauernde Ermutigung und Unterstützung.

Und zu guter Letzt danke ich meinen Lesern dafür, dass sie diesen Büchern eine Chance gegeben haben. Ich hoffe, sie haben euch gefallen. Ich kann es kaum erwarten, euch auf das nächste Abenteuer mitzunehmen.

LUZIFER
VERLAG